芝镇说

② 觉醒
JUE XING

逢春阶 著

山东城市出版传媒集团·济南出版社

图书在版编目（CIP）数据

芝镇说.2/逢春阶著.— 济南：济南出版社，2023.7

ISBN 978-7-5488-5781-5

Ⅰ.①芝… Ⅱ.①逢… Ⅲ.①长篇小说－中国－当代 Ⅳ.① I247.5

中国国家版本馆 CIP 数据核字（2023）第 129064 号

出 版 人：田俊林
责任编辑：董慧慧　刘风华
封面题字：莫　言
特约校对：乔彦鹏
封面设计：八　牛
版式设计：壹　诺
内文排版：刘欢欢
出版发行：济南出版社
地　　址：济南市二环南路 1 号
邮　　编：250002
印　　刷：山东联志智能印刷有限公司
成品尺寸：148mm×210mm　32 开
印　　张：15.75
字　　数：339 千
印　　数：5000 册
版　　次：2023 年 7 月第 1 版
印　　次：2023 年 7 月第 1 次印刷
定　　价：59.00 元

（如有倒页、缺页、白页，请直接与出版社联系调换。联系电话：0531-86131736）

芝镇说

② 觉醒 JUE XING

…… 目 录 ……

1	第一章 牛二秀才
39	第二章 浯河岸边
95	第三章 汪林肯
125	第四章 骆儿牛廪与曹大姐夫
173	第五章 歧路弯弯
231	第六章 六爷爷遭绑票
259	第七章 前夜
299	第八章 「醉刑」

芝镇说 ② 觉醒 JUE XING

······ 目录 ······

323	第九章　途中（一）
343	第十章　芝西伏击战
363	第十一章　途中（二）
385	第十二章　酒乡奇葩
407	第十三章　田雨和站住花
433	第十四章　一蓑烟雨
467	第十五章　枭雄末路
481	第十六章　一抹霞光

牛二秀才

NIU ER XIU CAI

第一章

1. 让师父一瓢冰水给浇出来的习惯

逢五逢十，芝镇大集。

春雨像锯末子，不紧不慢，淅淅沥沥洒了半个时辰，地皮湿了，却不沾脚，也不起土。蹬上灰布老笨鞋，牛二秀才驾着驴车去赶集，买烧酒糠喂猪。驴车厢里结结实实蹲着半袋子蝎子豆，媳妇前日头晌用浯河沙子翻炒好的。她站在天井里，用簸箕颠干净了，嘟囔了一句："公冶大夫就跟小孩子似的，蝎子豆还得用浯河沙子炒？用咱井里淘的沙子炒，味儿还不一样了？"牛二秀才"嗯嗯"着："不一样，公冶大夫咬嚼的就是那个浯河味儿。"他早晨从不赖炕，冷炕热炕一个样，睁眼就起，一个翻身直立炕下。这是让师父一瓢冰水给浇出来的习惯。

他刚缝上开裆裤就跟着芝镇的师父练八卦游身连环掌。他的师父姓柳，师父的师父是大名鼎鼎的拳师宫宝田，这宫宝田是乳山人，十三岁时被咸丰帝时的武林总管董海川带到大内学艺。董海川了得，他的独门绝技，就是八卦游身连环掌，是将《周易》卦象数理与八卦掌、少林拳糅合起来的看家武功。后来，宫宝田当过慈禧太后和光绪帝的带刀侍卫，是清廷最后一任大内侍卫总管。庚子年八国联军侵华，由于护驾得力，宫宝田获钦赐黄马褂。一九二二年，受张作霖之邀担任奉军武术教练。柳师父每天让牛二秀才和师兄弟鸡叫头遍就下炕，空着肚子练到日头冒红。一个寒冬的凌晨，牛二秀才在热被窝里磨蹭了一霎儿，忽地一瓢带冰碴的水扎进被窝，正浇到牛二秀才的小鸡上，他"啊呀"大叫着爬起，小鸡却找不到了。牛二秀才吓得"哇哇"大哭。师父阴沉着脸，叫他躺好，闭上眼，师父把芝酒倒在酒盅里，用纸捻儿燃起，提着酒壶，把酒燎热了，一滴一滴把热酒倒在他小肚子那儿，师父用大掌使劲揉，差不多搓了一袋烟工夫，搓得牛二秀才浑身冒汗，才见裆部米粒大的小东西一点一点儿往外顶，一会儿豆芽儿一样顶出来，豆芽儿变了豆虫。师父一扒拉那硬邦邦的"豆虫"，大声说："穿上衣裳好好给我练功。"

绿油油的麦苗尖儿上顶着雨珠，牛二秀才摸一把，像掀动着一床绿被子，一阵风来，柳师父的白胡子在脑子里一闪，没了。牛二秀才一抿嘴，腰杆直了直。

芝镇人心里都有个"一百五"。一百五，指的是从上年的冬至到清明节前两天，也叫大寒食，这天要在日头出来前，给先人上坟添土。"一百五"这天，牛二秀才起得最早，他扛了铁锨，先给祖宗们的坟头上添了土，又到师父的坟上添了。回家吃了早饭，就瞅门前的喜鹊窝，喜鹊叽叽喳喳忙活了两天，那窝黑乎乎地垛在树杈上了。芝镇人都知道，"一百五"这天，喜鹊要上梁，所谓上梁，也就是把一根树枝横在窝门口。牛二秀才盯着俩喜鹊，一只叼起拇指粗的树枝一头，另一只叼起树枝的另一头，它们在那个半成型的窝上来回比量，东西南北，两只喜鹊叽叽喳喳商量，末了儿把门开在了东方。

牛二秀才对在屋里忙活着炒蝎子豆的媳妇说："喜鹊上梁了，今年刮东风，下雨。"

弗尼思好久不来见我，喜鹊上梁，它准来。它趴在我耳朵上说："牛二秀才眼前好像滚过金灿灿的麦浪呢。"

我听大爷公冶令枢说,牛二秀才二十上下时,在麦收时节的场院里看场。别人都倒背着手拉光碌碡(liù zhou,方言,石磙),牛二秀才看看周围没有妇人,光着身子把绳子拴在裆部,麻绳上早蘸了酒,拴紧一个活扣,拉着光碌碡压麦秸,光碌碡在身后骨碌骨碌滚得飞快,牛二秀才脊梁上鼻梁上都不见一个汗珠。我总觉得大爷又在说瞎话儿。大爷说:"那是童子功,是经过淬火的!不信就算了,我可是听芝里老人说的。"

我大爷又说,小小的牛二秀才早晨练完功,饭后接着练,那是夏天,顶着热辣辣的毒日头,师父扔给徒儿每人一个木碗,那木碗都磨得发亮,是白果树做的,不知用了多少年。汗水滴不满木碗,练功不能停,谁停下都得挨皮锤(方言,拳头)。可是牛二秀才的木碗老滴不满,就偷着撒尿到木碗里,蒙混过关。一回行,两回行,第三回,让柳师父逮个正着。柳师父说:"喝了!"牛二秀才磨蹭着不喝,柳师父端过那木碗,手臂向后绕过后背,用另一只手接了,仰脖而进,一滴不剩。牛二秀才看傻了。师父拍拍他的后脑勺:"徒弟,你胆子真小,竟让一碗尿吓住,还是自己的尿!一个怂包!练武,是练啥?练胆!"牛二秀才跪地给师父磕了个头,说愿意认罚。师父从腰上摘下酒葫芦,说:"敢不敢喝?"牛二秀才双手接过,也学着师父的姿势,仰脖而尽。这牛二秀才不仅练了胆量,还练了酒量。

柳师父忽地一声吼:"愣着干啥,都给我戳那儿……"

2.半空里飞着的女子，
　忽地一团黑云一样压下来

师兄师弟就都"戳"那儿了，一戳就戳一炷香燃完。那戳，不能像根棒槌似的直愣愣的，也不能像一块肥肉膘子论了堆，得如定海神针，看上去要有千斤的分量，架海擎梁，眼不能眨，眉不能颤，头不能动，眼里的余光偶尔扫到了鼻尖上的汗珠。师父让你动，你也不能让这精气神蔫了，依然是这个神气，转身、起步、扭腰、翻身，都得有一定步位、分寸。平时看师兄练功，也不敢随随便便，即使没有挨到自己练，也得一个个好好"戳"在旁边盯紧。站是这样，举步走更是这样，一步十步百步千步都是这样，同时更要注意提气。提着气，下身就会显得轻捷，气球满了气不是往上浮吗？猪尿泡吹上气不是可以在河里漂吗？人也是一样，要是松了这口气，那就会感到两腿拖累。

牛二秀才坐在驴车上，想着柳师父，师父活着，倒没觉得师父咋样，可师父不在了，师父的桩桩好总不自觉地云彩一样飘上心头。驴蹄嘚嘚，把他的思绪嘚嘚进了大上海。

他跟着柳师父去上海看了一场盖叫天的武戏，为啥要看这出戏？柳师父说，要学学盖叫天的硬气。柳师父是盖叫天的戏迷，后来跟武生泰斗级人物切磋了一夜武斗戏，惺惺相惜，二人竟然拜了干兄弟。那年盖叫天请柳师父看戏，演的是《狮子楼》，台上搭起一座酒楼，武松替兄武大郎报仇，到狮子楼来寻找西门庆，二人有一场打斗。西门庆见武松上楼，吓得从楼上跳了下去，盖叫天扮演的武松追赶到窗口，也一纵身，一个燕子掠水就从两丈多高的楼上跳了下去，观众们见他跳得利索，都齐声叫好。可又有谁知道，盖叫天腾空跳到半空的时候，呀！西门庆咋还躺在地上呢？盖叫天一咬牙，在空中来了个前滚翻，又靠边一闪身。这一闪，用力过大，落地时，只听得"咔嚓"一声，他的腿骨折断，穿过靴子直戳到外面来。盖叫天就是盖叫天，他演的是武松，不能躺下。他咬紧牙关，跷起一只脚，用金鸡独立式保持着英武的姿态，屹立在舞台上。盖叫天痛得满脸是汗，挥手让人快快拉上幕布。演出完毕，医生给他接骨，敷上石膏，休养了好久，临了拆开石膏一看，那医生忙中出错，把他的骨头接反了！盖叫天叫过柳师父，柳师父会意，到客栈里取来酒坛子，灌了一酒葫芦，盖叫天一把抓过，大嘴对准酒葫芦嘴，一口喝干，"啊呀，好酒！"一声大叫，把腿向床杆上用力一砸，"咔嚓"，刚接上的腿骨又断了，再接上。盖叫天就是这么硬气！后来，他又站到了舞台上。但他也从此喜欢上了芝酒。

听罢，牛二秀才倒抽了口冷气。

坐在戏院里，牛二秀才准备一睹盖叫天的风采。忽听得邻座说，盖叫天感冒了，不能上场，换了徒弟替他。牛二秀才感到失望。一会儿武松出来了，师父眯着眼盯了一会儿说："好好看，是我义兄。"师父从武松的走步上就认出来了。牛二秀才半信半疑，谢幕时，果然是盖叫天。牛二秀才惊讶地大叫一声，赶紧捂嘴。其实不用捂嘴，他的叫声被那如雷的掌声淹没了。到了后台，柳师父跟盖叫天引荐了牛二秀才。

抬头看看天，天上没半星儿云彩。一边想着师父，想着盖叫天，小叫驴嘚嘚跑得欢，早晨用黍子笤帚把驴毛捋顺了，叫驴背上搭条长麻袋，他要到芝镇烧酒锅那里，烧酒糠是上好的猪饲料。

驴蹄子踩上了沙子路，"塔拉塔拉"响。该给驴挂掌了，牛二秀才想。芝镇黄土夯成的围墙抹上了一层霞光。从东南角的启文门进来，嘻嘻哈哈的女子笑声吸引了他，仰头看是一个两层楼高的榆木大秋千，秋千的牛索头上坐了一个女子。那女子正嗖的一声被送到半空，插在头上的那朵红缨花被风刮掉了，不偏不斜，正落到了牛二秀才的布鞋边上。那女子咯咯的笑声却在半空划着长调儿。

秋千上的女子多是从乡下来芝镇赶集的，胆子忒大，穿得花枝招展。牛二秀才笑笑，他想起了二十二年前那个清明节，也是在启文门，也是在早上。肩背小包袱的牛二秀才刚立定，半空里飞着的女子，忽地一团黑云一样压下来。在人群的惊呼声中，他一个箭步冲上去，伸出一条腿，将那女子的头勾住。他伸腿的幅度太大了，裤裆"哧"地裂开一条缝，露出了花裤衩。

3. "秀才啊，快回家吧，家里有急事"

牛二秀才是不是芝镇头一个穿裤衩睡的，咱不敢确定，但自他穿了，别人都跟他学着穿了。当年他去省城参加八卦游身连环掌比赛，住在旅店里，看到人家都穿着裤衩睡，觉得奇怪。比赛八天，他天天光着屁股钻被窝，慢慢觉得浑身不得劲儿。最后两天，都是磨蹭着不肯上床，等人家都躺下来，吹了灯，他才摸黑钻进被窝，长到十八岁，头一次觉得裤裆那儿碍眼。他和祖祖辈辈的芝镇人一样睡炕睡习惯了，如今躺在床上老觉得床在晃。扯块花布回家，叫娘给缝了一件。

花裤衩让他难堪，也让芝镇人开了眼，大家"哦呦哦呦"地起哄，牛二秀才赶忙夹紧了两腿。那女子从昏迷中睁开眼，看自己在一个陌生男人怀里，捶打着要挣脱，手抓脚蹬，身子乱扭。

女子的爹胡子拉碴推着一个木轮车进来，背上还背着一把二胡。他上下打量着跟前的这个虎背熊腰的小伙子，大高个，浓眉大眼，说："去找媒人，领家去！"牛二秀才红了脸，这才注意到那女子眉目清秀，除了脸上有几个麻点儿，没别的缺点。他嗫嚅着："得回家跟俺爹通报通报。"

女子的爹更直接，道："通报啥，都民国了！把车子给你老泰山推着，把二胡给你老泰山背着，去买俩炉包先把你老泰山孝敬着。麻利儿的！"一口一个老泰山，把看热闹的都逗笑了。

看看牛二秀才裂开了的裤裆，那老汉也笑了："漏风了，麻利儿的吧。"牛二秀才赶紧去大湾崖边上的衣裳铺里缝了裤裆，出来四处找那父女俩。老汉烟袋锅子朝天撅撅着，那女子羞红了脸，一扭头钻进了人海里。

芝镇的集人山人海，一不留神，人就走丢了。牛二秀才背着老汉的二胡，推着老汉的木轮车，木轮车左边铺盖卷，右边一个脸盆，还有一捆草绳、一个粪筐。老汉看到路上的马粪、牛粪就往粪筐里装，一铲子粪倒进筐，突然凑到牛二秀才脸跟前，问："你这身武艺是从哪里学的，师父是谁？"牛二秀才说："没怎么学，跟宫宝田的徒弟学过八卦掌，后来就荒废了。"老汉问：

"你说的，可是乳山那个'宫猴子'宫宝田？"牛二秀才说："是，但我只在芝镇见过一面。"老汉说："宫宝田厉害！女婿，快回家吧，炉包不用你买了，你老泰山不饿！"

已经闻到了炉包的香味，哪能不买？做好人做到底，这是俺芝镇人的脾气。牛二秀才心里想。

女子不知从哪里钻出来，塞给他一串通红的蘸糖石榴，两腮红着又钻入人群中。这姑娘从小跟着爹耍堂野，走路如风，听不见声响。

傍晌天，牛二秀才回家一五一十跟爹说了，爹不同意，说："咱是正经人家，咋能娶个卖唱耍堂野的？不中不中。"牛二秀才又小跑着来到芝镇大街，吞吞吐吐期期艾艾地跟那老汉说了。那老汉推着木轮车，正要去把捡来的驴粪、马粪卖了，听了牛二秀才的话，点了点头，说："你爹是这样说的？好——吧！"扬长而去。

隔了三天，牛二秀才正在东坡里锄地呢，邻居跑来喊："秀才啊，快回家吧，家里有急事。"

牛二秀才扛着锄头刚拐进小辘轳胡同，就听到了茂腔，看到自己家门口围满了人，老汉跟女儿在他家门口唱茂腔《赵美蓉观灯》，怎么劝也劝不走。人越聚越多，把他家门前的丁香花的花穗子都踩掉了。

父女俩一唱就是一天，天上黑影了，还不住嘴。牛二秀才的爹最终拗不过，说："罢罢罢，亲家，来家喝口汤吧。"芝镇人管开水不叫开水，叫汤，雷震老师考证，那是赴汤蹈火的"汤"。老者鞠了一躬，说："亲家，且让我唱完这一段：'赵美蓉进灯棚，丁字步啊站街中。杨柳腰把身挺，素白小扇遮着面容，闪一闪柳眉来观灯。上有灯，灯万盏；下有灯，万盏灯。风灯沉，纱灯轻；挑门西，挂门东。铁条灯笼四方圆，不如纱灯照得明。转盘灯，那个走马灯，转转悠悠的永不停……鳞刀鱼，赛银叶，旁边走的蟹子灯，扭扭嘴的海螺灯，一张一合的蛤蜊灯，蹦蹦跶跶的蛙子灯，龟呱龟呱的蛤蟆灯……白菜灯赛蓬松，摇头散发的芫荽灯，黄瓜灯一身刺，茄子灯紫绒绒，韭菜灯赛马鬃，葫子灯弯中儿，南瓜地里造了反，北瓜地里乱了营。'"

秀才的爹是个戏迷，当天夜里跟亲家喝了个烂醉如泥。

唉，如今二十二年过去，女儿牛兰芝都二十一了，到了跟她娘当年一样的年纪，她娘倒是安稳了，一心在家养蚕妹儿，女儿也想要堂野，这个"堂野"可耍大了。

4.灌了酒的蚂蚱驴泪汪汪的

喊着"借光借光"，牛二秀才赶着蚂蚱驴车穿过东门里街。"蚂蚱驴"，是说那驴瘦弱如蚂蚱，牛二秀才原来有头蚂蚱驴，为给儿女凑学费卖了，不料那钱被孙松艮偷了去。这驴是又攒钱买的，牛二秀才依然喊它蚂蚱驴。在大集上，蚂蚱驴脖子上的铜铃再怎么响，他和驴也听不到了。他耳朵里塞满了市嚷人声，偶尔瞥一眼摇晃的铃铛和铃铛下的红穗子。穿过厅楼明胡同、牌坊街、大湾崖，到了后牛市街的牲口市，那里的驴骡马牛挨密挨，驴粪、马粪、牛粪让蹄子踩踏成了片，有人拿着粪铲子，嘴里也喊着"借光、借光"，一铲子一铲子都收走了，一会儿工夫，地上又是一大片。经纪人呢，面对面站着，鼻对鼻，眼对眼，胡子碰胡子，各伸出一只手，手指头在对方袖筒里捏捏索索。袖子猛地一甩，四目一碰，生意成了。

牛二秀才今日事儿多，没多瞅，直接去钉掌摊。芝镇喊挂掌的是"搋驴蹄子的"。这"搋驴蹄子的"大名公冶橱，一脸麻子。这公冶橱是个爱磨蹭的主儿，干起活儿来慢条斯理，像绣花的老太太，火上了屋脊，他也不急。这公冶橱也是爱酒之徒，在铲刀、镰刀、锤子、铐子、钳子边上，总矗个满着的酒葫芦。他牵了驴，先给挠痒痒，挠啊挠啊，一边挠一边跟牲口主人闲扯，扯得主人浑身都痒痒了，他才给驴挠完。这样的耐心，一般的驴都会顺从，要有不顺从的，公冶橱吃软不吃硬，拿起酒葫芦就灌，一灌，什么驴都老实了。他先逮住一条驴后腿，把腿跪放在凳子上，凳子上垫着灰不塔的布垫子，驴腿跪在上面很宇阔（方言，舒服）。公冶橱用左腿顶住驴腿，使驴腿蹄心朝上，用钳子把旧铁掌的钉子——拔了，铁掌当啷扔在地上，用肩膀顶住大铲刀的把儿，一手扶铲，一手扶蹄，闷劲儿铲除驴蹄上的胼胝。公冶橱的拿手绝活是，铲得薄厚深浅——正好。铲浅了不起作用，铲深了，会伤了驴蹄子，再深，就会流血。铲完，用镰刀把蹄子边沿修整了，找出崭新的驴掌，比量比量，用锤子在砧子上敲平整了，前面和两边的钉子，斜着从驴掌眼儿里钉进去。这也得掌握火候，太斜了钉不深挂不住，太正了会钉到蹄肉里去。钉尖儿从硬蹄边冒出来，拿过铐子，逼着钉子往下卷起，抬起羊角锤，一锤给盘死，钉子便不会脱出，蹄铁两端稍微薄一点，公冶橱要根据蹄子的厚薄把掌钉裁短，太短了，钉子吸不住会掉掌，长了会扎到驴肉里去，影响走路。

"钉掌，钉的就是火候儿，好汉子不稀罕干，赖汉子又干不了。"公冶橱常常对人显摆。

要高兴了，掌钉的活儿漂亮，公冶橱会奖励驴、骡、马一口酒，驴、骡、马的主人也都认可公冶橱的这个怪癖。

大半辈子不急不躁的公冶橱今日却慌里慌张，不是钳子拿倒了，就是钉子钉深了，手还乱抖。牛二秀才问："表弟你这是咋了？"

公冶橱紧锁眉头："等等，我喝口酒，稳稳神，鬼子……鬼子来了！"

"鬼子咋了？"

"鬼子的马掌，是钢的，钉子是铜的，放光。战马的马掌。"公冶橱说着都有点儿结巴了。

公冶橱额头上有了汗珠，他告诉牛二秀才，小鬼子来过他的钉掌铺，小鬼子摸着钉掌的铁砧子，掂量了掂量。

"他们这是让我背上这些东西跟着他们呢。"公冶橱说，"打起仗来，我跟着，这不是送死吗？"

公冶橱说干完这天，就收摊。抬头看看牛二秀才，脸红了："您看您看，干了半辈子，临末儿了，给您的驴没钉好。"

四蹄叮叮当当钉完，公冶橱牵着蚂蚱驴走了两圈，那驴前腿有点瘸。公冶橱又把驴牵过来，把蹄子摁在凳子上，修了一遍。再牵着走，不瘸了。公冶橱喝一口酒，说："牛师父，我这就洗手了。"

牛二秀才看着公冶橱那粗糙的大手，问："你见过鬼子了？

是瞪着血眼?"

"看着和咱们的人一样,叽里咕噜像鸟叫。"

公冶橱拿过酒葫芦,牵过驴,说:"来,张嘴,咱爷们喝口酒。以后就捞不着(方言,没机会)喝了。"那驴伸过长长的驴脸,张大口咽下了冷酒,他也张口喝了。驴眼里闪着泪花,是辣的,公冶橱也闪着泪花。那头驴转着湿漉漉的大眼睛,舔着钉掌棚的榆木柱子,不知道这头驴舔出了什么滋味,倒好像受了什么委屈似的,贴着耳朵,"昂啊昂啊昂——咊!"大叫了一声。

牛二秀才搂住驴脖子,给它戴上笼头。他一脚踩上了一个旧马蹄铁,好在老笨鞋底厚,钉子没有扎透。他猛一抬头,惊讶地看到公冶橱抱着酒葫芦又在喝,酒哩哩啦啦滴满了前怀,他的两鬓一点点地正在变白,太阳照着,很刺眼。

5. 女人怎么能让她哭?疼都疼不够啊!

猪市街往北是庙角子烧锅,牛二秀才盯着烧锅外墙脱落了的土皮。脱落土皮的那块儿,活似一头瘦骆驼。那年他的本家、在芝东村苇湾边上住的牛收当兵回来,背着一把生锈大刀,并牵回一头骆驼,骆驼上还驮了个红衣女子。那女子真漂亮,瓜子脸,黑眼睛,你看一眼都能被黏住,那眼是真黑,真亮,睫毛又黑又长,忽闪忽闪,顶一头浓密的黑发;鞋子上绣着的牡丹花随那骆驼蹄子落地的节奏在跳呢。牛收手牵骆驼从芝镇大街上走了一遭,轰动了四里八乡。骆驼哪儿来的?女人娘家在哪里?在芝镇的酒馆里被猜度了好多年。这俊女子三年给牛收"收"了俩闺女,大的叫"骆儿",小的叫"驼儿"。

盯着墙上的"骆驼",牛二秀才嘴角一咧,露出一丝苦笑。

当时深巷子里的酒香,灌满了他的鼻子,他已微醺,眼似睁还闭,车晃头也摇,看那驴蹄都不稳了,干脆下车,踱起四方步,他的影子跟驴影子在地上晕晕乎乎重叠着,晃悠着,享受着芝镇人的福气——飘飘欲仙,腿长了短了,短了长了。睁开醉眼一看,红的、黄的、蓝的、紫的酒幌子一字儿排开,有的没字,有的写着"裕兴""井东""松树底""南棚""益太场""广太场""义昌泰"等大大小小的字,这字儿多出自我爷爷公冶祥仁的手笔。下崖、南苇湾、西高场、巷子里、南楼、明楼、家庙东、明楼后、西草市、郝家湾、元隆场、后牛市等十来家烧锅,也远处散布着,那酒幌子高高低低,在风里吹着,像一簇簇火苗,一阵刮来的温酒味儿,口一张,软乎乎地旋进肚子,一点点下咽,下到丹田那儿,小肚子热乎乎的。他咂摸那酒香,心下琢磨,你说是雾也好,你说是纱也好,你说浯河的冰块也好,总是透亮透亮的。人生如此,夫复何求?

牛二秀才兀自陶醉着,正抬脚上坡呢,忽听到尖尖的锥扎似的女子的哭。嘤嘤女人的啼哭,把他从微醺状态里猛地拽出,罩起耳朵细听,是从庙角子烧锅北边那里传来的。

在芝镇七十二烧锅中,庙角子算个中等,锅主以前是杀猪的屠户,看着开烧锅赚钱,挽挽袖子也开了起来。屠宰的生意呢,顺手的事儿,还干着,从后院里淌出一些血水。邻居不堪其扰,常常跟他闹。可庙角子锅主不管这一套。到了年底,前后左右的邻居一家一挂猪下水,也就相安无事了。牛二秀才对这锅主印象不好，他从不到庙角子这儿打酒，也从不到这里买烧酒糠。可女人的哭声让他住了脚。牛二秀才心软，听不得女人哭，女人一咧嘴他就剜心剜肺。每每听到哭声，不管是白天黑夜，不管是下雨下雪，不管是在旅店还是在家里，他就坐立不安，就把拳头攥得紧紧的，把牙关咬得死死的，腰杆挺直，喘着粗气，眼里冒火。一个箭步上去，先把那欺负女人的臭男人"残"了。这"残"在芝镇就是"教训"的意思，不是打残废了。可常常的，拳头找不到地方落，他就像一头困牛，只能原地转圈。牛二秀才想起了牛收和他的骆驼，牛收的家跟牛二秀才家接山住。牛收爹娘早死了，他在东北当兵几年，也没赚下多少钱，他用骆驼驮回的那个女子，村里人都见不到。

有一天夜里，嘤嘤的哭声从接山的墙缝里渗进来，牛二秀才抬头听，那嘤嘤声拐着弯儿，直钻进他的心口窝，多好的女子啊，哭啥呢？白天也不好问。牛二秀才终于忍不住，找了个下雨天，提酒去跟牛收喝，抱着酒葫芦推门。门锁着，屋子里有动静，他把着门缝一看，看到那女子被反绑着，坐在麦根子铺着的地上，嘴里塞着破铺衬（方言，布条），看到女子的一双大眼里悬着泪，牛二秀才的眼窝也发湿。好可怜见的人儿，牛收你咋这样呢！正心疼着呢，肩膀被拍了一下，是牛收。

牛二秀才笑笑，说："想找你喝酒呢。"牛收开了门，牛二秀才低着头不敢看那女子。牛收丢给对面那女子一块地瓜说："你还想跑，再跑打断你的腿。"女子被反锁在西屋，牛收和牛二秀才在东屋喝酒。牛收说这女子是从东北花几吊钱买来的。牛二秀才说："都是人啊，别折腾人家，咱是男人。"牛收应着。

可是夜里，那女子还是哭。牛二秀才感觉那热炕成了热鏊子，媳妇打趣："要心疼了，就过去跟人家搭伙。"牛二秀才不理。过了半年，见那女子蹲在胡同台子的一块砖头上，头发披散着，脸也没洗，那腿断了，说话呜噜呜噜，听不清，张开嘴露出半截舌头，门牙也没了。村里的人都围着看，大闺女小媳妇老婆婆都偷着抹泪。"牛收，你这个畜生！"牛二秀才心里骂。

骆驼女人命苦啊！牛二秀才眼睁睁地看着，心揪着。她的容颜渐渐老去，没牙的嘴巴窝了进去，头发差不多快掉光了，眼眵也不擦。脸脱皮，一层一层地脱，叫太阳晒得成了花脸，黑眼珠早已变黄。穿着灰布大襟褂子，坐在街头，见了谁都傻傻地笑。牛二秀才每次见了都想问问骆驼和她的娘家，每次都不忍心，开不了口。

牛收一直喝酒，睁眼就喝，喝了酒就打老婆。有一个深夜，又喝醉了，从围子墙上往下爬，他说看到骆驼来抢他的女人，他抱着酒葫芦，迷迷糊糊，一头跌了下去。没了。

骆驼女人有了笑模样，跟骆儿、驼儿过日子，饥一顿饱一顿。好在这俩闺女都孝顺。再出门，牛二秀才见到她的稀疏的头发竟然长出了许多，也顺溜了；还有，一口白牙也长了出来，脸上有了血色。

酒香再也缠不住牛二秀才，他踮起脚尖，也看不到那哭的女人，脚底下垫块石头，也瞅不见。他心急火燎。那女人的哭声，他总感觉很熟悉，好像在哪儿听过，那是很特别的哭声，那是戳他心尖儿的哭声。

跟前一大堆人都伸长了脖子，有那急性子的小厮，蹦高看。

牛二秀才"嗨"一下，跳上驴车，看到围着的一圈人中间，那女子披头散发，弯着腰，花褂子上沾满了烧酒糠，看不清脸面，女子边上蹲着两只大黑狗，黑狗伸着舌头。就听一人大叫，那女子的长头发被拽起来，又被摁了下去，再次被拽起时，牛二秀才看清了，这不是牛收的大闺女骆儿吗？恍惚里的某个清晨，在炕沿上，一条腿压在臀下，一条腿担在炕沿板儿上，后窗风吹乱了刘海，那绣花鞋欲脱未脱的，露出了脚跟，抿嘴一笑，露出白生生的一排牙。骆儿的影子在他脑子里一闪。

围着她的竟然是三个黑脸"烧包子"。

她这是惹着烧锅上的"烧包子"了？难道是给人家"冲了酒"？

慌乱中，找不到牵驴的人，驴车让拥挤的人围住了，也走不得。他正急得转圈呢，就听后面有人喊他："表叔，您也来赶集啊？"牛二秀才一抬头，把鞭子和缰绳朝来人一塞，一闪身不见了。

那是我大爷公冶令枢，他惊叹"表叔"牛二秀才的轻功，坐在驴车上，吸着满街的酒香，倒也不枯燥。

烧锅也叫"场子"，烧酒的汉子，都叫"烧包子"。"烧包子"的活儿最累，肩挑、人扛、抡木锨，酒醅出池、入池、凉糟，环环紧扣。最紧张的就是出池和凉糟。酒流完了，要抓紧用木锨将甑桶里的酒糟挖出，用木锨高扬散热，木锨在甑桶一铲一扬，一扬一铲，速度飞快，远远感觉"烧包子"和甑桶黏在了一起，扬起来的烧酒糠如那翻滚的火烧云，这道工序叫"扬片儿"。蒸笼里雾气腾腾，"烧包子"都光屁股，胸前围一片腰布遮挡着下半身,甩开膀子抡木锨,汗水直往下淌,擦脸布子擦都擦不迭。这个场合,不能让娘们儿进来,场子里要出现了女人的影儿,就会"冲了酒"。酒冲了,几锅酒就酿废了。

牛二秀才纳闷,骆儿啊骆儿,你跑到场子里来干啥呢?

三个下身围着腰布的"烧包子",一个半蹲着,一脸狞笑,薅着骆儿的长头发,骆儿痛得咧嘴;一个跪在地上,手里吐唾沫,用麻绳绑她的两手;一个左手端着酒瓢,右手把骆儿的嘴掰开:"大喝一口!"骆儿头一歪,一瓢酒泼到了脸上,酒溜子顺着骆儿的腮帮子淌下来;再舀一瓢来,那汉子又吼:"喝!"骆儿呻吟着闭眼低头喝了一口,张了嘴又一阵大哭,哭得都嘶哑了。骆儿把头抵在胸前,"烧包子"摘下手套,扇了她一个耳光,抱住她,对着嘴,把酒给吐了进去。灌完,在闺女的腮上、嘴上猛一顿啃,骆儿的头拨浪鼓一样躲闪不及。

看着面如土色、浑身痉挛的骆儿,周围的闲汉跟着起哄:"喝啊,喝啊!喝的可是热乎酒!"

端瓢的"烧包子"身子不动,手端那瓢转了一圈,酒却一滴不洒,他说:"大家看看啊,这就是给俺烧锅冲了酒的下场!"

有一个老太太对另一个说:"快别逼她再喝了,再喝,就喝两瓢了,男人都撑不住!"

"谁让她给人冲了酒呢!"

"喝!喝了,就不让你赔了。"

牛二秀才挤进人群,看到"烧包子"又在搂骆儿,骆儿猛地往他脸上唾了一口,那"烧包子"松开胳膊,用手背抹净脸上的唾沫,诡秘地朝她一笑,夺过看热闹的老者的一个铜烟袋锅,烟袋锅里红红的,摁到了骆儿的大腿上,一会儿冒烟了,一股冲鼻子的皮焦味儿,肉焦味儿,滋拉滋啦响,骆儿连连惨叫……

"住手!三个汉子欺负一个闺女,这是咱芝镇人干的事儿吗?"

忽地,半空里的一声大喊,像闷雷滚过。

牛二秀才气得浑身发抖,拳头都攥出了水,正准备出手"残"那几个歹人。听到吼声,回头一看,他怎么来了?

6. "是谁这么大胆,冲了俺的酒神?"

从天上飞下的,是杆攥枪子(方言,红缨枪)。六尺长的光滑的粗腊条枪杆儿颤颤地嗵嗵吼着,软软地弯了一个弧,"砰"地掠上了"烧包子"的背,掠起了一层醭土(方言,尘土)。那"烧包子"哎哟着伸胳膊掐腰,又被"砰"地来了一下。一抬头,瞥见了攥枪子的尖头,张起大嘴,脖子一缩,倒抽了口冷气。那少年倒攥着攥枪子,那尖锐的枪头自是夜里刚磨过,太阳一照都刺眼,枪头下吊着的红穗儿,被少年带起来的风吹得往后飘。要是攥枪子正面戳过来,"烧包子"的脊梁能被攥透。

是儿子牛兰竹,年方十九的瘦削毛头小子,身穿灰布学生装,扎着裹腿,落地来了个马步。牛二秀才正纳闷呢。他怎么来了?见拧着浓眉的儿子举起攥枪子的长杆,又朝另一个"烧包子"抢掠了过去,牛二秀才想说一句"别伤人",但话到了嘴边又给咽了下去。儿子去省城乡师念书前,跟着他学了几招。谁承想,在省城上了几年学,越发成白面书生了,早年的张狂只剩了一星半点儿,说话柔声细气,还架了一副眼镜,有了女儿态。今日的手脚,倒让牛二秀才暗暗称许。

若干年后,我跟雷震先生提起牛二秀才、牛兰竹父子救美女骆儿的事。雷震老师说,女人"冲了酒"的说法,其实是胡扯。究其道理,不外乎一是烧锅上的"烧包子""扬片儿"赤身露体出酒糟,挥汗如雨,不雅;再是"扬片儿"分不得神,一分神,耽误了时辰,出来的酒就变味儿了。雷震老师说:"骆儿的大名叫'牛廙(yì)','冲了酒'的事儿,我见过,我当时十岁,'烧包子'真是胡闹,灌了牛廙几瓢高烧。还是牛二秀才父子仗义。"

雷震个子矮,从人群的腿缝里扒着朝外看,只听到骆儿在哭,没看到牛兰竹怎么整治那三个"烧包子",所有的细枝末节,都是他想象的。

牛兰竹这天没戴眼镜,他往后撤了一步,一晃眼,倒退到庙角子锅主的香炉案子上,香炉子里三炷香和六根红蜡烛被一股脑儿揉到地上。芝镇烧锅有个罚酒仪式,女人冲了酒,要逮住在大庭广众下跪着灌两瓢酒,算是罚了。女人灌昏了头,有的昏迷两天,有的昏迷三天,什么时候醒了酒,再绕烧锅转圈一步一叩头,恳求酒神原谅。

牛兰竹撵着"烧包子"打,动了香炉子和蜡烛,这可惹来了麻烦。锅主正跪在缭绕香烟那儿祷告呢,祷告有一套词,得念叨一袋烟工夫。他闭着眼,听到一阵嚷嚷声,也不理不睬,继续念念有词,等念叨完,睁开眼,先看到牛兰竹和他的攮枪子,拄着拐杖站起来,抖一抖夹袄的长袖,咳嗽一声,心下是:"是谁这么大胆,冲了俺的酒神?"

牛兰竹把攮枪子使劲一插,枪头直接吃进了地里。他搬过街口的酒坛子,舀了一瓢酒端给"烧包子":"喝了,赏你的!"

三个"烧包子"面露难色,牛兰竹摇摇那攮枪子的杆子,他们乖乖地分着喝了。

庙角子锅主把掉在地上的香炉子掏出手帕擦了,重新摆上香案,又把蜡烛栽到了香炉案边上,磕了俩头,挽挽袖子,过来了,说:"这妮子给俺冲了酒,做了坏,你逞的什么好汉呢?"

"她是俺姐姐!"牛兰竹仰头迎着那锅主,手扶着攮枪子。

"你姐姐冲了酒也不行,也得赔!"

"我赔!但你欺负俺姐姐我这攮枪子可不答应!"

"这是规矩,你问问咱芝镇人,冲了酒,是不是要罚啊?"

众人都不说话,有的盯着锅主,有的盯着牛兰竹。

"不罚酒,那你得赔酒!"

牛二秀才一个箭步上去,对儿子牛兰竹喊:"慢着!"

他朝那庙角子锅主拱手道:"锅主好,我侄女是怎么冲了你家的酒?"

锅主说:"你问她。"

牛兰竹见自己的爹来了,忙后退一步,扶着骆儿。

骆儿已经醉瘫了,牛兰竹抱着她,使劲晃,怎么晃也没见动静。

牛二秀才说:"锅主,咱抬头不见低头见,要是孩子有个好歹,我可跟你没完!"

锅主眨巴着小眼,说:"那冲了的酒呢?谁来赔?"

牛二秀才痛快应下:"我买了这'冲酒',但我要五年陈!"

庙角子锅主说:"好,五年陈!"

真的签字画押,买下了这闺女"冲"了的酒,五年期限。一场热闹的好戏就这样散了。

骆儿的脸蜡黄,紧闭着眼,牛兰竹怎么也喊不醒她。

脸色蜡黄的骆儿被灌昏了,身子像面条一样扶也扶不起。牛二秀才赶紧给她解开绑着的两手,"烧包子"心真狠,骆儿的手脖子都勒出了黑青。掐了人中,摇晃了手臂,揉了胸膛。慢慢地,那闺女有了血色和气息。忽地腰拱起来,呕啊呕啊地往外吐,又剧烈地咳嗽,咳出了血丝。过了半个时辰,一双湿漉漉的眼睛才慢慢睁开了。

闺女绯红了脸,嗫嚅着:"叔,俺这是在哪里?"

"骆儿啊,你咋闯了烧锅呢?"

"俺娘害偏头疼,疼得直撞墙。俺去找了貌姑爷,她让俺去烧锅上捉五只醉雀,炖葱白……俺刚敲开烧锅的门,就被'烧包子'摁住了……"

烧锅上不缺的就是醉雀,醉雀就是麻雀,成群结队在屋梁上飞来飞去,唧唧唧唧,天天让酒熏着,熏成了醉雀。

"你咋还信貌姑爷!骆儿啊!你真是的。"

"俺……有大名,叫牛廙。"

"牛yì?是哪个字?谁给你起的?"

"他。"骆儿歪头看一眼牛兰竹,面露一丝羞赧。

牛二秀才瞅一眼儿子,牛兰竹咂咂嘴,在手心里写了"廙"。

"就你有学问？！起这么个生僻字。"

牛兰竹笑笑，没跟父亲犟嘴。心下是想，根儿还在您老人家身上呢。

牛二秀才当着芝东小学的校长，满心眼儿盼着自己的学生都有大出息，包括他的一双儿女。女儿牛兰芝小学毕业了，按家境呢，再升中等学校升不起。巧的是，他在省城的一个本家回芝镇探亲，带回一张省立第一乡师的招生简章，上面说明，学习期间，每月还有五元的津贴，这可是好事呀。牛二秀才就告诉女儿，只要能考上咱就上。十三岁的牛兰竹也说："我也考！"牛二秀才说："你要考上，咱也上。"可省立乡师招考规定考生得年满十六岁以上。牛二秀才那夜喝了两壶酒，晕晕乎乎地问儿子："你真想考？"儿子嗯了一声。牛二秀才又抿一口酒，说："真想考，就拿笔来！"儿子拿来毛笔，在砚台上研了墨，牛二秀才摇头晃脑，找个下笔的地方，一笔下去，把儿子小学毕业文凭上的"三"改成了"五"，这样虚岁就是十六了。"考去吧！"毛笔一扔，呼呼大睡。

谁承想，招生八十名，报名近两千，牛兰芝、牛兰竹姐弟俩居然都上了榜。

牛二秀才犯了难，他到玉皇阁找雷以邕算了一卦，抽的是上上签——"芝兰竞秀，翠竹生香"。牛二秀才满心欢喜，忍痛把家里的蚂蚱驴卖了十几块大洋做学费，没想到这卖了的驴钱被孙松艮偷了。牛二秀才好不容易才在芝镇烧锅朋友那里凑够了学费。

提前一个月，送俩孩子进省城读书。学费缴了，吃住咋办呢?他有个本家,在省城医院做高级职员,管了牛兰芝、牛兰竹姐弟俩的一月食宿。

牛兰竹后来自己有了一道保留菜品——酿茄子,就是他在人家借宿时偷着学的。那时省城每天一大早就有挑担卖菜的,还有挎着篮子卖肉的小孩。牛兰竹买一毛钱的肉馅,再花几分钱买三四个茄子,就可以和姐姐美餐一顿"酿茄子",这是从那家借宿搬出来以后的事儿。借宿完了,牛二秀才又来省城,跟俩孩子到借宿的本家搬行李。那家的门矮,牛二秀才个儿高,站直了往外走,把头磕了个大疙瘩。猛抬头,看到门边墙上贴着一张报纸,上面有"王廙"二字,他指着这"廙"字考儿子,儿子说不认得,牛二秀才轻轻责备了句:"就光知道吃啊!"牛兰竹心里暗暗记下了。

进了省乡师第一天去图书馆,查的第一个字就是"廙",顺手查了"王廙",知道此人是东晋琅琊人,多才多艺,工诗文,晓音律,绘画艺术功力颇佳。

牛兰竹用铅笔刀在床头上刻下了这个"廙"字,还把自己的宿舍偷着命名为"廙斋"。

牛兰竹回乡,骆儿跟着认字,恳求牛兰竹给起个大号。他从没给人起过名字,盯着骆儿,盯得骆儿脸都红了,也想不起个好字。回家翻看自己在乡师时的笔记,看到了"廙斋"二字。

小跑着敲开骆儿家的门,把用毛笔写好的"牛廙"恭恭敬敬地交到了骆儿手里。骆儿双手接了,抬起头,一缕头发盖了半边脸,牛兰竹瞅着她,心咯噔一下。"姐姐,你……真俊。"撂下一句话,逃了。

可是，牛二秀才早已把这个考过儿子的"廪"字给忘了。

牛廪又开始呕吐，牛兰竹扶不住，干脆两手托着，把她托到了驴车边。我大爷公冶令枢皱着眉头，看驴车看了半天，有点烦了。就听牛二秀才说："先把闺女拉到芝谦药铺，再把车赶到义昌泰。"

牛二秀才去了义昌泰烧锅。

7.牛二秀才心里刻着这个耻辱的时辰

牛二秀才爱买公冶家堂号义昌泰烧锅上的烧酒糠。义昌泰的田雨人实诚，烧酒糠摊在院子里都晒得半干了。有些烧锅则不，烧酒糠本已精湿精湿，还要泼上两瓢水压秤。

田雨的烧锅讲究，收的小麦、高粱，都籽粒饱满；酒提打酒也是满溢得让顾客满意；"烧包子"脸无横肉，温文尔雅；柜台擦得能照见人影。最显眼的是柜台外吊着的三个松枝球，那松枝球有碌碡那么大，田雨亲手编的。黑、褐、绿三色一字排开。黑色的松枝球，编了十年上下，下面放着十年陈芝酒；褐色的松枝球，编了五年上下，下面放着五年陈芝酒；鲜绿色的呢，是新编起来的松枝球，下面放的是刚酿的芝酒。松枝都是从公冶家族祖茔地的松树上劈下来的，每次劈松枝，都要先给列祖列宗上坟、烧纸，祷告保佑酿出好酒。

田雨站在柜台上卖酒，有时还爱当"烧包子"，甩开膀子扔两锨，过瘾。人不得闲，也义气，牛二秀才跟他投缘。田雨说，自从鬼子占了芝镇，生意就不好做了，芝镇大集人少了一半。要在过去，每年的秋后初冬，乡下来的满载小麦的地排车、手推车排成长阵，前车已经到了粮食市，后车还在启文门内外。现在哪有敢来的？芝镇九个城门封了八个，就留下东南角的启文门，来人出入一一排查，那站岗的原是芝镇庄户人，穿了一身黑皮，就横挑鼻子竖挑眼。

田雨问："你进来的时候，没查吗？"牛二秀才说没查。田雨说："你来得早，那帮坏畜类一定是头天夜里喝大了，现在估计又布上岗了。"牛二秀才"哦"了一声。

看到田雨烧锅周围房舍都拆了，牛二秀才问："好好的咋拆了呢？"

田雨说："鬼子要在芝阳门上修碉堡，周围半里地的民房统统扒。庄长说什么射程之内都要拆，啥叫射程？就是枪子打得到的地方。"

建炮楼子，拆了仨地方。芝镇最高的地方是赵家大院的东顺和开的当铺。清末最后一榜进士赵录绩的后人发达了，就有了堂号。赵录绩官授内阁中书，"民国"初年任省议会议员。某年，康有为到济南，听说赵录绩治"三传"（《左传》《公羊传》《穀梁传》）颇有新见，专门到寓所拜访，谁想赵录绩在老家芝镇，康有为要去岛城，路过芝镇。在东顺和，赵录绩和康有为喝着芝酒，聊了一天一夜。赵录绩也是好酒之人，你看他的斋名就跟酒有关——慔邕阁。

为写《芝镇说》，我在辛亥年春末回到芝镇，采访九十二岁的杨富骏老人，正碰上我九十七岁的大爷公冶令枢来找杨老喝酒。说是喝酒，其实是解闷儿。

大爷自从大娘殁后,酒量大减,但更迷恋。酒盅在他指头上捏着,思绪好像给捏开了,说起赵录绩,故事顺嘴就吐露出来:"赵录绩,字'孝陆',典出三国的陆绩。陆绩六岁那年,随父亲陆康到九江拜见袁术,袁术拿出橘子来招待,陆绩往怀里藏了俩。临行时,橘子从兜里掉出来,滚到地上,袁术笑道:'看来陆郎喜欢橘子。'陆绩说:'母亲喜欢吃橘子,我想拿回去送她尝尝。'袁术十分惊奇。在孝母上,赵录绩做了件让人咂舌的事儿。我六岁那年,赵录绩的娘杨氏殁了,赵录绩拿出两顷地为他娘出'活人大殡'。两顷地,是二百亩啊!什么叫'活人大殡'?就是在出殡时扎的纸人要用活人来顶替,这扮演纸人的活人,像京戏演员一样的穿戴、化装,站在抬着的祭台上,等一路顶完,赏一块大洋。看殡的、帮忙的呜呜泱泱。我那会儿就记事了,我跟着你亲老嬷嬷去看的。"

杨富骏老人补充说:"赵录绩叔兄弟堂号分别是东顺和、西顺和、南顺和、北顺和、三顺和,东顺和的当铺楼,南北五十米、宽十几米,那年土匪王子明攻芝镇,把东顺和的当铺点火烧了,东顺和的人呢,都躲到了天津,房子空了,先拆的就拆的这儿。拆的第二家是李家祠堂,祠堂是前厅后坟格局,春分秋分夏至冬至都要全族祭拜,这李家是清朝顺治年间的中书舍人李龙衮之后。拆的第三家是芝镇东南的铁佛寺,佛塔七层,全拆了。建炮楼子时,满街的人,一人抱着四块或者六块大砖头,小跑着干。他们也不知道是盖炮楼子,只要给钱,啥都干。"

"李家祠堂南边,孟家大院、永和大院东北角的两棵白果树,还高高地站着,老枝子上已发出了新芽。这两棵白果树在李家的林地里,有多大多粗呢?树冠遮着三亩多地。密州的巴山离芝镇六十里,巴山的一个大户人家在月明星稀的秋夜,在大水瓮里看到了这两棵白果树的倒影,这大户人家就来芝镇想买这两棵白果树,李家呢?贵贱不卖。"

8.白果树流出鲜红的血,像一条小河

我大爷公冶令枢跟杨富骏老人碰了酒盅,他性子急,脾气倔,嗓门大,喝上口酒,就没有别人说的了,全是他在唠叨。下头就是大爷对我说的——

"这两棵白果树,碍着鬼子建炮楼子了,要杀(方言,砍掉)啊。你爷爷说,芝镇有个老话,要杀白果树,除非李钢和李锯。这白果树是李钢和李锯兄弟俩不知何年所植,在芝镇站了少说也有一千年。没想到碍事了!碍东洋人的事儿了!你说憋屈不憋屈!我就听你爷爷说过,这白果树,又叫鸭脚树,为啥呢?叶子像鸭掌嘛。他还背诵了宋代诗人写的几句诗:'北人见鸭脚,南人见胡桃。识内不识外,疑若橡栗韬。鸭脚类绿李,其名因叶高。'你爷爷每天从大有庄到药铺前,先要到白果树下站站,围着树转两圈,风雨无阻,天天到这两棵树这里点卯一样,有时在秋天里捡两片'鸭掌'回来当书签。要是杀了这树,他到哪里去站呢?秀才遇到兵,有理说不清。二鬼子腆着肚子说:'啥李钢、李锯,大日本皇军威力无比!'那鬼子让二鬼子招来芝镇的木匠十几个,木匠们都缩着脖子哆嗦着不敢近前。

"本来是好好的晴天朗日,忽就飘来一团黑云。一阵旋风,

刮起了一层土,眯了人眼。两棵白果树的叶子却纹丝不动。好像那风就没刮到树那儿。白果树下跪了黑压压的一片人,跪在最前面的是芝镇的老人们,白胡子都耷拉到地上。这跪着的老人中,就有你爷爷公冶祥仁和雷震的爷爷雷以邕。你爷爷上了年纪,内急,一站起来,口袋里掉出一方印,那是一大早为芝里老人刻的,寿山石上刻的是阴文'果蠃之实'。这鬼子里,就有一个中国通,后来我才知道,他叫高田多长政。也就是这个高田,两年后在芝镇玉皇阁一枪把雷以邕给崩了。站在白果树下,他戴着白手套拿过印,托在手里端详,我听到了他在背《诗经》,好像是:'我徂东山,慆慆不归。我来自东,零雨其濛。果蠃之实,亦施于宇。'你爷爷惊讶地盯着鬼子,他怎么会背《诗经》呢?那鬼子问你爷爷,那口气好像是在考:'果蠃是什么?'你爷爷说:'是味中药,叫栝楼。'又问:'芝镇有吗?'你爷爷说:'有。'鬼子把那方印还给你爷爷,朝你爷爷伸了伸大拇指。说请你爷爷也给他刻一方同样的印。"

我问:"我爷爷给刻了吗?"

大爷说:"我隔得远,没看到你爷爷是点头还是摇头。但我感受到你爷爷求着高田,别杀这两棵白果树。高田狞笑,摇了摇头。后来,这叫高田的鬼子只要到芝镇,就到咱的芝谦药铺来,有时还带着寿司。你爷爷呢,一听说高田登门,他就躲着,实在躲不过,就硬着头皮出来迎,只跟他谈药,谈《周易》,就是不答应到维持会的事儿。有一次跟着鬼子钉马掌的公冶橱来找你爷爷,劝你爷爷,被你爷爷骂了出去。

"黑云越积越厚,地上尘土飞扬。僵持了一刻钟,维持会的会长死乞白赖求爷爷告奶奶,求了两个木匠,但这两个木匠像筛糠一样,走不成路。怎么办呢?二鬼子鬼心眼子多,从庙角子烧锅上搬来一坛子酒,'烧包子'端着瓢,一个木匠给灌了一瓢。这俩木匠喝了酒,脸像关公,也有了豪气,搓揉着眯了的两眼把大锯扛出来,先锯的是雌树,在离地面二尺高的地方下锯。两个木匠瞪着酒眼,喷着酒气,胳膊伸直了,开锯。

"吱拉——吱拉——吱拉——

"吱拉——吱拉——吱拉——

"云彩往南蚰蜒(方言,蠕动,活动)着,忽地天上打了一个闪。树下的人都吓得脸色蜡黄。锯末子顺着白果树的树干往下落。鬼子和二鬼子瞪着窟窿眼看到,不是锯末子,而是鲜红的血水。我离白果树不远,我清清楚楚地听到了血流的哗啦哗啦声,那血像一条小河,往外一点点地洇,快要洇到我的脚跟了。

"树底下的人仰头看那像屋子一样的树冠,白果树叶子在抖,在叫,叶子碰叶子,啾啾啾啾,啾啾啾啾,像是在喊疼,也像是在咒人。让人惊奇的是,另一棵白果树,好像要歪过来了,那棵树上的叶子在拍巴掌,哗啦哗啦响。

"那血洇到高田脚下,我看到高田捂着头,摆了摆手。

"两个木匠大汗淋漓地一屁股坐在了树根上,口吐白沫。其中一个木匠抬头大喊:'长虫,长虫,长虫!'大家都抬头看,一个蛇头在枝丫那儿瞪着大眼,那蛇头有水桶那么粗,通红的蛇信子舔着白果叶。忽然,大雨像瓢泼盆泼一样地下来了。

"两棵白果树,就那么留下了。这两棵白果树,可是芝镇的宝贝。你爷爷说,它二月里开花,都是在二更天,人很少能看到，他看到过，那花是青白色的。秋天里，他让我到树下捡白果，我还记得，他说白果色白属金，故能入肺经，益肺气，定咳喘，缩小便。但是白果不能多吃，芝镇有两个穷汉，饿坏了，以白果代饭食饱，第二天就死了。白果有毒性，夜里开花，就是阴毒之物，能杀虫消毒。那天鬼子高田捂着头，那是被白果的阴毒给击中了。"

杨富骏问："你公冶令枢为什么喜欢生吃白果呢？"

"因为白果生吃能解酒啊！"大爷说起酒，眼里的光好像灯泡充足了电，嗓门陡地提起来："过去新娘子出嫁，当娘的会塞给她几个白果轿上吃。白果能缩尿啊，新娘子吃了，能避免中途下轿小便。新娘子不解其意，以为白果拿来当零食吃，还责怪当娘的小气，也不多给点。其实，并非当娘的小气，白果吃多了有毒啊。喝了酒，生白果也不能吃多，三两个吧。"

告别了两位老人，我写我的小说。

当日当时，牛二秀才看着这两棵白果树，那锯了的伤疤已经愈合，牛二秀才上去摸了一把，愈合的锯口像缠着的一截粗草绳，他紧了紧腰，晃了晃身子。国弱他人欺，连树都不能幸免。看一眼刚刚垒起的炮楼，他的眉头紧锁。

他又跟田雨说了几句话，装上了烧酒糟，提着满了的酒葫芦出门。

我爷爷公冶祥仁的芝谦药铺在条货市边上，正是清明时节，条货市格外热闹，卖树苗子的多，梧桐、杨树、桑树、槐树等苗子摆了一地。芝谦药铺那里有个空场，场边一棵胳膊粗的老槐树，树上的枝子刚露出芽儿。牛二秀才把驴子拴在树上，那驴子站了半天，仰天叫了几声，牛二秀才从车厢里掏出笸箩，驴子埋头吃着笸箩里的秫秸叶子。

牛二秀才走过来拍拍门板，我爷爷正戴着老花镜给一个妇人诊脉，朝牛二秀才点点头说："来了！快屋里。"

牛二秀才并没进屋，他看上了十字路口摆摊的卖的一棵黄杨木。那棵黄杨木跟他一般高，有小拇指粗，叶子密实，叶边的花纹也密实。牛二秀才喜欢黄杨木。特别喜欢黄杨木的花儿，那形状像一个个小桌子模样。一个黄包车跑过，给晃掉了几个花瓣。牛二秀才的心被揪了一下。

双手提着买来的黄杨苗子，苗子底下的老娘土（方言，树木移栽过程中留在根部的土）用一张牛皮纸包着，牛二秀才都走出两步了，突然身后一个青年搭话。

这个戴眼镜的青年扣顶苇笠，遮着脸，低声说："俺看着您像个先生，您不缺纸，把这包老娘土的牛皮纸留下给俺，俺想给包个书皮，如何？"

牛二秀才抬头一看，上下一打量，一拳打了出去："啊呀，你这光腚熊孩子，这阵儿都死哪里去了？"拉过那眼镜青年，看看四周没啥动静，去驴车上摸出酒葫芦，一下闪进了芝谦药铺。

9.吃不下中药的人，闻药香也能治病

跟牛二秀才进门的眼镜青年轻车熟路，帮着搬药碾、擦药斗、药臼，顺戥子、扎药包。牛二秀才纳闷儿：他咋熟悉呢？我爷爷公冶祥仁正眯了眼给妇人号脉，听到响声，伸着脖子端详了

一下:"啊? 永涛!"

眼镜青年曹永涛叫了声"师父",低头扫地。

牛二秀才在药铺的里间往外间瞅。

我爷爷说:"你儿子牛兰竹领着那闺女回去了,无大碍。我看出来了,这个闺女有酒量,有胆量。牛廙,名字起得好。耐琢磨的,就是好名字。"

"熊孩子上了几天学,就显摆学问了。这闺女也是,去找藐姑爷看病。"

"藐姑爷的药方,也没错,她是借的《本草》治老人脏腑虚损羸瘦、阳气乏弱的方子:雀儿五只、粟米一合、葱白三茎,先炒雀熟,入酒一合,煮少时,入水两盏半,下米煮作粥,欲熟,下葱白、五味等,候熟而食。藐姑爷好玩,她的药方开了醉雀。"

"一合是多少?"

"在明代一升是二合半,相当于饭勺的十勺吧。"

芝谦药铺里弥漫着一股药香。

妇人病看完了,伙计给配药。我爷爷不时跟伙计说,当归加点,金银花少点。眼一直眯着,指头敲着脑门,他脑子还在那病人身上。一边就又睁了眼,吩咐我大爷公冶令枢沏茶。从曹永涛手里接过药包,递给病人,又一遍一遍嘱咐了煎药的步骤。那妇人四十上下,脸有些浮肿,腿还能走路。我爷爷对妇人说:"除非不能下炕,你尽量自己煎药。自己煎药的好处很多啊。治病就是个过程,煎药呢,也是个过程,很烦琐,要先用凉水泡药,泡上两刻钟,然后用大火煎开,再用小火徐徐煎煮上两刻钟。煎药时,头一个,人不离药罐子,怕煎煳了。还可以闻到药香,别忽视了药香,药香能治病。二一个呢,你得敬着这药,中药都是禀天地之气而生的,是有灵性的。敬着呢,那药也就敬着你了。三一个呢,你上心煎药时,静心操作,徐而不躁,这即是养心。身病其实根儿在心。退一步说,煎药时,深深地吸入这浓浓的药气,药香即能进入脏腑,有些确实吃不下中药的人,闻药香也能治病。"那妇人瞪大眼睛,不住地说:"是吗,是吗?"我爷爷说:"是,是,是。"

送走了妇人,我爷爷回来,洗了手,坐下,对牛二秀才说:"你不认识了?这妇人是芝里老人的闺女,在日本留过学呢。"牛二秀才说看着眼熟,没敢相认。

我爷爷看到了牛二秀才捎来的半袋子蝎子豆,抓起一把闻一闻,笑了:"用浯河沙子炒的。"

"为什么要用浯河沙子翻炒呢?"

"一方水土养一方人,一方水土也养一方猪狗马羊,养一方豆。这黄豆是浯河边的沙土长的,是喝浯河水长大的,你要炒,就得用浯河沙子,要不,黄豆也不愿意。"

"你啊,干啥都要找个理儿,要说出个理儿来。"

"哈,活着嘛!就得活得有滋有味儿。"

把蝎子豆在嘴里慢慢嚼着,我感觉笑眯眯的爷爷闻到了浯河边上蓑衣草的清香了。

牛二秀才说:"你说药香也能治病,我常到你这里闻药香,是不是也把我的病治好了?"

爷爷说:"那是,那是。药香药香,你闻出香味儿来,那药就是你的了。"

在我爷爷鼻子里，几乎无药不香。《红楼梦》里宝玉对于药香有一段论述，我爷爷都能背诵。

那小说第五十一回说的是晴雯感冒了，宝玉怕晴雯回家冻着，便自作主张，请了胡大夫来给晴雯看病。这位大夫看了病，开了方子，宝玉发现他用了紫苏、桔梗、防风、荆芥，后面又有枳实、麻黄等药，忙道："该死，该死，他拿着女孩儿们也像我们一样的治，如何使得！"把胡庸医打发走，另请了王太医开方，方子上果然没有了枳实、麻黄等药，倒添了当归、陈皮、白芍几味，药之分量较先也减了些。宝玉喜道："这才是女孩儿们的药，虽然疏散，也不可太过。旧年我病了，却是伤寒内里饮食停滞，他瞧了，还说我禁不起麻黄、石膏、枳实等狼虎药。我和你们一比，我就是那野坟圈子里长的几十年的一棵老杨树，你们就如秋天芸儿进我的那才开的白海棠，连我禁不起的药，你们如何禁得起。"……宝玉命把煎药的银吊子找了出来，就命在火盆上煎。晴雯因说："正经给他们茶房里煎去，弄得这屋子里药气，如何使得？"宝玉道："药气比一切的花香果子香都雅。神仙采药烧药，再者高人逸士采药制药，最妙的一件东西。这屋里我正想各色都齐了，就只少药香，如今恰好全了。"

我爷爷眯着眼，捋着胡须对牛二秀才、曹永涛絮叨着。

弗尼思对我说："你爷爷啊，他是既爱'红楼'又恨'红楼'。"

10. "能耐"就是能耐烦

庶出的我爷爷对曹雪芹不满，是因《红楼梦》里对贾环、赵姨娘的歧视性描述，看到那些章节，我爷爷就头疼欲裂。这是他无法愈合的内伤。

曹永涛搬起桌上的绣像本《红楼梦》翻看，那是我老爷爷公冶繁矗端楷手抄的程伟元、高鹗以木活字排印出版的本子，也叫程甲本。上面有我爷爷密密麻麻的批注。曹永涛对我爷爷说："省乡师一位叫杨我鸿的先生也是红楼迷。他迷恋书里那股虚虚实实的感应，他说那感应'如捉水月，只挹清辉；如雨天花，但闻香气'。"

我爷爷说："那是戚蓼生《石头记》序里的话。世人都说高鹗续写了后四十回，绝对不可能。一部长篇，只能是一个人写的，别人怎么会续得这么天衣无缝，看文气就能看出来。你省乡师老师的说法是对的，看书迷恋的就是'天花''香气'。有人看了前八十回，就不再看后四十回，那太可惜。那就闻不到香气，一定要把小说看成一个整体，是囫囵的。"

"囫囵的？"

"囫囵的，才是活的，活泼泼的。字字看来皆是血，至今谁解其中味？后四十回，是高鹗整理的，有底稿，只是没来得及打磨。《红楼梦》肯定一人撰写。"

曹永涛是我爷爷的亲徒弟，六年前他爹从芝镇南乡领着到我家磕头拜了的。曹永涛也很用功，背熟了六十多个"汤头"，可他坐不住，芝镇大集的耍景，老往外拽他。他像一块有棱有角的铁块，门外的一切都是吸铁石，他就梦想着到外面的世界去闯荡一番，就背着我爷爷，偷偷考了省乡师，居然考中。

辞行那天晚上，下小雨，我爷爷和曹永涛都喝醉了。那天下午曹永涛去义昌泰公冶田雨的烧锅上打酒，田雨赶巧闹肚子，蜷缩在炕上，他吩咐小伙计。小伙计耍滑，捉弄这个白面书生，曹永涛是兔唇，小伙计就学着曹永涛说话。曹永涛先是忍着，忍不住了就对骂起来。折腾了半天，才折腾出半坛子站住花酒。曹永涛说："田雨调教的伙计都刁蛮。"那个"刁"字发成了"焦"字。小伙计一听，拿起酒瓢，"砰"地扣到了他的头上，曹永涛淋了一头酒，破口大骂着跑回了药铺，一个劲儿地跟师父抱怨。我爷爷笑着说："徒弟啊，你这是不明白啊，咱们喝酒分几段几步啊？"

"喝酒就是喝酒嘛，端起来，一仰头，就下去了。"

"喝酒这个事儿，至少四段，一是邀酒，一是买酒，一是酒肴，一是喝酒。买酒也是喝酒的一部分啊。你想想，是不是这个理儿？按说，喝酒，还有一部分，那就是酿酒，玉米、小麦、高粱一样一样，神神秘秘地就变成了酒。多么不容易啊！这样想想，就没了火气。干啥事，都沉住气。怎么沉住气？把事儿分成段。比如你去求学这个事儿，有几部分啊，坐汽车、坐火车、到学校……享受每一段，体会每一段。咱们师徒这一段，你走了，我就会想，想想这一段，不是享受吗？说一个人有能耐，其实是说他能耐烦，能耐，就是能耐烦，耐烦的人，才是能人。"

"师父，我记下了。"

"咱们这一段就算过去了,在心里牵挂着,就行。这个时代乱象丛生,不知哪条路能走通,去乡师开开眼界也不孬。"

四年光阴,倏忽而过。曹永涛个子高了一头,还是那么瘦,只是眼睛更大更亮了。

我爷爷说:"永涛去省城开了眼界,你跟我干闺女牛兰芝一起在咱芝镇演《放下你的鞭子》,那是破天荒的事儿。有一次一个看病的人还说起你呢,说,那个青年一双大耳朵,讲话时,耳朵一扇一扇的。人都说:'大耳曹,大耳曹,演得好。'"

"师父,让您见笑了。我的眼差点让那粪叉子戳瞎了。"

牛二秀才一听哈哈大笑。

浯河岸边

WU HE AN BIAN

第二章

1.跟蚂蚱驴喝一口告别酒

牛兰芝和弟弟牛兰竹在省立第一乡师上了四年学,眼看到手的毕业证,却被鬼子锐利而冰冷的铁蹄踏得稀碎。

想起父亲牛二秀才为她姐弟俩凑学费卖驴的事儿,牛兰芝的心一直隐隐作痛。戊辰年(1988)三八节那天,我到北京采访她,七十一岁了还念念不忘她家的那头蚂蚱驴——又瘦又小却又是家里的宝贝。她癌症刚做了大手术,但满头黑发,那牙结实得还能啃我带去的硬面火烧。我记得客厅里摆着一束百合花,她说是弟弟牛兰竹送的。她说:"我脑海里,一直有个画面,月光洒满了天井,鹅卵石铺的甬路上泛着光。我躺在炕上,听着天井南头传来'咚咚咚'的驴蹄声,然后是父亲说'慢点吃',他一定在拍驴头……"

"父亲卖驴的头一天,挖了半瓢豆子给它拌料。光滑的石槽,蚂蚱驴最熟悉了,驴嘴在吃料前总是先要蹭一蹭,蹭完石槽,再蹭蹭他的手,其实那不叫蹭,该叫舔了,温呼呼的。他忙忙碌碌一天回来,蚂蚱驴的一舔一蹭,让浑身的疲惫烟消云散。牛兰芝记得,父亲看蚂蚱驴的眼色,就跟看菜园里的黄瓜花儿,跟盯西坡里饱满的麦穗,跟瞅屋梁上的燕子窝一样,一直看到眼睛发湿。

"他摸摸驴头,捋捋驴耳说:'吃吧,吃个饱,再找到个主户,也许就捞不着吃豆料啦。'第二天一大早,他便起床到驴棚,端了泥瓦盆,瓦盆里盛着芝酒,他把酒倒在手心里,给那头蚂蚱驴洗了洗蹄脚，刷了刷身上的毛，直到牵着它走出门口，还说：'养了你七八年，拉车、拉磨、拉碾、拉犁全靠你啊！不是为了孩子上学的路费，我也舍不得卖你。来，兄弟咱喝一口。'把瓦盆端到驴嘴上，蚂蚱驴呼噜一下吸了一口，辣得打了一个喷嚏。'哎呀，咱们相处这么多年，你酒量没长啊！'父亲说完，晃晃瓦盆，他喝了个底朝天。

"这是我父亲在跟蚂蚱驴喝告别酒。想想都是眼巴前的事儿呢。"她说。我拜访牛兰芝老前辈时，除了五个瓣的硬面火烧，还带了两瓶芝酒。她上了年纪，又有病，已经不能喝，但还是把酒倒在高脚杯里，让那芝酒沾一沾唇，芝酒的酒香，就是她意识里的故乡啊！

谁想等到她父亲卖了蚂蚱驴回来，一声也不吭地只端着酒盅叹气。娘以为他舍不得那头驴呢，弯下腰瞅着他上了酒色的脸，低声问："卖了几十块钱？"

"十九块整，花花的白洋！"已经带着酒意的父亲双手抱着脑袋，吼了一句。

"不好好说话，像吃了枪药似的！卖了就卖了吧，想也想不回来了。"娘安慰父亲，"只要凑足路费，孩子考上学，等几年毕了业能当老师了，咱再买一头大的。"

"全光啦！"父亲抬起拳头，往饭桌上一砸，又双手捧起脑袋什么也不说了。牛兰芝和弟弟牛兰竹被父亲这狠狠的一皮锤吓呆了。姐弟俩不敢吭声，等了一会儿，娘又凑上前去低声地说："快别去想了，越想越心疼！"娘看到从来性格刚强的父亲脸色有些不对，猜想可能出了什么岔子，顺口问道："哎呀，天塌下来,也没有看到你像今日这个模样!"

父亲抬起头,两手一摊,又长长地叹了口气说道:"咱孩子没命去考这份子学啊!十九块白洋一转眼的工夫就叫小偷给扒去了!口袋掏了几十遍,那白花花的大洋怎么也找不到了。我稀里糊涂地也不知道怎么回到家的。"说罢,又把一盅酒干了。

"我父亲后来回忆,他牵着蚂蚱驴进了牲口市,就有几个皮孩子黏在他后头,领头的就是鼓着双蛤蟆眼的孙松艮。那双蛤蟆眼,太特别,一眼就能记住。人生啊,就跟驴子转圈似的,偷他钱的蛤蟆眼孙松艮,后来成了他的学生。"牛兰芝老人对我说,"一听钱被偷了,我头皮都麻,跑到自己那个小房间,守着已经收拾好的行李,嘤嘤地哭了。"

父亲蹲在空空的驴棚里抽闷烟,一会儿开门出去了。直到半圆的月亮挂在门前柳树梢上,才蹒跚归来。眼神在黑影里显得豁亮,从腰带里摸出红纸包着的一包银元,苦笑道:"镇上三家烧锅,每家借给我十块大洋,整整三十块,路费,再加住宿费绰绰有余……"

父亲夜里翻来覆去睡不着,干脆,夹了稿荐(方言,草垫子),到驴棚里去。"早晨起来,我看到驴棚里的父亲呼呼大睡。空了的酒葫芦歪在石槽那儿。"牛兰芝老人说着说着,眼泪下来了,"人老了,爱掉泪,我小时候,可不这样。"

正是省城的第一乡师,让牛兰芝、牛兰竹的命运拐了个弯儿,拐出了芝镇,拐到了大明湖畔,拐到了更大的世界里去。他们碰到了一个关键人物。

2. 蝈蝈腚上的一根毛

在省立第一乡师，头一回遇见曹永涛，牛兰芝对他的印象有点儿那个。

他是个兔唇。

曹永涛顶一头厚厚的一把抓不透、甚至有点自然波纹的黑发。个不高，与牛兰芝的弟弟牛兰竹是同班兄弟。虽是兔唇，却很能说。那天，他一笔画了个小白兔，蹦蹦跳跳的两只耳朵拕挚（方言，张开）着，还有两根细胡须。他指着画上的兔唇，又指一指自己的兔唇，还故意那么一噘，盯着牛兰芝问："像不像啊？"

牛兰芝被问得不好意思了。曹永涛指一指画，又指指自己的嘴："天生的，没办法啊，我也不想兔唇。我也想跟你们一样啊，但是我又一想，为什么要跟你们一样啊！来人间走一回，干吗都一模一样呢，我是我啊！我前生是兔子！"

奇怪的是，曹永涛这么一说，牛兰芝倒不觉得他的兔唇别扭，反而觉得很有特点了。他那么坦白，第一面就把缺陷端出来，自嘲得很自然。

"我是兼祧！"曹永涛说。

老报人记性都好，牛兰芝也是，鲜活的细节，让她讲来绘声绘色，我听得都入迷了。她说："知道'兼祧'吗？就是一子继两房。清代朴学大师俞樾说，一子两祧，说白了，就是一肩挑着两家的香火。"

在校园的石桌上，曹永涛握着铅笔，一边画一边说："我曾祖父中过副榜，也就是副举人吧。到我这辈儿曹家就没落了。我的大爷大娘无子，把我过继了过去。唉，俺爹也早死了，撇下了俺娘、俺姐和我。我是曹家的一根独苗。真应了咱芝镇人那老话了，我成了'蝈蝈腔上的一根毛'，捧在手心里怕碎了，含在嘴里怕化了，走在胡同里怕丢了。"

牛兰芝低头看那石桌，白纸上一个日本鬼子刺刀上挑着两只鸡在街上横行，那两只鸡好像还在扑棱，鸡毛都扑棱掉了几根。鬼子眼里闪着的凶光像磨得发亮的秤钩子。牛兰芝忍不住拍掌说画得太形象了。

师父就在身边啊，从小爱写爱画的牛兰芝，就要拜曹永涛为师。曹永涛笑着说："我这兔子，还行？你不嫌弃？"

牛兰芝不好意思地摇摇头。他多像那欢快的小白兔呀。

曹永涛道："我喜欢兔子，也喜欢搜罗咏兔诗。比如李白《拟古》其九有'月兔空捣药，扶桑已成薪'，《把酒问月》有'白兔捣药秋复春，嫦娥孤栖与谁邻'等句，看来他也喜欢兔子啊！"

牛兰竹说："我姐姐是属兔的。"

牛兰芝捅了弟弟一拳，脸像蒙了块红布。

曹永涛顿了顿："我师父公冶祥仁说过，咱芝镇汉代出过一个经学大师叫郑玄，他属兔，他孙子也属兔，且手纹相同，郑玄给孙子起名小同。传说郑玄家的丫鬟有学问，养的牛也有学问，牛角碰到墙上，成个'八字'，白居易作诗'郑牛识字吾尝叹'。"

"不管谁家的牛，角碰到墙上，都成'八'字。"牛兰芝反驳。

"呵呵，也是。"曹永涛的兔唇红红的，颤动了一下。

曹永涛又往下顺："传说郑玄酒量很大，袁绍大宴宾客三百人，每人敬郑玄一盅酒，三百盅酒下肚，郑玄依然从容，不露醉意。"

"肯定不是芝酒吧？三百盅，得多少啊。"牛兰芝质疑道……

"正是从曹永涛手里，我接触了《铁流》《青年近卫将军》等书刊，是他把我和我弟弟引向了一条大道。"牛兰芝老人跟我回忆。

3. "老师，您能给我画棵梅花吗？"

"哎呀，差点忘了。"牛兰芝说，早晨的梅花还有几笔没画好呢，让我稍等等。又对我说，她写的回忆录片段，在写字台上，可以随便看。我拿起手写的草稿看了下去：

北平失守以后的那个暑假，我像一只离群的小鸟、迷途的羔羊，找不到路。在那个闷热得透不过气来的夏天，学校里无所谓放假还是开学，说放假，老师同学没有全走，说开学，许多人又不见了。还没有正式开学，学校就组织南迁，实际上是流亡。

从空荡荡的饭厅、七零八落的老师，到一片荒芜的校园，可以看出，在校的人员越来越少，我也感到越来越清冷孤零了……我看着窗外的星星，感到十分孤独。曹永涛被开除了，不知去向，寂寞老来搅扰我的心。

清晨起床，抬脚到图书馆去，迎面碰上美术老师杨我鸿。他好像刚从会计科出来，手捏张火车票，被夏末的太阳晒得满脸大汗，潮湿闷热的空气蒸腾得他敞着衣襟，不停地扇动一把黑色纸扇。他看到我主动地打招呼。杨我鸿老师油画和国画造诣都很深，平时头戴紫黑色平顶毡帽，着很笨拙的中山装、黑色棉布鞋，长方脸，个子在一米六左右，操一口南方话，他祖籍浙江嵊县。周日杨老师经常带我们出去写生。有次他看到我画了一幅春水桃花和一幅老干红梅，连连点头说："造型、用笔、着墨都不错，只是写神还不够，这与你还缺乏国画的基础知识有关，今后还要勤学苦练。"我听了非常欣喜。有一次下了美术课，杨老师把我叫到他的房间，赠我一部《芥子园画谱》。这书，我小时候父亲就给我买了，但老师的好意，我不能不收下。

杨老师喜欢酒，画画的时候，酒盅就摆在画案上，酒盅前，摆着一碟花生米。他说："画画必得喝酒，不能太理智，迷迷糊糊的，才能画出气，画出境界来。酒是好东西啊。"寒假我回家，就从芝镇给他带了一坛子芝酒。杨老师可高兴了。几天后，杨老师作了幅《酒德颂》图，画面上的刘伶席地而坐，手擎酒杯，身前放着酒葫芦。画上部是《酒德颂》的全文："有大人先生，以天地为一朝，以万期为须臾，日月为扃牖，八荒为庭衢……"他说这是为感谢我父亲送的酒而画的，我欣喜地接了。

杨老师喝上酒，眉飞色舞。他说，他的字"渐陆"，出自《易经》的"渐"卦的"上九"爻辞："鸿渐于陆，其羽可用为仪，吉。"落款他偶称"鸿先生"或"老鸿"，其实他不老，当时的实际年龄也不过三十岁，和我相比，却年长一倍。他不修边幅，脸上的圈腮胡一直黑着，没看见他刮过一次，身上穿的白衣服上，老是沾着国画和油画的五颜六色，有的同学背后称他是浪漫主义美术老师。我不管他是什么浪漫主义不浪漫主义，有空就去看他的画，来来往往，无拘无束。但和他来往，除了谈绘画还是谈绘画，其他什么问题也不涉及。他的倾向怎么样，也从不透露。绘画问题一谈起来可就没有个完。因为年龄相距过大，同学们也从不怀疑我去找他。有时熄灯以后我才从他那里回来，也没有人说三道四。他有多次对我说："美术不单纯为了给人以美感，更要给人以希望和力量。哪怕是一朵小花，一棵幼芽，一片森林，一块岩石，都要使人们增加热爱大自然，热爱祖国的感情……"我升到二年级，他看了我的国画作品：一群小鱼争相追逐水面上的一片花瓣，一群小鸡争啄一只小虫。夸我善于取材，善于写神。他将我的这两幅画推荐给《泉城艺术报》，在全市中学生绘画展览会上展出。

　　这次，因我处于孤寂状态，看到他还没有离开学校，自然表现出对他分外亲切。我和他顺着一排大杨树阴凉走着，不觉来到他们教员住的红楼之下。一年半前，我曾冒着大雪站在这座楼下，倾听同学们在楼上与校长交涉曹永涛被特务抓去的事。这件事虽然隔了这么长的时间了，那些人影又仿佛闪现在我的眼前……天气这样闷热，我想起这些往事，仍然有些不寒而栗。杨老师顺手从裤袋里掏出钥匙，热情地向我说："到我屋里坐一会儿吧！"

　　门开了，房间里简直狼藉不堪，遍地是撕碎的纸片，几幅大油画已用蒲席包好，上面捆着横一道竖一道的草绳。过去挂在墙上的一些装裱好的国画,也都装了箱,一摞摞的素描本摊在书桌上还没包好,床上的蚊帐也卸了下来,看样子他很快就要离开这所学校了。这情景,更给我带来了难以形容的凄凉。忽听屋顶上嘎啦嘎啦响……

杨老师猛地推门出去。一会儿回来,脸上挂着一丝笑容,好像是不经意间,他凝视着我问:"你认识永涛吗?他被特务抓去,回来还在大操场上演讲过……""我……熟。"我嗫嚅着。杨老师低声道:"刚才有人给我捎来曹永涛的口信,他还好。"听到曹永涛的名字,我的心像揣着个小兔子,脑子里闪着他的兔唇,一嘬一嘬。

断断续续地,我听杨老师说他和曹永涛都加入了"民先"(中华民族解放先锋队),他们也是学校刊物《柔峰》的骨干作者,本来想和永涛等几位同学组织"漫画木刻学习小组会",可惜刚开了个头,永涛就被开除了。他讲着,我听着、想着,曹永涛赠给我的木刻刀还在我的抽屉里呢,我脑海里闪着他兔唇上面亮亮的鼻梁和火星子一样的眼睛,还有风吹的火苗一样的头发。

迷了魂似的,我忘记了自己是站在杨我鸿老师的屋子里,直到他拧了一条凉冰冰的手巾递到我的手里,我才清醒过来,感到他的房间里一股难以忍受的闷热,一切都要燃烧似的,窗外的树叶像钉在树枝上一动也不动。永涛啊,你在哪里呢?我不好问杨老师,却一直揪着心。

我自言自语地说了一声:"老师,真闷!闷得我快喘不上气来啦!快来一场暴风雨就好了!"杨老师把两根胳膊舒展开:"是啊,快闷死人啦!我恨不得来一个霹雳炸碎这沉闷的空气,下一场大雨清醒一下头脑，否则，快要得脑溢血了。"

用凉毛巾擦了几把脸，我的心渐渐静下来，本想问"永涛现在在哪里？"说出口的却是"老师，你也要走？"他点了点头，默默地翻动着抽屉里的一些零碎东西。

"你要到哪里去？"

"回乡下去……"

"回乡下去，还能当美术老师吗？"

他摇了摇头，又说："现在我想的是怎样和敌人搏斗。不当亡国奴。除了扛起枪，难道就不需要拿起笔来战斗了吗？笔，在一定时候不一定比枪差。有时敌人的碉堡单纯用枪炮可能攻不开，撒上一堆传单，贴上几张漫画，倒可能炸得他们军心四散……也许我想得太浪漫主义了吧！你认为……"杨老师眨着眼睛，他络腮胡挓挲着，显得很苍老，只是说起话来有声有色，两眼和曹永涛一样，豁亮豁亮。

我被他的眼光逼得有点发窘，恍惚觉得杨老师就是曹永涛。骤然之间，窗子外面的天空上突然压过一层黑而发红带着金边的云，房间顿时昏黑下来，几道耀眼的蓝色闪光一过，劈天的巨雷一声炸响，旋风随着爆炸似的雷声掀动窗子，屋里的纸片顺风卷到窗外，银元大的雨点直直地泄了下来……一片天摇地动，山呼海啸的声音压倒了一切，洗涤着天空中的灰尘，冲刷着大地的污浊。

"你听那雷声，你看那雨点，像不像战场上隆隆的炮火？"杨老师在他那间显得乌黑的小房间里，望着窗外的雷雨舒了一口气，朝我说，"还记得你们的班主任王老师给你们讲高尔基的《海燕》吗？可惜这里没有大海。"一提起《海燕》，我的心绪更乱了。这篇高尔基的散文诗是永涛讲给我的,但王老师的讲解更使我开了窍。暑假以来,我们那位王老师再没有露面,有人说他和他的女友一起去了延安……

在这倾盆的暴雨之中,我从快要窒息的闷气中复苏过来。一条光明的路,从蓝色的闪电里,豁亮地闪在我的面前。

"曹……杨老师,你今天就要走吗?这闪电给你劈开了一条光明的大路!"想起他手里捏着的火车票,老师点点头:"你知道,闪电能给人们照亮前程,可也有时候会炸死人。"他反问我:"你呢?有什么打算?"

"我也想走!也回乡下去。听了您的话,回去的决心更大了。"我说,"回去,不是也像老师讲的那样,既可以扛枪,也可以拿笔吗?"

杨老师的两眼冒火,那是和曹永涛一样的冒火的眼啊!他望着窗外说:"乡村,是我们打击敌人最广阔的天地,我们也能在乡村战场上相会。"

我盯着杨老师说:"老师您能给我画棵梅花吗?"他说:"等再见时,一定给你画。现在心很乱,握不住画笔。兰芝啊,不看到梅花冒雪而放的真实情景,你就不可能画出它独特的风姿。"

杨老师和永涛的影子,在雷雨声里,在我的脑海里重合了……

牛兰芝老人的红梅画完了,是一幅枝干纵横、花朵昂扬的横幅巨梅。老人说:"我画梅花,就是学梅花的精神。我三十多岁就得了高血压、心脏病、心肌梗塞,五十岁时,又连续做了胃癌切除、胆囊切除,我大难不死靠什么?靠画梅花。我不是画家,我是爱梅之人。有爱梅之心,无求名之望。"

我问:"后来,您又见到杨我鸿老师了吗?"

"见到了,在沂蒙根据地……"

"他给您画梅花了吗?"

牛兰芝老人咬住了嘴唇,缓缓地说:"没……有,他和永涛后来都牺牲了!"

老人低着头,再抬起来时,已是满眼泪水:"唉!从省乡师告别时,我该坚持让杨老师画一张梅花,可是……"

这时,门铃响。是谁呢?

4. "这小小地方,办什么报!"

牛兰芝老人示意我去开门,客人大嗓门的问候,吓了我一跳:"你——好!你是……"来人身材魁梧,白发如银,腰杆如竹,穿一身灰蓝呢子中山装,长方脸,高鼻梁,大耳朵。牛兰芝老人说:"我弟弟牛兰竹,六十八了,不像吧?"

牛兰竹是我的姑父,我大姑公冶小樽是牛二秀才和我爷爷公冶祥仁给牛兰竹包办的原配,牛兰竹结婚时十三,也就是考到省乡师的那年,我大姑公冶小樽比他大六岁。

一开始谈话,我并没有相认,我在履行我的记者角色。

"您当时从省乡师回乡,怎么选了去桓台?"

"可不是嘛!七七事变后,北平、天津相继陷落,战火很快就要烧到济南。省第一乡师开学时,到校的学生不足三分之一,学校要'南迁',我们觉得'南迁'就是逃亡,几个要好的同学刘欢啊牛树和啊,商量着下乡去办一张小报。"

牛兰竹眯着眼睛,陷入深深的回忆中,当时他十七岁……

"我们把行李送进当铺,换了几块大洋,作为路费。桓台是王渔洋的故里,我受杨我鸿老师影响,喜欢王渔洋的'神韵说',我觉得那里的人应该很开化。王渔洋也好酒,他的诗句,比如,'一蓑一笠一扁舟,一丈丝纶一寸钩。一曲高歌一樽酒,一人独钓一江秋。'我很喜欢。到了桓台的索镇,没有镇公所,我们找到了治安所,治安所里传话说所长不在。一连几次都如此。我们跟传话的说了,只是来办报,宣传抗日,不需镇上出钱,搞好搞坏都由我们自担责任。可传话的说,'这小小地方,办什么报!抗战有政府嘛,你们还是回家的好!'索镇不行,我们又去其他地方,照样不行。现在回头想啊,当时还是太幼稚了,在那个年代的乡村,识字的本来就很少,就是你把报纸办起来了,又有几个人能看呢?靠着一腔热血,在陌生的地方,怎么能扎下根呢?

"不让办,我们还不死心,继续往东,到了高密县城。教育局的局长和督学都认识我父亲,局长听说我们要办报,他眼瞅着自己的鞋尖说:'咱们县小,没这条件。'又黄了。"

牛兰芝老人插话:"没别的地方可去,只有故乡能接纳你!我还不知道你的心思,你不想回去,还有个原因,就是你的大媳妇公冶小樽,你不想见她。"

"也不全是……"

"你看公冶德鸿像谁?"

牛兰竹抬头问:"你是?"

"公冶小樽是我大姑。"

我的姑父牛兰竹两眼使劲盯着我,说:"你跟你大姑还真有点像,我俩结婚,就是一个地瓜和一个棒槌捆在了一起。"

"我这个弟弟啊,说来德鸿你都不信,他结婚入洞房了,还要跟娘一个屋睡。俺娘问,那你媳妇呢?他说,让姐姐陪她睡吧。"牛兰芝老人笑着说,"我这个弟弟啊独生子,上面有俺们四个姐姐惯着他,在家备受宠爱,这样的生活环境,造就了他清高、自负、任性的性格。你大姑公冶小樽成了牛家媳妇,她比我大三岁,可她得叫我姐姐。因为她是我弟媳妇呀。芝镇人说,锅盖垫儿大铁锅小,论哥不论嫂啊!媳妇得跟着丈夫叫。那天我在窗户根底下,听你大姑小樽对兰竹说:'我现在不嫌你小,将来你别嫌我老。'牛兰竹,你还记得吧?"

"不记得了。哎呀!"

我嘴里叫不出"姑父",就用"您"代称他:"后来您还是决定回老家抗日。"

"说来好笑,有天夜里,几个人在高密火车站喝闷酒,听到水湾里的青蛙在'归呱''归呱''归呱'地叫,我把酒葫芦的酒撒到水湾里,水湾里'归呱''归呱''归呱'的叫声更响了。是不是青蛙也喜欢喝酒呢。'归呱''归呱''归呱','回家''回家''回家'。就在那天夜里,我做出了决定,'归呱'回家!"

5. 新"乡饮酒礼"

牛兰芝和牛兰竹、刘欢、牛树和等七八个人,从高密坐火车到了坊子,又从坊子走回了芝镇。按说,他们可以直接从高密到芝镇,可不知为何又去了一趟坊子。等我慢慢考证。

这帮脱下长衫的青年学子,领受了一次芝镇新"乡饮酒礼"。这是我六爷爷公冶祥敬、我爷爷公冶祥仁和牛大秀才、牛二秀才、李子鱼等芝镇知名人士操办的。

我家珍藏有一尊盛酒觯,也就是乡饮酒礼最重要的礼器。青铜的,圆腹,侈口,圈足,跟弗尼思并排着供奉在公冶家族祠堂里。这是光绪二十一年(1895)我老爷爷公冶繁嚣被举荐为乡饮大宾时所赐。每年的腊月初八,专门要把觯和弗尼思请出来,用芝酒擦拭一新,再恭恭敬敬地熏香沐手摆上正位。

那天,弗尼思亲眼看见我六爷爷把觯抱下来,那觯离年底擦拭也已经过了大半年,落上了灰尘。六爷爷让我大爷公冶令枢搬来酒坛子,酒蘸丝绵,一点点擦完,小心翼翼地抱到浯河边。我爷爷早已在沙滩上掘出一潭清水,就用这潭水,一点点地又把觯洗了一遍,装上田雨烧锅上的站住花酒。

起先,我六爷爷坚决不同意动用这觯,说乡饮酒礼那不是随便办的。弗尼思也告诉我,乡饮酒礼是周代流行的宴饮风俗,周代乡学三年业成大比,考其德行道艺优异者,荐于诸侯。将行之时,由乡大夫设酒宴以宾礼相待,宾多为年高德劭者,分为大宾、介宾、众宾三个档次,谓之"乡饮酒礼"。历朝沿用,也指地方官按时在学堂举行的一种敬老仪式。在献酒等礼节中，每次都要去洗酒杯，洗酒杯之前还要沐手，以示对宾的尊敬。繁文缛节之繁之琐，恰是在修行君子之道。

觯不可随意动用。可我爷爷说："国难当头，血性男儿当毁家纾难，搬出这觯，以新'酒礼'鼓舞士气。"

六爷爷只是摇头，身后的那支辫子也跟着摇晃。弗尼思也急了，一爪子蹬下一撮香灰，那香灰眯了六爷爷的左眼，六爷爷使劲揉搓，越揉搓却越看不清了。我爷爷扒开他的眼皮，使劲一吹，好了。谁料想，弗尼思又一爪子香灰又眯了我六爷爷的右眼，我爷爷赶紧又趴上去吹。六爷爷抬头看看那觯和弗尼思，叹了一口气："罢了，天意，请出觯来吧。"

六爷爷心里不满的还有，为侄女婿牛兰竹弄个"乡饮酒礼"，小屁孩儿不配。可我爷爷没把牛兰竹当女婿，而是当成了抗敌先锋。

牛二秀才组织小学生，打着铜鼓，吹着小号，从芝东村走出六里地，站在浯河桥上欢迎学子们回来。举着的横幅上，写着"誓死不当亡国奴""还我大好河山"等大字，那字是我爷爷公冶祥仁写的，有何绍基笔意。

芝北村准提庵的住持妙隐、石佛寺的方丈海铸、铁佛寺住持弘欣、玉皇阁的李道士、王母宫的王道士等也都来了，他们有的手持念珠、有的手握拂尘、如意，见人即双手合十作揖，虔诚地为和平祈祷。

过了浯河桥，我姑父牛兰竹远远地看到地上铺着红地毯，近前了才发现，哪是红地毯啊，是一层酱红色的烧酒糟。但这散发着浓烈芝香的"红地毯"却让他热血沸腾。

这新"乡饮酒礼",就是在浯河桥头举行的。烧锅上的掌柜,各自把酒瓮抬到浯河边上,酒瓮上都贴着自己的堂号,瓮前茶几上摆了一碗酒。而那觯放在正中间。太阳照着,独有那觯晃眼。

关于浯河边上的那场新"乡饮酒礼",新修的《芝镇志》记载,是牛二秀才主持的。对此,我大爷公冶令枢说记载不准确,我大爷说,是我六爷爷公冶祥敬主持的。原因有三:一、那觯是我们公冶家的圣洁之物;二、我六爷爷是公冶家族的族长;三、我六爷爷也曾享过乡饮大宾待遇。而雷震老师则坚持说是牛大秀才牛景宏主持的。"牛大秀才在学问上,反对新学,他在芝北村给财主家当私塾先生,反对牛二秀才办学,还领着人把新学校给烧了,一身迂腐气。但是在抵御外侮上,他是跟牛二秀才站在一条线上的。"雷震老师说,"我那时就记事了,牛大秀才的花白胡子让风吹得糊了满脸,沙哑着嗓子。"

弗尼思与觯在祠堂里可谓朝夕相处,它长随着觯。它说我大爷公冶令枢和雷震说的,都对,也都不对。那天众人商量的是,我六爷爷公冶祥敬主持,他是公冶家族的族长嘛,身份合适。我六爷爷答应了,说回家换身衣裳,乡饮酒礼哪能随意。可是仪式就要开始了,六爷爷却没来,老温气喘吁吁地来说了,我六爷爷突然头晕,浑身哆嗦,正跪在炕上转着圈磕头,头上都磕出了血珠。老温说六爷爷慌了,说这可如何是好,莫非是冲撞了神灵?我爷爷公冶祥仁站在那里,咬紧嘴唇,正要回去看看,可吉时已到,又不能离开。我爷爷如坐针毡。

阳光照得我爷爷公冶祥仁的额头微微冒汗，众人让他主持酒礼，他惴惴不安，连连说自己"不合适，不合适"，不是谦卑，是资格不够。他说最合适的人选是牛大秀才牛景宏，牛先生曾经在乡饮酒礼中举荐过"众宾"。还主持过《渠邱县志》的列传部分，对历年乡饮大宾、介宾、众宾等都一笔一画撰写过事略。我爷爷记得，牛大秀才牛景宏考证过芝镇清代举办乡饮酒礼的时间，他的结论是最早在顺治年间，最后一次是光绪末年。

牛大秀才牛景宏站在一棵榆树下，榆树上拴着一头黄牛，那黄牛正在反刍。牛景宏笑着说："你们啊，就看着我这头老黄牛好欺负，好吧，我来主持，大敌当前，咱们牛起来！"上前踱了两步，清了清嗓子，慢条斯理地开了口："《礼》云：'人有礼则安，无礼则危。故曰：礼者不可不学也。夫礼者，自卑而尊人。虽负贩者，必有尊也，而况富贵乎！富贵而知好礼，则不骄不淫；贫贱而知好礼，则志不慑。'按说乡饮酒礼有规定日子，大清朝是在每年的正月十五，十月初一。一般知县为乡饮酒礼的主人，我当酒礼主人是僭越了。不过，我们搞的是新乡饮酒礼，新事新办，谁抗倭，谁就可以享乡饮酒礼！"

牛二秀才最怕大哥引经据典，说起"之乎者也"就没个完，他连连用眼神示意他，但牛大秀才视而不见："《说文解字》怎么说的'礼'？'礼，履也，所以事神致福也。''礼'，使人异于禽兽。荀子曰：'人之所以为人者，非特以二足而无毛也，以其有辨也……夫禽兽有父子而无父子之亲，有牝牡而无男女之别。故人道莫不有辨。'"

牛大秀才朝牛兰芝、牛兰竹他们行拱手礼，将酒从觯中倒出一盅,缓缓地在地上洒成"一"字形,低声自语:"天地佑之,吉无不利。"又干咳嗽一声,道:"《周礼·地官司徒·乡师/比长》曰:'三年则大比,考其德行、道艺,而兴贤能者,乡老及乡大夫帅其吏兴其众寡,以礼礼宾之。'一人洗举觯……然倭寇进犯,学子热血满腔,芝镇众贤达倡议为其举行乡饮酒礼,悲哉!壮哉!"

吟诵毕,牛大秀才请牛兰芝、牛兰竹、牛树和、刘欢等学子上前,每人捧起觯,也是先把酒酹地,觯里剩下的酒,倒在酒盅里,先让学子们品尝。牛二秀才说:"哥哥,还是先让长者品尝吧。'有酒食,先生馔',孩子们年小,受用不起。"

牛大秀才不允,大声道:"虽说乡饮酒礼,是敬先生礼。但是今天的先生,就是归来的学子们!请接受一拜。"

牛大秀才弯下腰去,花白胡子贴着衣襟,对着牛兰芝、牛兰竹、牛树和、刘欢他们深深地鞠躬。大家也都随着牛大秀才弯下腰去。

学子们手足无措,接过那酒盅,每人抿了一小口酒。

南院的礼炮咚咚咚地响起来,还有铜鼓洋号声。在飘溢着酒香的浯河两岸,那觯在传递着一种尊严和悲壮。

开烧锅的掌柜呢,双手把自酿的芝酒捧给远道而来的学子们。牛兰芝从来没喝过酒,但是一字儿排了九碗酒,咋办?我姑父牛兰竹毫不含糊,一碗一碗地喝完,刘欢等也喝了。牛兰芝站在酒瓮前,咬着牙喝了一口。其他的,牛大秀才让她用指头点了点,算是喝了。晕晕乎乎的牛兰芝这才算过了关。

弗尼思对我说,这是它看到的最简单的乡饮酒礼,但也是最让人血脉偾张的乡饮酒礼,要是按照《周礼》的礼数,那得一天,怎么布菜,如何端酒,序齿让座,非常烦琐。非常时期,时不我待,尽管没有唱《鹿鸣》《四牡》《皇皇者华》三章,但是抗日曲子,更能戳人心窝。

乡饮酒礼仪式快要完毕时,我六爷爷公冶祥敬来了,他坐在老温的木轮车上,脸色蜡黄。额头上贴着一块膏药,挂着拐杖,他先朝牛大秀才深深鞠躬,又朝牛兰芝等学子们深深鞠躬,还拉过我姑父牛兰竹的手,放上了一枚带着体温的银元。

接过牛大秀才捧上来的觯,六爷爷像失而复得了宝贝一样,把觯紧紧搂在怀里,又被老温推着回家去。把觯安放在公冶祠堂里,焚香叩首一番忙活,六爷爷的头才不疼了。

牛家门口,叔叔婶子都在巴望着。牛兰芝一见,扑上前去,灼热的泪水不禁扑簌簌流了下来。娘扭着一双小脚从大门台上站起,向前走了几步,一把搂女儿在怀,说:"你这个小死妮子,越学越野了!这回总算把你盼回来了!你知道,连邻里百家(方言,邻居)大娘婶子们都替你们担心啊!怕你在外面当了兵再也不回来了。"

我大姑小樽扭着小脚不敢靠前,偷觑我的姑父牛兰竹。牛兰竹九碗酒下肚,酒劲儿上来了,他给本家姐姐骆儿显摆一路见闻,说高兴了,竟抱着骆儿转了一圈,猛回头,和我大姑惊慌的眼神相碰,为了掩饰,一转身抱着驴槽上的蚂蚱驴头一顿猛啃。

6."就你们牛家爷们逞能！能煞！"

我得批评我姑父牛兰竹，你说抱着蚂蚱驴的驴头猛啃，这算什么事呢！我大姑小樽是明媒正娶，是芝镇数得着的美女（不过比牛兰竹大了六岁），你不正眼看就罢了，别啃驴头啊！再说，这个蚂蚱驴，是新买的，不是以前的那头。你啃的什么劲呢？

我姑父牛兰竹听到他娘说"连邻里百家大娘婶子们都替你们担心啊！怕你在外面当了兵再也不回来了"而脱口就堵上了一句："回来也少不了还得去当兵！八月十五杀鞑子，逼上梁山嘛！这年头不抗日，上哪里找活路？！"

娘瞪了他一眼。大姑小樽拉拉姑父牛兰竹的衣角，牛兰竹却一闪身，差点把我大姑闪倒。娘又瞪了他一眼说："上了几年学，连媳妇也嫌了？"

我姑父牛兰竹赌气跑到天井里，照着杏树捣了一拳。

牛兰芝两条腿像直棒似的不打弯，好容易坐了下来，本想赶快躺在炕上喘喘气，村里的人都挤进来问："听说敌人快攻下黄河铁桥啦！大桥一失，省城可不就完了吗？"芝镇人焦躁不安的神经，一览无余地透到焦灼的眼神里。

娘坐在灶头唠叨："幸好鬼子还没占省城，要是再晚一步，火车一叫他们卡住，这个家你们也别想回来！"一面唠叨一面端过一碗刚出锅的馉馇（gǔ zha，方言，水饺），让邻居们都吃，大家都摆手说吃过了。

一股新鲜韭菜的香味冲着鼻子，牛兰芝可真够饿啦，一口一个地往肚里吞。我大姑小樽端着另一碗馓馇到天井里,放在杏树下,我姑父牛兰竹端起来就吃。大姑小樽没话找话:"淡还是咸?"闭眼大嚼的那位瓮声瓮气地道:"不淡不咸。"

就听到屋里起了高腔:"好容易考上了这么个学校,连张文凭都还没拿到手,天下就大乱了!蚂蚱驴卖了,碾米、推煎饼糊子都是我自己抱磨棍;为了你姐弟两个上学,拖下的那一腔饥荒(方言,债务)可怎么还?撒出了多少米,也没见打着一只雁!"

"蚂蚱驴卖了,这不是又买了吗?这头驴更挺脱(方言,壮实)!这蚂蚱驴更好,成蹬倒山(方言,大蚂蚱)驴了。你慌啥呢?"

"不慌,不慌!'蹬倒山''蹬倒山',就你们牛家爷们逞能!能煞!芝镇盛不下了!"

"念了这么多年的书,不能白念!"

"还'蹬倒山'呢,连恁娘的奶头都蹬不倒!一窝书呆子!"

老两口轻易不拌嘴,守着儿女,竟然接上了"火"。

火归火,当娘的也知道牛家爷们干的是正事。

牛兰芝和我姑父牛兰竹的到来,让芝东村醒来了。

每天晚饭后,不用召集,老少爷们自动来到芝东小学的操场上,青壮年们参加合唱,一些老年人也跟着在墙角下,口咬着小旱烟袋的玻璃嘴,侧着耳朵听。歌声不但在芝东村的上空回旋,而且很快传到了芝镇,又通过赶大集的,传到了四面八方。

芝镇的八月,天最热,闷热。在牛兰芝他们几个同学眼里,浯河水像发怒的狮子一样咆哮着。

"我们想在芝镇西门外过去搭台子唱戏的那片大沙滩上,开个大会,用演讲、唱歌、演戏、发传单的方法……"有天晚上,牛兰竹对父亲说。

当爹的摆摆手:"你们想的倒是不错,开个大会,就像小孩子玩泥巴那么容易?租场地要多少钱?搭台子要多少木头?参加大会的人怎么个组织法?这一大套乱麻一样的事儿由谁出头去办?"

当娘的又忍不住了:"过去搭台子唱大戏,都是镇上几家大商号掌柜凑的份子,如今你们小孩子要开会,谁听哈哼?"

当爹的紧蹙眉头,沉默了一会儿,终于说话了:"就像这个唱歌啊,演戏啊,演讲啊,散发传单啊,由你们去弄;至于租场地、搭台子的事,我去和镇上的几家商号商量。咱们找一个逢五排十的日子去开,那些赶大集的人,成千上万,到时候只要你们上台不晕场就中。"

牛兰竹说:"我姐姐在学校里演过《放下你的鞭子》。她能上台。"

母亲一听女儿登台演戏,堆满笑容的脸上,骤然变得阴沉下来:"闺女家在外面,我眼不见就罢了,如今回家了,抛头露面地上台子唱戏,亲戚、邻居、大娘、婶子们不笑话呀!可别叫她去给我光着腚推磨——丢一圈人,招惹是非!"

"俺姐姐从小就像只翅膀底下的雏鸡,这两年才好一点,现在叫她去出去露露面有什么不好,怎么能说什么招惹是非?"

"当个戏子……还想嫁人不?"

父亲瞅母亲一眼:"老脑筋,少说罢!!"

就在他们为筹备大会忙活时,有个神秘客人骑马来到了芝东村。

7.是不是又来了提亲的?

天上有一块云彩,像破铺衬一样铺着,知了扯破嗓子在喊,看不到它们藏在哪里,却喊得人心焦。树叶子都垂着,那知了突然"吱"地钻了天,叶子动了几个,整棵树却没动。蚂蚁成群结队在上树,好像也是热的,爬得很缓慢,前头的蚂蚁挤成了一个蛋,后面的蚂蚁开始倒退着走,爬沟过坎,勾肩搭背。黑狗趴在门楼过道底下伸着舌头,肚子一鼓一鼓的。门口的梧桐树上,拴着一头肉墩墩的枣红马,马头乱摆赶着扑上来的苍蝇,那马缰绳白白的,马脖子下的铜铃直晃眼。牛兰芝到西坡锄地回来,低着头正想事儿,抬头被那枣红马的响鼻吓了一跳,她看到马的响鼻吹起了地上一层浮土。家里来客人了?是不是又来了提亲的?芝镇联庄会曹会长家里就有一匹枣红马。

在芝镇,女子到了二十岁还没婆家,就成了"愁货",也就有了"老大闺女"的代称。从"老大闺女"牛兰芝回到家,当娘的就替她发愁,提了几次,都不成。可她不急。

曹会长的二公子曹发逾跟牛兰芝是乡师同学,一直追她。油头粉面的公子哥,牛兰芝见了就烦,可这曹发逾几乎是天天黏着她。牛兰芝还不敢对他太生分,为了凑学费,她爹借过曹会长的大洋。还有呢,他们还是瓜蔓子亲戚,她的本家姐姐骆儿(后来牛兰竹给起了大名"牛廪")是曹发逾的大哥曹发珣的续弦。

牛兰芝心里七上八下,悄悄走进天井。

窗户开着,看得见一个三十出头的白面书生坐在炕沿上,扇着大蒲扇,喝着她爹牛二秀才递上来的茶水。那人一头短发,浓眉大眼,那眉毛浓得像憋足了劲儿写的隶书"一"字,高鼻梁,厚嘴唇。她爹说得多,来人说得少,只微笑着点头。那人放下茶碗,两手就抱紧抵在下巴颏那里,紧咬着嘴唇。她看到那人的左手少了半截指头。

牛兰芝很好奇,他的干爷公冶祥仁左手也少了半截指头啊。咋这么巧呢。

就听爹说:"这茶叶是亲家公冶祥仁先生的,我去药铺子里要,他给的。"

那人抿了一口:"很好喝,很有味道。公冶先生我也好久没见了,抽空咱们约上他喝两盅,内人有病,都是公冶大夫给看好的。"

"我这亲家啊,大忙人一个。药铺一开门,就关不上。"

又听爹说:"咱们芝镇啊,就和黑夜一样,老百姓心里一片黑,要是不打着灯笼,就越走越怕,越怕越慌,丢失在这片黑里,找不着家啊。仁兄有能力做,最起码做一盏灯笼,给庄户人照照路。"

"牛兄过誉。令郎令媛精神可嘉,领着同学们从乡师回来,那不是一般人能做出来的。这是咱芝镇的骄傲。牛兄,这是深明大义。我很佩服,很佩服!"那人盯着墙上挂着的二胡说,"如若不嫌弃,让令郎到我那里去,给我当文官教员。我那里缺文化人,一帮大老粗。"

"这个……我得问问他,他爱舞枪弄棒,这会儿不知又疯跑到哪里去了。"

"我找薐姑爷算了,小日本来咱中国啊,出不了三年就得滚蛋。我就顶三年试试!"

"得道多助,失道寡助。"

一会儿,又听那人说:"炕席得换换了,我那里有现成的。咱潍河的苇子编的,密实,铺在炕上,养人。"那人的左手抿一抿一丝不乱的头发。一会儿她就听爹说:"张兄,不劳大驾,不劳大驾。秫秸席俺习惯了。"

那书生一皱眉头:"唉!国难当头,家将不家。我和我的弟兄们也还有点血性。孩子们回来鼓舞士气,我会伸出援手。如果不够,咱还有。"

推开堂屋门,牛兰芝突然听到那人"呦"的一声,原来是燕子窝里的燕子拉了一抔屎,正落在那人的帽檐上。牛兰芝看到那人的手放在了腰间,警觉地四下里看,那双眼珠黑炭一样骨碌骨碌闪着。

爹赔着笑脸,说:"您看您看,这么不巧。你看这燕子。"

那人笑着取下帽子,把白色燕子屎轻轻弹掉,抬头看了眼屋梁上的簸箕一样密实的燕子窝:"燕子也喜欢我啊!"

燕子窝里的几只雏燕叽叽喳喳。牛兰芝抬头一看,只见红彤彤的一片嘴,就像喊救命一样,叫得人心里火烧火燎。

就听那人继续谈燕子:"我听俺娘说,燕子通人气,一家和睦,它们愿意来住,要不和睦了,它们就搬家。"

爹连连应着。

"据说南方本来没有绿豆,北方没有胡椒。有一户北方人家,梁上燕子要回南方过冬去了,就在燕子腿上绑了一粒绿豆。第二年回来,腿上就有了一粒胡椒。南方人能,很快就种绿豆了,北方人笨啊,就是不会种胡椒。不过燕子为人搭桥,这可是美意啊!互通有无,互通有无。"

爹依然应着。

门框矮,穿着长衫的客人只得低头,把一顶黑礼帽扣在头上。肩膀一抖,牛兰芝闪在仓囤后面。离那人近了,感觉有一股凉飕飕的风吹过。那人地上的影子拖得很长。

爹进里屋抱出一个酒坛子,客人一直摆手说不要,但爹坚持着,那客人只好把酒坛子提到了手里。

"令郎回来,让他找我,他想办报,我来给他办。"

"我跟他说。"

送客回来,牛兰芝问:"来人是谁?"爹笑着说:"闺女,你先别问了。四十块大洋,咱们在浯河边唱戏的钱有了。"

8.鬼子来了,咱不怕,该笑还得笑

听到来人是张平青时,牛兰芝着实吓了一跳:"那个杀人不麻松眼皮(方言,眨眼)的土匪!爹您怎么跟土匪掺和啊!"

"张平青做下的坏事一花篓两架筐也装不下。可现在国难当头,不管土匪不土匪了,只要能抗日,就是好样的!"

"我还是接受不了。你还答应让俺弟弟去。"

"你弟弟去不去,再说。"

娘过来说:"他爹,我看到那畜生左手少了半截指头,土匪的匪性不会改的。"

爹的眉头一皱:"咱亲家左手也少了半截指头呢,他坏吗?"

张平青是牛二秀才远房表姑家的二儿子,自从张平青落草为寇,两家基本不来往了。

"他拿了四十块大洋,是想拉拢俺弟弟去帮他。"

"帮他,也是抗日。咱得把人家往好处想。"

我大姑小樽听着,也不敢多说,一听说张平青看好了我姑父牛兰竹,心一下子揪了起来。她忍不住小声说:"娘……"

"有娘在,我不会让你男人去。"

往年,丰收之后,芝镇都要由烧酒铺子的掌柜们捐钱,扎台子唱大戏,台子扎得一米半高,晚上唱戏,还要竖起大蜡烛,那大蜡烛有水筲(shāo,方言,水桶)粗,或者用大锅盛豆油,插上小孩胳膊一般粗的捻子当灯点。牛二秀才用"忽嗵忽嗵"来形容那大蜡烛,必必剥剥照着,能照出三里地,这是豆油啊,抬手都得钱。演的都是老戏。

不过,女儿牛兰芝他们要在浯河边演新戏,要请烧锅凑份子钱,还得另商量。那日,牛二秀才去找烧锅上的田雨,田雨跟牛二秀才是十成面子,他们哥俩没有商量不成的事儿。田雨正在往大车子上搬酒篓,问了一句"来了",牛二秀才点点头,问往哪里搬。田雨说北乡里有结婚的,是表弟酱球的儿子。牛二秀才简单说了来意,田雨说:"这是好事呀,小日本来欺负咱,咱不能伸头等着他杀,就得豁上去。我愿意出这个钱,好在也不多。只是……嘿嘿,秀才啊,我……你看,我不想第一个出头,在烧锅上,我也不是最大的,如果有个人带头,我没二话。你说多少就多少。"牛二秀才拍拍田雨的肩膀,说:"好兄弟。"拔腿就走。走出有两步远,田雨喊他,他回来,田雨叫出伙计拿出一个圆鼓鼓的包着的手巾包:"我可不是第一个捐的啊,秀才可记得。"牛二秀才接了,给田雨鞠了一躬。

牛二秀才去冯家大院找冯四少。冯四少的态度跟田雨一样,也愿意出钱,就是不愿意挑头第一个捐。冯四少只顾劝牛二秀才,临走,塞给他五个银元。冯四少的手使劲拍着牛二秀才的手:"我可不是第一个捐的啊,这是给咱孩子的见面礼。"

就在这个节骨眼上,张平青骑着枣红马送钱来了,份子钱不用凑了。

有了演戏的钱,牛二秀才好不高兴,晚上又多喝了两盅。妻子赵氏过去跟爹卖唱,自从嫁到了牛家,没孩子时,还时不时哼两句,后来有了孩子,又养了蚕妹儿,锅碗瓢盆,忙前忙后,再也开不了腔。

这晚上听到丈夫竟然唱了一句,忍不住说:"你有闲心了?"

牛二秀才说:"人活着,不能整天愁眉苦脸啊,也得喘口气儿,乐和乐和,对吧?我想听你唱《罗衫记》呢。"妻子说:"都忘了。兵荒马乱的,词儿都从脑子挤出去了。"虽这么说,随口哼了个垛板,那是她待字闺中时唱的《偷石榴》:"小孩一听心欢喜,扛着耧,牵着牛,牛角上挂着灯笼,胳肢窝里夹枕头，脖子上挂着花兜兜，兜兜里边装石榴。"牛兰芝和我大姑公冶小樽说："娘唱得真好听。"

牛二秀才道："垛板好听，垛板好听。要不，我唱徐继祖，你唱郑月素，咱来一段。"妻子说不唱了，嗓子都锈住了。牛兰芝难得见爹求娘，就说："娘您唱一段吧，让爹高兴高兴。"大姑小樽也说："从进门就没听娘唱过呢。"

牛二秀才说："对呀，再不唱两句，咱都不知道怎么笑了。鬼子来了，咱不怕，该笑还得笑！"

娘问牛兰芝："你说是唱一段？那你把前后门都关上，别让人听见了笑话。"

我大姑小樽去关门，迎面碰到我姑父牛兰竹从外面进来，我大姑小樽退后一步，说："回来了？"我姑父"嗯"了一声。这夫妻俩每天的对话就这么简单。

门关了。把方杌子给娘搬过来，让娘坐下。娘在方杌子上一沾腚，瞬间又起来。

牛兰芝回头看娘，就见娘忽然敛了笑容，一脸悲戚，变成了冤妇郑月素。我大姑小樽盯着婆婆，突然想到了老天的脸，刚才还云淡风轻，忽然就狂风大作，大雨倾盆。就见她婆婆身子朝前一挺，手往前一伸，唱了起来……

那年在北京，我采访牛兰芝老人，他还跟弟弟回忆起爹娘一起唱《罗衫记》的那个夜晚，娘唱得如泣如诉，她和爹、弟弟、弟媳（我的大姑小樽）听得如痴如醉。三间小屋里，有了久违的笑声。

牛兰芝老人对弟弟说："想起那个夜晚的茂腔，就想起父亲天井里的荷花。打我记事起,父亲每年都要在窗下栽培两大缸荷花,他说那荷花是从济南挪来的。荷花长得藕肥花壮,大叶如伞,夏风一来,一缸白荷,一缸红荷,香飘四溢。一下雨,那伞状的大盖叶子上,便滚动着水银般的珠珠。父亲常在荷花缸旁边教咱读周敦颐的《爱莲说》。还记得吗?"

"怎么不记得?"我姑父牛兰竹说,"我把大荷叶摘下来,举着出去和孩子比试。有时跑到浯河边上,把那空心的梗儿当管子,挖出沙坑,抽水玩儿。"

9. 那个深夜

牛兰芝老人想起第一次见曹永涛,脑海里立时绽放出一朵朵荷花。那天他们在省乡师的荷塘边,沿着曲曲折折、长满湿漉漉青草的河塘小径走去(为写小说,2022年3月14日下午,我专门去省乡师故地考察,这里已是高楼林立)。那条小路很窄,牛兰竹在前,中间是曹永涛,牛兰芝在后跟着。他们几乎被万顷荷池包围了,红白相间的荷花,仰首而放,随着阵阵柔和的风,吹来沁人肺腑的淡淡清香,一种难以形容的温馨潜入心窝。曹永涛背诵起《西洲曲》中的句子:"采莲南塘秋,莲花过人头。低头弄莲子,莲子清如水。"牛兰芝羡慕曹永涛的博学。

曹永涛喜欢的,牛兰芝都喜欢。

我看到牛兰芝的回忆录记下了曹永涛被抓的那个深夜:

……谁想就在这一个大雪纷扬的深夜,女生宿舍里的同学们已进入香甜的梦乡。"嘟嘟嘟"急促的敲门声,惊醒了我,我睡觉很轻,一有风吹草动,就被惊醒。我一爬起来,我的下铺也被惊醒了。我们这间女生宿舍,过去曾发生过一个流氓偷偷进来摸一位女同学被子的事儿,从那以后,宿舍门总是关得紧紧的,当中还顶上一根大木棍。这种急促的敲门声,给全室女生带来了恐怖感,有的以为来了流氓,有的认为可能是强盗。只有我床铺对面的刘静琳,骨碌翻了一个身,用很重的鲁西南口音向外喊道:"谁?啥事?"刘静琳比我高一级,但我们同宿舍。她身子一跃,穿毛裤时将一双毛袜子甩到我的脸上,我陡地也来了胆子,跟着她爬起来。刘静琳趁着窗外的雪影,向我摆了摆手,示意我别开灯。刘静琳赤着双脚机灵地用脚后跟站在地上,又大声向敲门人问了一声:"啥人?干啥?"

外面人口答:"小刘同学?快开门!"

"啥事?这么急!"

"男生宿舍里特务正在抓人,请你快开门!"

刘静琳的短发一甩,侧耳静听,好像听出是谁的声音。她趴在门上又问:"是你吗?"急速地搬走那根大木棍,拉开门闩。门吱呀地一开,白雪映进来白白的影子,滚进来的是满身挂雪的曹永涛。他穿着单褂,平时戴着的那顶黑色绒帽也成了白的。雪影里他那双眼睛闪烁着深沉、锐利、黑漆漆的光。刘静琳什么也没问,把他推到自己的床上,盖上被子,还没有来得及回头关门,后面几个拎着手枪的黑衣人紧跟着闯了进来。他们大喊着,撕下曹永涛那顶帽子,揪住他厚厚的头发,恶狠狠地向屋里的女同学们说:"我们是奉命来抓共党的!没有你们的事!都老老实实待着。"

共党？难道他是共产党？我脑子一下蒙了。

我心跳得厉害，只听曹永涛大声地一字一句问抓他的人："你们抓我，有什么证据？"刘静琳也急忙抢上前去，双手把住两边的门框，像个十字架似的钉在门口，质问他们："你们随便抓人，有什么证据？"刘静琳的赤脚踩着门枕，她的短发颤竖起来。

"你小妮子管不着！走开！"两个黑衣人架着曹永涛的臂膀，硬往外拉，把刘静琳撞倒在雪地里。

曹永涛显得十分冷静，临出门的时候，他回头看了我一眼，以很重的语气说："别担心，他们抓了我去，还得送我回来！"我像傻了一样，什么话也说不出来，看到他只穿着一件衬衫和一条单裤，便顺手抓起自己的被子，跑过去，想给他披上，而那两个黑衣人却硬将被子扔到了雪地上。我望着曹永涛被推推搡搡着的背影，实在控制不住，呜的一声大哭了起来。我这一哭，整个女生宿舍里就有了抽泣。有人要刘静琳去报告校长和训育主任。刘静琳拍着身上的雪和泥，大姐姐似的安慰大家说："同学们先睡吧，天亮了咱再去向校方交涉。"等了一会儿，她走到我的床前问道："看到我的袜子了吗？刚才又气又急，袜子也没有顾得上穿，现在才觉得脚冻得跟猫咬似的，可是袜子找不到了，你看到了吗？"我把毛袜给刘静琳递了过去……

10."你干爷我要把你卖了，你愿意吗？"

从此在省乡师就再也没见到曹永涛，谁料到，浯河岸边演大戏的头十天，曹永涛突然来到了芝镇，依旧顶着那头浓密的黑发，朝她调皮地咧一咧兔唇，这让牛兰芝喜出望外。

来不及问曹永涛被抓走的事儿，先忙着刻印传单。

芝镇大集那天，牛兰芝、牛兰竹他们抱着传单去散发，赶集的人都哄抢。抢到手的，都掖进兜里。他们稀罕的是纸，不是传单上的字，回家铰鞋样子，或者糊福棚。

抱着一摞传单，牛兰芝有些委屈地来到我爷爷公冶祥仁的药铺里，我爷爷握一管粗毛笔，正要在案子上写大字。牛兰芝把自己的困惑说了。

我爷爷瞥了一眼传单："词儿太文气，咱芝镇人好多看不明白。得想个法子。"

他把笔尖儿在嘴里濡着，濡开，蘸墨，说："闺女啊，舍不得兔子打不得狼，得下狠劲儿。比如说，你干爷我要把你卖了，你愿意吗？"

牛兰芝知道干爷是开玩笑，就说："干爷不舍得。"

公冶祥仁说："这次舍得，我想好了。"

牛兰芝咯咯咯笑起来："干爷心最软。你卖了我，金丝面从锅里捞出来，谁吃啊？"

我爷爷说："不是玩笑。闺女，你且看——"就见我爷爷站直了，两脚尖八字分开，小腹收紧，胸膛挺起，深深提起一口气。然后，紧闭着嘴，将那口气打鼻孔里慢慢吐出。刚才还谈笑风生的小老头儿，花白的头发根根直竖，怒目圆睁，紧盯着那白白的宣纸，毛笔在大砚台里饱蘸，牛兰芝感觉那墨被戳到了纸上。

牛兰芝一看，我爷爷那管大笔写的是：

"大——闺——女"

她不解干爷的意思。我爷爷又蘸了浓墨，信笔写下：

"演——大——戏"

写罢，把笔一放，说："贴在墙上。"

牛兰芝看到握笔的小老头儿满脸大汗，后脊梁的白布褂子也湿了。我的小老头儿爷爷挂着满脸霜，眼里射出两股寒光。

芝镇人过去演戏，多是男人登台，大闺女演戏，在芝镇那可是开天辟地头一回。牛兰芝脸一下子红了。

我爷爷说："过去演戏的，有句行话，外练筋骨皮，内练一口气。干啥都得一股气，气可鼓不可泄也。"

言罢，再次提笔，写的是：

"哪里的大闺女？省乡师的小先生！"那个大大的叹号，简直就是一根没有烧透的枣木棍子。

牛兰芝脸更红了。

这时，牛二秀才进来了，打眼一看，连连叫好："管用，这个好。亲家，你这一写倒点醒了我呢。"

牛二秀才小跑着到了大湾涯南头的古董店，擂着黑漆的门喊："袁大头，袁大头。"

11.一口酒，让她嘹亮了嗓子

芝镇的袁大头，是个留着大胡子的光头，名镇熙，字东望，号襄垣。大头祖上从山西长治迁来居住。袁氏开古董店，到他这里也三辈儿了，袁大头也会画两笔。他肩膀上搭着一条看不出颜色的毛巾，手上有红的蓝的黄的颜色。店里摆着一盆君子兰，那花盆里的土却干巴得裂了璺（wèn，方言，裂痕）。君子兰边上竖着拖把，那拖把墩布也干巴巴的像一堆烂草。牛兰芝把袁大头跟自己的美术老师杨我鸿比，觉得袁大头更像个烧砖窑的。

牛二秀才如此这般说了浯河唱大戏的事儿，袁大头的头摇得像拨浪鼓："嗯？嗯？不行！得闺女过来。"说得越急他的头摇得越快，牛二秀才只好折回，拉着女儿来到古董店，跟袁大头说了话剧《放下你的鞭子》的大体情节。袁大头听完，蒜头鼻子一蹙，说："闺女啊，唱一段俺听听。"

牛兰芝低头搓弄着两手，不好意思开口。

"不好意思张嘴，我怎么画啊？"

"袁大爷，您就比量着画吧。"

"比量着画，画不出神来。"

"可我守着你俩大活人唱不出来。"

"你就当我们俩是木头桩子。"

"当不成，你们都喘气呢。"

一句话，把袁大头和牛二秀才逗笑了。

袁大头站起来，在画室里来回蹀躞（dié xiè，方言，徘徊），猛地从画架上抓过酒葫芦，把酒葫芦塞子拽开：

"来，大点儿口。"

牛兰芝接过酒葫芦说："大爷，俺不会喝。"

"为了演戏啊，得豁出去！"

爹朝她笑笑："试试。"

牛兰芝忐忑着仰起头,对着酒葫芦"咕嘟咕嘟"喝了三大口,满眼泪花汹涌而出。她张着嘴,袁大头的胳膊斜着往外一扬:"唱啊!唱啊!"

牛兰芝感觉浑身发烫,像一根冒烟的火棒在嗓子眼儿里乱捅,吐又吐不出来,一拱脖子,一挺胸,眼泪再一次滚出,她唱道:

高粱叶子青又青,
九月十八日来了日本兵,
先占火药库,后占北大营,
杀人放火真是凶,
中国大军几十万,
恭恭敬敬地让出了沈阳城!

牛兰芝边哭边唱,那袁大头埋头下笔,桌上也摆着酒葫芦,时不时地抿上一口。她唱完,那画也差不多画完。画上是,一个戴着毡帽的老头,正举起鞭子打一个扎着辫子的闺女。那闺女跪着,两行泪往下滴,那眼泪啊,像两串从枝子上拽下来的葡萄。

袁大头摸着门道了,连着画了四张。牛兰芝一看,袁大头就是照着她画的。牛二秀才这才恍然大悟,袁大头啊,你真是个大头!

牛二秀才掏出一块"袁大头"给袁大头。袁大头的酒葫芦对着嘴,"咕咚"一口下去:"看不起我?我不是中国人?!这是在咱芝镇呐!"

酒葫芦伸过来,牛二秀才接了:"袁大头,爽快!"

"我可不是当皇帝的那个袁大头!"

12.浯河愤怒了!

浯河有脾气,那年的中秋,它像滚开的烧锅。牛二秀才在芝镇的威望了得!要没有他和芝镇的几位老人,只凭几个嘴上没毛的学生,怎么会引来这么多人。

天刚亮,芝镇各村小学的学生就起来排好队,打着铜鼓,吹着小号,举着五彩小旗精神抖擞地向芝镇障浯门外进发。旗上写着抗战的标语。

我姑父牛兰竹带着自己拉起来的游击小队伍,把芝东小学的风琴抬到那个刚搭起来的高台子上。会前,游击队员们轮流弹奏抗日歌曲。赶集的都到高台子下面不错眼珠儿听那激昂慷慨的歌声,你拥我挤地去看风琴是什么样的洋玩意,被这三弦不像三弦、二胡不像二胡的乐声给迷住了。

明澈的浯水,被秋阳晒着,热气蒸腾,赶集的人们脸上挂着一道道小溪般的汗痕。人们一面你拥我搡,一面嘀嘀咕咕地互相议论:

"听说大闺女上台演戏?"

"可不,牛师父的那个小闺女打头阵!"

"那真是些开化人,敢在人山人海里抛头露面地唱戏……"

"不管戏唱得好孬,凑个热闹,捧捧场!"

舞台搭在障浯门外的沙滩上。戏台扎得很气派,檐子是一色柞木,刻着项羽、包拯、姚期、张飞的头像,文饰栩栩如生,台口用苇席装扮成卷棚式三道飞檐,台高四尺,台宽两丈四。

烧锅上的酒幌子在大台子两边让风吹得响,台下一溜儿摆着九个酒坛子,学校的课桌也早搬了来,蒙上红布,桌子上摆着喝酒的黑泥瓦盆。各小学的教师学生,举着红绿布做的小旗,排着队,高唱着"工农兵学商,一齐来救亡"的歌,从四面八方涌来。浯河沙滩上人山人海,杨树、柳树杈上都蹲满了人。

忽听得一声:"看枪!"

在台南侧,不知何时冒出了一个小戏台,是芝镇南院的董大智,他领着南院的"武术会"也来蹭热闹。这董大智和师兄弟们在舞枪弄棒,他们的口号是"练武保乡"。刚才那一声"看枪",就是董大智喊出来的。很明显,董大智想跟牛兰芝、牛兰竹他们摆擂台呢。

三声炮响,浯河大会开始。牛二秀才最先上台,阳光火辣辣地直射着他那谢了的头顶,他从头到脸直冒汗珠。他的声音很洪亮:"日本侵略者,快要占领咱们的省府济南城啦,省府一失,咱这高密县、芝镇、芝东村、后屯庄、沙窝、洛岗、大有庄……还免得了被那铁蹄子踏碎?芝镇人要有芝镇人的志气和骨气,不能单纯叹息和愤怒,要赶快想出个行动的办法。与其坐而待亡,不如起而拯之!有热血的人,就要拿起咱的家把什,有枪的拿枪,有刀的扛刀,有棍的使大棍,有耙的拿耙,人活一口气!"

台下鸦雀无声,牛二秀才仰天大喊:"老少爷们呐!"

我姑父牛兰竹,这个十七岁的小伙子,急火火地从后台跑到前台。他身穿灰色的制服,腰间斜挎着那支明晃晃的匣子枪,枪上那缕红色的绸缨在微风中飘动,更给他增添几分英武气概。我姑父和他的三个同学跳到舞台上,我姑父大声喊:"咬!"四个人一齐跺脚,大喊:"咬!"四双眼睛喷着火,四个指头滴着血,带血的手指在长条白布写下"抗战到底""芝镇不可侮"等大字。血书挂在台柱子上,被风吹得呼呼响。

年轻人的举动,引起台下啧啧称赞:"还真咬啊!""来真的了!"我姑父举着带血的手指领着喊口号,排山倒海的怒吼响彻浯河两岸。

我爷爷公冶祥仁吩咐伙计快去药铺拿药和纱布,默念道:"孩子们呐,你们的血是热的!"

忽然一阵骚动,我爷爷回头一看,舞台南边的董大智"嗨"地从台子上翻下来,攥着攮枪子的头,越攥越紧,手缝子里滴出血来。他把攮枪子朝地上一插,血手抹了脸,血脸上两眼冒凶光:"芝镇人就是那蒜臼子、蒜锤子,呱唧呱唧把小鬼子给捣烂它!"

"父老兄弟大娘大婶姊妹们……日寇无视我神州,无视我中华儿女,必将遭严惩。"我姑父牛兰竹一开口还有点撇腔拿调(方言,故意做作,学说普通话),他看向台下,一眼看到了他岳父——我爷爷公冶祥仁,我爷爷给他使眼色,他突然明白了,赶紧换了芝镇土话:"抗战的理儿,大伙都心知肚明……"

我大姑小樽一大早就用木轮车推着婆婆来到了浯河边,倚着障浯门的台阶看,她听着我姑父句句打动人心的话,心里纳闷:平日少言少语的他,到了节骨眼上,话竟像铁秤砣子,捶击人们的心窝。

霎时间,一些开明士绅和商号老板,也都纷纷跳到台子上去表态:

"我开仓献粮一万斤!"

"咱叫孩子当抗日游击队员!"

"我拿出些本钱来给咱们的队伍做棉衣!"

"我还有两支土炮,也全献出来打鬼子!"

我姑父牛兰竹两手往下一压,让大家安静,抢到台前说:"大家要献什么,请到后台立个账目,前台还准备演戏哩!"

《放下你的鞭子》开演了。曹永涛演流亡关内的"老大爷",牛兰芝用墨笔给他嘴唇上画了两撇小胡子,他头上戴了顶旧毡帽,穿一件黑色短上衣,很像东北老年人的打扮,提着一面小铜锣满脸愁容地说:"敲起锣儿转悠悠,关外的人们做马牛,带着小女进关内,卖唱为生也自由……"唱罢,高声喊:"我的香姐呵,你怎么还不出来卖唱哩!把你唱得最好的歌,唱给大爷、叔叔、婆婆、婶婶、兄弟姐妹们听听。"

舞台一侧站着一个朴实憨厚的农民,头上戴一只六角苇笠,穿一件男人的粗布小褂,腰里斜插着烟袋包,谁也不会想到,这个农人是骆儿牛廙扮的,本来是另一个小伙子,临时怯场了。牛廙跟我姑父牛兰竹说:"不就是站着说两句话吗?"我姑父说:"是。"牛廙说:"我上。"

牛兰芝系了一根扎着红头绳的又粗又黑的辫子,穿着一件娘借来的补着好几个补丁的红花布衫、浅蓝色的裤子,随着风琴伴奏,唱了一段:"高粱叶子青又青……"又含着热泪唱起凄凉悲壮的《流亡三部曲》。当她唱到"爹娘呵,爹娘呵!哪年哪月才能回到我可爱的故乡"的时候,想到自己的家乡也将要变成东北那样,心情难以控制,眼泪禁不住扑簌簌流了下来,哽咽得再也唱不下去了。台下鸦雀无声,随着她的哭声,有人也抽泣、呜咽起来。在台下看她演戏的我的大姑小樽和婆婆,也用袖子抹起了眼泪。

扮演爷爷的曹永涛,举起鞭子抽打她,一边抽,一边落泪,以极悲凄的声音哭诉着:"你这个小香姐,谁叫你不唱啦,你不唱,咱这无家可归的人怎么生活呵!"

就在这时候,赵风絮的粪叉子一下子飞到了台上。牛二秀才斜着身子一跃把那粪叉子给踢飞了。

牛二秀才瞪赵风絮一眼:"小子,这是在演戏!!"

13. "这些孩子在芝镇不好待了,您说咋办吧。"

弗尼思说:"德鸿,你扯得够远了,回到芝谦药铺吧。你爷爷公冶祥仁、牛二秀才和曹永涛已经喝完三壶酒了。"

芝谦药铺的福棚上有老鼠在跑,我爷爷公冶祥仁仰头瞅了一眼,低头吩咐我大爷公冶令枢到门外边站着去,有人来就说忙着。老人家端着酒盅,拉着牛二秀才和曹永涛三个人进了套房子,套房子挂着厚厚的一个蓑草帘子。牛二秀才对我爷爷说:"小曹是你徒弟,你知根知底,都是咱自己人。老兄,我是来跟你商量商量,兰竹、兰芝,被盯上了,这些孩子在芝镇不好待了,您说咋办吧。"

"一晃一年多过去了,觉得你们弄的浯河万人大会还是在眼巴前的事儿,小鬼子还像爬到腿上的蚂蟥,扒不下来了。"我爷爷公冶祥仁道,"这时局难料。"

曹永涛捣一下药杵："蚂蟥扒不下来，那得使劲拍！打！"

我爷爷说："是啊，永涛放弃学医，也好。当个'大医生'更好，咱们国家也是病了，小鬼子就是觉得咱们国家体弱，才敢欺负咱。他们怎么不敢欺负美国啊？咱国家需要拿枪拿炮的人治疗，这就是'大医生'。所以我看好小曹，也支持小曹。兵荒马乱，芝镇这块肥肉，谁都不想放过。张平青住在了大湾崖，他趁机扩编队伍，半夜三更砸门的，在铺子门前撒尿的，大街上拉屎的，都是他的部下，一群兵痞。鱼找鱼，虾找虾，王八找了个鳖亲家。物以类聚，人以群分。我跟张平青熟悉，他几次三番找我帮他，但是我觉得不是一路人。厉文礼当上了八区行署专员兼游击司令，那更是一个怂包，为了躲避鬼子，也躲到了芝镇，部队住在芝镇的外围乡间。张平青部盘踞镇内，既有坚固围墙可守，又有烧酒铺子进贡，缩头乌龟享清福；厉部则驻芝镇周围村庄，在村子里的大户家住着。最要命的是，碉堡里这俩鬼子轻易不出来，但却是更厉害更凶残的狗。三条狗，明着各管一摊，暗里互相咬，狗咬狗一嘴毛。我还听说，张平青跟鬼子还有来往，时常派人去给碉堡里的鬼子送酒。他想借日本人的手，把厉文礼的人赶跑。张平青总以为芝镇就是他的，如果你打心眼里觉得芝镇是你的，你就得好好保护啊，赶走倭寇啊，可他又在摇摆不定，有奶便是娘。咱是秀才，秀才遇到兵，有理说不清。这年头，谁手里有枪有刀，谁才能说得起狠话和硬话。"

我爷爷一提到"秀才"，牛二秀才微微一笑。我爷爷知道说漏了嘴，也跟着笑笑。他心想，牛二秀才可不是一般的秀才，他干了秀才干不了的大事。他打心眼里佩服这个秀才。

我爷爷说:"秀才啊,我倒想起李子明来,他走了也得有十年了吧?从咱们芝镇走出的栋梁之材,赍志而殁。"

牛二秀才道:"可不。咱这黄埔军校走出的学生,在芝镇是头一个,要活到今天,那得杀多少鬼子。"

"当年你把李子明的遗体从长沙运回来,在芝镇公祭,那也是惊天动地的事儿。"

"我的爱徒啊!"

公冶祥仁想起李子明的夫人曹香玉,说:"曹香玉是我的远房表妹。她也命苦,三个孩子先后夭折了。我去给看过病。"

牛二秀才说:"你这个表妹啊,就喜欢孩子,看着谁家的孩子都觉得亲得慌。她就把李家的侄儿弄到家里,也吃也住,一个侄儿李敢死了爹,另一个侄儿李震死了娘,他们都拿她当亲娘一样待。孩子恋孩子,你那女婿兰竹,也爱到她家去。曹香玉家成了孩子窝。"

弗尼思说:"德鸿,你可知道,这李震当过你们《利群日报》的社长。"

我当然知道,报社纪念创刊七十周年,我还专访过他。他还说到我的表姑奶奶曹香玉,要没有她,就没有他的一切。他说从芝镇往沂蒙山跑的那个凌晨,我表姑奶奶曹香玉塞给他两个煮得烂乎乎的地蛋,可刚跑出芝镇,一个跟头,把地蛋挤扁了。"知道地蛋吗?地蛋就是土豆,地里生的蛋。"李震老人一口芝镇话,他离休在省人大常委会主任的任期上。

牛二秀才守口如瓶,没敢跟我爷爷说,曹香玉家也被盯上了。

牛兰竹他们弄来的"汉阳造""马大盖""土乌鸦""本地打"等,仔细地擦了,放在曹香玉家炕洞里。牛兰竹把自己的小队伍命名为铁流,曹香玉的家成了铁流的指挥部。他们还请了在省城上过高中的牛树和做教官,成立了担架队、护理队、突击队,村里的女学生们大部分都参加了护理队,由在德国教堂里干过的安妮教着怎样包扎、怎样护理伤口。小队伍每天从太阳出到太阳落,白日里操练,晚上在小学校里上课,由牛二秀才主讲。周围村子里的青年,每天听到芝东村练操声和嘹亮的抗日歌曲,也纷纷过来要求加入队伍。

正在热火朝天练兵之时,国民党政府好像也想起来要训练民众了,于是统计上册。这年九月,他们对每个区都派了一个委员,负责监督民众训练。

分到芝镇的那位委员是个大肚子,姓乌,人都喊他乌大肚子。

14. 伽利略点醒了他

对乌大肚子,我姑父晚年在回忆录中有这样的描述:"穿着灰色军装的乌大肚子,佩一副少尉军衔,戴着白手套,还提一条假洋鬼子提的那种'哭丧棒'——司提克,看来真有点'监督'的气味。其实,他也不过是个二十岁左右的初中生,参加过国民党当局的一个什么训练队,被训练出一副冷冰冰的模样。披着的大氅下摆破了一个窟窿……有一日下雨,乌大肚子来到芝东村找到我,说是要检阅队伍。大家在雨中站成一排,乌大肚子绕青壮年转了一圈，用大肚子把一个青年颠出了队列，说他列队动作不合格，又用拳头捅了一个青年……"

当时不到十七岁的我姑父牛兰竹很看不惯这乌大肚子的来头，把皮带朝雨水里使劲一扔，雨水溅到了乌大肚子的肚子上。乌大肚子大吼："滚出去！"牛兰竹说："这又不是你村，你说让我走，我就走？偏不。"我姑父当时头上扣着八角苇笠，抱着膀子在边上看屋檐下的滴水。

第二天，乌大肚子跟几个人说："牛兰竹是共党分子。"

乌大肚子有事没事爱到包扎组的女学生队里凑，找个借口跟牛兰芝套近乎。有天傍晚，他约牛兰芝到村外的苇湾谈话，牛兰芝不去。他就威胁："你弟弟是共党，你不听我的，我就到国民党党部告他。"牛兰芝一听，有点慌，忙说："我弟弟不是。"乌大肚子瞪着两只熟透了的烂杏子眼说："我说是就是。"

回到家，牛兰芝跟弟弟一说，弟弟正在做一杆攮枪子。俺大姑小樽正在灶间抱柴火，隐隐约约听到"共党"俩字，身子一抖，一根棘针把手刺破了，她咬住嘴唇没吭一声。

"他真这样说的？"

"咬着牙说的。"

"哦，他还说啥了？"

"没了。就说你是……"

夜里我姑父牛兰竹到曹香玉家关门堵窗跟李震、牛树和叽叽咕咕。第二天，牛兰竹来了，手里提着个破铜锣，队伍刚刚整完。乌大肚子又要训话，就见牛兰竹噌噌噌几下到了草屋顶上，他敲着铜锣大声说：

"诸位,站在咱们面前的乌大肚子,是共党分子。"

乌大肚子一听,说:"你——血口喷人。"

牛兰竹说:"不信你翻翻他的被褥里藏着什么。"

几个青年呼啦去屋子里,乌大肚子哈哈大笑,说:"你们翻,你们翻。"

一会儿一个青年举着一本薄薄的小册子出来,是《共产党宣言》。

乌大肚子一下子懵了:"这是栽赃陷害。"

乌大肚子还嘴硬,牛兰竹说:"再不走,我们就一起去党部告你。"乌大肚子只好卷铺盖走人。

牛兰芝问牛兰竹怎么想出的这一招,她这弟弟顽皮地一笑:"你忘了咱在省立乡师老师说的了,物理学上,单摆定律最早是由伽利略发现的,据说他在教堂做弥撒时,因为看到了教堂顶上的吊灯被风吹着周期性摆动,所以发现了这一原理。人类终于找到了钟摆这种计时方式,伽利略厥功至伟。但在伽利略搞出这个发明之后,很快就被人举报了,举报者的角度非常之刁钻:我们发现伽利略望弥撒时居然不专心向上帝祷告,而是盯着楼顶的吊灯看!这是对上帝的亵渎!伽利略的回应非常机智:假如我在教堂里盯着吊灯看是真的,那么他们当时就在盯着我看,看来举报我的人更不虔诚啊。"

"你倒会移花接木。"

"鸟儿都不怕人,猎人攥着它们怕人了。"

赶走了乌大肚子,牛二秀才觉得恶人不会善罢甘休,嘱咐我姑父他们还得防着点。

我姑父想当兵,这样的大事儿,他从来不跟我大姑小樽商量。我大姑呢,也不管。我姑父在回忆录里是这样说的:"十月份,张平青的队伍被韩复榘收编为第二路游击队,到芝东村招兵,它们把在黄河岸边的抗日'战绩'吹了个天花乱坠。我和村里的几个人,就报了名,可是到了张平青的队伍里一看,不是那么回事,他们根本不打鬼子。待了三个月,我就回到村里。"

我姑父那阵儿很苦闷,找不到出路,他、李震、李干在曹香玉的西屋商量,房门上挂了草帘子,晚上也不点灯,一熬就是大半夜,有时还喝点儿酒。曹香玉有点儿担心,但总觉得这是帮好青年,不会出什么错。他们呢,也经常跟曹香玉扯闲篇,说是拉家常,又不像拉家常。他们说的话,像无意,又像有意。曹香玉似懂非懂,她就像一只老母鸡,将毛茸茸的鸡雏呵护在她的翅膀下,她翅膀的余温不散,温暖了我姑父和李震他们一辈子。这是我采访晚年我姑父和李震时体会到的。

芝谦药铺外面的雨搭噼里啪啦响,下雨了。我爷爷吩咐我大爷把门口的煤球盖一盖,嘟囔一句:"春雨!"忽又喃喃道,"这叫我想起了你的学生牛春雨,他被暗杀,出殡那天你还亲自给他点主呢。那可真是个好县长,听说,你们村又出了个牛县长?"

"嗨!快别提了。我正为这牛县长的事儿发愁呢。"

15.联络暗号"馉馇""水饺"传错了

牛二秀才扠扠（kuǎi，方言，轻抓，挠）头皮，又使劲上下搓着他的国字脸，把手移开时，露出复杂的表情，他"嗨"的一声开了口：

"俺村有俩眼，大眼和小眼，大眼在庄南头，小眼在庄北头。大眼比小眼大二十岁，这'两眼'小时候都尿炕，大了都干了县长。这大眼儿叫牛春雨，当着高密、密州、渠邱三县的县长，还兼国民党县党部常委。'民国'十六年六月，大军阀、五省联帅孙传芳，像那鼓起来的猪尿泡扎了针眼，气儿泄了。他部下陆殿臣师驻高密、陈以燊师驻胶县，这俩残将像给死老鼠念经的和尚，一时找不着咒语念了。几个青年军人瞅准了这条缝，秘密策划胶高（注：胶县、高密）独立。

"这些血气方刚的汉子找到大眼牛春雨，牛春雨早就对孙传芳这样的大军阀恨之入骨，他的大眼眨巴了半天，最后决定：干！

"牛春雨还是大意了，四天开了七个会，开一次会，就透一次风，这起义是秘密的事儿，哪能整天透风撒气。起义的联络暗号是什么呢？那天牛春雨的夫人正在包馉馇，牛春雨最爱吃的就是韭菜馅儿的馉馇，馉馇蘸醋，他一气能吃半盖垫。出奇的是，他还特爱喝馉馇汤，不喝汤，权当没吃。他灵机一动，指着一盖垫馉馇说，联络的暗号是'馉馇''水饺'，里应的一边是'馉馇'，外合的一边是'水饺'，对上了，就是自己人，对不上，就开枪，照准头打。这两帮人里，有国民党，也有共产党，目标就是一个，起义。

"孙传芳的部下陆殿臣关键时候怂了。牛春雨他们想提前起义，小伙子们端着酒碗喝了。谁料暗号传来传去，把'馏馇'传成了'驻扎''呼哒''姑家'，暗号不对，互相搂了枪栓，自己的阵脚就乱了。牛春雨冲在最前面，勤务兵都跟不上他的步子，他还没靠近兵营，从门缝里一阵乱枪，被打倒了。起义失败，我领着俺村的人去找，在一个泥窝子里发现了牛春雨，他的头成了一个血蛋，但大眼还睁着。我用手给他把眼皮合上，可是刚闭上，又睁开了。我说：'大眼啊，你闭了吧，我给你点主。'"

曹永涛问："点主？"

我爷爷公冶祥仁说："这你就不知道了，在咱芝镇，讲究人家的丧事，仪式很多，其中就有书主、点主。丧家先请人写好神主牌，神主牌约两寸宽六寸高，中间一行写'显考（妣）某某府君之神主'，旁写其生卒年月日和时辰，落款写'孝男某某奉祀'。所写的'主'字不点上面一点，留待'点主'人用珠笔点上。点主人得是有威望的人，但掌握过生杀之权的官吏则不可，因避讳其曾在死囚名字上点珠点。点主时，由赞礼人唱词引导，由两位襄点大宾陪同点主人，用蘸朱砂的毛笔点上'主'字上面的点。点毕，孝子要脱去孝袍，着素衣，身披红毡，跪叩致谢，设宴招待书主、点主和襄点大宾。"

顿了顿，我爷爷公冶祥仁竖起大拇指，又对着曹永涛说："你牛师父点主那可是真点，他把递上来的毛笔扔到一边，咬破了自己的中指，使劲摁上了。"

"人家牛春雨为了自由，把命都搭上了，咱还不能给他的牌位献一滴血吗？不这样，我觉得对不起这个大眼儿！"牛二秀才说，"大眼牛春雨这个县长当得体面，死得壮烈。本家弟弟叫牛笑轩的小眼儿，也干了县长。他的眼是真小，别人看不到他的眼珠，他的眼就是刀子犁开的两条线。我的学生都给他起了个鬼名字'有眼无珠'。平时呢，这小眼儿为人还不错，祖宗的轴子都在一起，过年过节都一块儿，请家堂、送家堂的，清明上坟添土，也是一块儿。他比我小十来岁，见了面客客气气，哥哥长哥哥短的，我对他印象也不孬。原来他在省城国民党的党部干点小差事，抗战一开始便投奔了国民党岛城市市长申鸿列。我这本家弟弟算是傍上了条粗大腿。过去他回家来，老是抱怨老牛家外边也没有个人。朝里有人好做官，朝里没人把尿罐端，端尿罐就是伺候人，伺候不到地方，还被派了孙。他有几年很倒霉，他的同僚都提拔了，外放了，他还原地踏步。可是我这个本家弟弟脑袋瓜灵，找了个媳妇是申鸿列的远房亲戚，姑娘长得又矮又丑，竟然觉得我的这个弟弟的小眼很迷人，我这个老弟就傍上了。跟申鸿列算是瓜蔓子亲戚了吧，他就被外放当了高密县的县长。当了县长，也没有架子，开着洋汽车回来，都是村口下车，见了村里的老辈儿，都问好。过年还跟着族人磕头，好多人磕头都是走形式，只是吆喝，可是他不，是真磕，他的口碑在族里很好。过年回来，他听说了俺庄里拉队伍的事儿。有一天，他穿着绸子长衫来了，戴着墨镜，大模大样地开门见山对我说：'二哥啊，我来给你道个喜讯。'"

16. "咱眼小,心眼不能小啊!"

牛二秀才说:"我说:'我有啥喜讯呢。'他把墨镜摘了,放在炕几上,眯着两只小眼儿说:'俺的侄女侄子牛兰芝、牛兰竹在省城上学时,我就觉得他们是有用之才。现在申主席招兵买马,成立八大处,我看,到他那里混混,起码是个尉官,弄好了说不定弄上个校座,每月按军衔发奖金,你和二嫂也不用愁吃穿了,不知二哥意下如何?'

"亲家你说,人家是好心好意来的,我如果一口拒绝吧,真让人觉得不识抬举。说实在的,我不看好申鸿列他们。我心里想,咱们愁的不是官位和薪饷啊,我的孩子不求什么尉官、校座,就是当一个马前卒,我也心甘情愿。可是,我又抹不开面子,不好一口回绝。让孩子他娘炒菜,我就跟这本家县长在炕上喝起了酒,一杯一杯地喝。我这本家老弟春风得意,端酒杯也痛快,一会儿就吹得没边没沿儿了。我借着酒劲儿说:'孩子还小,胆子更小,没见过世面,不想去什么七大处、八大处。'我这本家弟弟把酒盅朝桌子上一蹾,说:'糊涂糊涂!'耍起了官威,眨巴着两只小眼儿,我忍着,一直忍着,他就喋喋不休地又说。说着说着,各自都起了高腔。我说了一句不该说的话:'咱眼小,心眼不能小啊!心眼小,是自己给自己堵路。'他一听我说他眼小,一拳照着我打过来,说:'我就觉得眼小好,眼小聚光,眼小你比不了,眼小是俺娘给俺的,用不着你指手画脚……'我也沾酒了,还了他两拳,封了他的小眼封了他的口,我把他的墨镜在炕前摔了个粉碎。他还在炕上指着鼻子骂我,我抬手哗啦把酒桌掀了,盘子碟子匙子碗落了一炕,剩菜剩汤洒在了席子上。他眨巴着俩小眼往外走时,长衫挂在铁门鼻子上,剐破了一条口子。

"第二天,俺醒来已经快响天,脸还肿着,兰芝她娘说:'得去给本家弟弟说个软和话吧,他歪歪勾勾地在门口倚着门框都吐了,当庄当疃的,都是一家人,去吧!'我磨蹭着去了,进门见我的本家县长拉着长脸,他的左眼上贴了一贴膏药。我强堆出一脸笑,说:'老弟,我喝多了喝多了喝多了',我连着说了好几个喝多了,后悔得想跳井的心都有。那本家弟弟黑着个脸,说:'罢了,罢了,你那俩孩子不去就不去吧,可是有言在先,在家里得老老实实。听说这些孩子还成立了什么铁流游击队,简直是胡闹,要是惹恼了日本人,咱这个村的老少爷们可就遭殃了,还有咱牛家祠堂,咱哪是日本人的对手。倒不如……不说了。你们好自为之吧。你看让你打的,我都没法去办公了。'"

牛二秀才、我爷爷公冶祥仁和曹永涛一直聊到天快黑,忽听到门外我大爷公冶令枢在拦着一个人,那人不管不顾,径直往药铺里闯。一边往里闯,一边喊:"公冶祥仁,公冶祥仁。"

我爷爷赶紧出去,一看,乐了:"司令大人来了,有失远迎。"

来人是我爷爷的老同学、李子鱼的姐夫汪林肯。这汪林肯原名汪麟阁,因仰慕美国政治家林肯而改名。他比我爷爷公冶祥仁小两岁,他们一起在高密县立高等小学堂学了几年。清光绪三十二年(1906),他加入中国同盟会。

在药铺里落座,飘着长髯的汪林肯哈哈大笑:"哎呀,还是大夫好啊,无官一身轻。"

驴背上两个空篮子,两块蓝布子在空篮子里铺着。汪林肯说:"师兄啊,给你的礼物,都分散没了。"

牛二秀才对汪林肯更熟,他常到芝东村去,知道汪林肯现在的身份是高密县抗日民众运动巡回督导团负责人。他还知道汪林肯喝酒的怪癖,每次喝酒,总把酒倒出几滴,放在手心里一搓,触到鼻尖那儿,一嗅,说:"这是好酒,没有邪味儿,清爽。"有时呢,搓完,说:"这酒有股浊气,不能喝。"

汪林肯恋酒,不爱辞壶。接触长了,才知道,不是恋酒,他是恋着说话。

进了药铺,少不了酒。端着酒盅,汪林肯听到牛二秀才打算让女儿离开芝镇,摆手朝西一指:"去西山里,去西山里。"

汪林肯
WANG LIN KEN

第三章

1. 长髯醉写《酒神曲》

西山里就是沂蒙山。

汪林肯在一个薄雪的冬日,飘着长髯,头戴狗皮帽子,脚蹬老笨鞋踏进了萧索的那片山区。一块顽石绊了脚,他弯腰抓起来,一使劲"咦……"地扔进了山谷,"嘎嘎嘎"惊起一只飞鸟。

这长髯公被任命为纵队九支队司令一职,直接受边区省委领导。三个月后,纵队第一期整军,他的老班底九支队跟八支队合并,他被调离。他的部下不服气:"就这样给——撸了?早跟您说把长髯给剃了,您不听。"汪林肯捋了一把下巴:"咱事小,抗日事大。跟着新司令好好干。"

弗尼思很疑惑地对我说:"德鸿,你说汪林肯自己在沂蒙山被免了职,咋还介绍人家去那里呢?这不让人往火坑里跳吗?"

司令员的官衔没了,你说汪林肯没有情绪那是假的。他卷了铺盖回到芝镇家中,从早晨开始喝酒,一直喝到下午,喝了整整一天,喝完了酒葫芦,又从酒缸里舀了一瓢喝。晚上一个人关在屋里,来回在炕前踱步,忽然,撩开长髯,在豆油灯底下自己写了一首《酒神曲》:

一滴酒酹江月还醉天地半生皆谬!一口酒浇灌出熊心豹胆咱不居人后!一壶酒喂出翻天的神咱从不怵头!一坛酒逼退无赖吓傻死神滴水不漏!一罐酒煮沸白雪点染的一腔英雄血冲掉眼皮上

脸皮上肚皮上的寸寸污垢！一桶酒咱扫除人间的肮脏与腥臭，一缸酒还我朗朗乾坤干净自在宇宙！一池酒盖不住我的千年万年总诅咒！滴滴到九泉，杯杯洗云霄。杯口装天，杯脚蹬地，我坐在杯子里找知己几时能够？！酒神来兮，酒神来兮，曾文正公能养活一团春意思，撑起两根穷骨头；我更要拼上老命一条，别看我面黄肌瘦！一息尚存倾家荡产也要斩杀贼寇！七尺男儿敢笑傲江湖一身干净面见祖宗让那芝镇老酒浇个透！

汪林肯写罢，四仰八叉地躺在席上，手攥着酒盅呼呼睡去，那酒鼾隔着三趟房的弟弟和弟媳都能听到。

是人都有情绪。有了情绪，咋办？回老家，老家的水土，能让心安下来，能让神定下来。老家的沟沟坎坎、鸡狗鹅鸭、树根草梢，怎么看怎么顺眼。这汪林肯早晨迎着东起的朝阳到潍河岸边洗一把头脸，傍晚再骑上毛驴到浯河岸边迎着西下的晚霞洗一把头脸。要是晴天，早晨的太阳和傍晚的太阳一样红，那红日映着河——潍河和浯河，成了红河，真可谓半河瑟瑟半河红，红河能把情绪抚平。这是汪林肯的理论。他说，洗头脸，也有个步骤，先是把河水撩起来，撩到最高，仰头用嘴接住，灌满口，长髯上，都落上了水珠，挺胸抬头，吐出来，吐出来的一口浊气，吐在沙滩上，然后再把水撩起来，从额头开始往下掠，往下掠，来回搓洗。洗头脸的最后一道工序是把头伸进河里去，那头像摇拨浪鼓一样，在水里摇出飞溅的浪花，然后，把头提离水面，头发上、长髯上的水滴答着，从自己的两腿的裆部看到一角倒扣着的天空，那是最惬意的时刻。他就保持着那姿势，唱起了《酒神曲》。洗头不能用胰子洗，就是水洗，河水清洗。汪林肯有好多理论。我爷爷公冶祥仁说，他的理论好多很歪，很怪，但听上去有味道，是酒味，酒味是人间仙味。

弗尼思对我说："喝上酒，你爷爷公冶祥仁和汪林肯都是半仙之体。一半人，一半仙。"

这个死不改悔的长髯乐天派，不放过任何一个快乐的机会。他要在清明节来一次踏青访友，踏青踏的就是故乡芝镇这一带，访友访的就是他的老同学——我爷爷公冶祥仁。他也跟我爷爷一样，骑了头毛驴，驴头上挂着一大一小两个酒葫芦，又让夫人煮了两篮子鸡蛋，挂在驴背上。

年过半百了，突然想起跟老同学斗鸡蛋的事儿。他跟我爷爷公冶祥仁同学时，也是清明节，两人把鸡蛋拴在大辫子上比赛爬树，谁爬的树高，鸡蛋归谁。他让我爷爷先爬，我爷爷把鸡蛋小心翼翼地绑在辫子梢上，轻手轻脚抱住了树，两脚正青蛙一样一跳一跳地往上拱着，长辫子一抖，那鸡蛋就掉到了汪林肯的嘴里，等我爷爷发现了，鸡蛋早进了汪林肯的肚子。往事已矣！汪林肯往篮子里装鸡蛋的时候嘴角笑了一下。夫人说："都五十多的人了，跟老小孩儿似的。"汪林肯说："时光飞快啊！小脚、大辫子，该小的不小，该大的不大，乾坤颠倒，去他娘的！"

他骑着毛驴还没到芝镇的城墙呢，就看到了打秋千的一帮孩子在混战，互相争抢着坐牛索头，有个瘦瘦的小孩把牛索头抱住了，自己不能打秋千，也不让别人打，几个孩子就拧那瘦小孩子的腮，拧得那孩子脸都变青了，他还是不撒手，身子死死地压住牛索头。几个孩子脱下鞋子，用鞋底使劲剟（duō，方言，打）

那小孩子的腚，那孩子一声不吭，眼里旋着泪光。

汪林肯心想，这孩子真有嚼劲，要是我再带兵，一定收到我身边。他下了驴，上前弯腰去拉那小孩，可别的孩子像黏在那小孩身上一样，怎么拽也拽不下来。汪林肯摸出一个鸡蛋喊：

"谁想吃？"

2. 那烈女子羞愧着跳了井

几个破衣烂衫的孩子目光直直地瞅着鸡蛋，眼瞪得都有鸡蛋大了。跑得最快的一虾腰（方言，下腰）就把汪林肯手里的鸡蛋抢了，着急得竟然带着皮填进嘴里，噎出了眼泪，一抻脖子，咽了下去。小孩子们一见，又都像争抢牛索头一样，连鞋子也不穿，围住了汪林肯和他的驴子，喊着叫着要吃蛋。伸着手喊："给我！给我！"有个小孩子还拽着汪林肯的长髯，汪林肯也不恼，一人分一个，抢到的大叫，觍脸等着的小叫，急得抓耳挠腮，还有的直跺脚。一会儿，两个篮子就底朝了天。孩子们四散而去，独有那个抱紧牛索头的小孩依然抱着牛索头，褂子撕破了，露着皮肉，两眼盯着他，目光里装满了馋。那是真馋。汪林肯走过去，蹲下说："你怎么不抢鸡蛋？"他摇摇头。

"这不是四姐夫吗？"

打招呼的是藐姑爷，汪林肯一回头：

"哎哟，俊了。"

汪林肯是元亨利酒楼掌柜李子鱼的四姐夫，藐姑爷也就跟着叫。汪林肯看到，藐姑爷绾着的纂剪了，成了齐耳的披毛（方言，短发），遂赞了一声。

蕤姑爷把短发一甩，说："俺是开剃头铺的嘛！大地方都兴这个呢。"

"哦，你真会掐算，我跟你说——"汪林肯低声对蕤姑爷说，"西山里的女人也兴这个呢。利索。"

"哦，听说那里有八路。"

警觉地看看四周，汪林肯岔开话题："你看这个小厮，真嚼劲！"

"这孩子缺心眼儿，他是给他姐姐占的，他想让他姐姐打个秋千。"

"那他姐姐呢？"

"他姐姐叫王二嫚，让那个鬼子那个……了，咋说呢，就是那个了，小鬼子不是人玩意儿，是个畜类！芝镇闺女脸皮薄，那烈女子羞愧着跳了井，死了。等捞上来，模样都认不清了。头一天晚上，我给她剪了个披毛——她看着我剪得好看，也跟着要剪。我一剪子下去，剪着了她的耳朵垂。哎呀，疼得我啊！她却说：'婶子，没事没事。'这都是眼巴前的事儿啊。"

蕤姑爷长叹了一声，跟汪林肯说了王二嫚家的遭际。

王二嫚和弟弟跟着爹娘过活，家住在青坛庙后头。他爹在芝镇是出名的酒鬼，是雷震的姑表兄，早年上过几年私塾，练过刘墉刘罗锅的字帖，师父给起名"王三友"。那师父说："三友啊，友直，友谅，友多闻，益矣。这是圣人之言，你可记牢了。"

王三友答应得很好，可是他又懒又馋又好醉，大家叫来叫去，叫成了"王三又"。这王三又顿顿喝酒不絮烦。

麦收时节，地里的麦子耷拉了头，他也不急。被闺女好说歹说哄着下了地，割到天晌，他瞅瞅日头，自言自语："中午回家喝酒了。"把镰刀一扔，倒背着手，撅勾撅勾（方言，低头疾走状）地走了。芝镇有的人也有爱喝的，割麦子把酒葫芦挂在脖子上，腰疼，就直起来顺一口。有的呢，把酒葫芦搁在地头上，到了地头，喝一点解乏。可是王三又不在地头喝，他得盘腿在炕头上喝，喝酒还得把酒燎热了。在地头上喝，那不叫喝酒。"咱是读书人，还分得清地头和炕头，两头不是一个头，在地头上喝酒，有辱斯文！"

喝完呢，这王三又还得四仰八叉地躺在炕上迷糊一觉，等醒来，天就快黑了，不下地了，晚上接着喝。

闺女嘟囔给他听，他又说开了："割麦子，割得快的，割得慢的，割得不快不慢的，都一样，到地头找齐。你割快了，割完在地头的树底下铺上蓑衣，把苇笠摘下来当扇子扇着，那是早歇着享受。你割得慢的，就朝着地头奔吧，弯下腰就不想直起来，直起来就不想弯下去，早晚也得到地头。反正是地头找齐！"

喝酒他爱当主陪，他不用盅，用小泥碗，倒上一碗酒，定下七口干了。"咱有言在先啊，能喝的少喝点，少下下，不能喝的你多喝点，大下下。"开始喝，第一口，第二口……到了第六口，他又提醒："记住我的话啊。"第七口，不能喝的还有大半碗。他就劝说："你看看不是说了嘛，你不能喝，早大下下嘛。地头找齐。干了。少壮不努力……"

那碗一碰，干了。他又大发议论："其实人呢，到末了儿，老了，是坟头找齐。风光的，倒霉的，发迹的，落难的，最后都是坟头找齐。活着就是这个样,不论酒度数多高多低,不论茶浓茶淡,不同的人不同的心境,能尝出不同的滋味。"

这又懒又馋又好醉的王三又,家里穷得只有三间破屋,下雨天四下里漏雨,得用瓢、筲、瓦盆、尿罐接水。但是不忘穷讲究。

王三又家没有院墙,但是有个门楼,严格说来,也算不上个门楼,他用生锈的铁丝、腊条绑把起来一个门框,竖在大约院墙的边界线上。他每天出去回来,必定走他的"门楼",进门前,先咳嗽一声,做个开门的姿势,把衣领子往上一提,挺胸抬头,大步迈进去。其实那儿没门。

这王三又也逼着俩孩子必须走"门楼",门楼就是门第呀,咱是书香门第,不能忘了。有一次王二嫚着急着回家拿东西,没从"门楼"走,让他看到了,劈头就是一笤帚疙瘩。

3. "您怎么知道是传说呢?"

王三又教训孩子,站在门楼前,得像唱京剧一样,必须做到"眼前无门,心中有门"。他喝多了酒,搓着肚皮上的泥灰对芝镇大街上的人道:"我家天井最大,连大街都是,像芝镇一样大。"他也敢起名,给自己的三间土屋命名"不上天堂"。

王二嫚的娘得的是血崩和痨病,王三又不管不问,天天在书房里写写字,画两笔,有时还摇头晃脑地拿着手抄的《周易》自己给自己卜卦。所谓的书房,其实就是炕下面那一小块地方,他给起名叫"半炕书斋"。炕下的隔板上除了《周易正义》《聊斋志异》，还有赵执信的《饴山堂集》，《康熙字典》的封皮让老鼠咬了，上面落满了灰。

在半炕书斋累了，他就爱穿了灰布长衫站在大街上跟人抬杠，爱到玉皇阁跟雷以邕理论《周易》，有时雷以邕给顾客卜卦，他也在边上跟着掺和。雷以邕不胜其烦。王三又来时，雷以邕只低头瞅自己脚下的一盆盆花。王三又说："雷师父，你说'地山谦卦'，为什么是山埋地下呢？山在地上矗着啊。"雷以邕拨拉着菊花的花瓣不看他，嘟囔了一句："你这长衫下摆得缝缝了，你看那道大口子。"

王二嫚的娘吃喝拉撒全是闺女伺候。娘常年躺在炕上，却没有褥疮，都是女儿伺候得好。娘帮不上她，偶尔做一顿饭，都喘得不行。藐姑爷跟王三又是邻居，她爱到王家串门，跟王二嫚的娘聊天。有一天，聊着聊着，王二嫚的娘一头栽到炕前，可把藐姑爷吓坏了，赶紧催着王三又去请大夫。请的是我爷爷公冶祥仁，在路上，这爱抬杠的王三又就又跟我爷爷杠上了。

"公冶大夫，您觉得悬丝诊脉靠谱不？"

"不太靠谱。"

"我觉得靠谱，医圣孙思邈给长孙皇后看病就用悬丝诊脉。太监先有意试他，先后把丝线拴在冬青根、铜鼎脚和鹦鹉腿上，结果都被孙氏识破，最后才把丝线系在娘娘腕上。孙思邈诊得脉象，知是滞产，便开出一剂药方，娘娘遂顺利分娩。"

"那是传说，孙思邈诊得娘娘滞产，是靠的悬丝诊脉吗？同行问他，孙思邈笑而不答。其实这位医圣只要听到皇后那种临盆时的呻吟，就能做出诊断，根本不用依赖丝线之灵。"

"您怎么知道是传说呢？"

"我……也不一定……诊脉不易，一句话说不清楚，脉象复杂多样，李时珍的《濒湖脉学》记载了二十七种脉象，即使你背诵得滚瓜烂熟，可能仍然心中了了，指下难明。"

"传说怎么就不是真的呢？"

"也不一定……"

我爷爷被问得张口结舌，低头只是走。

一会儿走到王三叉的屋前了。王三叉在"门楼"那儿站着，咳嗽一声，做了个开门的姿势："请——公冶大夫。"

我爷爷拍拍他的肩膀，说："三友兄啊，画饼不能充饥，画刀不能杀人，你这画个门能挡风吗？你把院墙垒一垒，盖上个真正的门楼，又花不了几个钱，没有的话，我接济你点儿。"我爷爷坚持叫他王三友。

屋子里很灰暗，我爷爷一步迈进去，闪了一下，原来天井高，感觉一步迈进了地窖子——"不上天堂"。

"三友，下雨天，这不倒灌了吗？"

"灌不了，堵上土。"

王二嫚的娘躺在炕席上，两目昏黑，愁眉苦脸，见了我爷爷，挣扎着要坐起来，我爷爷压压手，示意她躺下，伸出三指来号脉。

"公冶大夫，您悬丝诊脉过吗？"

我爷爷不理他，一言不发，眯缝着眼，似闭未闭。

弗尼思对我说："其实你爷爷正利用余光打量着病人，通过望、闻揣摩病情呢，他靠的是望、闻、问、切这四诊合参。"

这王三又依然拿着"悬丝诊脉"要跟我爷爷抬杠。我爷爷只是不接茬。低头给开了方子,那方子是:"大熟地一两(九蒸),白术一两(土炒焦),黄芪三钱(生用),当归五钱(酒洗),黑姜二钱,人参三钱。"

我爷爷对王二嫚的娘说:"老妹子啊,水煎服,吃一剂,血崩就能止住了,再吃十剂,就不会再发了。"还嘱咐王二嫚用"二两酒糟做药引子"。

血崩止住了,可还是昼夜咳嗽。王二嫚再去请我爷爷,我爷爷推荐了芝镇的赵先生,赵先生能治疗肺痨。赵先生的药吃了半年,才把咳嗽治好了,这半年,赵先生仔细观察,王三又不靠谱,可他的闺女又勤快又俊,就找上媒人介绍给他做儿媳妇,可这王二嫚不愿意,她这人心强,不能让爹把这个家毁了。她比弟弟大十岁,虚岁都二十二了,在芝镇人看来,她都是老大闺女了。她想给弟弟盖上三间新房再寻婆家,发誓弟弟找不上媳妇,她就不走,一天到晚地忙里忙外,白天下地,晚上去给东家织布,有时去搓草绳,冬天去南院在地窖子里做爆竹。有一年地窖子炸了,有男人在里面吃烟,点着了炸药,地窖子被炸药掀翻了,炸死了七个人,剩下的就是王二嫚,她被烧了一根褂袖子,别的都没伤着。她娘去芝镇玉皇阁烧了三天香。王三又说:"烧什么香啊,咱家是'不上天堂'!"

4."人要是鸟该多好呢"

王二嫚出事是在去年夏天的后半晌,在东洼里锄地瓜。东洼里是黑土，土肥，地瓜长得好，她想早点锄完回家给娘换褯子（jiè zi，方言，尿布）。可是，路上听到了摩托声，小鬼子来了，她一看不好，扛着锄头就往东洼里跑，鬼子就在后面追，她跑进了东洼里那片秫秫地，那片秫秫地一眼望不到边，是芝镇烧锅上种了酿酒的。她浑身筛糠一样在地里躲着不出来，一直等到天黑。外面除了风声，再也没有动静了。她从秫秫地里爬出来，刚露出头，就被酱球薅住了头发。酱球是谁？是田雨的姑表兄弟，当了汉奸。接下去，被拖上车，拖到了炮楼里。日本鬼子折腾这王二嫚到深夜。第二天早晨，披头散发的王二嫚回到家，不吃不喝，两眼发直，光抹泪，夜里就跳了井。

王三又找人把闺女的尸体捞上来，大放悲声，草草去河西安葬了。回家喝了两壶酒，一头碰在鬼子的炮楼上，额头碰出了血。他蘸着血写了"士可杀不可辱"六个字，血鼻子血脸地跟跄到我爷爷公冶祥仁的芝谦药铺。我爷爷给他包扎了，陪他喝了一壶酒。他跟我爷爷絮叨了一夜，从此没了影踪。

王二嫚弟弟自从姐姐出了事，常常发呆，后来，"门楼"被风吹倒了，娘也去世了，他就东家一口西家一口地在芝镇烧锅上浪荡着。一会儿迷糊，一会儿清醒。他会画，看到一只鸟飞来，他就在瓦片上画只鸟，看到狗跑，他就画只狗，画得像真的一样。但印象最深的是清明节，他记得姐姐爱打秋千，他爱看姐姐在秋千上开心大笑的样子。于是，他就来给姐姐占个牛索头，要让姐姐打一次秋千。

汪林肯听着貔姑爷断断续续的讲述，眼睛湿润了。

他变戏法似的从口袋里掏出一个鸡蛋，红皮的，鸡蛋皮都挤破了。他递给那孩子，可那孩子的两手还是死死摁住牛索头。他的眼神那个急呀，又想吃那个鸡蛋，又苦恼着两只手捯不出来。汪林肯把破了的鸡蛋皮剥去，喊一声："张开嘴！"那孩子大嘴一张，鸡蛋在干瘪的嘴唇那儿一闪，吞了，噎得浑身一颤，两颗泪夺眶而出。

这个孩子小名王栓柱，后来成了他的勤务兵，改名王大壮。

长髯公汪林肯有当官的命，官儿都是送的，不是买的。他曾是高密年龄最小的同盟会会员。国共合作破裂，汪林肯猛然醒了，国民党对党员进行重新登记，他毅然拒绝。随后，他又参加了胡汉民等人领导的秘密反蒋组织，并任省秘密组织负责人，遭蒋介石通缉，走投无路，只得化名张子道，隐居到了台湾。一九三六年，在国民党元老居正引荐下，汪林肯到黄河岸边的蒲台，当了县长。

一年后的秋天，鬼子逼近蒲台，国民党军撤至黄河以南。蒲台县地处黄河北岸，汪林肯集中了县警察局的四十余支步枪和县政府的十几支短枪，组成抗日大队，枪口朝北，誓死保卫黄河。初冬，鬼子以七辆装甲车开路，向蒲台县城进犯。由于力量相差悬殊，汪林肯指挥的抗日队伍，被迫转移至黄河以南。

那时的韩复榘从省府衙门躲到了千佛山的兴国禅寺，在邹平搞乡村建设试验的梁漱溟闻听，连夜赶到千佛山找韩复榘。梁漱溟说："向方兄啊，现在非参禅拜佛之时，不可后退，应力挽狂澜，务必守住黄河防线，省府不要南迁。"

韩复榘一夜未眠，通红的两眼瞪着兴国禅寺里那棵楸树上的鸟窝，好像对梁漱溟嘟囔了一句："人要是鸟该多好呢。"

马乱兵荒，岁月像一盘石碾，一点点地碾压着，碾碎了多少过客。

汪林肯牵着驴，在芝镇城墙东南角启文门边上也看到一个鸟窝，黑黑的，圆圆的，挑在半空。汪林肯看着芝镇啥都好，鸟窝都垒得巧，周正，那喜鹊站在鸟窝上，尾巴也摆得板正。芝镇人说人或物优秀，就俩字"板正"。

他小时候没少掏鸟窝，也没少挨父亲的鞋底剜。有一次噌噌地上了树，把那鸟窝托在手里，举到头顶，正跟树下仰望的小伙伴们炫耀呢，就听下面大喊："长虫长虫，快撒手！快撒手！"芝镇人管蛇叫长虫。他一瞅鸟窝，从鸟窝"出溜"钻出个长虫头，那长虫眼闪着蓝光，头一伸一缩，那蛇信子，差点舔着他的鼻子尖儿。汪林肯一愣，没撒手，一手攥住长虫身子，猛力一拽，使劲"咦——"的一声，把长虫甩到了干树枝子上。他又往上爬，把那鸟窝稳当当地坐回了树杈。

"汪大胆"的鬼名字安在了汪林肯头上。

他一直搞不明白，鸟窝里咋盘着条长虫呢。

他爱瞅鸟窝，从小瞅到大，一转眼头发和长髯都灰白了，见了鸟窝还是爱瞅两眼。鸟窝不搭在松树、柏树上，多搭在杨树、槐树、楸树上，在通风的地方，亮堂地方。

在黄河南岸抗敌，他的胳膊被打断了，躺在黄草丛里，盯着岸边杨树上的四个鸟窝看，不见鸟儿，只有空巢。看着鸟窝，他掏出酒来，抿一口，再抿一口。他不抽烟，好酒，想不开了，就喝酒，喝老家的芝镇老白干，盘算着自己的前路。

5.这叔侄俩为啥不跑呢？

汪林肯带着弟兄们一路走，一路与正牌、杂牌军接洽。让他难受，让他憋气，让他焦虑，让他头疼的是，都亡国日近、死到临头了，那些人还小肚鸡肠地只想着争地盘、抢女人、保实力，互相火并，他们眼里瞅着汪林肯的枪炮，算计着什么时候能落在自己手里。

汪林肯心被虱子一样的魔兽咬啮着，苦恼至极，迷茫、彷徨、踌躇、犹豫，像头走投无路的狮子。去他娘的，找韩复榘交印辞职。一开始汪林肯还满怀希望，日军十一月已经逼近黄河北岸，一直到十二月二十三日，这一个多月，日军除打炮外，每次飞机空投两枚炸弹后，再投让韩附逆的通讯筒。汪林肯看《申报》报道韩复榘对记者谈话说"决不惜任何代价防守济南""济南治安安谧如恒"。日军兵临城下，又不攻城，这是给韩留有考虑的余地，逼他就范。韩复榘把日军投下来的通讯筒挂在办公室里，让大家都看到——"我韩向方绝不失节！"可没想到，汪林肯派人给济南发电报，电报刚发出去，得到了韩复榘到泰安的消息，又赶紧发电报给泰安，没想到，又得到韩复榘撤离泰安、到了济宁的消息，没几日，听说又退到了鲁豫交界处的巨野和曹县。等来等去，等到了韩复榘被蒋介石枪决的消息。

他气愤地说："韩复榘啊，韩向方啊，你要向哪方？！你真是个无头苍蝇，一点血性都没有？！"摔了蒲台县政府之印，辞了县长之职。

汪林肯哪里知道韩复榘的心思。在韩复榘看来，只要有枪有钱，"到哪里都可自立"，撤离济南前，他下令把民生银行和金库里的一万五千两黄金、三万两白银，以及公私辎重全部装车运走。

看到鸟窝，想家乡。汪林肯回到芝镇的芝村，设宴摆了一顿酒，筹集了一大笔钱，买了枪支弹药，招呼起他的旧部，组建起一支新的抗日队伍，活动在渠邱西南部的召忽一带。

汪林肯不迷信，但他敬慕先贤。他的队伍到了摘药山，办饭的埋锅做饭，他就把队伍整起来，第一件事是先去拜谒召忽墓。

他记得上学时，我爷爷公冶祥仁还写过一篇《魂兮归来召忽》的骈文。记得有这么几句："无酒不丈夫，有酒方召忽；怒发能冲冠，酒老青春妒。"我爷爷公冶祥仁说："召忽自杀前是喝了芝镇酒的。"有没有根据，我感觉是爷爷说的酒话，那时候有召忽其人，有芝酒吗？我想起了我爷爷的绰号"也不一定"。

召忽墓四周围着一圈石头，墓上长满了荒草，坟边上有两棵柏树，有两搂粗。柏树边上是一棵歪脖子楸树，也有一搂粗，楸树的最顶上挑着一个大鸟窝，汪林肯看着鸟窝，觉得心里很踏实。

"齐召忽墓"四个大字已模糊不清。汪林肯问当地人一些细节，当地人一口一个"老人家"，他们有忌讳，不直呼召忽。

他领着弟兄们面对召忽墓，三鞠躬，说："这里是春秋时齐国人'老人家'的故里。他任齐大夫，是公子纠的师父。齐襄公十二年，齐国内乱，'老人家'、管仲同侍公子纠奔鲁国躲藏，鲍叔牙跟随公子小白去莒国避难。齐襄公被杀，国内无君，公子小白马上离开莒国要返回齐国；鲁国国王听说后，也发兵送公子纠回国，并派管仲带兵拦公子小白于莒道。管仲箭射中小白衣带钩，公子小白装死，欺骗了公子纠。公子小白昼夜驰行至齐都，得以先入而即位，就是后来的齐桓公。齐桓公逼迫鲁国杀了公子纠，'老人家'尽人臣之礼，为公子纠而自杀。后人为了纪念'老人家'，将他自杀及所葬之地称为召忽。国难当头，我们在'老人家'故里，不能给'老人家'丢脸。"

渠邱县城北边有十几个青年慕名参军，一天三顿吃高粱面窝窝头，要不就是喝高粱米黏粥，没多少日子十几个人受不了这苦，大都跑回了家。十三岁的李云和十五岁的李雨叔侄俩却没跑，老老实实地在营地里擦枪、扎草人、喂马，没事了爱蹲在墙旮旯里下五股。汪林肯就问："你们为啥不跑啊？"

李云李雨说："他们回家还有饭吃，俺回去连秫秫黏粥也没得喝啊！您跟俺吃一样的，俺觉得您人心好，就跟着您干！"

汪林肯听完，好久没有说话。

"老人家"召忽故里的一间破庙，当了汪林肯的指挥部，他在指挥部里整夜地一边喝酒一边反复研究国共合作的历史和共产党的抗日主张，令他萌生了与中共合作、共同抗日的思想。

6.韩复榘撤退没忘带上衍圣公

汪林肯演过话剧，演啥像啥。有一天晚上回家，夫人炒了四个菜，他喝了一壶酒，心情很好。吃完，他回到厢房里，把帽子反过来扣在头上，上眼皮压住下眼皮，下嘴唇包住上嘴唇，突然老嫲嫲一样喊了声:"孩儿他娘,你过来。"夫人一推门,"啊呀"一声就往外跑,吓得出了一身冷汗,她以为是婆婆从坟里爬出来了呢。婆婆都去世好多年了。

带着李云李雨,汪林肯大步流星地走。他扮成酒商,那眼珠儿就跟算盘珠儿一样滴溜溜转,头戴一顶黑礼帽,脚蹬一双翻毛皮鞋,手拿着文明棍儿。往西山里走,推着一大车子芝镇酒,汪林肯一路走着,一路喝,有时走黑了在庙里喝,有时在地主家的马棚里喝,有时也跟劫道的绿林汉子喝,喝不醉,不走。喝恣了,就指着李云李雨对绿林汉子说:"这是我的王朝马汉,还缺张龙赵虎,谁愿意跟我干?"居然有两个绿林汉子拍拍胸脯,喊一声"汪大哥"跟定了他,改名张龙赵虎。汪林肯把天地真当成了舞台,有时说话也带着茂腔味儿,最爱的是《罗衫记》,一会儿是小生徐继祖,一会儿是老生徐能。

到了沂蒙山,那一大车子酒也喝光了,跟抗日部队接触。沂蒙山有共产党、有国民党,还有土匪刘黑七。让他感慨的是,国民党的部队,晚上招待他,有鱼有肉有蛤蜊,还有啤酒;而共产党的部队呢,清汤寡水,煎饼卷大葱,寒碜,但上上下下,生龙活虎。还有一点,他发现共产党的地盘上歌声多,笑声多,鸟窝也多,有时一棵树上仨鸟窝。

他猛喝了半瓶芝镇老白干,做了影响一生的决定。

汪林肯何尝不知,韩复榘不战而退,有抵触情绪在。当时蒋介石承诺给韩配属的一个150榴弹炮团,内有美国造卜福斯山炮两门,以加强黄河防务。可是,到了十月中旬,蒋介石却又将重炮团调走。对蒋的做派,韩复榘十分恼火,破口大骂。当时正值我方收复德州之时，一怒之下，韩复榘把部下给招了回来，放弃河防和济南地区。韩复榘啊韩复榘，千错万错不该退啊，哪怕你打一枪再跑呢？韩复榘一路退，一路接着蒋介石的急电，命令他只接受了一道，就是保证一个人安全、绝对不能落入日本人的手中。这个人就是孔德成，孔子的第77代嫡长孙、第31代衍圣公。当时孔因其夫人朝夕即要分娩而犹豫不决，孔的伯母及其家属都请求不走。最后韩复榘部下力劝，才跟着部队撤了。

韩复榘真该千刀万剐，撤离济南前三天，还以"焦土抗战"之名，纵兵大肆烧杀抢掠，济南瞬间变成一片焦土。

我爷爷的药铺里，平时没有烟味儿，汪林肯和牛二秀才一人一根旱烟袋，把屋子抽得烟雾缭绕。汪林肯把铜头烟袋锅照着桌子腿磕了烟灰，说："韩复榘与四川军阀刘湘密谋倒蒋，狗咬狗一嘴毛……"

药铺的门笃笃响，我爷爷公冶祥仁赶紧到门口把那人迎进来，那人听到说韩复榘，跟了一句："韩复榘是个糊涂蛋！"

7. 韩复榘低头一看，黑公鸡眼里噙着泪

我爷爷公冶祥仁的师父雷以邕来了。

"昌菽先生好啊！"牛二秀才和汪林肯起来给雷以邕施礼。

"好个屁，这年头！这小日本在咱芝镇一日，我就一日堵得慌。'莫吃卯时酒，昏昏醉到西；莫骂西时妻，一夜受孤凄。'祥仁啊，你看看，你们喝酒都喝到西时了啊！"

可不，日头下去了，可天还亮着。

曹永涛早就认识雷以邕，赶紧给师爷爷搬来太师椅。笑着引他说话。

"爷爷，这莫吃卯时酒，昏昏醉到酉……"

"嗨，咱芝镇的老话。一天之计在于晨，你若是一人早喝醉了，一醉醉到酉时，家里面的活儿谁来干；喝酒伤身，尤其一大早上，饭还没吃，空着肚子，一壶酒下去，谁能受得了。小伙子，是不是那么个理儿？"

"雷爷爷说的是！那这'莫骂酉时妻'……"

"你小子没媳妇，还不知道。将来结了婚，到了傍下晌，也就这个时辰，你千万别跟老婆吵喊（方言，骂架），为啥呢？你要是这时候把老婆惹急了，那后晌的饭肯定没你的份了，说不定连孩子都要跟着你挨饿，要是吵喊急了，回了娘家，这大晚上的你咋办？你问问你师父，是不是？"

我爷爷不好意思地一笑，赶紧岔开话题："您怎么说韩复榘是糊涂蛋呢？"

"韩复榘其实不是怂包，也是个知书达理之人。韩复榘，字向方，寓意是懂规矩，品圆行方。其父韩世泽，字静源，是秀才，有功名，不肯下稼，有脚疾，走路微瘸，'民国'十四年亡故。'民国'十九年韩复榘出任山东省政府主席时，父母都已殁了。流传的韩复榘在济南为其父亲祝寿，其父点唱'关公战秦琼'戏的故事，纯粹是编造的。

"我说他糊涂，是他不该不战而退，放弃济南。他顶不住了再撤，撤退，也不该往西南跑，往哪去？往沂蒙山，八百里沂蒙，怎么不可以施展自己呢？再说，他属虎的，放虎归山，到了沂蒙山，就活了，东南方向是'巽'位啊！不瞒你们说，我给老韩卜了一卦。可偏偏往西、往南，进了死门。这是命吗？"

汪林肯抬起头，盯着雷先生："昌菽先生，您说得是，在韩复榘和日军对峙那会儿，第五战区司令长官李宗仁曾到济南，李宗仁是那年十月中旬到徐州就任的。十二月十三日南京、浦口失守以后，他见韩复榘迟迟不对日开战，为了督促韩复榘作战，他在韩的司令部里谈了一夜，一开始很融洽，但是商谈至第五战区作战计划时却谈崩了。李宗仁提出韩复榘的第三集团军要以沂蒙山区为后方，必要时可将弹药、给养等运往山区，如济南万一不能守，就到沂蒙山区打游击。但是，韩复榘不理睬，他说：'浦口已失，南路日军快要到达蚌埠了，北路日军若再打到济南，南北一挤，我老韩岂不成了包子馅了吗？'韩复榘的话很难听，使李宗仁很难堪，结果不欢而散。"

"沂蒙山是韩复榘的生门啊！他自己给堵住了。"雷以邕说，"这韩复榘身边有个术士，外号'青天鉴'，很不靠谱。有一年这青天鉴来过芝镇，那个谱摆得真是够大的，到玉皇阁指手画脚，这儿不对，那儿碍眼，在韩主席身边，自己俨然也成了主席第二。他就在韩复榘身边混吃混喝，为韩复榘占卜、解梦。蒋介石密谋开封会议，适巧头一天夜里，韩复榘做了个梦，梦中他骑着一匹白马飞快地向西奔驰。这青天鉴给解梦说：'主席这梦是个大好梦，您骑着马向西飞跑，定是西方有好运气在等着呢，委员长让您去开封开会，那就是在西边，您梦中骑着马是一匹快马，马跑得快就要马上加鞭，所以主席此去，定是洪福齐天。"

酒凉了，我爷爷示意我大爷公冶令枢再燎一燎。雷以邕一摆手说："咱今日就喝冷酒！说也奇了，韩复榘临去开封前，一只硕大的大黑公鸡跑出来，多大呢？场院里光碌碡站起来，再摁上个水瓢那么高，黑爪锋利、黑嘴尖尖、黑翅如蓬，骨骼比天鹅高大，'勾勾勾勾'大叫，那'勾勾'有一种厚重的金属磁质。它挓挲开黑翅子，切断了韩复榘的路。韩复榘低头一看，这只黑公鸡眼里还噙着泪，他大骂：'谁养的畜生，给我滚开。'使劲踢了这大黑公鸡一脚，可是这大黑公鸡依然不依不饶，使劲啄韩复榘的皮靴、裤脚，还一下啄到了韩复榘的裆部，韩复榘捂着裤裆大骂。这时，公鸡后面，随从副官抱住他的大腿不放，大呼'主席不能去'，恼羞成怒的韩复榘踹了那副官一脚，说：'去你的。'扬长而去。就听那只黑公鸡仰天'勾勾……呦！''勾勾……呦！'两声悲鸣，屋瓦的灰垢都扑簌簌地往下落，那公鸡黑眼里的泪骨碌骨碌往下滚。"

我大爷公冶令枢都听呆了，拿着酒壶，忘了倒酒。曹永涛本来在拾掇药碾子，也住了手。汪林肯掠着长髯站了起来。

8.慈伦大鸡不吭声，是喝了芝酒，醉了

我爷爷公冶祥仁赶紧接过我大爷公冶令枢的酒壶，给雷以邕满上，说："师父可说的是咱芝镇西北下的寿光慈伦大鸡？"

雷以邕捋一捋白胡子："正是！这慈伦大鸡可不一般。早在战国时期，《周礼》中曾记载：'乃辨九州之国……正东曰青州……其畜宜鸡狗，其谷宜稻麦。'那死命不让韩复榘去开封的副官，听说是寿光慈伦一个姓伦的，那公鸡是他从老家带来的。

传说古时有只凤凰飞经慈伦,发现此地有两条汩汩涌动的灵脉,在慈伦正北合二为一,上连天罡,下汇北海,冒着金光。凤凰遂动了凡心,化成两只很俊的大鸡,飞入一伦姓人家繁衍生息。韩复榘慧根浅呐!"

雷以邕抿一口酒,接上道:"慈伦那里,风水好,我去过,东边有一条白阳沟,西边下去公路是桂河,在大伦村后边交汇,南边和周围的水都淌过来,这里就是涝洼地,以前还叫慈伦洼。小鱼小虾贝壳多,慈伦鸡最喜好吃这些。这伦姓副官,喂这只大鸡,除了鱼虾之外,每顿饭,他喝酒,鸡也上桌,鸡也喝酒,喝的是咱芝镇的酒,冷酒,不是燎热的酒。"

雷以邕说得真真假假,但他说的慈伦大鸡是真的。甲午年冬,《利群日报》安排我去采访过这凤凰变鸡的事儿。我的好友慈祥先生,从小在那里长大,他讲得惟妙惟肖。

慈祥说,五十多年前,有只慈伦鸡,因那鸡蛋大,生不出来,饲养员割了鸡肛,是俩蛋,八两一个,这俩蛋还都是双黄。那只鸡,因为割了肛,好多鸡就去啄它的肛门,最后被啄死了。蛋壳,在慈伦鸡场场长的桌子上放了好几年。

"一方水土养一方鸡。"慈祥眼镜后面的两眼一瞪,我感觉整个屋子都亮了。心下是,这方水土有血性,就见他站起来在地毯上(我在宾馆里采访)比画,嗓门低沉却很有磁性:

"慈伦鸡善斗而不好斗。开春时节,大公鸡总爱领着一群母鸡在场院啄食吃。有时遇到另一鸡群,两只大公鸡难免要比试一下,但慈伦鸡不恋战。第一回合,双方对视,从眼神和体型上互相打量;若还不服,第二回合,俯下身子,头部凑近,上下动动,左右动动,基本就能分出高下;若真想斗,第三回合,用喙进攻,互相撕咬,两三次后,分出胜负,战败鸡就灰溜溜跑了。从此以后,战败鸡遇见胜利鸡,都要绕着走。

"生产队种园子的老头,名叫慈田飞,他养着一群鸡,头领是一只慈伦大公鸡。深秋后的一天,天上飞来老鹰,人们就喊,'老雕来了!抓小鸡啦!'公鸡能听懂人们的话,慌张地往园子里跑。就见那一群母鸡躲在白菜帮子底下哆嗦,老鹰朝一只母鸡飞冲过来,没想到,就在老鹰俯冲下来的一刹那,公鸡跳起,爪子朝上,朝着老鹰'轧轧'叫起。几个回合下来,但见老鹰撕下一地鸡毛,终是无法靠近,只得叹口气飞走了。"

慈祥年少时,跟伦师父习武,伦师父只字不提韩复榘,晚年爱跟慈伦鸡喝酒。有一日,慈祥拜访师父,就听屋里大叫"五魁首啊八匹马啊桃园三结义啊四红四喜啊六个六个……""你干了!"敲门进去,原来伦师父在跟大鸡划拳呢。那黑公鸡缩着脖子,晃晃悠悠,头却仰着。

"就这么神奇,鸡喝上酒,不停地眨眼。"慈祥模仿着醉鸡醉态,让我想起算命先生,他继续说:

"在另一户人家,一只慈伦鸡误食老鼠药。鸡有灵性,赶忙往家跑,主妇看出它的异常,赶忙把菜刀烧了,割开了鸡嗉子,抠出东西洗干净,又拿针线缝合。接下来的几天,将绿豆嚼碎了喂它,五天之后,它就自己满地跑着找食吃了。

"日本鬼子进山东,就打听慈伦鸡,这里的老百姓把鸡都藏在地窖子里。说也怪,平时这鸡打鸣,十里八乡都听得到,鬼子来了,一声不吭。后来我一打听,慈伦大鸡一声不吭,是都灌了芝酒,醉了。"

慈祥捏着烟,吐出一串篆字,我打眼一看,那烟篆是"修己安人"四字。我惊讶地问:"绝活啊!还练武吗?"慈祥拿烟的姿势也特别,右胳膊肘和嘴唇平行,呈一锐角。他猛抽一口,道:"身子锈住了,光看手机了!师父说过,'懒散'二字,立身之贼也!"

末了儿,慈祥说:"好多事儿是听来的,姑妄听之吧。但有一样是真的,一九八三年,日本人到了慈伦鸡场,马上点头哈腰给鸡鞠躬。说要用自己品种鸡来兑换慈伦大鸡,上级说,连根鸡毛也不能让他们带走。"

弗尼思拍拍我的肩膀,我的思绪又飞回了八十年前的芝谦药铺。

我爷爷公冶祥仁举起酒盅,雷以邕、牛二秀才、汪林肯也跟着举起来,"吱溜"干了。曹永涛到边上去沏茶,他就听汪林肯说:"难得难得,韩复榘碰上了一只义鸡啊!我听说,那是丁丑年腊月廿三的晚上,有卫兵喊他说何部长请他谈话,老韩起身下楼,走到楼梯半腰一看,院子里站满了军警,他后退一步说:'我脚上的鞋小,有些挤脚,回去换双鞋。'他回头上楼刚迈步,背后枪响,他猛回头,说了声:'鸡……'一代枭雄,临终前想到那只鸡了。唉!"

弗尼思问我:"要是韩复榘进了沂蒙山,能与八路军一一五师一起抗敌吗?"

9. "国难当头，谁抗日，我就跟着谁干！"

一九三八年十二月，汪林肯带着两个亲信李云李雨到沂蒙山区摸底，后来又派亲信张龙赵虎商谈部队接受八路军改编事宜。一路惊险，难以尽述。从互不信任、互相猜忌，到一点点交心，最终走到一起。

为纪念抗战胜利五十周年，《利群日报》安排记者采访了一部分抗战老战士，我有幸采访到冯可玉先生。冯先生是汪林肯到沂蒙山的见证者，他当时在苏鲁豫皖边区省委主办的军政干部学校学习。学校驻地在岸堤，人们习惯叫"岸堤干校"，当时他是干校二期政治队学员。

"十月中旬的一天，我接到通知，说省委找我谈话。到省委住处后，组织部部长程照轩正站在屋门口。一照面，我报了姓名，程就说：'老冯，有个统战关系，你去接接。'我跟聂同志一起……一进召忽，果然看到了一丈多高的石墙和坚固的寨门。我们沿着石墙直奔汪林肯家中。汪林肯喜出望外，让座、泡茶，亲手给我斟饮。在我的印象中，他是一位五十多岁的蔼然长者，长髯飘飘。他身着一件深古铜色夹袍，外套黑色的坎肩，一听就有芝镇口音，言语徐缓文雅，谈吐清晰诚恳，没有官僚县长的架子，谈话中可以感受到他的正义正派，他特别谈到平型关大捷，认为坚持到底，抗战就有希望，他还赞扬八路军能打游击，吃苦耐劳，爱护黎民。"

冯先生回忆，交谈时还有三个人，一是公冶祥仁（我跟冯先生说,他是我爷爷),一是牛二秀才,一是李子鱼。我爷爷的话让冯先生印象很深,冯先生说:"晚饭在汪林肯家中,那晚喝的是芝镇烧锅上的站住花酒。汪林肯、公冶祥仁、牛二秀才、李子鱼都参加了,老聂里外服务。公冶先生说:'国难当头,四分五裂,恰是民族精神重铸的时刻,像一口破锅,裂了鏧,需要在高温的烈火中铸造一口新锅,没有鏧的崭新的锅。'饭后就议论起国际、国内形势,例如《慕尼黑协定》、保卫大武汉、抗战的未来等。我介绍八路军在沂蒙山的情况。汪林肯听后,十分高兴,我说参加八路军的不光是穷人,也有富人。这时,汪林肯问我:'冯参谋,你看我能参加八路军吗?''当然能!'我毫不迟疑地回答,'比汪老先生年龄大的还有的是。像泰安的范明枢老人,还有曾跟过冯玉祥的童陆生,还有家境富裕的济南的辛葭舟等。'汪林肯略一犹豫,笑了笑,直截了当地说:'冯参谋,我想参加八路军,八路军能不能给我下个委任状?'我不敢贸然答复,但很认真诚恳地说:'我回去请示领导,尽最大努力帮你完成心愿。'"

简单点说,通过与中共苏鲁豫皖边区省委商谈,建立起了八路军齐鲁第九支队,汪林肯任司令员。

汪林肯对八路军官兵平等的作风一开始还不习惯。没有那么多客套和繁文缛节,效率特别高,热情特别高。比如,他们新组建的九支队和新组建的南进支队的领导们一起吃饭,名为两桌,实为两堆,屋内有张桌子,但大家都站着吃;屋外一堆,都围在那里蹲着吃。吃完,互相握个手,该干啥干啥。

汪林肯觉得这里的一切都很新鲜,浑身憋着一股劲儿。

正当汪林肯干得很"得劲儿"时,纵队进行第一期整军。省委受"左"倾思想影响的个别人觉得,让汪林肯这样一个旧官吏出身的人掌握武装不可靠,于是以部队整编为由,将九支队合并到八支队。汪林肯的支队司令员,只当了四个月。

这突然的变故,让汪林肯有点儿懵,他醉了一天一夜。醒来,他隐隐约约听到了各种冷嘲热讽,旧时的属僚官吏,更是说长道短,议论纷纷,甚至幸灾乐祸,借机挑拨。但汪林肯有个脾气,他只要认准的路,一定会走到底:谁抗日,我就跟着谁干!谁不抗日,我就跟他对着干!

韩复榘被杀,申鸿列接了省政府主席一职,他早就关注汪林肯,佩服他的胆识和才华,想委任他为省府政治视察员兼临沂县县长,汪林肯摇头不应,申又委任他为密城县县长、高密县县长,汪林肯依然摇头。

汪林肯好奇心重,比如都说藐姑爷神道,他不信。有一个雨天,闲着无聊,喝了二两酒,他顶着八角苇笠,敲开了藐姑爷家的门。藐姑爷说:"你是当官的命,有富贵相,有些官帽都送上门来了,你却不会要。"汪林肯笑着问:"有这等好事?"藐姑爷说:"你想有,就有,等着吧。"汪林肯多瞅了藐姑爷两眼,觉得这妇人身上有股奇崛之气,后来到了沂蒙山,看到山崖的一支野山茶花,他脑海里闪出藐姑爷的模样儿。汪林肯拒绝了几个县长官帽,忽然就想起了藐姑爷那神秘的笑。邪门了!

真让藐姑爷说中了,官帽子一直黏着汪林肯。这事儿,都惊动了蒋介石。老蒋曾派汪林肯的同乡好友、时任国民党中央监察委员的蔡自声从重庆专程来到汪林肯家里,劝他到重庆中央政府任职。

说客蔡自声被汪林肯一顿猛灌,只喝酒,就是不入正题。蔡自声要回去给老蒋复命啊!你不能不当回事儿啊!这年头,谁不想负点责啊!你不要,别人还等着哪!

汪林肯端着酒杯,猛喝一大口,仰天长叹道:"小日本来了,豺狼来了,欺我爹娘,毁我家园,食我骨肉,我怎好袖手?!我就观察,现在坚持抗战的真有,血性男儿还在。可还有些拿枪的不肖子孙,放着日寇不打,却偏搞摩擦。眼看国土沦丧、人民遭殃,我是个中国人,能不痛心?我若不抗战,怎对得起孙总理的在天之灵。孙总理说,不做大官,要做大事。我就只想做大事,抗日的大事!不想去升官发财。"沾酒了的汪林肯声泪俱下,蔡自声不忍再劝,朝汪林肯拱拱手:"难得一片赤子之心!"

在送蔡自声走的路上,汪林肯捋着花白的胡子说:"我已蓄须明志,倭寇不除,我甘愿长髯飘飘。"

怎么做事呢?他选了一个闲差,申领了高密县抗日民众运动巡回督导团负责人一职衔。利用这个名义掩护自己开展抗日活动。他首先到的就是老家芝镇,而待的时间最长的就是芝东村,芝东村建起了督导分团,牛二秀才和他的一帮学生是骨干。

在芝谦药铺里,喝酒的里间跟外间有个夹层,我爷爷公冶祥仁说:"不能让酒气坏了那药香,再说呢,这里说话也严实。"汪林肯大略地说完自己的经历,我爷爷公冶祥仁说:"老同学啊,无官一身轻啊。"

汪林肯道:"官身,就是办事身。我在沂蒙山四个多月,感觉那里是干事的地方,有朝气。为啥这样说?那里的年轻人多,年轻人有活力,想干啥就能干成啥。那里的人呢,有主心骨,主心骨乐观,又有主见。那里的人呢,跟老百姓关系好,士兵跟老百姓啊,那是真亲。不像有些地方,见了当兵的,老百姓能跑多远就跑多远。我这司令员被免,也在情理之中。你想,我这外来的武人,领着我的旧部,突然进了人家的地盘,谁没有戒备之心?咱芝镇人心宽,心宽则心安。我上沂蒙山,不是奔着司令员去的,不是奔着发财去的。我发财上那里去干啥呢?年轻人一定要到那里去。"

我爷爷说:"廓然大公,物来顺应。麟阁兄,佩服佩服!"

汪林肯从口袋里拿出一张四开的小报纸《利群日报》,他是在离开沂蒙山时带在身上的,这张报纸刚刚创刊。报纸四个版,第四版是"战地文艺",刊头"战地文艺"四个字系手写体,行书,在右上角竖排。汪林肯说:

"你从这张报纸上就能看出道道来,你看多明朗、多爽快、多朴实,你可以说它粗糙,但这粗糙遮不住它的光,没有署上名字的编辑,在山沟沟里组稿、改稿、编稿,还配上一个个木刻插图,你看多生动啊。看群体,要看气象啊!在山沟里办报纸,新鲜。机器坏了,这些报人自己学着修。缺铅字,自己炼铅造字。缺油墨,就自己造出土油墨。缺新闻纸,就反复试验,用桑树皮、麦秸等作原料造出了土新闻纸。"

盯着报纸,牛二秀才顿然觉悟,他原来还想找貘姑爷给掐算掐算,这下不用了。

正是多看了一眼报纸,牛二秀才让女儿牛兰芝跟《利群日报》结下了一生的缘,也影响我成了《利群日报》的记者。

骆儿牛廙与曹大姐夫

LUO ER NIU YI YU CAO DA JIE FU

第四章

1. 曹家大少的绝活是用鼻子喝酒

穿村过庄、曲里拐弯的浯河成了一片汪洋,泥岸"呱嗒呱嗒"一个劲儿地往下塌。小木船、竹筏子,在浑水里迎着高高的浊浪出没,捞浮柴的人,光着膀子,吆五喝六。船头上拴着酒葫芦,酒葫芦上有反光,晃眼。这蹲在船头上的光膀子壮汉,高兴了就抿一口。从罐子里掏出炸得焦黄的马口鱼掰下来填在嘴里。渔网挂在船头晾晒。浪头如一个个并排的马头,一拱一拱地往前蛄蛹。

一九三七年的夏天,牛兰芝、牛兰竹他们的心也如浯河的浪头,翻滚着、兴奋着、奔涌着、纠缠着、折腾着,他们一门心思就是要保护自己的家乡。年轻人的血液,滚烫滚烫。但他们的父亲牛二秀才却以冷眼观之,心如止水。

浯河万人大会,如一把火,芝镇的旮旮旯旯都隐约看到了光。可也把芝北村曹会长的大公子曹发珣推到了风口浪尖。他妻子去世,骆儿牛廪做了填房,才刚俩月。论起来,牛兰芝、牛兰竹该叫他姐夫。背后,牛兰竹称呼他"曹大鼻子姐夫",省略了就叫"曹大姐夫"。这曹大姐夫比牛廪大二十岁,滚圆的黑里透红的脸,两道浓眉下有管大鼻子,那大鼻子比蒜锤子还大,几乎占了半个脸。他有酒量,家里开着芝镇数一数二的烧锅,雇着二十多个"烧包子"。他那酒量是在烧酒锅里泡出来的、熏出来的。他的绝活是,能用鼻子喝酒,把酒倒在鲤鱼形大盘子里,盘子底是一尾红鲤鱼,酒倒进去,感觉那红鲤在酒里摇头摆尾。曹大姐夫鼻子贴在鲤鱼盘子沿儿上,一吸溜,再一吸溜,那鲤鱼状的盘子就干了,独剩下红鲤鱼贴着盘底。曹大姐夫的鼻子尖儿变红,然后鼻翼也一点点地变红,一会儿他咬住嘴唇,挤着眼。雷以邕说他是"好酒直入肠"。的确,他为人仗义,是个直肠子。

浯河万人大会散了,还没进家门呢,在芝北村烧锅上喝酒的曹大姐夫的爹曹会长就听到了曹大姐夫在舞台上说的事儿,他端起酒盅甩到了门框上,骂了儿子一句"败家子"。

那天曹大姐夫一大早就喝了酒。"莫吃卯时酒"的古训,端起酒盅子,他早忘了个一干二净。原来一天两顿酒,早晨不喝,可是从东北牡丹江来了个老相识,一大早要走,头天晚上已经喝了不少,曹大姐夫又吩咐骆儿牛廑天不亮起来炒菜,又是一顿猛喝。醉醺醺地送老友过了浯河,正赶上浯河大会,迷迷糊糊地,他就坐下了。曹大姐夫恍惚看到牛兰竹在戏台上拍着盒子枪,那盒子枪他熟悉啊,就听牛兰竹说:"大伙儿看,我身上这硬家伙。这是曹家高楼开明士绅曹发珣先生捐出来的。"牛兰竹这么一说,这曹大姐夫顿时头皮发麻,酒醒了一半,他低着头,心里一个劲儿叫苦,这枪是从他爹曹会长柜子里偷出来的,他爹的柜子里有三支枪,他爹还没舍得摸呢。有个午后,曹大姐夫趁着他爹喝醉了酒,他也喝了个半醉,先把枪拿出来放在麦秸垛里。第二日一早,让媳妇骆儿牛廑挎着筻子回娘家,把枪送给了牛兰竹。这下可好,大头针包饺子——露馅儿了。

他正盘算着怎么回家跟爹圆谎呢,大戏开了场,舞台上一个朴实憨厚的农民,头上戴一只六角苇笠,穿一件男人的粗布小褂,腰里斜插着烟袋包。他打眼一看,哎呀,这不是俺家里骆儿嘛。牛虞的那双黑眼睛,大大的,水汪汪的,长睫毛。哎呀。摁下葫芦瓢起来,骆儿啊,你添什么乱啊!牛兰竹刚说了我的枪啊,你怎么好登台呢?可是随着剧情的起起伏伏,这曹大姐夫喝的酒也管用了,看着眼前的人也有点模糊,慢慢入了戏,舞台上扮演香姐的牛兰芝哽咽着唱不下去了,扮演老爷爷的曹永涛,拿起鞭子,一面抽,一面又哭又骂:"谁叫你不唱,谁叫你不唱了?你不唱,咱靠什么混饭吃啊?……"他一面抽,一面自己也抹泪。这时,就见扮演农民的骆儿夺回老爷爷手里的鞭子,大声质问:"放下你的鞭子,不要打你的孙女,有志气的中国人去打侵略我们的日本鬼子,为什么在自己亲人身上出气?!"台下一起喊着:"放下你的鞭子!""放下你的鞭子!""有本事你打日本人,欺负自己的孙女是咋回事!"

曹大姐夫看得泪流满面,他的身子忽然鹅毛一样轻了,往上飘,飘,胳膊仿佛变了两根翅膀,那翅膀一展,把周围坐着的人一拨拉,脚不沾地,晕晕乎乎、飘飘欲仙地飞到了舞台上,他大吼一声:

"我支持骆儿,我捐我家的芝酒陈酿一千斤!打鬼子!"

话一出口,很痛快,白纸黑字,也记上账了。记账的又问了一句:"是一千斤?一百斤?"

"一……千斤……陈酿!五年陈!"

曹大姐夫抱着骆儿跳下舞台,一头栽到地上打起了呼噜,那管鼻子在太阳地里晒着,像一根透明的红萝卜。好在他爹曹会长不在现场,要是在现场,能把他的头锯下来当酒葫芦。

2.你这当娘的还有什么脸看戏？！

我大姑小樽等浯河万人大会开完，推着木轮车吱扭吱扭地碾过了桥，桥上不知啥时铺了层细砂，一直铺到芝西村。芝西村是我大姑小樽的婆婆的娘家。婆婆坐在车子上，一路跟我大姑说着闺女牛兰芝，夕阳照着她的额头。婆婆一直很兴奋，她说了两三遍："你看你姐姐，那双眼，在台下看，就像两个灯笼一样有神哩！"婆婆自己的娘殁了，从把娘殡出去，除了圆坟、上五七坟，然后是给娘上一年、二年、三年的忌日坟外就没回过。这次逢集又开大会，碰到娘家的堂妹，硬拉着她回娘家走走。拗不过，就让我大姑推着去了。

我爷爷公冶祥仁想留下亲家喝酒，牛二秀才兴奋地说回去还得商量事儿。曹永涛呢，想留下陪我爷爷。我爷爷说："你们一起回吧。"

从芝镇障浯门往西沿着西门里、衙前街、东门里，出了启文门，往东南走六里路，就到了芝东村。牛兰竹、牛兰芝、曹永涛一路叽叽喳喳兴冲冲地疾走，牛二秀才上了年纪，有点儿跟不上趟。

牛家的小天井里不缺花，牡丹花开过了，还有粉红的夹竹桃、紫红的马扎菜花、白的玉簪花。这玉簪花芝镇人叫玉臻。玉臻在天井里有，在后园里也有。我看到牛兰芝在回忆录里描述过："玉臻静静地在我家后园的墙根下，露水在宽大的叶子上晶莹地浮着，那清晰的纹路，一直记得。它不显眼，成了芍药花的陪衬，甚至成了一株高大的香椿树的陪衬。我也没记得爹追过肥，浇过水。那玉臻就跟四间老房子发出的嫩芽儿一样。我印象最深的是，在炎热的夏天，我家的后门开着，穿堂风吹过，玉臻的叶子被吹得哗哗响。"

牛兰芝做了四碟小菜，一碟芫荽小炒肉、一碟炸蚕蛹、一碟大蒜拌黄瓜、一碟炸小马口鱼，还有半碗春天腌下的香椿和一碗黄豆芽。

小桌子搁在天井里，月光从树影里筛下来，牛二秀才把酒燎热了，倒上。也给牛兰芝倒了一盅。

"今天是头一炮，你们干得不赖！"

"师父，都是您的功劳。"

"哪能，年轻人有活力。"

"报名当游击队员的有七十多个呢。现在急等着解决的是枪和粮食。报名的人真的来了，你不给他武器，不给他饭吃，还算什么抗日游击队？"我姑父牛兰竹说。

牛二秀才捏着酒盅，呷了一口，摸摸光光的下巴："什么都不能等啊，打铁要趁热，别看有些人在台子上说得那么好听，什么'我准备打开仓囤献粮救国''我准备把两杆土炮献出来打鬼子！'说好说，做难……"

老人家伸出胳膊，握着拳头，模仿着那些登台表达的人们的姿势说："那是在热气头上，你不抓紧着去追，他们回家躺在热炕头上左思右想，夜长梦多，又舍不得了！什么钱、粮、枪，比割他们的心头肉还疼哩！我意思是你们明天先到曹发珣家去，请他带头把一千斤陈酿捐出来。他爹曹会长是出名的吝啬鬼，拔他一根汗毛都疼得嗷嗷叫。"

正说着,听到门外木轮车吱扭吱扭响,我大姑小樽肩上勒着襻推着婆婆回来了。不是说好要在娘家住一黑夜吗?

平日不笑不说话的娘,脸上仿佛挂上了一层霜,进门也没和人打招呼,侧着脸,径直扭着一双小脚迈进屋。牛兰芝在月光下发现她娘眼眶周围又红又肿,拉住我大姑小樽问:"咱娘是怎么了?"

大姑小樽也不敢言语,低着头进了屋。

屋里传出娘的嘤嘤的哭,一边哭一边说:"回去咋啊,自找没趣。有爷娘还有个家,没爷娘,就没有家了。人家连碗水也没让。吃饭?吃了一肚子气!"

当爹的就劝:"你去走娘家,也别甩着十个胡萝卜(方言,空手)啊,走亲戚吗?得带着礼!"

"俺一进了娘家的门,我那个叔伯婶子就撇着嘴,不冷不热地朝着俺嘟囔:'恁那闺女可能煞了,能得快要上天啦!戏子、吹鼓手,上了一阵洋学堂,怎么当起戏子来了!你看看,又是哭又是笑又是叫的,这不叫人笑掉了大牙啦!你这当娘的还有什么脸在台下看她的戏?'我跟她讲:'不是为了抗战吗?'她又撇上嘴:'嘿,抗战?就凭那么一群男男女女,不男不女地打打闹闹,哭哭笑笑,鬼子就吓得不敢来啦?……'不一会儿,我的叔叔婶婶们也围起我来,你一言我一语,那些讽啊刺啊的风凉话,真刺得我的心比针扎还疼……"

当娘的一把把牛兰芝搂在怀里,叹息一声说:"千怪万怪,都怪这年头不济,要是不这么兵荒马乱的,你上出学来,当上个女先生，走到哪里人都捧着敬着的！谁敢戳咱的脊梁骨？"

一时静下来，偌大的天井里装满了月光。这时大门响，一阵急促的脚步声。是谁来了？

3.骆儿牛廙手往外一伸，扣响了扳机

来人是骆儿牛廙。牛廙比我大姑小樽个儿稍微矮一点，鹅蛋脸。她急火火地低头进门，牛兰竹去迎，她一头撞在了牛兰竹的怀里。幸亏是夜晚，月色朦胧，要是大白天，骆儿牛廙的脸该有多红。她猛抬头，碰到了牛兰竹火辣辣的目光，那目光炽烈地眨着，里面有一种陌生的、令人不安的气息，这让她眩晕，也让她迷惑，心里嘀咕了一句："这双眼好烫人！"嘴里说的却是："大兄弟，有个急事。"骆儿牛廙是个大嗓门，她身穿一件淡蓝色自由布长袖旗袍，一双绣着粉色花朵的黑绒布鞋，套在她那半解放的脚上，显得干脆利落。

牛兰竹想起一个月前给骆儿起名的那天傍晚。

十七岁的我姑父牛兰竹的心弦好像被拨拉了一下。这一切，被我大姑小樽看在了眼里，她低头刷着碗。

骆儿牛廙是从芝北村的婆家跑回来的。公公曹会长和丈夫曹发珣撸了个子（方言，打架）。牛兰竹一听，急了，忙问："打得厉害吗？"

"你姐夫挨了两拐棍，倒是没事。"

牛兰竹觉得对不住曹大姐夫，在舞台上把他捐枪的事儿抖搂出来。曹永涛静静地听，等着牛廙说完，曹永涛插话了："曹会

长是俺本家,我记得俺娘说,他是从俺村里搬过去的,他是个啥样人?"

"俺公公啊,胆子小,那比米粒还小,黑夜不敢一个人在家。"

"还有呢?"

"财迷。东西往家扒拉中,再多也不嫌多。往外出就不中,再少也嫌多!在芝镇,出了名的皮笊篱!"

牛二秀才低头抽了一袋烟,把烟灰朝鞋底上磕了,说:"我看还是先把枪送回去吧。至于曹发珣答应捐的酒,等等再说。"

骆儿牛廑说:"我得早回去,我是偷着跑出来的。"

门口进来一个游击队员,手里掐着一根竹竿,刚从河边过来,他说:"浯河涨水了,桥让水漫了。"

"那我也得走。"

牛兰竹说:"那我送你。"

一阵燥热过后,忽然雷声隆隆,上来了一层黑云。牛二秀才催着骆儿牛廑早走,别让雨给断(方言,截)住。

枪用红绸子包着,一会从学校里拿出来,牛兰竹只是挂在腰上几次,但一枪也没放。我这十七岁的姑父牛兰竹孩子气上来了,一枪也没放就送回去,太亏了,起码得放一枪,听个响。

"到苇湾那里放!"

到村西的苇湾,要穿过一片秫秫地和玉米地,牛兰竹、骆儿牛廑、曹永涛还有牛兰芝兴奋地在地里穿梭,秫秫和玉米的长叶子唰啦唰啦响,骆儿牛廑是半解放脚,裹了一半的脚在鞋子里来回晃,她干脆把鞋子脱了提在手里,本来落在后面的她竟然跑在了最前面。这个压抑了多年的闺女，忽然找到了要飞的感觉，她张开双臂拨拉着叶子，发髻也被秫秫秆子撕扯开了，长头发披散开来。这时秫秫叶子和玉米叶子哗啦哗啦响，是雨滴。好好的天，怎么突然就下起雨来了，雨滴密密地从天上泻了下来。牛兰竹跑得最慢，他弯着腰，把枪放在肚子上，怕让雨淋坏了。

靠近苇湾有个废弃的瓜棚屋子，他们从青纱帐跑进去，兴奋地跳跃着。他们几个人中，只有曹永涛放过枪。他蹲下来，先装了六颗子弹，拉动枪机，推弹上膛。他把枪塞给牛兰竹，大概是担心牛兰竹会将枪口乱指走火伤人，或是担心他抓握不稳把枪掉地上，在将装入实弹的枪放到牛兰竹手中后，曹永涛的手却始终没有离开过他的手。就这样，曹永涛握着牛兰竹的手，牛兰竹握着枪，对着苇湾，瞄准，扣扳机。可是，牛兰竹的手一直抖，抖得都握不住枪了。他说："我……我……心慌。"曹永涛说："等等，别紧张！"

骆儿牛䐺一步蹦到了前面，把手里的鞋子朝地上一扔，对曹永涛说："来，我试试。"

曹永涛把枪伸过来，但是手不松开。骆儿牛䐺说："是这样扣吧？"曹永涛说："是。"

"你松开手。"

曹永涛手松开了。骆儿牛䐺手往外一伸，一扣扳机。"呼"的一响，枪在骆儿牛䐺的手中打响，子弹打进了雨中的苇湾，枪口向着上方跳了起来，子弹壳向着后上方飞去，最后落在瓜棚屋子的灶台上，发出清脆悦耳的声响。

"哈哈，不就这么简单嘛！"骆儿牛䐺看牛兰竹一眼，"怕啥呀！给！"长头发一甩，正甩到我姑父的脸上。我姑父该是羞愧得脸发烫了。

我姑父牛兰竹哆嗦着接住枪，骆儿牛廙让他靠着她自己的肩膀，牛兰竹闭着眼睛，扣动了扳机。

这时，听秫秫地里"哎哟"一声，大家回头看，是我大姑小樽听到枪声吓得跌倒了。

4.曹大姐夫在枪托上亲了一口，酒醒一半儿

在北京牛兰芝的家中，我姑父牛兰竹跟我说起打第一枪这事儿时说："牛廙啊，胆儿大。"端起酒杯，他猛喝一口，呛得闭紧了眼，我看到他的眼角湿了。他说："她也能喝酒呢！"

"她要活着，都七十三啦。"牛兰芝说。

"牛廙是被打断双腿活埋的。她跟你姑父的孩子才一岁。"我听到了弗尼思在窗外叽叽喳喳，我有些没听懂。出门去，见弗尼思已经飞了。

我头都大了，不忍心开口问眼前的老人。

我姑父后来出生入死，再也没怕过枪。军区大比武，他还得了个射击比赛第二名呢。

那个雨夜本来是让牛兰竹、牛兰芝一起送骆儿牛廙的。可是，我大姑小樽的脚崴了，我姑父牛兰竹扶着她回家去。而牛兰芝呢，打心眼里不想去，她怕见到曹大姐夫的弟弟曹发逾，这个二少爷一直追她，油头粉面的公子哥派头，牛兰芝看着就反胃。但为了说动曹大姐夫捐酒的事儿，豁出去了。

盒子枪本来包在小包袱里的，牛㒕偏偏斜挂在肩上，她说这样辟邪，土匪不敢靠近。

雨小了，牛兰芝、骆儿牛㒕都披上了蓑衣，牛兰竹弄了条小筏子，曹永涛自告奋勇说他会撑。牛㒕先跳上去，伸手拉牛兰芝，牛兰芝一蹲下就吐了起来。牛㒕皱着眉头，突然一拍她的后背，大喊：

"安阳俺那娘来，你看这个大马猴！"

牛兰芝头皮发麻，一下扑到骆儿牛㒕怀里，哆嗦着说：

"在哪里？在哪里？"

"你回头看，你回头看！"

牛㒕越说，牛兰芝越不敢回头，使劲抱住她，哆嗦着。牛㒕笑着说："吓唬你呢！"

也怪了，牛兰芝居然不吐，也不晕了。

一会儿到了浯河北岸。牛㒕把枪收起来，包在红包袱里，屏声敛气，变回了个小媳妇，迈着小碎步，领牛兰芝进了曹家的深宅大院。

跟在牛㒕后面，牛兰芝迈过一道门槛，又迈过一道门槛；穿过一道青砖花墙，又穿过一道红砖花墙。这里面的房子虽还算不上五步一楼、十步一阁的"阿房宫"，可也有点曲折，互相牵连，犹如一座蜂窝，又像一张大蜘蛛网。

骆儿牛㒕把牛兰芝领到自己的卧房，让她脱了鞋上炕，坐在中间镶着一块明玻璃的纸窗前面。看到她的房间陈设简陋，牛兰芝笑着说："姐姐，我以为你已经是有好几个丫环的阔少奶奶了呢！"

骆儿牛廙抓住她的手腕说:"一言难尽呀,我的亲妹妹!本来媒人说得明明白白,娶我来是顶正房的,可是一来,就变了,幸亏孩子的爹倒还当个人看我。上房老爷太太都嫌咱家境贫寒,在他们眼皮底下算个啥呵!原来的正房也不让我住,把我放在这冬天冷、夏天热的西厢房里。要是我也是个大脚板,真想跟你们一起干游击队去。等我去叫你姐夫。"

说完,下炕去了,骆儿牛廙的小碎步,竟然走得很快。

"姐夫小姨子,没大没小地!"曹大姐夫醉醺醺地过来了。

牛兰芝叫了声"大姐夫",把枪递上。

曹大姐夫一见了枪,在枪托上亲了一口,酒醒了一半儿。

牛兰芝说:"大姐夫,您得说话算数啊!浯河大会上,您可是拍着胸脯说要捐一千斤陈酿。咱游击队紧等着卖了酒买枪呢。"

"哎呀,那天我喝多了酒,一时就说了。"

"大姐夫,您可是个大男人。"

"俺爹把我嚼(方言,骂)了一通。"

"大姐夫,您是咱芝镇最明白的人,大家都知道。现在全民抗战。"

"只是这酒,老头看得紧了。"

骆儿牛廙拉拉曹大姐夫的衣角:"咱不是还有粮食吗?现今留着那么多粮食不是发了芽就是喂耗子,再不就是等着喂鬼子。你没看看粮仓底下,周围都快成了庄稼地啦!粮食发了芽还有什么用?"

"可是,要是给了你们,别的游击队来了怎么办?"

"游击队多是多,可也得有个先来后到。咱妹妹人家是洋学生,轻易不登门,头一回踏到咱们大门台上,也是芝镇的游击队第一个来筹粮的。"

"你那么一大溜仓囤,都给我们,我们也不要。你说,准备给我们多少吧?"

"一万斤,够了吧?"曹大姐夫皱起大鼻子,又沉思了一会儿说,"不过,这件事可别叫上房爹娘老子知道。谁动了他们的仓囤,那可比割他们的肉还疼!"

盯着曹大姐夫的大鼻子,牛兰芝笑了:"得给您记一功,痛快!"

"为了咱芝镇嘛!"

牛兰芝抱着曹大姐夫捎给爹的一坛子酒,急着回去,风急浪高,翻到了浯河里。

5.牛兰芝的魂儿,掉在河崖上啦!

牛兰芝从芝北村回来已是深夜。

牛兰竹、曹永涛叫上牛树和到芝东小学里去,从火炕上拉起二十多个半大小子,戴着苇笠,披上蓑衣,夜雨划船,从曹家的后门把粮食一袋一袋地装了,连夜运回,分散在游击队员们的家里。曹大姐夫捎给牛二秀才的那坛子酒,让这帮小子喝去了一半。

可牛兰芝因为酒坛子翻到河里,昏昏沉沉躺在炕上。

那晚,在岸边雨里披着蓑衣蹲着的是曹永涛,有他保准没事的。可牛兰芝两手抱着酒坛子，一个浪头打来，她一晃，酒坛子打滑，出溜着离了身子，她伸手一够，一头栽到了水里。曹永涛急了，一个猛子下去，把她给捞了上来。这曹永涛好水性，又潜到船底，把那坛子酒摸着抱上了船。好在那阵儿风不大，船晃得差。

牛兰芝被污浊的泥沙、烂草呛得脸蜡黄。侧躺在炕头，一大绺乌黑的头发湿漉漉的，当娘的用毛巾给捋得半干。牛兰芝吐出来的全是一些带着腥臭味的黄水，不但茶饭难进，两眼也睁不开，可把当娘的急坏了，接连给她用热毛巾擦了几次脸，又帮她漱口，掏灌进耳朵、鼻孔里的泥沙。

这八月大热天，牛兰芝却一阵阵发冷。

折腾了一黑夜，第二日天一露明，当娘的让我姑父牛兰竹去求貘姑爷。我姑父头一歪说："都什么年代了，还信这些乌七八糟的东西。"他就是不去，当娘的拿出笤帚疙瘩追打，他也不去。

我大姑小樽说："娘，俺去，俺去，俺跟貘姑爷熟呢。"

大姑小樽就推着木轮车子去了。

接回貘姑爷，已经是天近晌午，剪着短发的貘姑爷打扮光鲜。当娘的说：

"她婶子，你看你这打扮的，像个新娘子，就跟画上的人儿一样啊。俺这孩子去芝西给他二舅过生日，回来坐竹筏子，她头晕，三晃两晃晃到了河里。"

"是黑夜？"

当娘的纳闷，貘姑爷真是神了，她咋知道是黑夜呢？但当娘的没说实话,只说:"不是黑夜,是傍下晌,那一阵天上罩着黑云彩。"

"哦,怪不得我感觉是黑夜呢。"

给牛兰芝摸完脉,藐姑爷先烧了三炷香,嘴里嘟嘟噜噜地念了几句谁也听不清的咒语,眯缝着两眼。她轻轻喊着:"兰芝、兰芝,回来吧!"一边将手伸向空中,抓了一把,攥在手里,在牛兰芝的心口窝那里把手撒开,说一句:"回去吧,回去吧。"一连抓了三次。

牛兰芝昏昏沉沉闭着眼,不说话,手攥着胸前的头发。

藐姑爷竟然做得满头大汗,当娘的递上擦脸布,擦了。藐姑爷说:"老嫂子啊,孩子的魂,是掉在河崖上啦!你快擀碗鸡蛋面,带上双筷子,提着她的鞋子,到河崖上用筷子敲着碗沿儿,叫着孩子的名儿,叫她快快回家吃饭,她的魂儿就跟着饭碗回来了。孩子一吃下这碗鸡蛋面,保准好好好好好好好的了。"藐姑爷一连说了几个"好"字,而每个"好"字的声调都不一样,好像在唱"好好"歌呢。

当娘的拿了十几个鸡蛋,作为酬谢的礼物,又让我大姑小樽把藐姑爷送回去。

藐姑爷一走,牛二秀才嘟囔上了,他不信藐姑爷的"叫魂术":"这都是瞎叨叨。是叫河里的脏水灌伤了肠胃。"

"这也是没有法子呀!"当娘的哀叹了一声,"看着兰芝光吐不吃,谁知道她的魂是不是真掉到河崖上了哩!"

"娘,我的魂没掉!"牛兰芝在炕上闭着眼用劲地喊道,"根本用不着治,脏水全部呕吐出来就好啦。"因为说话费劲,胃又翻腾起来,连续吐了几口又黄又脏的水。

我爷爷公冶祥仁也来看干闺女。开了两服药,吃了,可牛兰芝还是昏睡。

我爷爷叹了一口气说:"秀才啊,祭如在,祭神如神在,去试试吧?"

第三天,吃晚饭前,当爹的拗不过当娘的嘟囔,端着刚出锅的鸡蛋金丝面,盛在饭盒里,带上一双筷子,还把牛兰芝的鞋子提在手里,去了河边,念叨着"兰芝、兰芝,快回来"等话,如此这般说了。牛二秀才想笑,但他想起我爷爷说的话,忍住了。

牛兰芝一口一口吃了爹从河边端回来的面条,面条虽都凉了,但她有了胃口,居然不头晕、不呕吐了,晚上睡觉也不发冷了。

当娘的说:"还是叫魂管了用。"

牛二秀才却坚决不承认:"这都到省城去上洋学堂的人,还信这套鬼神,传出去,不让人家笑话啊。我看这是兰芝她干爷的药方给治好的。"

曹永涛过来看牛兰芝,对牛兰芝的娘说:"师母,牛师父说的话对呀。"

曹永涛说:"兰芝头晕呕吐,主要是脏水伤了肠胃,暂时吃不进东西不要勉强,多喝些盐开水,冲洗冲洗肠胃,就好了。"

当娘的不听,说:"貌姑爷就是神奇,她都知道咱兰芝是黑夜掉到河里的。"

"也许是猜的?"

"不会,她就是顶着神,开了天眼。"

6. 丁丑小年夜，鬼子来到了芝镇

入夜。雪扑嗒扑嗒往天井里夯，窗下的咸菜瓮边，石榴枝子铁硬细脆，"啪"，叫雪粉夯断了，"啪"，又一根筷子粗的夯断了。远远近近，有爆竹炸响在半空。一闪，灭了；又一闪，灭了。火药香，丝丝缕缕，钻进窗棂，挤到火炕上。

煤油灯跳着灯花，映着窗外的雪，耀着炕上新铺的苇席，跳得墙上影子乱晃。当娘的叫牛兰竹画一匹马，一匹灶马。枣木饭桌抹得锃亮，那枣木桌是当爹的牛二秀才上私塾时，请师父吃饭的桌。桌面中央的六月仙桃雕刻，被娘一张红纸盖住了。娘顺手把铅笔塞到他手里，铅笔是从省乡师拿回来的。

这是腊月廿三，小年夜。芝镇人这夜要辞灶。

灶间墙上糊着黑红黄绿四色套印的灶王爷、灶王奶奶神像，娘拿出平时卖鸡蛋的钱从芝镇大集上买来的。当爹的不信这些，但当娘的这样做，他也不反对，还亲手在灶王爷、灶王奶奶神像的两旁写上"上天言好事，下界降吉祥"一副对联。灶王下，黑乎乎的风箱上，平放一个案板，案板上擀饼余下的白面扫净了，已经摆上了四样小碟：芝麻糖、花生糖、麦芽糖、蜜枣。碟子边上是三个碗，分别盛着清水、料豆、秣草。灯影一照，白瓷碗上的两条红金鱼在摇头摆尾。

我姑父牛兰竹十七岁了，见过马却没画过马，某年正月初二，他去芝西村姥爷家拜年，在姥爷家的厢房里，在泥墙上，见过一回唐僧骑的白马，但那白马残了，只剩了马身子和屁股，马头被撕去。他记得,那是傍晚时分,土墙被晚霞染得火一样红,马尾巴像一根蘸了汽油烧的火把,晃来晃去。

"俺姐姐会画,让她画。"

盘腿坐在炕上的牛兰芝朝弟弟撇撇嘴,塞给我大姑小樽一把长生果。

当娘的念叨:"七巧节里,男不拜月;小年夜里,女不祭灶。咱家的马,就得你画。你是男子汉。女孩子家不能掺和。"

牛兰芝朝牛兰竹伸伸舌头,做了个鬼脸。

当娘的说:"咱们吃的饭,都是灶王爷管着的,灶王爷可得罪不起。年年腊月二十三,灶王爷都要上天向天老爷念叨这家人的善恶,让天老爷赏啊罚啊的。家家户户都得好生伺候,怎么伺候?灶王爷最喜欢吃甜食,吃了人家的嘴短呀,上天说事时,灶王爷就多说宅主的好话;二一个呢,糖果能粘住灶王爷的嘴,光说甜言蜜语,光说好话。他上天得有一匹坐骑,这就是灶马。买灶王,都带着一个灶马,你爷爷活着时,老嫌弃大集上买的灶马太小,像个促织。他就拿毛笔自己画,他一笔就能画出来。这会儿,轮到你了,你也画吧。"

牛兰竹摇着铅笔杆,琢磨,画了一张,不好,又画一张,还是不好。用橡皮擦了去,再画,再擦了去。一张白纸,一会儿就黑乎乎的了。画出来的,总感觉像是鸡,像猫,像兔子,又像猪。当娘的左瞅瞅,右瞅瞅,嘴窝着,点着下巴,只说好好好。说兰竹画的马尾巴,一看就在飞跑,风都画出来了。牛兰竹说:"我没画风。"

娘说:"要说有,就有,有有有有。"

就在灶间,当娘的把牛兰竹画的灶马焚了。一个人跪在蒲团上,嘴里唠叨着:"今日腊月二十三,灶王爷爷上西天,宝马一匹任你骑,粮草清水已备全,天老爷爷面前多美言,再有七天来家过年,多带五谷杂粮多带钱……"

当爹的也附和道:"一家之主的灶王爷呵!指望你骑上天马,飞上西天,请求玉皇大帝快派下天兵天将,保住咱们这块地方,千万别叫日本鬼子来糟蹋咱老百姓……"

牛二秀才领着牛兰竹跪下,头触地,把头认认真真地磕了。地上铺了芝麻秸,踩上去吱嘎吱嘎响。牛兰竹自己拿着一挂鞭炮出去放。邻居家也响起了必必剥剥的鞭炮声,此起彼伏。

灶王面前供着的糖果,一一端上来,牛兰竹却没吃出甜味。他在想灶马的样子,想灶马焚化后,飞到了哪里……

当爹的当娘的,牛兰芝、牛兰竹,还有我大姑小樽。在一爿炕上,这是一个家。我大姑小樽有了身孕,在热炕头上,婆婆不让她乱动。

我姑父牛兰竹渴望见到马!窗外的雪,扑嗒扑嗒、扑嗒扑嗒,像马踏声。就在马踏声里,他睡着了。

也就在这个丁丑年的小年夜,日本鬼子来到了芝镇。枪声清脆,刺穿了芝镇的厚厚的城墙,但大多数人,都以为家家过小年放的鞭炮。一直到第二天的早晨,才发现芝镇变成了白色的镇,恐怖的白色。芝镇人都喜欢雪,可突然都觉得那雪站错了队,变得不可爱了。

巧的是,也是这个小年夜的晚七时许,在武汉的汉口,山东省政府主席、第五战区副司令长官、第三集团军总司令、第三路军总指挥、陆军上将韩复榘被从后背射杀,头部中两弹、身上中五弹。而第二日,是这个煊赫一时的枭雄四十七岁生日。

那夜,汉口没下雪。

7. "日本鬼子他不打,专门糟蹋庄户孙"

日本鬼子在小年的飞雪夜来到芝镇,皮靴上的脏泥巴沾染了雪,昏黄的灯影里,沸沸扬扬的雪粉又把那杂沓的蹄印盖住了。这群幽灵顶着一头雪花稍事停留,撇下仨小"鳖羔子"(方言,坏种),就尾随大部队南下了。芝镇烧锅上的几个锅主、商号关了店门,纷纷连夜拖家带口跑到了岛城。

张平青接探子来报:"小日本真来了。"

"哼,不过是盘豆芽菜,扎不住根的。"张平青吐了一句,还没把这小日本当回事儿,他正为恩人韩复榘被蒋介石所杀而伤心不已。

张平青发迹在韩复榘身上。一九三三年他杀了韩复榘的心腹之患宋焕金(此公行状,后述),拜在韩复榘门下任少校副官。他有了一个营的兵力,配有轻机枪两挺,带着二百多"黑毡帽兵"(张平青的队伍没有统一的军装,只是每人都戴一顶黑毡帽,芝镇人都管这些兵叫"黑毡帽兵"),跟随韩部攻打胶东国民党驻军二十一师刘珍年部,一个月下来,一百多个黑毡帽被打穿,他得了一顶山东特别(高级)侦探第二大队长的帽子。他又做了二百顶黑毡帽,戴在缺食少穿的芝镇浪人头上,再一阵混打,又有若干黑毡帽被打穿,一顶顶鲜血染红了的黑毡帽,从骑着的驴背马背骡背上滚落下来，为他染了一顶少校第二路游击（剿匪）司令的军帽。张平青这芝镇人还良心未泯，每一顶打穿的带血的黑毡帽，他都叫部下收起，编上号，放在礼堂里。正在张平青如鱼得水之时，听说韩复榘汉口被杀，张平青如丧考妣，在双泗村设灵堂，把韩复榘赐给他的手枪摆在"韩向方恩公"的牌位边上，张平青披麻戴孝日夜哭祭。他还把几百顶打穿了的黑毡帽上都缠了白孝布，摆满营房的角角落落。

张平青发誓要为韩复榘报仇，枪口够不到蒋介石，倒是对准了当时在芝镇的蒋介石嫡系省第八区游击司令官、潍州县令厉文礼。厉文礼司令部设在芝镇西北三里地的鹿鸣村。芝镇的民谣说："天昏昏，地昏昏，遍地起了些蚁蛘军（义勇军，老太太念成蚁蛘军——"蚁蛘"是方言"蚂蚁"）；日本鬼子他不打，专门糟蹋庄户孙。"

张平青在芝镇里面守城，厉文礼在外面攻城，白天不交火，夜间枪声好似除夕夜放的鞭炮一般，响成一团。我爷爷公冶祥仁躲在药铺不敢出来，来看病的几乎没有，他终日捧着《周易》读。一日傍晚，他师父雷以邕让孙子雷震扶着过来聊天解闷，我爷爷让雷师父卜卦，雷以邕卜的是"蛊"卦。雷师父说："东坡有言在先呐！器久不用而虫生之，谓之'蛊'；人久宴溺而疾生之，谓之'蛊'；天下久安无为而弊生之，谓之'蛊'。"

"师父啊，说不清的蛊！"我爷爷说，"芝镇都有顺口溜了，说什么本地打，打本地，不是老厉打老张，就是老张打老厉。"

"山下有风，风动虫生……"

雷震老师给我们上课时，讲过"本地打"这个词。他说这个词，语义双关，一是说本地人打本地人，狗咬狗，就是不打日本人；二是打仗用的枪名叫"本地打"。当时的枪炮有老毛瑟枪、日本大盖枪，还有"汉阳造"，而"本地打"是芝镇人仿造的洋枪，用手工锻打的"本地打"放不了几发子弹就热了枪管子，打不出子弹。就这样打来打去，老百姓活遭殃，白天不敢下地干活，晚上不敢出门，芝镇九个城门都用土屯了。在镇外田间干活的庄稼人被横飞的子弹打死了几个，更不敢下地了。

张、厉这俩疯狗一直打到初夏，小麦泛黄，镇内外的老百姓眼看着麦季到了却不能收割，心急火燎。张平青部四周受困，再打下去就会弹尽粮绝。

有一天早晨，我爷爷刚把药铺门打开，就见一个小伙子匆匆跑过来，递给我爷爷一个箢子，箢子盖着毛巾，掀开一看，一箢子麦黄杏。那青年说："公冶大夫，是张司令让我送您的。"我爷爷愣了，接也不是，不接也不是。那青年兀自进屋，把箢子放在案板上，一转眼，一溜烟，走了。

快近中午，张平青骑着枣红马来了，进门看到麦黄杏，我爷爷还没吃呢。张平青说："公冶大夫，这麦黄杏可是最好吃的时候。"

我爷爷看到张平青的嘴肿了。

我爷爷说："麦黄杏好吃解馋，但一次却不能吃太多。'桃饱、杏伤'，桃水分大些，可以吃饱；杏子是热性的，吃多了却容易上火。"

"是啊，这两天上火。"

"张兄啊，不能再打了。叫老百姓把麦子收了吧。再不收麦子，就耽误上新麦子坟了，不上新麦子坟，老祖宗在地底下，也埋怨咱呀！"

"唉，你说这厉文礼……我想让雷以邕师父给卜一卦。"

"那天雷师父卜了一卦，是个'蛊'，我看啊，还是和为贵，都是自己人。自己人哪有打自己人的。"

"我也……有这个意思。"

"小日本那仨'鳖羔子'忙活着，炮楼快建起来了。这可是个祸根！他们临时没动，得早做打算。"

张平青走后，我爷爷找到芝镇商会会长李四堂、秀才赵筱筹商量找厉文礼请求休战，雷以邕师父说："还得请上一个人。"

我爷爷问："请谁？"

8. "芝镇的蚂蚁能喝酒。有好戏看了。"

雷以邕对我爷爷公冶祥仁说："一定邀请季尔思，厉文礼怕洋人。你见了跟他说，'讼，元吉，以中正也'。"

季尔思是芝镇教堂的神父，德国大胡子。在芝镇若干年，芝镇话都说得很流利了。

我爷爷让我大爷公冶令枢搬着食盒，提着酒，敲开了教堂的靠路边的拱门。季尔思迎进去。我爷爷跟神父说了半天，最后把雷以邕师父让捎的话说了。

季尔思笑了："还是昌菽先生知我啊。"

雷以邕师父本来也要去，可是夜里小解把脚崴了，遗憾地跟爷爷摇头。我爷爷、季尔思一行人出了芝镇望阕门，打着小白旗子往前走，我大爷公冶令枢抱着食盒，雷震提着酒葫芦。

刚看到鹿鸣村前的旗杆，就听到有人喊："干啥的？"开始拉枪栓，这边就喊："俺是打白旗来的，别开枪。"我爷爷、季尔思等几个代表气喘吁吁走到了鹿鸣村。

厉文礼坐在太师椅上，屁股底下是一张鹿皮。这厉文礼三十多岁，惹眼的是蓄在上唇连成一片的黑胡子，穿一身灰布军装，上衣口袋里插着水笔帽，他用混杂着一种近似假嗓的刺耳的声音跟我爷爷他们打招呼。握手的时候，伸出来，跟每个人捏了一捏。轮到季尔思，紧紧一握，摇了摇，松开，说："国际友人啊！"

季尔思说："县长宽宏大量，体恤黎民之苦。"

"张平青有本事啊，我们奉陪到底。"

"他服软了。"

"我不怕。"

厉文礼思索着，眼角的鱼尾纹透出一丝光，黝黑的面庞一下子又黑了不少，一双厚底布鞋动了动。我爷爷看到有个蚂蚁在他的鞋前蚰蜒，芝镇的蚂蚁头比身子大。厉文礼把那鞋子往前一挪，一捻，说：

"这鹿鸣村的蚂蚁咋这么多！"

又有一只大头蚂蚁爬过来，厉文礼低头用手捏住，我爷爷端着酒正递上来，厉文礼把那大头蚂蚁丢在了酒杯里。

我爷爷连连"哎呀哎呀"两声，说："县长有所不知，芝镇的蚂蚁能喝酒。有好戏看了。"就见蚂蚁在酒杯里游来游去，速度越来越快,越来越快,我爷爷提醒厉文礼瞪大了眼看,就见那在酒杯里转着圈急游的蚂蚁一跃,飞落在厉文礼的鞋面上,挓挲着触须,好像在作揖。"厉先生吉人之相啊,醉蚂蚁都给您作揖了。"

"有何说道呢?"

"蚁有君臣之义,故字从义。蚂蚁醉酒不醉心。"

厉文礼把醉蚂蚁捧在手心,看着蚂蚁的大头果然在朝他磕呢。他哈哈大笑:"蚂蚁之义!"

忽然厉文礼脸色大变,两个指头一捻,那醉蚂蚁立时成了一撮黑泥。"这蚂蚁醉了,不知道疼了。"

我爷爷打了个寒战,但他迎着厉文礼的目光,一点没躲闪。

盯着厉文礼的手,季尔思插了一句:"天与水违行,讼。君子以作事谋始。"

厉文礼惊讶地抬头:"嗨哟,你这洋人居然懂《周易》!回去跟姓张的说,这次暂且饶你一命。"

季尔思说:"鲜血不是甘露,用它灌溉的土地不会有好收成。县长,借一步说话。"

厉文礼把季尔思领到套间,一会儿,二人笑着出来了。

不知季尔思跟厉文礼说了啥,反正两只狗不咬了。

大家商量着给季尔思送个匾,我爷爷请雷师父题字。

雷以鬯脚面子还肿着,早晨用酒搓了,还是疼。他捻着白胡子想了想,说了《左传·昭公三年》的话:"君子曰:'仁人之言,其利博哉!晏子一言,而齐侯省刑。'《诗》曰:'君子如祉,乱庶遄已。'其是之谓乎!"

遂提笔写了"仁言利溥"四字。雷以郸端详着自己写的字自言自语："溥通博。"

牌匾是在芝镇袁大头的古董店里做的。主体浮雕，金字，匾体颜色是朱漆大红，匾额长六尺、宽三尺。

"东望兄，多少钱啊？"

袁大头摸摸自己的大头："别寒碜我。要啥钱呢！为了咱芝镇，该收的钱，收，不该收的一分不要。"

就在头年的年底，曹大姐夫的爹曹会长（原是芝镇商会的副会长），接过鬼子的委任状，当了芝镇的维持会会长，也找到袁大头给做个维持会公署的牌子。这袁大头直摇头，可曹会长的家丁几次三番来找，袁大头答应了，要了五十块大洋。家丁回去跟曹会长汇报，曹会长说："哪有做个牌子还要这么贵的？"

家丁又找了几家，都摇头不做。只好又找到袁大头。

袁大头说："七十块！"

"怎么涨得这么快？！"

"你跟你的会长说说，这块牌子不干净，得把袁大头磨碎了，冲冲邪！"

"怎么这样说话呢？"

"我就这样说话。"

拗不过袁大头的脾气，芝镇人都知道。如数交了钱，说赶紧做吧。可袁大头不慌不忙，一直到了年三十的响午才做出来。

曹会长在自家的大门前，等这块牌子都站麻了腿。

9.除夕夜曹会长被一句话炸了个趔趄

鬼子来了的这个春节,芝镇家家过得很冷清。

像我们公冶家,要在往年,得忙年,一连几天,白天忙到晚上,晚上再忙到深夜,要置办祭神祀祖、宴请亲朋的年货。割肉买鱼杀鸡宰羊,猪肉做成松莪炖肉或酱烀肉,鸡做成蒸鸡、酥鸡或熏鸡,还有蒸饽饽、做豆腐、蒸年糕。年糕多用黍米面做的,而且必加红枣,红枣一经蒸煮,香味四溢,每到腊月廿七八,满胡同都能闻到。这是我们公冶家一种特有的年趣。我六爷爷公冶祥敬要领着平辈和晚辈去密州锡山脚下的公冶长村的村北——始祖公冶长墓上请先祖,再往北走三十里到公冶长书院逗留燃香。天不露明骑着驴去,一直到天黑尽了,才能回来。而如今兵荒马乱的,这一步就省了。

我六爷爷领着阖族男丁正跪在祠堂里祷告呢,叽叽喳喳一群野鹊飞到祠堂的白果树上,我爷爷抬头看鸟,轻轻说了一句:"子曰,于止,知其所止,可以人而不如鸟乎?"六爷爷点点头说:"祖宗原谅了!"

当然的,贴春联、贴年画、贴门神、贴过门钱儿这些是一步不能省的。

而独独芝北村曹会长家的这个年过得比往年有所不同,日本人骑摩托给他送来了一盒寿司,他不舍得吃,供在祠堂里。年除这日上午,上上下下忙着贴春联,曹大姐夫贴完祠堂的大门,进到祠堂,把爹摆上去的寿司拨拉到地上,用烧纸包了,瞒墙扔进了猪圈。

下半晌，曹家的爷们儿都来到曹会长家准备请家堂——请过世的祖先们回家过年。曹会长兴奋地指挥着后生在自家堂屋的后墙钉上一领红席，挂上"家堂轴子"，那"家堂轴子"像一中堂画，左右的对联是"宝鼎呈祥香结彩，银台献瑞烛生花"，上端列着先辈名讳，下端画一豪华大门，挂停当后，到家祠去请"主"——祖先的牌位。开了祠堂门，曹会长头一眼不见了寿司，脸一沉，要在往日必得破口大骂，可在年节下，列祖列宗都已请来了，人人要净口，曹会长只得忍了，那脸却如浓云铺的天一样阴沉。

傍黑，天上纷纷扬扬下起了小雪，仰头让雪粉落上面庞，曹会长的脸上才挂了点笑容。他领着阖族的子侄来到浯河岸边，燃放鞭炮，往年的鞭炮都是家家凑钱，而今年这新任维持会会长说，不用凑钱了，我自己来吧。他让二儿子曹发逾去南院订了一万头的大鞭，点上，鞭炮必必剥剥响了一个多钟头。子侄们烧纸，曹会长拿着酒壶酹酒，跪下磕头，地上就跪了黑压压的一片。回到家门口，再烧纸，这纸是烧给门神的，一边烧纸一边说："老爷爷、老嫲嫲，爷爷、嫲嫲来家过年。"把祖先们引进来，大门整夜开着，但要放一根拦门棍，拦住孤魂野鬼，不让进门。还有就是拦住家中的金银财宝不让外流。

将"老爷爷老嫲嫲"和诸神都请来了，曹会长长舒了一口气，净手摆供，过去这些都是曹大姐夫做，而今年曹会长要亲自摆，曹大姐夫也乐得清闲，在里间，抱着酒葫芦喝醉了。

曹会长摆得一丝不苟，先摆了生猪头、生鸡、白鳞鱼这三牲,十个盛着菜肴的碗摆了四行,前行一个,向后依次为两个、三个、四个。摇钱树竖在旁边,他用手把摇钱树的枝干捋了一遍。

曹会长边摆边招呼二公子曹发逾把白面饽饽供上,这白面饽饽是推磨时起出的精粉做的,只摆供用,饽饽个个有碗口那么大,雪白滚圆,用蘸了颜色的筷子在饽饽的顶端点上五个红点,作梅花状。这点梅花,必是曹会长沐手而为。曹发逾摆饽饽,下面摆三个,上面两个饽饽对起来摆上。

堂屋里一下子肃穆起来,女眷们都躲到左右两间房屋子里,她们不能出来,怕影响正在享用供品的各位神灵和祖先们。曹会长领着烧纸磕头。骆儿牛廙和曹家的女眷们在套房子里包馉饳,低声说着吉祥话。

芝镇的女人们,就这一天一夜不在厨房忙活——除夕和初一。这一天男人们下厨,炒菜、做饭都不能用风箱,怕"呼哒呼哒"拉风箱惊动了回家过年的"老爷爷老嬷嬷",烧火都用豆秸。一切都做得静悄悄的。

年除午夜时分,最隆重的是"发纸马","发纸马"其实是烧纸马,就是让天上的神灵骑上马返回天宫,那纸马是灶王像上带着的,曹会长亲手用剪子剪了,夹在烧纸里。各个供桌上,都在碗里添了馉饳,再净手,续上香。曹会长领着从天井的最南头烧纸,门神、阳沟、天地、土地爷爷、石头爷爷、龙王爷爷、灶王爷爷、财神爷爷的尊位前都要烧,唯恐得罪了哪尊神。曹会长写了"天地全神"四字,跟纸马一起烧了。烧完纸,都要向天地叩九个头,孩子们才点起鞭炮、烟火。要在往年的这个新旧交替的时辰，整个芝镇鞭炮声响成一片，而今年却是稀稀拉拉。

星星点点的鞭炮声，并没影响曹会长的兴致，他搬出家谱，让二公子研了磨，在自己的名字下添上了"履芝镇维持会会长之职"几个字，长工张礼附耳一句话，把他炸了个趔趄："会长，大少爷他……拿着刀子……"

10."不知咋了，你看我这手……"

曹大姐夫头天夜里喝醉了酒，次日爬起来，都快晌天了，捞了块咸菜就着，啃了个冷窝头，去找貔姑爷剃头。在芝镇，腊月里，最忙的是剃头铺子，谁料貔姑爷还没开门。

曹大姐夫跟貔姑爷从小一块儿长大，跟她总是没大没小。芝镇人爱闲聊，也叫爱磨牙，再苦的日子，胡诌八扯、插科打诨给打发了，就是舒服日子。曹大姐夫一样，他爱跟貔姑爷磨牙，他在路上走着，想起上回剃头跟她说过一段瞎话儿："说一个男人殁了，阎王爷拿驴皮给裹紧，叫他变驴。可判官查生死簿，还有二十年阳寿，怎么由阴还阳啊？说这个男人好喝酒，用酒灌他，灌了两坛子，浑身的驴毛一点一点褪光了，可就是那下身怎么也变不回去，还长长地耷拉着。那汉子道：'我回阴间去换回来。'他老婆慌了，'别去，别去。不碍事，不碍事！'"他绷着脸说完，挨了貔姑爷一笤帚疙瘩。哼着小曲儿，这曹大姐夫想，太平日子就是过嘴瘾……

他这会儿使劲敲门，貔姑爷才把门开了，穿着茶色袄子，也没搽脸，撒搭着（方言，指把鞋后帮踩在脚后跟底下）鞋子，好像没睡醒。曹大姐夫说:"这是咋了,夜里又跟驴剩忙活了?无精打采的。"藐姑爷打了个长长的呵欠:"咱是关着门儿家中坐,祸从天上来。太平日子过到头了。夜来后响(方言,晚上)小鬼子来了,后面跟着翻话的,说是来体察民情。我一个剃头铺子,有啥民情可以体察啊。叽里咕噜说了一通,那翻译就说给我听。那小鬼子,白白净净的,细皮嫩肉,戴着白手套。这小鬼子走了,我倒睡不着了,脑子里老是晃他腰里挂着的那把军刀。"

"小日本……我扭断他的脖子。"

"别嘴硬。"

"你给我剃个抗日头!"

藐姑爷说:"抗……日?什么叫抗日的头?俺听俺爹说,有蓄须明志的。"

"抗日的头,就是光头!六根清净杀鬼子的头!枪打破了头,包扎方便。"

"呸呸,不吉利的话。"

"好,我也从明天起蓄须明志。不把小日本赶出去,我就留着胡子。你会掐算,算算得抗几年。"

藐姑爷说:"绵里针、肉里刺的货色……只凭天吧。"说也怪,拿剃头刀子的手,突然发抖,都握不住刀把儿了,那剃头刀子忽然就沉了十斤不止,两只胳膊都软了。她不得不停下来。曹大姐夫问:"咋了?"

藐姑爷说:"不知咋了,你看我这手……"那手像鸡爪子一样僵硬着,怎么屈伸都不利落。

曹大姐夫站起来,从怀里掏出酒葫芦,把软木塞儿拔开,塞给藐姑爷："喝一大口。"

藐姑爷接了，并没送到嘴边，把酒倒在左手心，左手使劲搓右手，右手一会儿灼热，都发红了。那手不再抖，听使唤了。

"喝一口，喝一口。"

"你既要叫我喝，你燎热了啊，冷酒吃了，不更哆嗦？"

端过脸盆，倒上水，把酒葫芦坐进去。一会儿酒就热了。

拗不过曹大姐夫，藐姑爷抱住热乎乎的酒葫芦，喝了一大口，又一大口。曹大姐夫接过酒葫芦，也猛喝了一口热酒，就见藐姑爷桃腮出晕，杏眼洇出几滴泪，竟然有了几分妩媚。曹大姐夫伸手想摸摸藐姑爷的头发，不想藐姑爷一脸悲戚，低头不敢看他："也没有酒菜，让他大姐夫下酒。"

"这年头，有口酒就中。管什么菜不菜的。"

藐姑爷叹一口气，轻轻拍拍椅子："来，我给你刮干净！你好生（方言，仔细）留着胡子。"

藐姑爷刚下刀刮了两下，手又哆嗦，刀子削了鼻翼，都冒血渍了，她摸过酒葫芦猛灌了两口，"噗"地喷在曹大姐夫的脸上："亏得你鼻子大，要不，就刮成平板儿了。给你消消毒。"

曹大姐夫的大鼻子使劲嗅着，也不恼："削了就削了，酒啊……真香啊！"

又下刀子，一下一下，才勉强把胡子刮完。

曹大姐夫想起一件事儿，说："西马店豆腐坊的赵印，你知道吧？"

"三大疤眼子。"

"赵印五更起来磨煎饼糊子，刚把豆油灯点上，就听见磨坊里轰隆轰隆响,他就纳闷儿,大门关得好好的,谁来套上磨了。赵印提着灯笼到了磨坊门口,咳嗽了一声,那轰隆声没了,那上下磨盘还睡着呢,没动。赵印提着灯笼回撤了两步,又听到那磨盘在轰隆轰隆转。他又回来,那磨还是不动。他吓得一直挨到天亮,才去套磨。"

"鬼推磨。"

"这不是聊斋,这是磨坊啊!"

"更奇怪的事儿还多呢,你看着吧。"

临别,沾了酒的藐姑爷竟然拉过曹大姐夫抱了一抱,抱得曹大姐夫心旌神摇,想入非非,抬头看到的却是藐姑爷一脸的泪痕:"他大姐夫,咱们扒瞎话拉闲呱的太平日子,没了。"

走出几步远,就听藐姑爷又站在门口喊他,他又回来,问她啥事儿。藐姑爷欲言又止,上下再瞅瞅:"你爹他……"

"我爹咋了?"

11. 他的腰就是那煮熟的面条

藐姑爷对别人唠叨,多云里雾里;对曹大姐夫却从不遮掩,直来直去,今日吞吞吐吐的,这是咋了?曹大姐夫纳闷着,正一正身子回家去,一路觉得光头老在狗皮帽子里晃,感觉藐姑爷把自己的脑袋削去了一圈儿。

忽想起该到菜园屋子收拾过年用的芝麻秸了。芝镇人家过年,天井里都要铺芝麻秸,寓意芝麻开花节节高。芝麻秸垛在菜园屋子的西北角上,落了一层薄雪。曹大姐夫和长工张礼把雪抖搂掉，用麻绳捆好，抱上木轮车，张礼上襻弯腰正要走，见曹大姐夫抱着一小捆，一枝芝麻秸太长了，他一虾腰，把狗皮帽子戳掉了，黑帽子骨碌骨碌在雪地上滚，曹大姐夫光着头弓着腰撵出老远，张礼看着狗皮帽子上沾满了雪，笑道："你哪里是撵帽子，你是在撵狗……"

"嘿，扒了皮，它还会跑呢。"

就听身后真有一阵狗咬，几只狗在咬。踢踢哒哒的脚步响，跟上就有人喊："狗！"

"恭喜大少爷，老爷扶正了。"

来人是本村的酱球，开烧锅的田雨的表弟。曹大姐夫从来不爱跟这游手好闲的酱球打招呼。可芝镇人传着日本鬼子蓝眼红毛的时候，他已站在街头上看到了，一个鬼子叽里呱啦朝他喊，他朝那鬼子笑了笑。

"你说啥副、啥正的？"

酱球说："皇军已给老爷发委任状了。"

曹大姐夫踢了酱球一脚："混账，俺家可不出狗汉奸！"

"我可得跟曹会长讨赏去。"

出了菜园屋子往南，在畦上踩了抔狗屎，那狗屎冻成坨了，干硬干硬，没沾上鞋。刚拐到自己的牲口棚边上，就听有俩人在麦秸垛后面喳喳咕咕：

"黄土埋了半截的棺材瓢子，走路都得拄着拐棍了，他可是心甘情愿地去给鬼子当奴才。"

"听说咱芝镇上的鬼子，就是他上县城勾引来的。他像捣蒜一样地给他们磕头，还求着到四乡里清剿抢劫，给他助威。"

"我听说啊,那鬼子要出门撒尿了,这老东西跪着,张开嘴说,太君,尿我嘴里吧。外面冷,别冻感冒了。我这嘴啊,闲着也是闲着。"

曹大姐夫头"轰"地一下,眼冒火星,想跟人家理论,却又拔不动腿。气呼呼地跟张礼推着独轮车回家,正赶上爹满脸堆笑出来送日本人呢。

曹大姐夫一下子懵了。

那日本人果然长得细皮嫩肉,四十岁上下,长脸上戴着金丝边眼镜,翘着下巴,笑起来,那撮牙刷胡一颤一颤的。曹会长招手让儿子过去。

曹大姐夫低头走到爹面前。

"这是犬子曹发珣。"

后面爹说的话,曹大姐夫什么也没听清。他头轰隆轰隆像磨盘在转,回到自己的屋,抱起酒葫芦猛一顿灌。

"咱的骨头在芝镇是硬邦的。"曹大姐夫常常拍着胸脯很硬气地说给芝镇人听。可他爹这会儿把老祖宗的骨头都弄糠了,这还怎么在芝镇上见人?

晃晃悠悠出来,把厅房里的那些大小摆设砸了个稀巴烂,连祖传的康熙五彩茶叶瓷罐也摔得粉碎。骆儿牛廙给他下了面条,他一根也不吃。"俺那爹啊,没骨头了。他的腰就是那煮熟的面条了!造孽啊!造孽啊!"

曹大姐夫醉到天上黑影才醒,晚饭也没吃。磨磨蹭蹭去给爹请安。爹正围着谷糠火盆烤火呢,抬头开腔了:

"人家日本人给你打招呼,你像泥捏的,成何体统,没有教养！咱是芝镇人，要给人面子。"

"爹，小日本是来欺负咱的。"

"怎么欺负？人家彬彬有礼啊。欺负谁了？"

"欺负……"

"识时务者为俊杰！人在矮檐下，你不低头行吗？"

"反正我觉得您这样把自己贱卖了。"

"混账！我这奔八十的人了，看得多了。我当维持会会长，维持咱芝镇老百姓安宁啊！我有罪吗？总得有人遮风挡雨吧？我愿意干这个，现在有人骂，过后想开了，就会羡慕。"

这曹会长还不知康熙五彩茶叶瓷罐被儿子摔碎了。这瓷罐四方形，四面各绘着形态各异的浮凸花瓶，瓶里分插梅、兰、竹、菊，配上淡黄花边。曹会长的爷爷辈儿传下的。

那日本人一进门，一个劲地鞠躬，落座，忽然又站起来，朝着古罐又鞠一躬，通过翻译说："曹先生，可否赏光，我看一眼？"

曹会长说："好啊，好啊！"就取下来，那瓷罐上落了一层土，他撮口吹了去。就见这日本人戴上白白的手套，双膝跪地。曹会长一手抓过那瓷罐，递给日本人。没想那日本人轻轻摇头："曹先生，古玩不过手。"

曹会长额上都沁出了汗，说："对，不过手！"

让张礼取过楸木饭盒，把茶叶瓷罐放在饭盒里，端给日本人。那日本人，小心地把瓷罐托在掌上，一点点地看，看了差不多有两袋烟工夫，说："妙啊！妙啊！"

又双手递还到饭盒里放好，曹会长大为感动，说："太君您要喜欢，您就拿着。"

那日本人站起来，又朝茶叶瓷罐鞠一躬："君子……不夺人之爱！"

这日本人就是中国迷高田多长政。就是他，在那个雪天，在玉皇阁，一枪崩了雷以鄙。

12. 忽地，那"挡"如昙花一般没了踪影

曹大姐夫回到房间，又一阵猛喝，骆儿牛廒硬夺才把酒葫芦薅下来，酒洒了一大半。曹大姐夫拿光头使劲撞墙："我这可还怎么见人啊我！"他忽地想起在剃头铺，蓺姑爷那欲言又止的样子。他猜度，爹已找她掐算过了。

热炕头上折腾了一夜，也没想出劝爹辞职的法儿。醉醺醺地拿出纸笔，他在案子上胡涂乱抹，抱着去找我爷爷公冶祥仁指正，快走出自家门口了，又倒回去，把写的那卷宣纸，撕个粉碎，扔到猪圈里。搬了一坛子酒，用脚把门带上。

浯河上结了冰，有几个小厮在上面打滑。他也打冰上过，进了望阕门，骤然天起一阵大风，那大风把望阕门楼上的一页瓦吹掉了，差点砸了他的头。门边上的垂柳的干枝子摇来摆去，地上的尘土碎石也哗啦啦地从地上扬起，眯了他的眼，那砂石就跟骤雨一般，曹大姐夫用手臂挡也挡不住，一步一步往前挪，眼前什么也看不清，他被卷在旋风眼里，在原地打转，一圈一圈。曹大姐夫心下想，坏了，遇到"挡"了，左右前后都不能走，他被"挡"得走投无路。干脆一腚坐在了地上，眼前却有了青面

獠牙的梼杌、眼珠在腋下虎齿人爪的饕餮、浑敦、穷奇……一阵转，曹大姐夫的夹袄都渌（方言，湿透）了。他咬住牙，使劲闭着眼，掏出酒葫芦，喝一口，喊一声："滚开你这挡！"再喝一口，又喊一声！连喊了十几声。忽地，那"挡"如昙花一般没了踪影，曹大姐夫又看到了老柳树、望阕门，看到了石铺的街巷。那"挡"把他挡在了一个坟头上，那是一座新坟。坟周围都被他踩踏得发亮了，曹大姐夫绕坟把酒洒了一圈，嘴里念叨着，扑打扑打身上的土，低着头往前走。

在药铺门口站了一会儿，刚把酒坛子搁在窗台上。就听门响，开门的是雷以彰，曹大姐夫喊一声"雷师父"。雷师父说："我听着外面有人，就知道是你，你有病了。"

"雷师父，您看我有什么病？"

"心病。"

"……"

我爷爷从里间出来，吩咐我大爷公冶令枢看茶，我大爷用盖杯端上来。"公冶大夫，刚才我遇到'挡'了。迷糊了一阵子。那'挡'把我挡在了坟上。"

我爷爷把一对烧焦了的红枣放到刚端来的茶杯里，说："有一年，我去芝里老人那里，喝得有点儿多，喝到半夜，我要回去，天上的月啊，很亮很亮的。我骑驴走到半路，也是遇到'挡'了，我下了驴背，牵着，不停地走啊走啊，最后迷迷糊糊地睡着了，哎呀，我醒来，坐在井台上，两腿耷拉到井里，驴缰绳缠在腰上，我也不知道是谁给缠上去的，那驴使劲拽着我，好悬哪！……他大姐夫，趁热大喝两口，你稳稳神！"

我大爷递过来一双筷子、一个酒盅子。曹大姐夫坐下了。

"他大姐夫啊！今日咱都别喝多。"我爷爷说。

"憋屈得慌！"

话音未落，曹大姐夫竟孩子一般"出哧出哧"哭起来。

雷以邕先开了口："孩子啊，你懂事！鬼子来的头一天哪，我和祥仁谈了一后响。俺俩谈到'观卦'，这个'风地'观啊，你仔细看，把最上面的九五、上九两个阳爻并成一爻，把初六、六二两爻并成一爻，再把六三、六四两爻并成一爻，这不就变成'艮卦'了？观卦的大象，就是艮，就是止啊！不是有《古文观止》嘛！观有止像！欲望啊是条疯狗，追得人乱走！"

"唉，俺爹啊，爱出风头，不知止！"

"你没听说吗？鬼子找芝里老人当这个会长，芝里老人把棺材都抬出来了，先把自己灌醉。芝里老人知止啊。知止，就是知耻……"

"他大姐夫，你也别愁，你是你，你爹是你爹！保持自己的气节！物必自腐而后虫生。"我爷爷说。

曹大姐夫端起酒盅仰脖竖到嘴里，"不瞒两位尊长，我杀了他的心都有。"

"可不敢，可不敢。虽有大义灭亲之说，但他是你爹啊！这念头不能有。"我爷爷说，"慢慢来，慢慢来。你爹是一时糊涂。人都有糊涂的时候。他遇到'挡'了！"

边喝边聊，曹大姐夫比来时好受多了，晕晕乎乎地回家，在路上走，总觉得后背有人指指点点。晚饭也不吃，歪在炕上。

干脆，把骆儿牛廙拉起来，去找牛二秀才、牛兰竹。两人一脚高一脚低地赶到芝东村已是夜半三更。

曹大姐夫对骆儿牛虞说:"那'挡'多是黑夜有,我咋大天白日碰到,黑夜怎么没碰到呢?"

"那是本娘子邪乎!饿鬼爱缠弱身子!"

骆儿牛虞敲开牛二秀才家的门。牛兰芝在灯下翻书,听到门响,先问了两遍,才让进屋:"这么晚了,你们这是……"

曹大姐夫不说话。骆儿牛虞一进门就竭力压低声音说:"俺公公那个老畜类啊,不作人料……"

"走,兰竹他们在地窨子里正商量呢。"

提着灯笼,他们三个来到小学校的院子里,下了地窨子,地窨子里有股霉味,拆散七八块垒好的砖头,弯弯曲曲走了一阵,就听到里面人在说:

"惩处汉奸总是顺民意的!"一个青年闷声闷气地说。

"把这个棺材瓢子干掉,看谁还敢再出头当汉奸!"

"嫩草怕霜霜怕日,作恶自有降恶魔。"

地窨子里七嘴八舌。

"牛师父,您经多见广,到底哪种法儿好?"

"我是个老脑筋,不一定合你们的胃口。依我看,办什么事都别图一时之痛快,痛快痛快,很快就痛了!大伙儿还是先掂量掂量曹会长这个人。他这个维持会长诓骗老少爷们,说有了维持会,日本人就不杀中国人啦!这维持会长是什么东西,到底有多坏,咱芝镇人还一头雾水,他们早晚会明白的。如果现在就把他拾掇了,他那狼心狗肺,还有他那狼尾巴才露出了一点点。是不是再等等,踅摸踅摸,他坏事做得越多,人们看得越透。"

暂时静寂下来，牛兰芝又听父亲说："搬掉曹会长不到二斤重的小脑袋，费不了多大劲，但是干每一件事，总得前后左右多想一想。曹会长是个单纯的曹会长吗？先从他的儿子曹发珣来说，他总算是个支持抗战的吧。他把枪和粮都支援咱抗战，咱却杀了他的亲老爹！这不把曹发珣往鬼子身上推吗？再说，曹会长那个二儿子曹发逾，已经当了县党部的书记长了。别看他挑着抗战的旗帜，他是块抗战的料吗？我们干掉一个曹会长，他们会干掉我们多少？如今挑着抗战旗帜的无其数，你一伙我一帮，真心抗战、尽忠报国的有几个？就拿咱们周围来说，南边是省政府的大营盘，正在招兵买马成立什么八大处，东边也是他们的部队，西边又冒出了一支国民党新委任的第二十八支队，只有北边这么个口子，由日本鬼子汉奸队占着。要是大家齐心抗战，这么几个鬼子兵，不用费多大劲就把他们干掉了。可是谁去呢，他们热衷的是争地盘、拉山头、扩充实力，真打鬼子谁也不去送死。我赞成你们年轻人抗战的热心肠，但我不主张你们过早地蹦出来，甚至孤注一掷。你们单枪匹马地去拼，不正使亲者痛、仇者快吗？"

牛二秀才像回到了讲台上，面对着学生上课，本来已停住，又不紧不慢地说："子姑待之！"

曹大姐夫隔墙听着，拉了拉牛兰芝，弯腰七拐八拐地从地窨子里出来了。

"妹妹，我不进去了。"

曹大姐夫跟牛廪回家时，鸡都叫了。

早晨觅汉张礼起来扫院子，听到脚步响，猛一抬头，被曹大姐夫吓了一跳，他整个脸肿得只剩了大鼻子，大鼻子上镶着一堆燎泡："少爷，您的脸呢？"

"我的脸，我哪还有脸？！都给我滚！"

吓得张礼伸伸舌头，跟骆儿牛虞说："别让少爷再喝酒了。给他泡点婆婆丁根，败败火！"

中午吃饭，饭都端上了桌。曹会长坐在正位上，他特意让厨子加了芫荽炒肉、韭菜炒肉、酥鸡，这是轻易吃不到的菜肴。曹家有个规矩，吃饭都是得等人齐了才下箸。曹会长不见了大儿子，找张礼去催。一会儿张礼回话说大少爷喝醉了，正在那儿唱戏呢。

曹会长一听，眉头紧锁，腮上那两道深皱像倒挂的铁钩一样，把咬紧的嘴巴勾住，吊在那酒糟鼻子上。他那酒糟鼻子比曹大姐夫的鼻子稍小点儿，可这会儿却是如老牛一样冲出两股气。他拄起拐杖，气呼呼地去了厢房，还没到门口就听到大少爷咿咿呀呀地唱："下席坐了奸曹操／上席文武众群僚／狗奸贼传令如山倒／舍死忘生在今朝／元旦节与贼个不祥兆／假装疯迷要耍奸曹操／我把青衣来脱掉……"

曹大姐夫变成了祢衡，正在《击鼓骂曹》呢。曹会长拿起拐杖照着躺在炕上的儿子就打，曹大姐夫肿了的鼻子在灯影里放光。他也不躲闪，伸着头，瞪着大眼，来了个对白："你虽居相位，不识贤愚，贼的眼浊也；不纳忠言，贼的耳浊也；不读诗书，贼的口浊也；常怀篡逆，贼的心浊也！我乃是天下名士，你将我屈为鼓吏，羞辱与我，犹如阳货害仲尼，臧仓毁孟子。轻慢贤士，曹操啊，曹操！你真匹夫之辈也！"大鼻子指着爹，把酒葫芦对在嘴上,用手拍着炕沿继续唱。

曹会长的拐棍朝地上一戳,长叹了口气说:"儿呀,哪里是爹糊涂啊!"

自此曹大姐夫,只喝酒,不吃酒肴,谁劝也不行。深更半夜地,突然就清醒了,让骆儿牛赓回娘家,如此这般嘱咐了。

牛兰竹他们把马车赶来,打开仓囤正要装,曹大姐夫从仓囤后面出来了:"兰竹老弟,先来喝两口。"

牛兰竹接过酒葫芦,灌了一口:"大姐夫,太感谢你了。"

曹大姐夫叹口气:"唉,我就这点用处了。"

早晨,地上的几个麦粒,引起了曹会长的警觉。他围着仓囤转了几圈,朝着堂屋门大喊:"你这内贼!"

烟袋锅子敲着月台上的石板,烟袋杆子都敲断了。

13."您喝口酒,把腰杆儿挺起来吧!"

听到觅汉张礼说:"少爷他……拿着刀子……"曹会长握毛笔的右手在颤抖,腮上那两道深皱也止不住哆嗦,大拇指上还沾着墨汁,也来不及擦,合上家谱,紧锁眉头,拄起拐杖,趿拉着棉靰鞡,踉踉跄跄跟着张礼来到后院。天井外必必剥剥的鞭炮声,他也听不到了。

石磨上,曹大姐夫盘腿趺坐,酒坛子怀里紧搂,窗下的石榴树枝子挑着他的狗皮帽子。他沙哑着嗓子吼:"你……你,你咋不开花啊!有本事……你现在开啊!挂满枝子,红彤彤……老天爷开花了啊,开的是……雪花!……老头子开花了,他开的是……天……花!"

刀子攥在手里,敲着酒坛子:"小孩子……出天花,老头子怎么也……开……天花!"

"混账东西……"

听到爹喊,曹大姐夫忽地从石磨上跳下来,刀尖儿对着爹的胸口,两眼直直的。

曹会长吓得往后一倒:"几口猫尿就拿不住了?"

刀尖儿又往上,戳着爹的鼻子。曹大姐夫咬着牙,改口茂腔:"爹啊,我想吃雪梨炉包,梨花馅儿,韭菜调,五花肉丁不可少,发面包皮褶朝下,圆圆的脸蛋儿朝天笑……洪武二年落了户,谁不说俺芝镇曹……"

"孽障!"

曹大姐夫已经醉得扶不住,张礼用膀子顶着,去夺酒坛子,怎么也夺不下来。

"一口雪梨炉包下了肚……"忽然把酒坛子扣在头上,要没有那大鼻子顶着,酒坛子的口儿就把头装进去了。那坛子里的酒哗啦哗啦下来,曹大姐夫伸着长舌头,舔着舔着,喊:"好酒啊,好酒啊!爹啊,爹啊,您喝口酒,把腰杆儿挺起来吧!儿子不孝,去了!"刀抽回去,朝着自己的肚子猛扎……

曹大姐夫"咕咚"一声倒在了地上,酒坛子"咔嚓"也跟着碎了。

"混账东西,早不……晚不……"曹会长咬着牙说,"儿呀!儿呀!"

曹会长浑身筛糠一般,一阵惊慌,长叹了一口气。他担心的不是儿子，是大年夜里出了这事儿有辱门庭啊！在芝镇，大年五更死了个驴，不说好也得说好啊。

就听曹会长站在天井里，大声说："好！好！！好！！！"

他跟曹家族人商量，先封住口，等过了初三再报丧。

初一一大早，家家户户都拜年磕头，胡同里，见面的，互相拱手，喊着祝福。藐姑爷也来到曹家，穿一身黑衣裳，一脸悲戚地跪下磕头。曹会长强颜欢笑，站着接受礼拜。

忙乱中，曹会长吩咐张礼去玉皇阁找李道士，讨了两道符来，贴在门上，又觉不妥，过年的红对联簇新簇新的，怎好盖了？遂找来火盆，把那两道符焚了。

过了正月初二，曹家老老少少，按照老规矩，磕头作揖，焚香祭拜，把请到家里过年的列祖列宗一一送回去，算是完成了送家堂仪式。曹家这才对外报告了曹发珣病亡的凶讯。曹会长要草草地埋掉儿子，骆儿牛廪却坚决不从，她非要给丈夫风风光光地办个葬礼不可。

头一件是要到寿光慈伦去请慈伦大鸡来镇邪，叫谁谁也不去。曹会长不点头，谁敢动腿？

曹会长很不耐烦："咱家哪里有什么邪？还要请慈伦大鸡来镇？"

骆儿牛廪说："有邪气！这屋子里有邪气！"

"真是胡闹！"

"都不去，我去！"

一大早，骆儿牛廪穿着重孝，过了浯河，又往西北走了三十里，离慈伦还有五里地，突然就听到了嘹亮的鸡叫划破长空，劈头盖脸涌了过来，一个长调还没完，另一个紧接上，忽而低沉，忽而高扬，忽而平行，忽而交错，忽而混搭，那叫声清脆，透明，水灵，激昂，那叫声既开阔悠扬，又萦回缠绕，难解难分，真如一团钢丝闪着金光甩上了天际，弯弯勾勾，铮铮淙淙，此起彼伏。骆儿牛廒感觉不是鸡在叫，是干枯了的棒槌秸在叫，是干巴巴的叶子在叫！密密麻麻的苤秆在叫！荒崖上的石头在叫！石头缝里的青苔在叫！叫声繁密，却悦耳动听，是威武的雄鸡大合唱。

骆儿牛廒的心忽地被唤醒了！她骤然变得浑身通红，是干柴丛中的一团火。她把发髻拆了，披散开的头发金灿灿的，如雄鸡挓挲开的羽毛，如风吹的锦缎，又如云切的朝霞。她一弓腰，运一口气，挺胸抬头，鼓鼓的前胸顶着了苍白的棒槌秸。她怒眼圆睁，对着那旷野"勾勾——呦"地也吼出了一嗓子，不过瘾，又"勾勾——呦"来了一嗓子，棒槌秸上的露珠被唰啦唰啦震落了一地。这丰富的表情和音调，是对生活和梦想的热情礼赞，心胸悄没声儿地扩展着，大过了芝镇。她几天来挤在胸间的那污浊之气烟消云散，她心中充满了活得更好更光明更美丽更坦荡的力量。

进了慈伦，听着骆儿牛廒诉说完曹家的事儿，慈伦一个老太太抱出一只大鸡说："闺女啊，不用愁。母鸡没有奶子，还饿煞小鸡了？！"

大约曹发珣死后三个月，在一个春雨之夜，曹会长被杀死在自家猪圈里。有人说是骆儿牛廒干的。是不是她咱不知道，只知道她回了娘家，入了牛兰竹的伙。

歧路弯弯

QI LU WAN WAN

第五章

1.她踩着挂满了雪的杏树枝一个跟头翻过墙头

枪声从后窗那儿挤进来，窗户纸震得"呼哒呼哒"响，又是"轰"的一声，从前面的窗棂子里钻过来。牛兰芝正在做梦呢，她梦到了曹永涛，曹永涛的兔唇不见了，又白又胖，腮都拀挈起来，手里拿一根顶花带刺的黄瓜，她说："这大冬天的，哪来的黄瓜啊？"曹永涛说："快跑！快跑！"就听到了枪声。一骨碌从炕上爬起，天井外面有了几个娘们粗粗细细地在哭，还有踢踏踢踏的脚步，满村里的狗也在"汪汪汪"地使上劲儿叫唤。前窗中间镶了巴掌大一块镜瓦（方言，玻璃片），她用袄袖子擦去上面的哈气，往外一瞅，天雾蒙蒙，雪花纷扬，屋里还黑着。

牛兰芝摸黑穿衣裳，刚要下炕，娘扭着小脚，手里抓着一把锅底灰，推开了门，急促地说："闺女，快抬头。"牛兰芝抬头看娘，锅底灰就抹了满脸。牛兰芝喊："娘您这是咋，眯着眼了。"娘说："小点声，鬼子来了。"

当娘的低头见牛兰芝穿着那件黑色的棉旗袍，戴着自己织的紫色绒线帽子，抢上一步，一把把她的帽子扯下，给包了一块黑头布，又从炕上摸了她自己的一件对襟棉袄递给闺女："快，换上这件。"牛兰芝刚把旗袍脱下来，忽然想到口袋里装着的那本油印的小册子。谁想当娘的眼疾手快，将旗袍拿出去扔到猪食槽里，还用一根拌猪食的棍子搅拌了搅拌。

"鬼子到庄东头了，你弟弟扛着枪，拉着他那一伙，到庄西苇湾崖上看动静，叫你出去碰头。"当娘的说。

有人敲门，"笃笃笃"，声音很轻，牛兰芝往外跑，娘一把拉住她，自己出去。牛兰芝从镜瓦上看到娘踩下的脚印，那雪花落在娘的脊背上。娘佝偻着去开门，竟然是爹。娘捣了爹一拳："我当是鬼子呢。"赶紧把门关了。

爹是从场院里回来的。他拨拉着头上的雪，快步进屋，手里提着一个鼓鼓的红包袱，包袱上还有一块泥巴。爹对牛兰芝说："路上滑，摔了一跤，这是你穿的衣裳，夏天冬天的都有，你看看，还有哪些急着穿，都挑出来，鬼子汉奸爱财啊，我先将这些衣裳撒大门口，他们抢衣裳，你趁着乱哄哄的，从后墙跳出去。"

牛兰芝打开包袱，看着哪件也觉得都要穿，哪件也舍不得，拿不定主意。我大姑小樽就使劲给她往包袱里塞。

"开门，开门。"门被砸得"哐哐"响。

我大姑小樽又抽出一根红色围巾。当爹的赶紧抱着包袱夹着酒葫芦往大门那里跑，门一打开，就挨了一枪托子。那堆人呼啦呼啦就围了上来，包袱散开，衣裳撒了一地。他喊着："这是俺闺女的，她叫俺收拾着呢。别抢，别抢。"

拿枪的，不拿枪的，顾不得往里走，眼都直了，低头抢夺，花花绿绿的衣裳都是牛兰芝在省城上学时买的。那样式，那颜色，当兵的见都没见过，瞧了个新鲜。独有那领头的，抢走了酒葫芦。

当娘的仰头在下面翘着小脚嘱咐的啥，牛兰芝一句也听不见了，忽听得我大姑小樽喊："姐姐，姐姐。"递上那条红色长毛围巾，那是牛兰芝在省乡师时围的，我大姑小樽给她将头围得紧紧的，说："姐姐，您好上着（方言，好好）吃饭啊！"系完，抹起了眼泪。

牛兰芝说："别哭，没事的。"又到猪食槽里摸索，把湿漉漉的油印小册子捞上来，虽然它已成了一团泥团，但还是舍不得丢，那是曹永涛留给她的。

"姐姐，要不是……我真想跟你们走。"我大姑小樽瞅瞅自己鼓起来的肚子，跟牛兰芝说。

两只野鹊蹬着石榴枝子，飞过了墙头。当娘的又把锅灰抹在了我大姑小樽脸上。

牛兰芝在腰里别上那颗游击队发给的手榴弹，敞开后门，踩着一棵挂满了雪的杏树枝子，一个跟头翻过墙头，猛地往下一跳，刚巧落到被雪埋了半截的一堆柴火垛上。定了定神，向周围环视一下，只见风卷着树上的积雪纷纷扬扬地往下落，没有看到一个人影，便撒腿往苇塘那边窜。雪在冰上，打滑，她跌了俩跟头，一气跑到了苇湾崖，苇湾崖里的苇子还都站着没收割，苇湾里结了冰。

弟弟牛兰竹蹲在大麦秸垛跟上，举着匣子枪，枪上的红绸子在风里飘。牛兰芝看到游击队员有的扛着联庄会买的"汉阳造"，有的背着"本地打"，有的扛着鸟枪，好几个人身上还背着小酒葫芦。

见姐姐来了，牛兰竹瞪了她一眼："你这个妇女队长怎么当的？队员们都到哪里去了？"

"那些坏畜类到咱家里了。"

姑娘们忽地从苇塘边露出头来，向牛兰芝招手。刘欢把牛兰芝拉到近前说："俺们也是刚到这里。听说敌人是从村子的东北角进庄的，拉走了好几个大姑娘，还牵走一些牛、骡子和小毛驴，可就是没听说到咱们庄西头来。你听到什么消息了？"

这时牛兰芝听到了一阵"咯咯咯"的笑，在这紧张的氛围里，那笑声很塞耳朵。

2."咱要是当了亡国奴，猪狗都不如啊"

这"咯咯"笑的，是骆儿牛廣的妹妹驼儿。骆儿和驼儿都爱笑，笑起来满村人都听得到。驼儿不光爱笑，还爱闹，嘴皮子利索，她正给一个女伴讲瞎话，说芝镇有座天桥真是高，多高呢？跟天一样高。有个孩子爬到桥洞里掏鸟蛋，一不小心，鸟蛋从桥洞里掉下来，鸟蛋落呀、落呀、落呀……那鸟蛋下落到一半，竟孵出了小鸟，飞了。"桥多高？咯咯咯。"驼儿脸上也抹着锅灰，穿着一件又肥又大的老蓝布棉袄。

"笑！光知道笑！"牛兰竹生气地说，"这要打仗了，还胡闹！"

牛兰芝看见，大麦秸垛里又钻出了十几个人，一个人手里攥着一把大刀。弟弟说："都进去，都进去。"牛兰芝跟着这十几个人又都钻进了麦秸垛。麦秸垛洞里黑乎乎的谁也看不清谁。

一会儿，牛二秀才也跑过来了，斑白的头发都让汗水浇湿了。他说："庄东头李石匠的小闺女叫鬼子打死了。鬼子汉奸正在庄里杀鸡宰羊，看样子一时半会儿他们走不了。"

到哪里去呢？牛兰竹他们一筹莫展。牛二秀才说去马河秋那里吧,听说他在拉队伍。"马河秋跟你汪林肯叔叔是朋友。对了,他还是咱庄李义的表兄,你去找找他。"

牛兰竹飞跑着回村,李义关门堵窗,在家里躲着。听牛兰竹上气不接下气地说完,他道:"抗什么日啊,有安稳日子不过?!我就看不起我这表兄烧包。"

牛兰竹说:"老兄,咱要是当了亡国奴,猪狗都不如啊!你领着去给我们找条路。咱可是连人带枪一齐去,不是去要饭的。"

好说歹说,就是说不动李义。

"你就腚沉吧!等着小鬼子来拾掇你!"扔下一句狠话,牛兰竹又跑到了村西的苇湾边。

牛二秀才说:"李义胆儿小,不求他了。马河秋是你汪林肯叔叔的老部下,那马河秋在那里拉杆子打鬼子。你汪林肯叔叔也说了,现在鬼子一来,打抗战旗子拉队伍的人遍地都是,你们去看看,见机行事。他们真抗日,就跟着!要是耍花架子,就另谋生路。"

枪声又密集起来。忽然听到有人在哭,牛兰竹一看是驼儿。

驼儿说:"俺想家,想俺娘。俺胆儿小,晕血,不愿意跟着去当兵。"

脸上的锅灰,让泪水一冲,显得更像个七八十的老太太。

"你要回家,就回吧。一路上打听着点儿,别叫鬼子抓去。"

走出半里地,驼儿又小跑着扭着小脚回来了,拉过牛兰芝的手,拍了个东西在掌心,使劲握了握。牛兰芝伸开手,驼儿给她的是一个滑石猴，那滑石猴温呼呼、滑溜溜的。每次牛兰芝跟驼儿一块儿玩耍，牛兰芝就爱拿过来摩挲，驼儿咬紧嘴唇，眼里含着泪说："姐姐，拿着它，它会保你。"牛兰芝说："我出去打仗……用不上。"一抬头，驼儿跑了。

牛兰芝本来恨着驼儿没出息，盯着她给的心爱之物，盯着那一点点消失了背影，眼里忽然一热。

牛二秀才对着驼儿喊："妮啊，慢点跑！"

待了一会儿，牛二秀才说："驼儿回去，不丢人，她娘也真需要照顾，哎呀，要在太平盛世，你们这些妮儿啊，哪还用得着跑啊！都是爱美的年纪，叽叽喳喳看戏啊打秋千啊，可这小鬼子不让安生。"

牛兰竹对驼儿的离开很是不解，真是一母生百般，她的姐姐骆儿牛㢆那么坚决，可这妹妹咋这么怂呢？想到这里，他大声说："谁还想走？都跟着她走吧。"

环顾了一圈，没人说话，牛兰竹道："如果都不走，咱先往南找马河秋！"

二十多个人从草垛里钻出来，往浯河方向跑，跑到河边了，牛兰芝回头，看到他们刚刚钻进去的大草垛着了火，天上飘着雪，那雪好像在燃烧。多年后，牛兰芝老人在北京，还跟我谈起那早晨麦秸垛的火，还有那飘着的雪，她写过一篇回忆录叫《燃烧的雪》，那雪是她爹点的，那麦秸垛在村里最高，最大，是她家的。

牛兰竹领着大家沿着浯河西岸跑，一起跑到临浯街，牛兰芝看到满街筒子是背枪的人，穿得五花八门，有个兵还穿着一件桃红小袄,头上围着花围巾。

马河秋三十多岁,是个瘦子,穿着灰布国民党军军装,叼着大烟袋,正端着杯子跟部下喝酒呢。

牛兰竹报了汪林肯的名,马河秋说:"汪林肯叫共产党把司令官帽都撸了,还在管闲事啊。好吧,既然来了,就安心跟着我干。"马河秋吩咐,牛兰竹带去的人和枪保持原样不动,自己编一个队,除了吃官饭以外,没有别的开支。

牛兰芝他们被安排在一个地主大院里,大院里没一个人,地主到岛城去躲鬼子了。隔壁也住着好几个青年学生,他们正在学着拆枪,稀里哗啦响。牛兰芝凑过去看。

推开门,就听那群人中有个声音喊:"啊呀!牛兰芝!是你?!"

牛兰芝喜出望外:"怎么是你?"

3.眼见不一定为实吧?

"曹永涛,曹永涛!"牛兰芝恣(方言,开心)得一下蹦起来,奔过去握手。自从在浯河边一起演了《放下你的鞭子》,在芝东村待了几天,两人就再没见面。牛兰芝对曹永涛的不辞而别一直纳闷着呢。

盯着曹永涛唇上的小胡子,牛兰芝笑了,想起了他讲的兔唇和兔子,忽然觉得他的兔唇不那么碍眼了。

曹永涛搓弄着两手,看到剪了齐耳短发的牛兰芝也变了。他问:"你脸咋这么黑?"

牛兰芝突然想到娘给抹的锅灰,赶紧捂住脸,找脸盆。

洗完脸,脱了大襟褂子,露出里面的旗袍,回来又坐在曹永涛身边。老同学相见,一时没了话。

沉默了一会儿,牛兰芝问曹永涛都躲到哪里去了。

曹永涛笑而不答。

牛兰芝怎么也想不到,曹永涛入了张平青的队伍,但牛兰芝觉得曹永涛是真变了,眼睛更明更亮,像一口深井,但不知道他眼神里装的是什么。

一只野鹊挂在屋檐下,尾巴在太阳下闪着,上上下下地抖。牛兰芝远远地看到了。她突然想起我爷爷公冶祥仁,指着那尾巴抖动的野鹊莫名其妙地道:"俺干爷家祠堂里的弗尼思,是个不死鸟。"

"弗尼思,我也见过。"曹永涛眯着眼说,"可你好好看,那不是鸟,是块破铺衬。"

牛兰芝跑过去,还没到近前,果然看到,那不是鸟。

"眼见不一定为实吧?"

"确实像鸟呢。"

"眼啊,有时也骗人呢。"

曹永涛说起了他的姑表兄张平青,牛兰芝一听,惊讶得目瞪口呆:"你去了他那里?土匪……"

叽叽喳喳的,头顶飞过几只野鹊。曹永涛笑着说:"来真鸟了。"

"飞鸟……"跟着曹永涛的讲述,牛兰竹的思绪跟着野鹊飞到了天际。

曹永涛比张平青小十岁，小时候，曾跟着张平青放过八卦风筝。为做风筝，张平青把家里的竹耙拆了，挨了父亲——曹永涛的舅舅一顿揍。

曹永涛考上省立乡师，张平青觉得表弟是有用之才。上学那天，张平青专门用自己新买的汽车把曹永涛送到高密火车站。那天，他的妹妹张小嫚孩子过百日，他是骑着脚踏车去的芝镇。我的表叔高作彪爱面子，一大早就等着张平青的汽车开过来，他也想坐坐锃明瓦亮的洋汽车呢。这在芝镇，能坐上洋汽车的，还没有几个。等了半天，看到张平青和卫兵骑着脚踏车来了，很是失望。张平青送了五块大洋，高作彪问："大哥，汽车呢？"张平青又摸出五块大洋拍到高作彪手心里，说："车送大人物去了。"

在亲戚眼里，张平青又孝顺又懂事，每年中秋节，都要送月饼，年节下都要送猪头，芝镇杨家阜丰泰和赵家永和糕点，年年不落。

曹永涛从省城上学头一年回来，正赶上中秋节。而张平青去看小姑——曹永涛的娘，日子选在了八月十四头晌。

曹家戈庄离双泗村三里路，张平青戴着一顶新苇笠，穿上月白小褂，脚蹬老布鞋，坐着汽车一路来了。汽车开到村头上，他让车停下，让卫兵抱着礼品，迈着方步走进村。

张平青给他小姑备的是酥皮月饼、石榴、毛豆角。那酥皮月饼是芝镇阜丰泰的，有红糖馅、白糖馅、冰糖馅、枣泥馅、红豆馅，还有他发明的酒泡长生果馅的月饼，这酒泡长生果馅的月饼一年也就做九笼屉，专门走亲戚用。他还特意带上手抄的一本

《水经注》，他手抄了一半，听到三姨太和四姨太吵架，就把她们叫来，说"你们一人给我抄一半。"两个姨太太噘着嘴，把那书抄完了。

张平青到了小姑家，第一句话就是："小姑我要在这里吃。"

在小姑家吃饭，除了小时候，还从来没有过。小姑赶紧吩咐着准备，一边嘱咐侄子要打鬼子，别祸害老百姓，害老百姓祸及子孙。张平青说："小姑放心，你别听人家胡嚷嚷。"

曹永涛在套房子看一本很薄的小册子，正看着呢，张平青一挑门帘进来，问表弟看的是啥书，曹永涛说闲书、闲书，就一下子锁到了绣箱子里。

张平青说："表弟看书还怕人呢。你看我给你带来了什么。"他把《水经注》手抄本递了过去。

曹永涛为掩饰自己的慌张，赶紧说："表哥，咱今日就只喝酒，不谈别的。"

4.无头公鸡让曹永涛心中蹦出"壮士"一词

就从省城回来的那个暑假开始，曹永涛在双泗村，在张平青的队伍里，学会了打枪，学会了骑马，也学会了骂人。

打枪是打鸟练出来的，骑马呢，是骑在槐木板凳上骑出来的，为了学骑马，裤裆都磨破了。

骂人，在芝镇叫嚼（jué）人。

原来，曹永涛不会粗口，不会骂，也就是不会嚼。可是这些兵痞子，张嘴就嚼，高兴了嚼，生气了嚼，恭维你是嚼，不满意也是嚼，嚼别人有时也是嚼自己。嚼人成了家常便饭。

曹永涛为了学会嚼人，曾对着白杨树嚼了一个早晨。"我X……我X……我X……"嚼着嚼着自己先笑起来。

"嚼得好。"张平青过来了，伸着懒腰说："为什么芝镇人不说骂人，说嚼人？嚼人，就是把人嚼了，连骨头带肉一块儿嚼烂了。骂人，不够味儿。嚼人过瘾。你嚼嚼我！你把我活嚼了！"

曹永涛说："嚼应为'噘'，或者是'撅'，嚼人是不对的！这是《芝镇方言》记载的。"

"什么对不对？我说对就对！"

"还得有个规矩，有个礼数。咱们表兄表弟，嚼啥嚼？有碍伦理纲常。"

张平青哈哈一笑说："什么伦理纲常，都是糊弄人的！表兄表弟不好嚼？不嚼不行！"他突然拉下脸来大声说："我X你……"

曹永涛瞪一眼表兄，一拳捣过来："你骂谁？你嚼谁？你是畜类，俺娘是你亲姑！"

张平青哈哈大笑："你看你看，一嚼，你的脾气就有了不是，也知道会打人了吧？这就是人性，狗有狗性，猫有猫性，王八有王八性，人有人性。你嚼我，你嚼我，嚼嚼我，使出吃奶的劲儿嚼我。"

"你不是人，你是畜类。"

"不过瘾，继续嚼。"

"俺才不嚼呢,你娘是俺妗子。"

张平青狞笑,吐出一句:"妗子也能嚼!也能骂!哈哈哈。不行,你嚼俺爹?"

"他是俺舅!"

曹永涛觉得眼前是一匹狼,一只虎,一个豹,一个厉鬼。

表兄表弟打着嘴官司。警卫远远地不敢过来。

"不嚼了,说正事。适应了吧?"

曹永涛说见了血还是头晕。

"先一块吃饭吧。"

吃完,张平青抹抹嘴巴子,他问伙夫,后响饭吃啥。

伙夫说:"炒个松茸炖小鸡?"

张平青说:"好!就让我表弟办食材,让他杀鸡。"

曹永涛说:"我不会杀。"

张平青说道:"给你刀子,你就会了,刘师傅,你别管。叫他杀!"

公鸡在鸡窝外边溜达,伸着脖子叫了一声,伙夫刘师傅一伸手,就把它抓住。那只鸡在老刘的手里挣扎着。老刘眯着眼儿把鸡递给曹永涛,曹永涛使劲攥着鸡翅膀,鸡翅扑棱扑棱的,曹永涛吓得腿肚子哆嗦,闭着眼。刘师傅喊:"睁开眼,接刀。"

曹永涛睁开眼,把刀接了,接血的脸盆也推过来。曹永涛把刀对着鸡脖子,就是使不上劲,他闭着眼。听到伙夫刘师傅在念叨:"公鸡公鸡你别怪,你本是俺们的一道菜,我杀你,你别怪,一盘菜,无疼痒,一阵儿过去托生快。"

刘师傅端着大烟袋,念叨了两遍。

曹永涛把刀在鸡脖子上一拉，出血了，他赶紧把那鸡撒了扔在地上，可是那鸡依然站着在天井里跑，碰到南墙，血洒南墙。曹永涛心揪着。刘师傅说，不行，再来一刀。又把鸡捉住，曹永涛闭着眼，不敢看血。

张平青训完话回来，手提着皮带进门，看到曹永涛在打哆嗦。回头对勤务兵说："拿酒！"

酒在葫芦里晃荡，勤务兵双手递给张平青，张平青下巴朝曹永涛那里一仰，勤务兵把酒递到曹永涛手里。

"表弟，干了！"

"我喝不了！"

"喝！必须喝！"

张平青一把夺过酒葫芦，大喊："看着我！看着我！"

仰起头，咕嘟咕嘟喝了一半。酒顺着嘴巴子往下淌。

"这一半，给你！"

曹永涛接过酒葫芦，皱了皱眉，喝了一口。那酒把嗓子眼儿呛着了。一阵咳嗽，咳嗽出了眼泪。一咬牙，又把酒葫芦对准了嘴。豁出去了，喝！"咕嘟咕嘟"，酒葫芦里的酒喝得一滴不剩。

空葫芦递给张平青。张青平一扬手，酒葫芦摔在磨盘上碎了。

弗尼思有点儿生气，对我说："小逄你越写越不靠谱了，在那年头，酒葫芦都是稀罕物，不可能摔碎，珍贵着呢！都是你们这些文人瞎编，动不动就把酒瓶子、酒葫芦摔到地上。你看看电视上那些镜头。看着都恶心！"

那只鸡还在院子里转,血哩哩啦啦地滴着。

张平青抽出腿上的匕首,说:"用这个,用这个!"

曹永涛浑身像着了火,那心火烧到了眉毛、鼻、嘴、眼,烧到了耳朵、手指、手心、手背,烧得他恶心,他想呕吐。不能吐,不当孬种。不能……咔嚓一下,那匕首一闪,鸡头就应声掉下,鸡血咕嘟咕嘟往外冒。没了鸡头的公鸡居然在天井里继续走,没有头了,居然气宇轩昂地走,那两只爪子蹬着地,曹永涛脑海里蹦出了"壮士"这个词。

弗尼思又忍不住了,说:"这个可以是真的。《太平广记》有记载,贾雍出界讨贼,为贼所杀,失头。上马回营,胸中语云:'诸君视有头佳乎,无头佳乎?'吏涕泣曰:'有头佳。'雍曰:'不然,无头亦佳。'言毕遂死。"

5."君子都远庖厨,还不得饿死!"

张平青脸一沉:"心是慢慢变硬的!喝酒,心就木了,木了,就硬了!"

曹永涛拽着自己的一头乱发,为难的表情挂满了脸:"这……"

他看到张平青的脸忽然被一阵微风掠了一遍,眉毛、鼻子、嘴巴子多了些书卷气,一脸横肉慢慢舒展开。就听那变了的面孔说:"孟子讲,君子之于禽兽也,见其生,不忍见其死;闻其声,不忍食其肉。是以君子远庖厨也。君子啊,都远庖厨,还不得饿死啊!叫人家当小人,自己做君子。哈,好事全是他们的!"

盯着表兄，曹永涛想起了省乡师杨我鸿老师给他说的黄鲁直的话："一日不读书，尘生其中；两日不读书，言语乏味；三日不读书，便觉面目可憎。"

夜里抓了俩魔头——芝镇的"一命人"（方言，不要命的混子），其中一个是跟张平青一起读过私塾的王胡子，手不干净，与张平青队伍里的班副争一个风尘女子，把班副给挖了眼睛打断了腿。张平青大怒，五花大绑地把王胡子和同伙给抓来，那一起上过私塾的王胡子挓挲着满脸胡子大喊："我要找张平青，我要找张平青。"

张平青不见，他叮嘱副官："让我表弟练练手。"

副官平时教曹永涛打枪，连着教了三天，才学会瞄准。副官的枪法真准，天上的麻雀飞过，他一抬枪，连看都不看，那麻雀就被打掉了。曹永涛跟着副官打过鸟，可是没打过人，打过稻草人。

副官领着他来到靶场，曹永涛透过朦胧的月光，看到前面是两个稻草人，稻草人比前天的两个又高又大，他还纳闷呢。副官说："今天的稻草人大了一号，你瞄准了打。"

曹永涛照准二十米外的稻草人扣动了扳机，枪响了，什么叫？稻草人在叫？"冤枉啊，冤枉啊，疼死了啊。"曹永涛吓得问副官："是活人？"副官说："打啊，是稻草人，不是活人。"但是稻草人却在哭爹喊娘，还有骂声："张平青，我X你娘！"

曹永涛攥着枪，就跟杀鸡握刀子一样地哆嗦着，觉得那把枪就像烧红了的烙铁。副官说你再打一枪，曹永涛拿过枪，一扣扳机，子弹打飞了。他松了一口气。

副官气愤地把枪夺过来，照准稻草人一阵乱射，稻草人没声儿了。

跑过去扒开，那俩人没气儿了。其中一个，就是跟张平青一起念私塾的王胡子，曹永涛还曾跟他一起喝过一盅酒呢。

曹永涛扒拉尸体时手上沾了血，副官用一块白杨叶子给擦了，说："行了，你手上也沾血了，就不害怕了。"曹永涛盯着看，那打死的两人睁着眼睛，心慌得不行，手心都攥出了水。

张平青叼着烟命令："给王胡子收尸，三块大洋，买副好棺材。我跟他毕竟是一个师父教的，学过孔孟之道，我还欠他一个烧饼呢。"

张平青和王胡子跟郭金银先生在芝镇前园胡同读过五年私塾。

枪杀王胡子的事儿，传到师父郭金银的耳朵里，老师父一夜未眠。

次日傍晚，郭师父由自己的小徒弟用木轮车子推着，撅着白胡子气呼呼地来到张平青的军营。刚到门口就骂上了。

这郭师父也是芝镇的名人，与雷以邰同门。好喝酒，嘴巴子利落。当私塾先生，桌上放着酒，一边喝一边摇头晃脑地讲书，酒后必吃千层饼卷果子仁（方言，花生米），果子仁必是他的蒜臼子捣碎的。蒜臼子和酒葫芦他随身带着，就是芝镇闹乱子的时候，他也带着。他的口头禅是："再怎么乱，也不能缺了这口！"

这郭师父一年四季不换衣裳，穿着的鞋前脚露着脚指头，后脚露着脚后跟，戴着个破苇笠还没有苇笠圈。

张平青听到骂声，知道师父来了，赶紧出来迎接。让部下给师父拿新鞋，新鞋端来了。郭师父两手捏着一使劲给扔出老远，叹口气说："唉！生逢乱世，我真是太监撒尿——'没得抓（没抓手）'！碰到了土坷垃插翅——土匪（飞）了！羊群里跑出个驴子来——没有大起你的！数着你身量大了，芝镇装不下你了！你是腰里绑根扁担——横行霸道！"

"师父，进屋里坐，别让人笑话。"

"笑话！我这张老脸还怕笑话！我这张老脸皮比屋山墙还厚！"

"师父，有学生吃的喝的，就有您，您这是——"

"啊哎呀！一张纸画个大鼻子——我好大的脸啊！"

6."把我的老泪捣碎它！"

正是初夏时节，藤萝架把天井里的围墙糊满了，墙根下荠菜、苦菜、婆婆丁都挨密挨铺了一地，月季花红红的，挑在枝头。月季花边上是两棵丁香，还有高过墙头的流苏，雪白一树。蜜蜂在嗡嗡叫，几只麻雀也在花椒树上跳着，叽叽乱唤。郭师父唾沫星子飞溅："叫，叫，光知道你娘的乱叫！"

"师父您听我说，您听的都是别人胡咧咧。王胡子太不仗义，他怎么好挖人家的眼？"

"胡咧咧，胡咧咧！他挖人家的眼，你砍了他脑袋！你干的坏事多了去了，你以为我不知道！干屎抹不到人身上！"郭师父一屁股坐上石墩子,大吼,"我嚼了你,还不伺候酒了!"

"伺候,伺候!师父您稍等!马上弄!"张平青赶紧让部下去张罗。

"请师父进屋!"

"进啥屋?就在这天井里,闻着花香下酒。"

在天井里摆上酒桌。郭师父自己把蒜臼子拿出来,把果子剥了皮,自己放在蒜臼子里捣。张平青弯腰要去拿师父的蒜锤子,他跟着念私塾,没少给师父捣果子仁。

可师父一晃肩膀,蒜锤子伸到张平青的鼻子底下:"你要再发熊!我锤烂了你的鼻子!"

"师父您教诲得是。"张平青又赶紧让人给师父和面支鳌子擀千层饼。

端着酒盅子,郭师父是一边喝,一边骂。张平青微笑着,不敢反驳。一起头,郭师父是板着面孔骂,骂着骂着就笑着骂,喝酒喝了半坛子,就唱着骂,他唱的不像是茂腔,是随意地唱:"没捉住黄鼬子,我反惹了一身骚啊!劈腔两秋秸呀!人多了乱,龙多了旱,老婆多了晚了饭,母鸡多了不下蛋,徒弟多了惹祸端、惹祸端,你割了他脑袋他剜你的眼呀呀……"

郭师父唱着唱着,竟然老泪纵横,哭着骂起来:

"为师我没能力啊!我有罪啊!有辱芝镇啊!我没有把你和王胡子教好啊!一日为师,终身为父,子不教,父之过!!我啊!罪孽啊!造孽啊!你干的事儿腥臊烂臭!"

郭师父手里的蒜锤子捣着蒜臼子,老泪滴在蒜臼子里。那泪滴被蒜锤子捣得跳来跳去。"把我的老泪捣碎它!我老了咋还这么多泪!我怎么成了水做的!该死了!徒弟啊,你说杀了我吧,趁着我喝了酒,杀我,我不疼!"

满天井的丁香弥漫,月亮已经上来,朦朦胧胧的。

一连三天,郭师父准时来喝着酒骂徒弟,捣着蒜臼子。在张平青的军营门口,好多闲人都聚在这里看热闹,还有一个月小麦才开镰,天傍下黑,闲人多。

第四天,郭师父没来。

芝镇人说,是张平青恼羞成怒,收买他的亲信到高密诬告师父,师父被判了一年零六个月的大牢。可是张平青不承认。

曹永涛越来越无法容忍表兄的凶残。

他动不动就活埋宿敌,密州一区区长徐景瑶、五区区长高敬芗跟张平青争地盘,都是在夜里被活埋的。每次活埋,都让曹永涛过来观瞻。曹永涛回去翻来覆去睡不着,蒙眬睡去,一幕一幕地做噩梦,梦着被活埋人的眼睛。

这让曹永涛彻夜不眠,想用自己微弱的力量影响表兄,就找机会劝说。

张平青被曹永涛唠叨烦了,说:"打鬼子,打鬼子,没有地盘怎么打鬼子,我也知道打鬼子。争地盘,就是为了保存实力。厉文礼,外号厉小鬼,他来说是抗日,你看到他抗了几个日本鬼子?他整天咋呼,发声明,登报,喊口号,他见了鬼子就跑,光知道骚扰咱浯河边上的老百姓。我不是不知道,我得扎住根,不能让外边的人来抢咱的食啊!"

枪是娘,枪是粮,有枪粮喝凉水也香。张平青一大堆歪理。

曹永涛看不惯的还有表兄的纵欲,八个姨太太折腾完了还不够,在乡里、村里看到有姿色的女子,就让下属掳掠过来。有一个夏天,从岛城买来一架德国望远镜,从望远镜里看到浯河上游几个女子在戏水,他拔不下眼了,让下属跑过去都掳过来,糟蹋了个昏天黑地。这望远镜猎艳的荒唐之举,都成了故事,在芝镇被添油加醋地流传着。

曹永涛听说了,苦苦劝他:"表兄,那都是些孩子啊,是咱们的姐妹啊!你怎么好下得去手?!"

张平青吹着口哨:"我是试望远镜!那么远都能看到。鼻子眉毛……"

曹永涛气愤地道:"表兄,你在玩火!你脑子糊涂了,不可纵欲!"

张平青只是嘿嘿地笑:"哎呀!嘴长在别人的肩膀上,尽着他们说吧!"

让曹永涛不解的是,同样一个张平青,看到自己的狗头被打出了血,居然落了几滴泪。

有一天下雨,张平青把曹永涛叫去喝酒,盘腿坐在土炕上,姑表兄弟促膝谈心,喝着喝着就喝大了,曹永涛又一遍一遍地劝表哥向善。张平青说:"表弟,等我收拾了曹仲方,我就收手。我是喝浯河水长大的,我还不向着咱们自己吗?你摸摸我的心口窝,我的心口窝也不是凉的。我也有一腔热血啊!"

"俺庄的那个曹仲方?"

"对,曹仲方。我要活剥了他。"

张平青跟曹仲方的冤仇,是块非一日之寒的化不开的坚冰。

"表弟啊,你听我说……"

7.张平青独白

永涛表弟啊,人言可畏。

我在人眼里,是个杀人恶魔。我干的好事,修路啊,架桥啊,盖庙啊,祈雨啊,办学啊,看家护院啊,人家都记不住。我的部下杀了个人,杀的还是个混蛋,都说是我杀的,血账都记到我头上。我也就血鼻子血脸,血糊淋拉,顶着个人头,成了个魔,说我坏透了气,坏得头顶冒黑烟,坏得脚底流脓。你说,我也读过五年私塾,略通孔孟之道,"仁义礼智信"这五常,咱也在脑子里装着。我脑袋就是个破臊尿罐,五年也让这孔孟之道给熏染出个文明人了吧?我再坏能坏到哪里去?我是扒过绝户的坟,还是敲过寡妇的门?我是抢吃过月子奶,还是打过瞎子骂过哑巴?说我把我师父郭金银告到局子里去,让他坐大牢。哪是我告的?他喝多了酒,动了邪念,看上邻家的小媳妇,黑灯瞎火爬墙头,叫联庄会巡夜的查住了。我这师父为老不尊,酒后乱性,完全是咎由自取,怎么还赖到了我头上呢?徒弟这么多,那怎么就成了我告的?屎盆子怎么都朝我头上扣?

说起咱芝镇的财主武装联庄会,我也恨过。当年联庄会抓我,我还差点丢了小命呢。他们抓我也没道理,芝西村的柴大财主叫我们几个人去锡山讨债,我们去了,那是个大雪封门的天气,俺们几个冒着雪去了,半路上那雪下得啊,都找不着路,眼睛让雪团剜着。俺们到了债主家,债主不讲理,让家丁往外赶俺,俺们在雪地里冻了一天,汤饭没进,正窝着一头火呢,就开了打,结果债没讨着,讨了颗人头回来,那是一个债主家的小娘们的头。那小娘们长得俊,是领着俺去讨债的那块熊货起了坏心,糟蹋完人家的小娘们,还不解恨,割了人家的头。是我用柳条筐挎回来的,挂在柴大财主的油漆大梢门上。挂人头的活儿也是我干的,他们都小胆,我不怕。人死了怕啥?那小媳妇真俊,挂在梢门上还睁着眼,眼睫毛很长,我没见过那么俊的娘们儿。我不怕,我还亲了她的嘴、咬了她的耳朵呢!

这事儿做下了,我事后也怕过。一天,我在邻居家玩推牌九,正玩到尽兴处,听到村里的狗咬,咬声积成了一个蛋,我感觉不好,连忙翻墙爬屋,逃到俺叔伯哥哥张祥宝的屋里,嫂子在天井里绣花呢,我扑通跪下求嫂子:有人要害我,救救俺。

俺嫂子是芝镇芝东村的,胆子大,大高个,长的那模样,在芝镇那是一枝花,娘家开烧锅,雇着二十多个"烧包子"。她从小跟着喝酒,也好酒量,那天她可能喝上了酒,脸红扑扑的。忽闪着俩眼睛,她问:"惹下祸了?"俺点点头。她"哦"地应了一声,说:"熊货,蹲下!"

在天井的正中间,不慌不忙地拉过一个空花篓,"呱嗒"把我扣在空花篓里。她一腚坐在上面,说:"我可要裹脚了,别嫌臭!"

我从花篓的窟窿眼儿里看到她把绣花剪子搁在窗台上,脱了绣花鞋,搁在青砖砌的月台上,打开长裹脚布,开始裹脚。稀里哗啦门响,人进来了。

在咱芝镇,男人碰到女人裹脚,那是顶晦气的事儿。一个问:"见张平青了吗?"就听俺嫂子说:"那个小鳖蛋,从来脚印踏不到俺家里,过年连磕头都不来。这个小鳖蛋,是该好好修理修理了。"

搜查的人的脚步咚咚咚,估计是到屋里去翻了。俺那嫂子坐在花篓子上不动,俺又听她说:"见了小鳖蛋,你们把他给我拉回来。"

花篓子被踢,是皮鞋。俺在花篓里急的呀。那花篓是柳条编的,我使劲把住篓子的沿儿,憋着气。就听到俺嫂子喊:"你把俺这篓子踢碎了?"

"哧"的一声,那人的刺刀穿过篓子,又"嗤"的一下,说句实在话,我当时觉得真的没命了。我在篓子里趴着,那刺刀贴着我的腿过去了。

俺嫂子骂起来:"你赔俺的篓子,赔俺的篓子。"

脚步声远了。又差不多一袋烟工夫。就听俺嫂子说:

"小鳖蛋,出来吧。安阳俺那娘来,那刺刀尖儿晃眼!"

俺从花篓里爬起来,看到嫂子大襟褂子的后背都湿了一片。

我那个嫂子啊,怎么报答她都不为过啊,她就是俺的亲娘啊,谁料想,俺还没来得及报答她呢,两年后,俺嫂子回芝镇的娘家给她爹过生日,回来的路上,碰到曹仲方的一个跟班,那跟班说曹先生要俺嫂子给剪点窗花,过了晌就去取,俺嫂子答应了。谁承想,曹仲方过了晌到她家,动了邪念,把她给糟蹋了,俺这嫂子受不了,跳了井。

救俺命的嫂子,手巧心灵。你年纪小,不知道。过去,在咱们芝镇,新媳妇结婚三日回门,也就是第一趟回娘家,要给公公婆婆小叔子小姑子每人做一双鞋,手艺好的,坦坦然然摆出来,公公婆婆夸奖,弟弟妹妹高兴,新媳妇脸上自然有光,而我的这个嫂子回家做的鞋那是盖了全芝镇的,俺的那个堂兄,每天早晨下地前,都站在胡同头上,亮亮自己的新鞋。还有,过五月端午,艾叶、香草作为节礼互赠,祛灾辟邪以求吉祥,俺这嫂子送绣荷包、绣鞋垫。那绣的鞋垫也是咱芝镇人都知道。

俺这嫂子会"拉绣",也会"割花绣"。她一出手,就跟别人不一样,她有个秘诀,啥秘诀呢?

她绣以前啊,先在鞋面、鞋垫的面料上淋一盅酒,手托鞋面、鞋垫,就能闻到酒香,闻得晕晕乎乎,那感觉,像踩着棉花走一样。不是走,是绣,绣出来的什么都是活的,花啊、鸟啊。我不是跟你说了,她娘家在芝镇开烧酒锅,她常年闻惯了酒香。

她家天井里,一年三季全是花儿,见了什么花,她都能绣。她的鞋面上绣的是月季啊牡丹啊等花样,她的鞋底上也用粗粗的线纳出凸出来的花纹,上面有盘长和牡丹。我问过她为什么在鞋底绣上花呢,她答得有趣:"俺穿着俺绣的鞋走,走出的脚印上都是俺绣的花纹,这样,人家就知道这是我走过的路!"可不是,咱芝镇的路是沙土铺的,一走一个脚印。

俺这嫂子也就有了个外号叫"过路仙女"!

过路仙女还会剪窗花,什么棂花、窗心、窗角、花边、窗签、窗风、窗唇、窗腿、窗裙,她都会。我这个嫂子是个戏迷,她用窗花把窗户打扮成了个戏台。头一层,是窗裙,如同戏台的匾额和幕布。窗旁和窗顶呢,贴在窗户凹进去的周边内沿,如同戏台的台口。窗前贴挂的是会活动的斗鸡花,如同正剧开演前插科打诨、活跃气氛的小丑。窗体的窗花群如同上演的剧作曲目,什么老鼠招亲、贵妃醉酒、猪八戒背媳妇、八仙过海、龙王仙姑等，而窗棂和窗外模糊的那一块儿成了戏台的支架，哎呀，俺这嫂子就有这本事，把一台戏搬到了炕头上。她剪的那窗裙，悬挂在窗楣，下面的吊穗玲珑剔透，随风飘动，它一动，都活了……坐在炕上，看着窗户上的一个个窗花，感觉就是在看戏，屋子也大了，也阔了。过去俺娘活着时，每年的冬天，都要把俺这个嫂子请去给俺剪窗花，早早地把酒给烫好了，她是能喝酒的。

我记得她最拿手的窗裙是"天仙配""断桥会"、金鱼、花鸟、狮子滚绣球，还有牛啊马啊的十二生肖，窗心则是凤凰、牡丹、蝴蝶等单个的；角花为喜鹊登梅，而窗边和角花剪出来的是"平安""和顺""富贵""荣华"等。她啊，我再没见过比她的手更巧的了。说她巧，她不承认。她说："什么最巧，酒，闻一闻，就飞起来了不是？手就跟着心走了不是？走得很远很远。酒就是神，酒神！"

那天过路仙女救了我，等到天黑，我偷偷溜出村，投奔张宗昌大帅的高玉璞旅当了兵，反正是混，过一天算一天。等我喘过气儿来，一打听才知道，那次大搜捕的组织者是赵方文，参加者就有北营联庄会长傅立堂和南戈庄联庄会长曹仲方。

这些坏人啊，我发誓一定要报仇雪恨。特别是曹仲方，就是你们南戈庄的。有一年他家的地瓜种坏了，还是我给他换的呢，我记得我还多给了他半篓子地瓜。他却恩将仇报，侮辱了俺嫂子——过路仙女，俺的救命恩人啊，他怎么下得去手，真是个坏种。我听说，他是慕名去求俺嫂子的窗花，这个坏种在俺嫂子的炕头上看着她选纸、裁纸、画稿、钉样、走刀，都被那双巧手给看花了眼，不觉起了邪念，把俺嫂子按倒。俺嫂子哪见过这阵势，但是她胆子大，大声吆喝，只是人都下地了，不见个人影儿。这坏种就做下了伤天害理的事儿了。

我在高玉璞旅混了几年，耍了个痛快，高玉璞很对我脾气，我也很卖力，拜他为干爹，当上了第十三连的连长。谁料眨眼工夫那张宗昌垮台了，高玉璞也就跟着歇了菜。我回家待了半年，坐不住了，又到岛城的海军陆战队里当了一名班长。

表弟啊！当官上瘾，我都是当过连长的人，再当班长，不过瘾，就溜了号。

脚一沾芝镇的地界，就听说曹仲方拉起来了联庄会，你曹仲方能拉，我也能拉。芝镇周围，我趸摸了一圈，满筐里选不出个楔子，都缩头缩脑，尿疾疾（方言，猥琐貌）的站不起来。倒是有个叫宋焕金的，是条好汉，在密州的鲁山，学习宋江替天行道，也改名叫宋公明。他的人马不多，但武器精良，个个枪法很准，打起仗来不要命，当地联庄会和官府都有点怕他。我觉得宋焕金行。有一天，我抱着酒坛子去鲁山拜访他，鲁山上插着"替天行道"四字大旗，宋焕金还真自称宋公明，这宋公明也坐在紫檀木太师椅上，腆着个大肚子，端着一杆大烟枪，他比我在《水浒传》里看到的宋公明要邋遢很多，脸也很黑，但是两眼冒着凶光。我看到一个人在给他梳头，那头发还厚实，但一半白了，那梳头的梳一会儿就从梳子上取下一些脱发，绾成蛋儿，塞到墙缝里。大老爷们还专门雇个人梳头，我有点反感。我知道他是在拿派头。

我跟宋公明当天就拜了把子，他长我两岁，我喊他大哥，说话间，就摆上了酒。我们哥俩还有他的几个兵丁喝了个酩酊大醉，一直到鸡叫了三遍还没散场，一屋子酒气熏天。宋公明还送给我一支手枪。

联手宋公明，俺们也成立起联庄会的分会，我当了分会长。一年后，我把宋公明杀了，不是为了头一把交椅，这人不地道。

不说宋公明，先说曹仲方。表弟啊，人言不可轻信。

都说我告曹仲方私藏迫击炮是冤枉了他，我那都是有证据的。那迫击炮就藏在南戈庄东南角的地窖子里，有三台。我都见过。一开始咱也不知道这是什么武器，上面写着英文，那天正碰上芝镇的大夫公冶祥仁。公冶大夫去给曹仲方的母亲看病，刚骑上毛驴，走了半里路，我撵上他，把这几个字让他看，他说，是迫击炮。他还说咱芝镇一带不可能有这个。我说曹仲方家里的。他笑着说，不可能。我到县里去告，县长也说不可能，县长还骂了我一顿，把状子给撤了。我不舍弃，又到省城告，私藏迫击炮那还得了啊，那可是重型武器，得上缴。

到省城告状得花钱啊，我就让联庄的人凑钱，每亩一块大洋，不多啊，我保护他们啊，也算是保护费吧。表弟你说得也是，我的部下有些过火的，逼死人的事儿，有吗？有。你不逼，他们不拿啊！马靠骑，人靠逼，不骑不逼不利市。

可这个曹仲方比我厉害，也是逼着人凑钱到省城打点，他们逼死逼伤的人更多，他告我有人命案，把我投进了大牢。大牢的滋味，你表兄我是尝到了，人渣对人渣，就像刺猬聚堆，互相扎啊，生不如死！到了那大染缸，再好的人，也被戳成筛子，这是血海深仇啊！曹仲方想的是判我死罪。

多亏了汪麟阁先生，他领着芝镇周边的一帮贤达，去把我保了出来。汪麟阁跟公冶祥仁是同学。后来听说他改名叫汪林肯了。表弟啊，你表兄要是坏人，汪林肯能保我？公冶祥仁能保我啊？还有芝里老人、牛二秀才、李子鱼。这五个人你在芝镇问问，都是场面人物。

表弟啊，芝镇七十二家烧锅的锅主都保我，为啥呢？我保他们呀！我是联保会的会长，他们安安稳稳地开烧锅，是我在后面呢。芝谦药铺的公冶祥仁写了申冤的状子，由汪林肯带着，汪林肯骑着马，走到了浯河桥上了，公冶祥仁又撵过来，叫拿出状子，公冶祥仁对汪林肯说："我这状子引用了陆士衡的《汉高祖功臣颂》中的'震风过物，清浊效响；大人于兴，利在攸往；弘海者川，崇山惟壤'，词儿是吹嘘汉高祖的，是不是有点儿大，有过誉之嫌？韩复榘不过是个省长，是不是他看了会不舒服呢？"

汪林肯想了想说："衙门里的人都喜欢往大里吹，云山雾罩的，越大他们越高兴呢。"公冶祥仁叹口气说："好大喜功，这是剥卦之相，就只好这样了吧。"就又戴上老花镜在状子纸上修改了一个"之"，添了一个"哉"字，上下左右看了一下，觉得字写得还是潦草了一些。

我这都是后来听说的。

这七十二家烧锅的锅主们自发地每家出两个烧包子，推着木轮车，木轮车上，一边捆着两大鱼鳞坛子酒，脸上抹了朱砂，光着膀子都往省城拱，从芝镇到省城六百多里路，上坡下坡，得拱三天才拱到，你想想，那一百四十四辆酒车子，酒车子上飘着写有"申冤"的小白旗,吆三喝四,一路酒香啊,那是啥阵势。酒锅上的"烧包子",都练过武艺,喝上二两酒,就对打起来,一路打着到了省城,在省衙门口集合,击鼓鸣冤,咚咚咚,不见动静,那一百多辆酒车子就堵住了官道,那维持治安的拿着警棍出来制止,但听不清芝镇"烧包子"的话。芝镇的"烧包子"都喝醉了,一问红眼一瞪。他们这些人不好惹,你越惹他们,三戳弄两戳弄,就打起来了。酒坛子朝地上一摔,我怕谁啊!治安员先就被"烧包子"一个一个揍趴下啦。

这阵势,曹仲方有吗?"烧包子"护着他吗?这都是你表哥我平时的修为。

正说间,省长韩复榘来了,后面跟着卫队。堵着门,他的车进不去呀,他只好下车。汪林肯就把替俺申冤的状子递上去了。韩复榘看了一眼,没说话。他看到了藐姑爷,藐姑爷也在队伍里,她穿着红绸子小袄,嗲声嗲气地跟韩省长说话,说:"韩省长,您可尝尝俺芝镇的老白干?"

韩复榘本来正为匪徒刘黑七的事儿闹心呢,又看到衙门被堵,更是生气。可是他的鼻子灵敏,一股酒香迷糊了他,他使劲嗅了嗅,走近"烧包子",说:"打开。""烧包子"把酒打开了。汪林肯赶紧上前对"烧包子:说:"还不赶紧给省长献酒。"藐姑爷一见,夺过酒葫芦就递到韩复榘面前。

韩复榘也好酒啊,他接过酒葫芦,摩挲了一小会儿,在鼻子上使劲嗅了嗅,又胳膊一伸,把酒葫芦还给藐姑爷,说:"本府规定办公时间一律不得饮酒。收起来吧。"这都是我出了大牢后,藐姑爷亲口跟我说的。

韩复榘让"烧包子"的酒车闪开一条道，回到了省衙。等到第二天，他把我放了，放我前，跟我说了一会儿话，鼓励我要抗日，不当亡国奴！我听了浑身热乎啦地！我闻着他的嘴里还有芝酒味，那是昨晚喝的味道。

曹仲方啊，我的死对头！

8.张平青大埋活人：我看谁还敢跟我过不去！

曹永涛跟着表兄火烧了南戈庄。南戈庄那是他的家。火苗在寒风里卷着，曹永涛的心从此被卷进了火海，常常夜半被那炙热烤醒。

点火的头三天早晨，曹永涛跟着跑完操，准备吃早饭。他嗅到了一股味儿，这味儿，说不清是酸是甜，有点儿烂苹果味儿，也有点儿猪食槽里馊了的剩饭味儿，混合着，他的头被这怪味儿熏得疼，他使劲找这味源，可找不到。就听张平青喊他："永涛，永涛，看看谁来了。"

这一大早的，他们怎么来了呢？还大包小包的，是他娘和妹妹。

勤务兵打扫了三间北屋，张平青过来看了，说："不住这三间，换拐角的那四间黑瓦屋。"

为啥不住那三间北屋？张平青部下绑票绑了老冷家的公子，冷公子绑着，蒙上眼，在场院里转圈，一圈一圈地转，把他转晕了，投到屋里，不让他吃喝。一天，两天，这冷公子口渴啊，看守踢给他一个尿罐，里面有一半尿，第三天，看守过来，那冷公子头浸在尿罐里憋死了。后来，这三间北屋就当了炸药库。

张平青对永涛娘说："小姑啊，好好在这里享受享受吧。"

第三天，他让曹永涛赶上马车陪娘和妹妹去逛芝镇，一直到天傍黑才回来。

张平青却早早地下了夜袭南戈庄的指令，往南戈庄走的时候，曹永涛才得到一点风声。

张平青让部下包围了整个村子，许进不许出。从村子东头开始，点着了房子，房子都是麦秸的。火光中的鬼哭狼嚎，很是瘆人。曹永涛说："表哥，这样是不是太残忍？你跟曹仲方有仇，跟他们邻居无冤无仇啊。"张平青铁青着脸，不搭话，房子越烧越多，火越着越旺，那晚上还有大风，火借风势，南戈庄一片红。

突然滚出一个火人，那火人喊："张平青，你个王八蛋，我曹仲方一人做事一人当，你烧俺庄干啥？！"

张平青说："捉活的，把他身上的火给灭了。"

曹仲方被擒到张平青面前，棉裤上冒着烟，张平青解下裤子照着冒烟的裤腿就尿，说："曹会长，我给你把火灭了。"

曹仲方一口浓痰吐上了张平青的脸。张平青头拱过去，鼻子贴着曹仲方的鼻子。

"你吐，你吐，你吐不了几口了。"

曹仲方一直吐，吐得张平青满脸唾沫。张平青也不擦，仰着头。

杨家屯的李建号父子三人来曹仲方家走亲戚，中午喝了点酒，路又远，就住下了，迷迷瞪瞪的，刚钻进热被窝，就被惊醒。

张平青说:"一块给我绑了。"

也把父子三人绑了。

张平青让南戈庄的老老少少都过来看看大埋活人。庄里的人,哆哆嗦嗦站在风里,一些老人站不住了,一腔坐在地上。

当兵的举着火把,挖坑,十几个人挖,挖出来了。

张平青问曹仲方:"你还有什么话说?"

"你杀了我,也不算好汉,有本事你跟日本鬼子干。"

张平青嘿嘿一笑:"给我推下去,埋了。"

曹仲方说:"慢着,刽子手也有仁慈的,我想喝口酒上路。芝镇人,喝了一辈子酒,临走了,不喝口,岂不枉活了?!"

张平青说:"上酒,管够。"

一坛子酒搬过来。

曹仲方搬起来就喝,张平青道:"留一点,留一点。"

曹仲方不听,当兵的硬生生给夺了下来。张平青说:"留一点,让你亲戚也喝点。"

曹仲方说:"他们无罪。你杀了他们会遭报应的。老子在地下也缠着你……"

还没说完,被一脚踢到坑里。

七八张铁锨一起埋,第一锨土砸到曹仲方头上,曹仲方摇摇头,把土摇掉,又一铁锨土飞来,埋到半截腰时,曹仲方还在骂,埋到胸部,骂不出来了,埋到肩部,一腔血喷出,没了声息。

必必剥剥的火把,烧着有些黏稠的、说不清道不明的、有些残忍的快感。曹永涛盯着火光下一张张惊恐的面庞,盯着前面那条窄窄的路，盯着路两旁生铁一样的、长长短短的树枝，两行滚烫的热泪滑过面颊。他从地上捡起酒坛子，咕嘟咕嘟大口地喝。

"绑着的那父子三个咋处理？"

"让他们陪葬吧。给他们灌上口酒。"

南戈庄被瘆人的哭声缠绕，那哭声渗透进斑斑驳驳的砖缝里、蜿蜒狭窄的胡同里、被雨水冲刷过的泥墙的青苔里……

《芝镇志》记载，曹仲方被活埋后，张平青以联合抗日为由，下了曾经带头抓捕他的霞岗联庄会长赵方文部（当时属王立亭的28支队）的枪支。赵方文闻讯逃走，张平青将赵母活埋，并将其子赵效民交给日寇。同时，张又暗令其营长王金铭活埋了在赵家寨村的赵方文本家赵效方兄弟二人。

在那个被火把戳得满是窟窿的深夜，曹永涛连娘的面都没见，跑到了我爷爷公冶祥仁的药铺里。

9."我在等顺着我的脚印找到我的人"

在芝镇浯河边演完《放下你的鞭子》，张平青就派卫兵找到了曹永涛。在南戈庄曹永涛家的炕头上表兄表弟见了面。让曹永涛惊讶的是，浯河边的大会，张平青说拿了五十块大洋呢，钱是他亲自去芝东村送到牛二秀才手里的。

作为暂时的安身之地，曹永涛到了张平青的军营。他帮着在营房的墙上刷上了抗日救亡的标语。

闻听韩复榘在汉口被杀，张平青死咒蒋介石，发誓要给恩公报仇。他命令自己的所有部下都戴孝，头缠白孝布三天。他一个人在家给韩复榘摆上神位，神位上放上酒，他喝一盅，倒在地上给韩复榘一盅，屋里的地上一会儿就全被酒浇湿了，几个姨太太轮番来劝他，都不行。他发话谁再劝，就崩了谁。喝一盅，倒地上一盅，倒了一天，地上的酒都流到天井里了。

还是曹永涛的一句话，让他放下了酒盅："表兄，都快过年了，咱的亲戚还没走呢，猪头都准备好了。"

张平青一下子站起来，一拍脑袋说："看我都忘了。"

他又倒满一盅酒，先酹在地上，自己再倒上，干了。跪下给韩复榘的神位磕了三个头，说："恩公，我得先去走亲戚了。"他把头上的孝布子撕下来，叫备车子。有老有少、有亲有疏的一个人，怎么忽然就无情无义起来。曹永涛百思不解。这人难道跟酒一样吗？在瓶子里，在坛子里，那酒都安安静静的，能照见人影儿。可是一喝到肚子里，怎么就翻江倒海，就昏天黑地，那魔力藏在哪里呢？酒里藏着多少秘密，人身上就藏着多少秘密。可张平青不是酒，要是酒的话，里面也掺着毒、藏着刀。可我们是姑表兄弟呀，我和他的血也有东西是一样的，都是热的、红的，都在血管里日夜不停地流淌，还有……

正想着，忽然地脑门上掠过一阵风，眯了眼，再一睁眼，看到自己进了一间又高又大又亮堂的屋子里，屋梁有水桶一般粗，就看到有九个簸箕一样的蝙蝠，爪子倒挂，黑翅子紧紧包着身子，小眼睛朝曹永涛眨巴着。曹永涛很纳闷，这是到了哪儿啊！我是要去找师父公冶祥仁啊，我是去芝谦药铺啊！正怀疑着，就听背后有脚步声，屋里地上铺了一层细沙，沙沙响，曹永涛低头一看，那地上一行脚印，脚印里开着的是一朵一朵的牡丹，那一串牡丹花，像磁石一样吸引着他，他看到不近不远，离他两丈远，有个披一头长发的女子在慢慢地往前走，牡丹花在沙土上，一个一个延伸着，绽放着，曹永涛低了声喊："姐姐好，这是在哪里？"

那女子头发一甩，转了过来，瓜子脸，眉眼含笑，说："你是问过路仙女吗？"曹永涛不敢踩地上的一朵朵牡丹花，立住不动。

他忽有所悟："您可是过路仙女？救过俺表哥的命？"

"你是说张平青？我哪里是救过他的命，命是救不了的，那是他自己的命。狗有狗命猫有猫命。他恨了曹仲方，是恨错了。我跟曹仲方是你情我愿，我这一辈子也不冤枉来世上走一遭，这曹仲方懂酒，我打小儿就在烧锅边上，闻着酒香长大，也喝着酒长大，可我不会喝酒，这曹仲方教会了我喝酒，盘腿坐在炕上，你一口，我一口。喝酒怎么能醉？是人自醉！"

"你跟我表哥说，'我穿着我绣的鞋走路，走出的脚印上都是我绣的花纹，这样，人家就知道这是我走过的路！'"

"你表哥只记住了前半句，还有一句，'我在等顺着我的脚印找到我的人。'"

"找到了吗？"

"找到了，就是曹仲方，他顺着我的脚印找到我家的，抱着酒坛子，还有最好的芝盘烧肉。我纳鞋底纳绣了多少花啊，我踩了多少脚印啊，芝镇都快踩遍了，我口干舌燥啊，等啊，等啊，他来了，他叫我做了回女人，我当了回仙女，仙女啊，忘物忘我忘形，我长翅膀了，飞起来了，飞上了云端！我不亏了，我真成仙女了！他和酒一样，烈啊热啊火辣辣地烫啊。他懂酒懂人懂很多很多。他没糟蹋我，他没强迫我，我等的就是他，他是一把钥匙，是他打开了我这把锈锁，让我活了，他把我找回来了。我原来一直活在剪纸里，活在绣着的花里……"

"曹仲方私藏迫击炮。"

"迫击炮？那是刘芝路败退时遗下的，人家那才叫军阀。他就是捡了个漏儿。这不算私藏！不该杀他啊，他懂得绣花！你看我等他，等得头发都快白了。"

"不白啊？"

"头发不愿意黑了，就白！可我不愿意。"

过路仙女一边哈哈笑着，一边一件一件地往下剥脱衣裳，先是红的外衣，然后是绿的、黄的、紫的，一会儿就脱了一堆。曹永涛着急地跺脚："不要脱……"

猛不丁地一睁眼，那空旷的大房子和过路仙女，还有地上的衣裳消失得无影无踪，曹永涛在一堆乱坟岗子前立着。

在朦胧的月色里，他看到骑在驴背上的藐姑爷，藐姑爷的头发在月光里斑斑驳驳地飘动。

10.何绍基成了"火烧鸡"

我爷爷公冶祥仁对他的爱徒曹永涛牵肠挂肚，小曹到省城念书，他支持，到大埝儿（方言，地方）去，对年轻人有益处。至于深秋里去张平青那儿，我爷爷不看好，但也没阻拦，毕竟张平青和曹永涛是表兄表弟。

这晚他在药铺的里间正襟危坐,誊写刘伶的《酒德颂》。

前几日,冯家大院的厨师冯四少提着自编的画眉鸟笼,带着鸡脯丸子来做客。冯四少是芝镇美食家,我老师雷震说,芝镇小炒、鸡脯丸子等都是他发明的。不说别的,单说芝镇小炒,考验的是刀工和颠勺。俗话说,"横切牛羊竖切猪,斜切鸡肉顺切鱼",一块瘦肉,横刀成片,竖刀切丝,顺着纹理,一刀一刀,热火炒出来看断实连。炒肉丝要的是热锅快炒,炒瓢里的火苗上冒一丈多高,芫荽梗瘦肉丝上下翻飞,三颠两颠,铁勺与炒瓢叮当一阵儿响,不出一霎儿,小炒装盘,芫荽梗又青又嫩,脆生生、油汪汪、亮晶晶,那真是上等的好酒肴。冯四少会做的小炒,还有芹菜小炒肉、韭菜小炒肉、韭苔小炒肉、蒜黄小炒肉等。他的妙处在加酱油,别人炒,一加酱油,那菜就发黑了,而冯四少加了酱油,菜却越发得青、脆,看上去"吱声"。啥叫"吱声"?芝镇人都知道,能感受,却说不出。

雷震老师考证,这是通感,视觉和听觉打通了,炒过的芫荽会说话了。弗尼思抢话说:应该是"支生"。不管是"吱声"还是"支生",冯四少炒的菜就是耐看、耐嚼、耐品。看冯四少炒菜,就跟看戏一样,感觉炒瓢和勺子长在手上,那动作,眼可撵不上。

我爷爷就爱吃他过手的菜,那味道尝之常念。我爷爷跟他开玩笑:"国栋兄,你老给我美食吃,我给你啥吃啊?不能给你药吃吧?"

冯四少,大名冯国栋,在家排名老四,芝镇人都喊他冯四少。这冯四少笑着说:"公冶先生可别咒我生病啊,我吃您的墨汁，就求您写一幅《酒德颂》小楷吧。"

我爷爷拾掇了酒盅碗筷，关了店铺的门，研墨铺纸，焚香沐手，等心平气和了，才拿起羊毫毛笔，正抄到"兀然而醉，豁尔而醒"的"醒"字，听到夜风吹得窗户响，那窗户不大，临街。他继续抄，抄完"静听不闻雷霆之声，熟视不睹泰山之形"，那风声就更紧更大。我爷爷自言自语："呼呼的料峭春风，吹醒了万物啊，我这老头子也得长个芽儿出来了。"

呜呼，我爷爷离开我整整五十六年矣！他去世时，我不到一岁，我要是能给他研一次墨、牵一次纸该多好啊！

那年我到东北采访，顺路去牡丹江那里看望大爷公冶令枢。九十多岁的老人，竟然喝了半斤高度芝酒。大嫂给炒了一盘芝镇小炒，让我大爷数落了一顿，说："你炒的哪怕有冯四少的一夹夹呢。"我大嫂就笑着道："俺又没见过冯四勺子冯五勺子，俺就自己掌勺子。"大爷一字一句，手指头点着："冯——四——少。"

我给大爷写的信，他都留着，他想家了就拿出来念念，看一回，摇一次头："你看老九写的字，就跟蟹子爬一样。"

我大哥公冶德乐捂嘴在我耳边说："看着不好，那就不看呗！还常拿出来瞅。"

"当然，我写得也不好。你爷爷写的字，那才叫好！你爷爷写字的时候整天跟人家说，火烧鸡，活烧鸡，获烧鸡。也不知道是哪个'火'，我就知道'火烧鸡'跟写字有关。哪知道，没学问出丑了，你爷爷让我陪着到张平青军营里去，那张平青，外景里都说他杀人不眨眼，可是，你见了他，温文尔雅，谈古论今，根本不像个坏人,就是个白面书生。"

一听张平青,我就来了兴趣。我大爷呢,一说张平青,也就来了劲儿:"你爷爷跟张平青坐在一起喝酒,一边喝一边谈书法。他说,公冶先生,你的字越来越有何绍基的味道了。我插嘴说,'火烧鸡什么味道?'张平青哈哈笑着对你爷爷说,'令郎很会开玩笑,何绍基,是清代大书法家啊。'你爷爷说,'犬子啥也不懂。'还没等回家,你爷爷骑在毛驴上就把我给批上了,说我爱显摆,不懂装懂。"

后来我大爷就注意何绍基。他这一辈子,有两大爱好,一爱喝酒,二爱剪报。大爷的剪报本在炕头上,剪报本封面就是何绍基的诗《山雨》:

短笠团团避树枝,初凉天气野行宜。溪云到处自相聚,山雨忽来人不知。马上衣巾任沾湿,村边瓜豆也离披。新晴尽放峰峦出,万瀑齐飞又一奇。

我大爷考我:"你可还记得王统照?他也写过《山雨》。"

我说我大学里学过,王统照是芝镇南二十里密州的相州人。大爷说:"不差。你爷爷还有王统照给写的签名本呢。封面是叶圣陶篆字题签。王统照是谁?是差点成了你七嬷嬷的王辫的叔叔。你七爷爷公冶祥恕啊,没福气!唉!我记得王统照给你爷爷写的是:'芝谦仁兄哂正。剑三岁在甲戌。'芝谦是你爷爷的字,剑三是王统照的字。"

还有这事?那本书现在在哪里呢?

11.您怎么跟汪林肯前辈力保他呢？

大爷说："说到冯四少，你爷爷吃了最后一次他做的芝镇小炒，他就摊上事儿了。那个小日本中国通高田多长政，吃小黑母鸡做的金丝面，说挑起面条，让他想起写《谦卦碑》的李阳冰那铁箸篆；吃了阜丰泰的点心、芝盘的烧肉、芝镇小炒和鸡脯丸子，让他想起了苏东坡的《老饕赋》，可惜芝镇小炒和鸡脯丸子是冯四少的徒弟做的，他想尝一口冯四少亲手做的。消息传到了冯家大院，冯四少眯着笑眼正在喝酒呢，一听说要去伺候鬼子，连连摇头。无奈孙松艮和酱球这两块货，天天在冯家大院门口赖着不走。冯四少叹口气，在一个下雨天，戴着一顶破苇笠遮着脸面，去炮楼子里做了一顿菜。回到家，看到什么都碍眼，抱起酒葫芦一顿猛灌，要茶水喝，闺女给端上来，他嫌热，掺上凉水，又嫌凉，没好气地一个人下了炕，一提燎壶，手发麻。忽听老伴不知对谁说了句：'留着干啥啊，多余。'冯四少回头看看老伴，说：'对，留着真多余。'一手伸进炉膛里，滋啦一声响，冯四少的右手被烫成了鸡爪子。这事儿发生在高田多长政杀雷以邕的那一年。右手残了，再也不能做菜，一直到鬼子滚了蛋，他才用左手颠瓢炒菜。新中国成立后我见过冯四少的右手一直缠着擦脸布子，谁也不让见。下河洗澡，都是躲在远处，一个人在水里……"

还是说我爷爷那夜里给冯四少写字吧。

砚台里的墨没了，还有二十多个字没写完，先不写了，收了笔,躺下。

迷迷糊糊竟然睡着了,梦里跟酒仙刘伶见面了,那刘伶的徒弟扛着铁锨,大步流星地在后面甩手跟着,刘伶拿着酒坛子,走一口,喝一口,对徒弟说:"我死哪里,你就埋在哪里。"徒弟就喊:"师父、师父……"

我爷爷猛地惊醒了,坐起来,盯着窗户,窗户那儿黑乎乎的。是谁喊师父,我这是在梦里呢,还是醒着。是窗子在响:"师父,是我,永涛。"

是永涛!

我爷爷赶紧下炕,开了门,一股寒气,把曹永涛推进来,后面跟着貌姑爷。这小伙子哆嗦着,坐在地上竟然嘤嘤哭了。

"这孩子在乱坟岗子里转,我听到哭声,一看是他,就把他领出来了。"貌姑爷说,"我下晌去芝里老人那儿求个事,芝里老人不在。跟娘儿们瞎聊,聊着聊着就天晚了。"

"兵荒马乱的,别到处瞎转悠啊!"

曹永涛看到貌姑爷仰着下巴,那表情好像在说:"我怕谁?我是貌姑爷!"

貌姑爷嘱咐我爷爷,等天明了给曹永涛叫叫魂,就回了家。

一五一十,曹永涛把在张平青那里看到听到的细节,都簸箕倒豌豆一样倒给了我爷爷,我爷爷听着,左手的中指敲着案子,右手在捻着一串佛珠。

"师父,我真不理解,您怎么跟汪林肯前辈去力保他呢?"

我爷爷叹口气道:"你啊,先冷静冷静,人是会变的。张平青刚组织联庄会那会儿,的确组织会丁打过芝镇边上的土匪。那年五月端午，马家埠去了土匪，土匪耳朵尖，听说马家埠祠堂里供奉着一尊金像，就在夜里包围了村子，张平青接到情报，连夜组织八个村的会丁来了个反包围，那土匪一看被围住，仓皇朝东南角跑，而这里恰恰是张平青在把守着，他刚换了一支新手枪，还不习惯扣动扳机，就被土匪的枪打了，他的右手被打穿，枪伤不肯好，因为是冬天，枪伤冻了，转成了冻疮，吃了我这里三十服汤药，还有熊先生那里好几服药。张平青是条汉子，从来不说疼。手伤刚好，李家庄的李财主的二小姐被掳去当了人质，李财主备了厚礼找到我，我找到张平青，张平青仗义，连夜率会丁去抓那土匪，在潍河南岸的树林子里，他去跟匪首谈判。他把枪放下，一个人去把李二小姐给救了出来。我厌烦的是，他有一个毛病，就是他见了有姿色的女人拉不动腿，他看上了李二小姐，央求我提亲做他的姨太太，我没答应。那时候，他还听劝。"

12."师父，都说鬼会变，人也会变吗？"

我爷爷公冶祥仁拿了芝酒来，让徒弟温上。他接着说："人如酒，酒热了会野，人热了，也野啊。得把持住，能降住。咱芝镇向来土匪多，是个土匪窝子，自从张平青成立了联庄会，芝镇真的平安了，说夜不闭户都不为过，芝镇商会还给他送了块'张青天'的大匾，芝镇的头面人物敲锣打鼓送给了双泗村。那'张青天'三个字，还是我写的呢。七十二烧锅的锅主，每家献上一坛子上好的芝酒，摆在双泗村的钟楼下面。张平青只留一坛酒，其他的分送给联庄会的各村，分给看祠堂的喝。张平青留的那坛子酒是田雨给的站住花。张平青说：'喝站住花酒，咱得站住！芝镇在我在，芝镇亡我亡。'那天下着雨，去送牌匾的人都披着蓑衣戴着苇笠，而张平青把蓑衣脱了，把苇笠摘了，站在大雨里演说，好多人都哭了。"

弗尼思记得，挂牌匾的时候，钉子没砸结实，挂上一会儿，那块大匾掉下来了，砸伤了一个士兵的脚。

"原来潍河和浯河上，有渔霸，各自管着一段，一段一段收钱，可是张平青的会丁护河，那联庄会的会丁们坐在一只只腊条编的小船上，有的呢，干脆坐在罗面粉的笸箩里，架着枪，鱼鹰一样游来游去，巡河，寻渔霸，两条河也就安稳了，打鱼的打鱼，摸虾的摸虾，捞蟹的捞蟹。

"听说了曹仲方把他押进了省城大牢，芝镇的人都急了，这可咋办？商量着去解救，叫我写了状子。

"人确实是会变的，张平青我也越来越认不出他来了。中秋节那工夫，我跟芝里老人、汪林肯还去他那里，去劝他别投靠日本人，他也答应了。在浯河边，跟鬼子干了一架。就怂了。"

夜已经很深，我爷爷问徒弟："打盹了就睡吧？"曹永涛说："师父，都说鬼会变，人也会变吗？"

我爷爷说："会！自从鬼子来了芝镇，你这个表兄就变了，变得六神无主，原来我对他抱有很大的期望，现在看来我是错了，他的心胸不大，容不下人，也容不下事儿，看不清大势。"

一壶酒喝完了，又拿出一壶。我爷爷捋一捋胡子说："我常常想起发生在咱这里的潍水之战，韩信的兵力只有五万，而龙且的兵力有二十万之众。结果龙且在兵力四倍于韩信的情况下，被韩信打得大败，战死。龙且是楚霸王的一员猛将、跟霸王从小在一起的战友，都说龙且轻敌，被韩信拦住潍水淹了，其实呢，叫我看，韩信是占了大势，大汉那不可挡的势，帮助了韩信。徒弟，你看你的表哥，是像龙且还是更像韩信？"

曹永涛呼出一口气说："师父，张平青既不是龙且，也不是韩信，他是个小丑，流氓无赖。"

我爷爷说："我更把他看成是一头瞎了眼的虎。"

师徒二人睡下时已经鸡叫三遍。醒来，我爷爷给徒弟修书一封，曹永涛带着信见了汪林肯，汪林肯介绍他的老部下，也就到了临浯投奔了马河秋，一待就是三个月过去了。

曹永涛说得牛兰芝目瞪口呆。

曹永涛压低了声音道："这里也不是久留之地，听说马河秋他们已经到省政府主席申鸿列那里去领招牌了。我来这里，也不过是想找一个真正抗日的队伍，可是，来了一看，不是那么回事儿，跟张平青差不多。过两天，我想去沂蒙山看看。"

牛兰芝惊讶地瞪着大眼："我们也正想着去找八路军那条路呢！"

有了曹永涛在，牛兰芝觉得浑身有劲儿了。

马河秋分派给牛兰芝的任务是登记征集的军粮，在地主家的仓囤里爬上爬下。牛兰芝从小爱唱，是受了娘和姥爷的影响，她爱唱茂腔，登记完军粮册，坐在墙边堆的碎石头上，就开了腔。牛兰芝唱的是老生，这妮子看上去不显山不露水，个子不高，眼眉周正，没啥特别之处，可是，让人惊讶之处是，一入戏，一嗓子出去，就裂帛一般的有力。那时候，她就不是她了。一会儿成了《对花枪》中的姜桂枝，一会儿成了《杨八姐游春》中的佘太君，怒目圆睁，声如洪钟，浑身是胆。那瞬间的爆发力，就像夏天老天的脸。刚才还云淡风轻，忽然就狂风大作，大雨倾盆，你正沉浸在其中呢，她却雨住云收，天蓝如碧。动静皆活，无处不戏。她这功夫了得！

她这唱功吸引了马河秋，马河秋也是个戏迷。他最爱听的是《杨八姐游春》。宋王要选杨八姐进宫，杨八姐和佘太君都不同意，于是佘太君上金殿给宋王要彩礼，要的是星月风云称出重量，外加世间没有的稀奇之物："一两星星二两月，三两清风四两云，五两火苗六两气，七两黑烟八两琴音，火烧龙须三两六，一搂粗的牛毛要三根，公鸡下蛋要八个，晒干的雪花我要两斤，要你茶杯大的个金刚钻，天鹅的羽毛织毛巾，蚂蚁翅子做红大袄，蝴蝶翅子做绿罗裙。天大一块梳头的镜，地大一个洗脸的盆……"

13.曹永涛再次不辞而别

有一天马河秋招呼牛兰芝，让她给三个姨太太教唱茂腔，牛兰芝很憋屈，心下是，我们是来投奔这里抗日的，怎么成了说书唱戏的了？她又不好一口拒绝，就对那些姨太太们说："不吃苦，不受累，你磨不出戏来。苦吃不到头，累受不到头，也磨不出戏来。什么是头？把你的十八般武艺吃干榨尽。磨一部戏，剥一层皮。"这一说，把三个姨太太吓着了。她们一个长得比一个狐妖，却也顽劣，不好好学，还脾气大，气得牛兰芝不想去教了。马河秋听说了,对牛兰芝说:"她们再不听话,你告诉我,我用鞭子抽。"一边说,一边又回头看了她一眼:"你们洋学生就是不一样,头是头,腚是腚,腰是腰,步是步。"牛兰芝装没听见。

傍晚下小雨,马河秋单独叫牛兰芝去他的营帐,请她唱戏。桌上摆着酒,马河秋请她一起喝,牛兰芝说不会。马河秋说:"不会喝你就唱吧,你唱一段《赵美蓉观灯》。"牛兰芝唱了,又点了一段《铡美案》,牛兰芝又唱了。马河秋眼睛直勾勾地瞅牛兰芝,上下打量,说:"你装着这么多词儿,也不见你比别人头大,真是怪了。"又从头往下看,在牛兰芝的胸脯那儿停住了。

马河秋边喝酒,边翘着二郎腿,摇头晃脑地听着,听高兴了,就站起来,手刚伸过来,就被牛兰芝一掌推了出去,马河秋一惊,这是八卦掌的套路,嘿嘿笑着说:"文武双全啊。"

牛兰芝低头来了一句:"跟俺爹学了一点点皮毛。"

后退一步,牛兰芝来了段《佘太君征番骂殿》:"我骂你这无道的昏王呐,先帝爷听奸言五台了愿,我杨家(啊)父子兵保驾(啊)万岁,金沙滩双龙会,一场血战(哎),只杀得我杨家堆骨如山。大郎儿替宋王赴会殉难,二郎儿短箭死好不凄惨,三郎儿被马踏成为泥浆,四郎儿颠疆邦骨肉难圆,五郎儿在五台代王出家,可怜我七郎儿,箭射外表一百零八,箭箭射着(哦)娘心肝。只剩下六郎儿南征北战……"

带着悲愤,牛兰芝找到了宣泄的出口,马河秋张着嘴,已是如痴如醉。

恰在这时,门吱地一声推开,马河秋的大姨太过来要夜里换暖身子的汤婆。

牛兰芝得以脱身。她急匆匆去找弟弟牛兰竹，牛兰竹正要找她："曹永涛跑了！"

"什么时候？"

"跟他一屋子的说，早晨一睁眼，他的铺就空了。"

次日早操，马河秋没点曹永涛的名字，只说："跑，跑，你往哪里跑。你又不是鸟，说往哪飞就往哪飞。鸟也不能乱飞。"猛地把枪举到头顶"咚"的一声。大家都抬头，一只鸟掉在了马河秋的脚跟，马河秋用脚尖挑着，说："看到了吧？飞啊，你倒是飞呀，你！"

过了几天，马河秋真的打出了国民党抗日游击队第二十八支队第八大队的旗子。牛兰芝暗想，这不是跟他的本家叔叔牛县长说的去岛城八大处是一回事吗？

不行，得走。牛兰竹和牛兰芝都下了决心。从芝东村来的二十多个人，也都说走。让牛兰竹犯愁的是，走是能走，可是还有二十条枪呢，马河秋让带走吗？这个吝啬鬼，把枪当命看。那二十多条枪都做着记号。每一杆的枪托上，牛兰竹都点了一点朱砂。现在这枪都攒在西屋里。牛兰芝对来的同村伙伴们说："不让带枪，咱就不走。"

牛兰竹知道，一条枪就是一块袁大头，都是他爹到处磕头作揖筹集来的。

马河秋好像也有警觉，自从曹永涛跑了，他就感觉从芝东村来的这些年轻人也要溜号。他下令把大门看好，没有命令谁也不许出去。但对牛兰芝，他网开一面，他允许她到浯河边去练嗓子。

合该那天出事。浯河上游放水，按说春末不该放水，春水金贵，不知为何却放了。河道里水浪头打着旋儿往下滚。马河秋的小儿子冬冬和一群小孩在河边沙滩上垒燕子窝。这是小孩过家家的游戏，把泥沙攥在手里，学着屋梁上的燕子衔泥垒窝。芝镇人对燕子落在家里很在乎，燕子落户在家里，说明家风好。如果屋梁上没有燕子，总是遗憾。芝镇人相亲，都先看屋梁上有没有燕子窝。燕子呢，都巧，衔泥沙垒窝，看到啥就学啥。看到簸箕，就垒个簸箕型，看到筅子，就垒个筅子型。冬冬攥着小拳头，滴一滴，晃一晃，再滴，那燕子窝，也就有了形状，有的歪歪八股也像簸箕也像小筅子，有的像腊条筐也像粪篮子，他身边的小孩子也各自低头垒。

水漫上了赤着的脚，他们不觉得，水继续上漫，又到了脚脖，到了小腿，他们才慌了，往岸上跑，可是那沙子在枯水季节里被挖了一个个坑，冬冬一头就掉到坑里，又一个浪头把他卷出来，随着浪头，直朝着下游冲去。

14. "俺老马家四世单传，就这一根独苗"

牛兰芝正想着曹永涛，不知他现在在哪里？在战壕里，军校里，还是敌人的魔窟里？是活着，还是牺牲了？忽听到小冬冬的呼救，她飞跑过去，鞋子也没顾得上脱，扑通跳到水里。正是暮春时节，那河水冰凉，牛兰芝不顾一切地往前游，穿在身上的棉袄棉裤让水灌饱了，死沉死沉地往下拽，她憋着气一直追出半里地，才一把薅住小冬冬的头发，拽到了岸上。

马河秋正在营帐里发愁。他的一个手下卸下了二鬼子酱球的摩托车轮,那酱球领着几个二鬼子上门大吵大闹,扬言皇军要端了他们的老窝,忽听到孩子出事了,脸色蜡黄地跑过来。牛兰芝正在把小冬冬担在柳树杈上,往外控水,小冬冬哇啊哇啊的,水哗哗地呲着地上的枯草。牛兰芝一边控,一边扭小冬冬夹袄里的水。牛兰芝自己的衣裳上也滴着水,嘴唇冻得发紫,她使劲来回倒蹬着脚。

马河秋一把攥住小冬冬的手,一把攥住牛兰芝的手,一个大男人,竟然有了哭腔:"牛兰芝啊,你这救了俺一命啊,俺老马家四世单传啊,就这一根独苗……"

大姨太也跑过来,先去摸冬冬的小鸡,没了。大姨太慌了神。怎么会没了?马河秋往家里跑着拿来酒瓶子,咬开瓶子盖,照着冬冬的裆部就往下呲——哗啦哗啦。冬冬啊呀啊呀大哭。大姨太使劲抱住,就见那小鸡鸡,一点一点冒头,弯钩弯钩像个豆虫。撸一把,马河秋说:"儿啊!俺的儿!"

马河秋抱住了小冬冬,又放下,使劲摁着小冬冬的头,摁到沙子地上,说:"给你姑姑磕头,给你姑姑磕头。"

二姨太、三姨太手里拿着小冬冬的衣裳扭着小脚跑过来。大姨太咧嘴就哭了,一把抱住牛兰芝,哭着说:"兰芝妹妹,让孩子拜你个干姑姑中不中?"

牛兰芝笑着说:"中,中,我喜欢小冬冬。"

两个姨太太弯腰呼哧呼哧帮着拧牛兰芝袄上和棉裤上的水。

回营房的路上,马河秋问牛兰芝,从哪里识的水性,游泳技术不低。

牛兰芝说："哪里是游泳,是跟着公冶祥仁俺干爷学了几天狗屎刨。俺干爷在浯河边上住,躺在炕上,就听到浯河的水哗啦哗啦声,俺小时候,胆子小,不敢下水。那是麦收以后了,俺爹领着俺来干爷家送水杏,俺家里的水杏好吃。俺爹跟俺干爷在浯河边的沙滩上摆上小桌子,在树荫下喝酒。俺干爷就跟俺爹说,让闺女下水游泳,没事的。俺爹说,女孩子家,游泳?俺干爷就鼓动俺下水,俺不敢。他一把把俺推到河里,俺那时才六岁。俺爹大惊,也跳到了河里。谁想,俺干爷这么一推,我倒在水里很自如地游了。"

酱球他们还在营帐里闹,马河秋赔了五十块大洋、两坛子芝酒,才算罢休。那酱球手一指抗日游击队的大白旗:"给我扯下来!"马河秋朝部下摆摆手,白旗扯了下来。

浯河边上野草都出来了,苦菜多,茵陈更多,她想起干爷说的话,二月茵陈四月蒿,六月白蒿当柴烧。干爷一定在西岭上拔了不少,晒在天井里,等干了充实他的药斗子。她随手就拔了一大把,马河秋的大姨太抱着小冬冬,二姨太、三姨太也跟着拔茵陈。大姨太说:"拔了咱炒鸡蛋吃。"

还没进门,马河秋就吩咐,炒菜喝酒,压惊。一时间,上上下下地忙活。

牛兰芝滴酒不沾,但是马河秋让小冬冬跪在地上,给干姑姑端酒三杯,不能不喝。牛兰芝平生第一次喝酒,喝上酒,感觉浑身发热,马河秋说:"你唱两嗓子,那酒气就跑了。"

牛兰芝喝上酒,也兴奋了,忍不住就唱了两嗓子。她唱的是《罗衫记》。既然小冬冬拜了干姑姑,牛兰芝就跟马河秋以兄妹相称，陪酒的三个姨太太，牛兰芝就都叫了嫂子。

牛兰芝看看天不早了，突然来了一句："大哥，有一个事，我一直憋在心里，想跟您说。"

马河秋说："妹妹你说。"

牛兰芝说："俺来这里就是为了躲鬼子的，现在鬼子缩在芝镇不出来了，俺爹捎信让俺回去。你看中不中？"

马河秋马上答应："回去看看，再回来，我这里有我吃的，就有你吃的，你可以在这里成立个茂腔剧团。"

牛兰芝说："我还是想回去，我领来的那二十几个人也想回去。他们的家人都埋怨俺爹呢。"

马河秋端起酒杯，仰脖而尽，又挠了挠头皮："按说，俺这里就缺你这样的文化人，你看着我这里几百号人，能写会算的，没有几个，都是些棒槌、榆木疙瘩。那个曹永涛一走，我就觉得闪得慌。唉！这样吧，要是真想回去，就回去吧，我也不挽留。什么时候想回来，大门给你开着，这里还有你的侄儿呢，对吧？"

牛兰芝又说："大哥，俺那些枪是不是也带着，俺临走的时候，俺爹嘱咐俺，人在枪在。"

没承想马河秋很爽快，他一拍大腿应了。

15.醉馉馇吃进嘴里像塞进了一个火把

一夜翻来覆去没睡着，天刚露明，牛兰芝把衣裳放包袱里包好，就去喊牛兰竹他们。年轻人一听说要回家，都揉搓着眼睛从炕上爬起来，扛上枪，抬脚就走。在马河秋这里，抢大户，都是让他们去打头阵,抢回来的东西,却没他们的份儿。还有,见了鬼子,就都躲着,让人憋屈。这一拧达(方言,没目的的随意活动)一天,一拧达一天,不能老在这儿待着。走,一步走晚了也不行。

牛兰芝忽然就想起了曹永涛,她对弟弟牛兰竹说:"咱不能不辞而别,得去跟马河秋打个招呼,悄没声地走了,不仁不义,还有汪林肯叔叔的面子呢。"牛兰竹说也对。就放下枪,去找马河秋。

还没到门口呢,马河秋却开了后院的大门:

"吃馉馇!吃了再走!"

芝镇风俗,出门馉馇还家面,图个吉利,热乎乎的馉馇吃下去,留个念想。

刚跟着马河秋拐到后院天井,牛兰芝就闻到了馉馇味儿。厨房里热气腾腾,馉馇在锅里上下翻滚,船盘上、盖垫上都满了。

戊辰年(1988)"三八"节那天,我到北京采访牛兰芝和我的姑父牛兰竹,说起那天的事儿,他俩特别说起那顿早晨吃的醉馉馇。

牛兰芝老人说:"那会儿,人年小不懂事,不告别就想跑。如果那样的话,也可能会坏事。马河秋会很生气。"

牛兰竹说:"马河秋人真不坏。他早就盼咐厨房早晨起来包好了馉馇。听说杀了一头猪。"

"馉馇馅全是肉的。哎呀,我平生第一次吃全肉的馉馇,可惜是醉馉馇!"

"醉馉馇?什么是醉馉馇?"

姑父牛兰竹绘声绘色地说着,我这好酒也好吃馃馇之徒,来了个现场还原——

早晨的太阳照着浯河水,照着寨门的门鼻子,照着影壁和影壁后面的柿子树,照着饭桌的桌沿儿和桌上的粗瓷碗,饭桌是几张拼起来的,高低不齐。太阳还应该照着乞丐的腚,两三个乞丐正把着门框往里瞅,他们也闻到了馃馇味儿。

马河秋抱着酒坛子亲自倒酒,一人面前一个粗瓷大碗。这酒有来历,张平青的娘上寿,马河秋赶了三头肥猪去,张平青回赠了三坛子酒,张平青说这酒是他从三姨太太娘家那里赚受来的。

酒倒了大半碗。马河秋拿起筷子把馃馇一个一个夹起来放在酒碗里泡,再夹起来填到嘴里。

"来,咱吃醉馃馇!"

大家盯着眼前的酒和馃馇,面露难色。他们都不想把馃馇放在酒里,这是什么吃法?从没尝过。牛兰竹盯着马河秋,他吃着酒泡的馃馇,咂吧着嘴,一会儿,半碗醉馃馇就吃完了。

"小伙子们,什么滋味都得尝尝,来!来!"

马河秋把馃馇一个个夹到小伙子们的碗里。

牛兰竹的筷子夹起酒泡的馃馇,夹到鼻子那儿就被酒熏得有点儿晕。不管了,一口咬住了馃馇的翅儿,那牙像被冰块硌得生疼,嘴唇火辣辣的一阵,嘴里像塞进了一个火把,像捅进了一个针锥,牛兰竹大张着嘴巴,几乎是囫囵着把馃馇吞了下去。他感觉那馃馇像烧红的烙铁一样从嘴唇慢慢烙到喉头,再烙到胸口,他浑身被烙得一颤,舌头有些麻木了。一闭眼,再夹起一个,再夹起一个……辣出了眼泪,嘴巴好像不长在自己的脸上了。

牛兰芝眼皮跳得厉害，大概是昨天夜里的酒喝多了，头有点儿晕，还恶心。但她也学着马河秋的样子，把馉馇泡在了酒里。

"啥滋味都得尝尝……你猜这醉馉馇，我是跟谁学的？跟张平青。他为啥这个吃法？练狠劲儿！不过我瞧不上张平青，有时喝上酒滥杀无辜，动不动就点天灯，在人肩膀上挖个窟窿，放进粗灯捻子，倒上豆油点着，把人一点点烧死……"

牛兰芝在晚年回忆录中有一节《弯路》写到马河秋："过了几天，我们和马河秋的有些人慢慢熟悉了，有的混得还比较熟。他们打了几只财主家的鸽子，提上一壶酒到我们住的房东家，找我们聊天。从他们嘴里知道，马河秋原是个小学教员，一日，在芝镇烧锅上喝多了酒，出门被张平青的人打了一枪托，他借着酒劲发狠，你能拉队伍，我怎么不能？！就拉起来。凡是他手下当兵的，多是芝镇一带财主家的佃户，就是讨口饭吃。"

吃过了醉馉馇，牛兰芝、牛兰竹他们晕晕乎乎上了路。

过了浯河，一路往东。穿过了密匝匝杨树林子，又走了半里地，看到树梢在动。没有风啊，树梢咋动呢，牛兰芝回头一看，是一个老头在挖苦菜。老头戴着一个破了沿儿的苇笠，看着背枪的小伙子，拔腿就跑。树梢忽然都动起来，他们被包围了，看不清是哪里人。他们躲进沙坑，就听到几个人喊："往左赶，拿住，围住，抓住……"

16. "挡住前面骑骡子的，那是小鬼子"

牛兰竹、牛兰芝他们大气也不敢出。忽然窜过两只野兔，蹦跶蹦跶，一闪，不见了。原来是打猎的，端着鸟枪，嘴里骂骂咧咧，不知是骂野兔还是骂同伙。

刚刚缓一口气，就听到急促的马蹄声，一队人骑着马呼呼啦啦往东跑，惊起了野草丛里的野鸟。是马河秋的骑兵营。这引起了牛兰竹的警觉，是不是马河秋反悔了？

牛兰竹说："不能再往东了，咱绕路往西。背着枪太显眼，等黑夜再走。"一路上，他们抄小路，钻进了山峪，把枪藏在山洞里，不觉到了城顶山前坡，看见一个绿瓦红墙的院落，原来他们误打误撞到了公冶长书院。

这公冶长书院，牛兰芝五岁的时候跟爹牛二秀才和干爷公冶祥仁来过，当时是秋天，还从地上捡了一摞金黄的银杏叶。书院边上是青云寺，牛兰芝记得干爷还拓了《重修书院山青云寺记》碑文。

公冶长手植的雌雄两株银杏树在大门前站着，刚发出芽儿来。银杏树两千多年了，每一棵多粗呢，七搂八拃一媳妇。

弗尼思说，这两棵银杏树，是当年孔子来看女儿，从鲁国都城曲阜带来树苗，跟女儿女婿一起栽植的，两树一雌一雄，枝干相交，宛如夫妻，又称"同心树"。这两棵树有灵气，渠邱人小两口打架，婆婆捡回银杏叶子用开水泡了，再滴上两滴芝镇老酒，让小两口一人喝一碗，睡一觉，两人和好如初，比先前还甜蜜。

我爷爷公冶祥仁喝上酒爱唠叨我们家族的事儿，对我们的老祖宗跟孔家的遥远往事，如数家珍，好像他见过似的。他说："当年孔子从曲阜到渠邱，翻山越岭，得走一个月，坐在牛车上，颠颠簸簸，把银杏树上的老娘土都颠掉了不少。孔子没法儿，就用包竹简的老粗布包住了树和老娘土。"

牛兰芝牛兰竹他们来的这天是青云寺庙会，周围山里的人，挎篮子的、挑担子的、推车子的，人来人往。不时有锣鼓和鞭炮响，还有高跷队在人群里走。相熟的拍拍肩膀打个招呼，不熟的也拱拱手，银杏树下熙来攘往，热热闹闹。

公冶长书院里倒是安静，正殿三间，内有公冶长塑像，东西耳房各一间。牛兰芝他们三五个人一组，空着手，进了大殿。大殿里有三个人站在那里指指点点，一胖两瘦，其中一个瘦子正给那胖子解说道光七年的《公冶长书院重修碑记》，胖子穿着西服，戴着眼镜，不停地点着头，偶尔叽里咕噜几句，牛兰芝听出那是日语。那瘦子翻译的碑文是："丁亥之春，辛君天池与李君郑铎等游公冶子祠，慨其荒凉，毅然以修复为己任，乃纠邑之绅士……"她在省乡师学过几句。就见那胖子听翻译讲完，还在公冶长塑像前，深深地鞠躬。

银杏树南边的空场里，说书的是个盲人，身前一个架子鼓，手里打着快板，他脚底下坐着的是个女的，也是盲人，眼窝空着瞅天。那盲人喊女伴："倒上，倒上！"女伴说："还喝？"男人说："不喝，咋唱？！"女人掏出酒葫芦，那空眼窝还是瞅着天，酒却一滴不洒地倒进碗里。围着看的人，都啧啧惊叹。

那说书的头仰脖喝了酒，一敲那架子鼓，边说边唱：

说的是，七十二贤公冶长，圣门女婿耳朵长。驴子耳朵长，长得不是地方;骡子耳朵长,那是随他娘;八戒耳朵长,那是吃了酒糟喂的糠。俺公冶长,耳朵可以把鸟语闻;俺公冶长,耳朵里钻出一个小鸟扛肩上。这一天,公冶长坐在树下喝大茶,(白)就坐在这棵银杏树下,那会儿这棵银杏树,手指头粗,如今是七搂八拃一媳妇。那媳妇,不是别人,是南山顶上的二怪的小闺女,名字叫那谷又黄。咱说公冶长,突然一坨鸟粪落在茶杯上。公冶长抬头看,一只喜鹊正站在巢里往下张望,几只小鸟不停地叫着。公冶长用鸟语说:"嘟噜嘟噜嘟噜嘟噜嘟噜。"(白)看官,你猜公冶长说的是什么,咱不知道,我给翻译是,"你没看见下面有人吗,竟敢随便排便?看我不拆了你的巢,把你孩子炖了吃肉又喝汤"……

小孩子们骑在书院四周的杨柳树上听,有个调皮的竟然爬上了青云寺的屋脊,光脚蹬着吻兽,手里攥一把臭椿叶子,一叶一叶往下撒。看到小伙伴在下面跑,他小嘴一努,一口唾沫吐下来,小伙伴躲闪了,那口唾沫不偏不倚滴到了说书盲人的脸上。

大家都抬头看天。突然"砰"的一声枪响,那调皮孩子身子一缩,一脚去踩瓦,那瓦断了,孩子一头栽下,竟然被盲人双手接了个正着。

呼呼啦啦,人群一下子乱了。牛兰芝看到那一胖两瘦夺门而出,骑上银杏树下的骡子就跑。

"挡住前面骑骡子的,那是小鬼子。"一队人端着枪,大喊着追上去。

牛兰芝他们后悔把枪藏在了山洞里。等天上了黑影,回山洞去找枪,却一条也没了。

# 第六章 六爷爷遭绑票
LIU YE YE ZAO BANG PIAO

1."闺女就是当爹的小酒壶嘛!"

六爷爷公冶祥敬被绑票的消息传到大有庄时,天已上黑影。那天刮北风,觅汉老温纳闷:小黄狗脊背上怎么有发黑的麦秸草?一抬头看见了祠堂,祠堂屋顶的麦秸草被掀起磨盘大的一块。可了不得!赶紧小跑着回家扛竹梯,迎风爬上去苫,头上的毡帽被风刮掉了,大辫子在后背乱晃荡,他也顾不得。刚把麦草抱上去,那捆麦秸又被风撕扯着跑了,落了一天井。那是多年不见的大风啊,还伴着旋风。那工夫,俺嬷嬷孙氏正在饭屋的鏊子窝里教着俺二姑公冶盈樽摊煎饼。

饭屋里烟熏火燎,十岁的二姑公冶盈樽噘着个嘴,跟俺嬷嬷孙氏使牛,裹了一半的小脚埋在豆秸、秫秸堆里,头上的小辫也撅撅着,刘海遮着眼。她那双脚,要不是爷爷公冶祥仁和老嬷嬷景氏求情,就全裹小了。俺嬷嬷孙氏会裹脚,她能把脚裹成粽子大小,她的脚也跟粽子似的,她常常以此炫耀,偶尔也笑话俺老嬷嬷景氏的脚。老嬷嬷的脚裹得大。老嬷嬷景氏就笑:"盈樽她娘啊!真是的,真是的,俺是西山里人嘛!"

但二姑喜欢老嬷嬷景氏,爱扎在她怀里撒娇,爱用自己解放了的小脚戳老嬷嬷景氏的小花鞋,直到把鞋子蹬了去。老嬷嬷从来不恼。二姑不稀罕俺嬷嬷孙氏——她的亲娘。俺嬷嬷孙氏说俺二姑:"整天嘴噘得能拴住个叫驴!"我大姑公冶小樽和二姑公冶盈樽都是老嬷嬷景氏接生的,二姑出生那天,俺爷爷正在书房里温习陶渊明的《归去来兮辞》,正吟诵到"僮仆欢迎,稚子候门。三径就荒,松菊犹存。携幼入室,有酒盈樽……"就听到亲老嬷嬷景氏说:"小樽有了做伴的了!"我爷爷顺口道:"那就叫盈樽吧。"

俺嬷嬷孙氏不同意:"你们公冶家什么都离不开酒,连闺女的名字也是酒杯,大姑娘名字叫了小樽,这二姑娘又要叫。不中不中!"爷爷笑着道:"闺女就是当爹的小酒壶嘛!"

鏊子底下的火苗很旺,有的都舔出了鏊子外。火苗映着嬷嬷孙氏的脸,俺嬷嬷当年也就四十上下,瓜子脸,浓眉毛,说话爱笑,就是见了我二姑公冶盈樽敛容。

嬷嬷孙氏摊煎饼在大有庄是上数的。她摊的煎饼薄、圆、焦、香,最让人佩服的是,俺嬷嬷干得俏皮(方言,麻利)。

一手抈着煎饼,俺二姑公冶盈樽总爱学俺老嬷嬷景氏的话:"家宁!家宁!"

我吃过嬷嬷孙氏摊的煎饼,她七十多岁时摊的。嬷嬷孙氏熬成婆婆后,很少坐鏊子窝了。偶尔替着俺娘摊几个,她摊的煎饼,你拿起来,照着灯影,能隐隐约约看清对面的人,她看不上俺娘的活儿,说摊的煎饼比鏊子底还厚。

那天她手把手教我二姑,一手用木勺把黑瓦盆的秫秫、小米糊糊舀起来,不多不少,整好一勺,在瓦盆沿儿上一顿,朝灼热的平滑的鏊子上倒,就听鏊子"滋啦""滋啦"像糊糊在喊疼,俺嬷嬷把木勺放下,迅疾地抄起竹木刮子,将糊糊摊平、摊匀,鏊子被糊糊盖满。但见那摊平的糊糊一点点变黄、变干,两手去揭煎饼,毫不迟疑,刷地揭起,那金黄的圆煎饼飞到了秫秸穿起的盖垫上。从鏊子的圆到盖垫的圆,恰如其分。还有,她时不时地注意鏊子底下的火苗,那火不能急,不能缓,这样才不至于把煎饼烤煳了,或是半生不熟。二姑盈樽心不在焉地帮嫲嫲朝鏊子底下续豆秸。嫲嫲说:"你看我弄,慢点续,你以为炖猪肉?炖猪肉也不能上大火。"嫲嫲的手仿佛跟豆秸都黏在了一起,灵活自如。

二姑有点打盹。天不明就被嫲嫲孙氏从热被窝里拽起来推磨。她是被嫲嫲一遍一遍催起来的。那轰隆轰隆的磨声,像催眠曲。光喊是喊不醒的。嫲嫲抹一把脸上的汗,放下磨棍,冲到屋里,把被子掀起来,抄起笤帚疙瘩要打:"小死妮子,你这么懒,看你怎么能找个婆家。"二姑盈樽闭着眼磨蹭着穿衣裳,等她出来,嫲嫲已经早磨完了一升秫秫和小米。嫲嫲从来都是先吩咐:"洗脸,洗脸。"嫲嫲让二姑用凉水洗,凉水洗着就把懒虫洗没了。懒虫一天待在身上,不撵走,难受。我大爷公冶令枢也说过,嫲嫲都让他们哥儿几个冬天用凉水洗脸,最好到浯河边去洗,把冰砸开,凉水洗脸,一天都"灵精"。

二姑盈樽恨俺嫲嫲,俺家养的两头驴一头骡子在牲口棚里闲着不使,自己推。嫲嫲总说:"人没有累死的,有闲死的。"其实呢,我们家族大,妯娌们多,嫲嫲怕人家说三道四。爷爷也支持嫲嫲,但爷爷从来不干推磨的活儿。他干,嫲嫲也不让。

煎饼在盖垫上摞了有一拃厚。忽听得屋后的窗户那里咚咚响,是六嫲嫲急促的声音:"小樽她娘,你快点儿出来……"

2."坏了,坏了,你六弟叫土匪绑了……"

俺嬷嬷孙氏盼咐二姑公冶盈樽看着火,她从鏊子窝里爬起来,拍打拍打身上的草屑,扭着小脚跑出去,看到六嬷嬷扶墙弯腰,风把她的大襟褂子吹开了呼哒着。嬷嬷去给她扣上,一边扣一边说:"别急,你慢慢说。"六嬷嬷上气不接下气地道:"坏了,坏了,你六弟叫土匪绑了……"

公冶家上上下下都紧张起来。天井里杵满了一家老小。在我们家族,主事的是六爷爷公冶祥敬。往下排,就是我爷爷公冶祥仁。实际上呢,拿大主意的,都是我爷爷,耳濡目染,嬷嬷孙氏跟着爷爷也沉稳了些。

嬷嬷遇事不慌。她说都别急,回家看到二姑居然摊了两个煎饼,虽然摊得不太圆,也不太匀,毕竟会摊了。嬷嬷很高兴,刮了刮二姑的鼻子,这算是奖赏。

嬷嬷孙氏赶紧熄了火,还没忘记把四鼻罐子埋到火星四射的草木灰里。罐子里是咸菜疙瘩和咸鱼头,放在鏊子窝里闷一夜,第二天扒出来吃,会冒出特有的一股鱼香味道。后来,我大哥公冶德乐干个体,跟大嫂在芝镇开了个小酒馆,专门做鏊子窝焖鱼头,在芝镇大火了一把。

那天晚饭时分,嬷嬷孙氏扭着小脚端着还热乎着的煎饼到了堂屋,说:"都别急,先趁热吃,吃了煎饼再去找。"

六嬷嬷只是一个劲地哭。老嬷嬷景氏挂着拐杖进来了,拉拉六嬷嬷的衣角,悄声说:"快别哭了,听听小樽她娘说的吧。"

我大爷公冶令枢骑着驴跑到芝镇，骑到半路上，一摸土匪的那张绑票，没了，赶紧回去找，在土路上来回走了三趟，才在南杨庄村后的一个沟渠里找到，迎着风，骑上驴再跑。那驴子放了一个响屁，差点把俺大爷给震下来。

药铺里已经点上了灯，在灯下，爷爷正在看芝里老人写的《古玉辨》，字很大，不用戴老花镜。他知道芝里老人是嗜玉癖，饮食起居，玉佩不去身，家里的平辈都喊他玉痴。爷爷端着茶杯，看到第二十一节"玄玉"："余少时，与族兄西岩同学，夏日同浴于小浯河之龙湾。西岩好食蟹，每于石洞中捕之。忽得一蟹甚巨，其甲钳一小石，黑如琥珀之璧，光极空灵，疑为寻常之牛角石。既审视花纹极精细，乃一玉压脐耳。余索持之经两月余，不知失落何处，迄今思之，殆所谓澄潭水欤？"

澄潭水？哦，在前面看到过。年纪大了，书看了接着就忘。

爷爷心里感叹着又回翻，翻到了第十九"澄潭水之古玉"，写的是："玉有出土，后落于潭水之中年久，再出土者，名曰澄潭水，此种含有水气，润泽异常，较之脱胎旧玉，犹胜数倍。以其清光能照人影，诚为罕见之珍。余见清纯帝所佩之黄玉纹鱼佩，受三色色沁，名曰澄潭水，视之首尾欲动，真奇品也。按玉性喜燥，而患湿，故出土古玉佳者多在西北，独入于潭水中，于无石无泥处而得此宝，为世所珍，岂不怪哉。"

浯河里居然有澄潭水之古玉，那可是亮玉。正想着，大爷公冶令枢进来了。爷爷盯着大爷，听完讲述，又问了一些细节，又盯着大爷。大爷被盯得发毛，都忘了把那绑票掏出来。

绑票是一张巴掌大的红纸，票上写着赎金一百块大洋。爷爷又盯了我大爷一眼，漫不经心地说："我昨晚做了个梦，梦到在吃樱桃，樱桃很大，红得发紫，很光滑，像个小花红果。我吃了一个，你六爷爷也吃了一个。你老嬷嬷要吃，让你老爷爷给夺了下来。你六爷爷给了你老嬷嬷一个樱桃核。那樱桃核，比一般人家的樱桃还大。你老嬷嬷把樱桃核放在一个瓷盘上，底盘上有一行字，是刻在上面的，写的就是一百块大洋。一阵风来，你老嬷嬷捧着的瓷盘歪了，差点儿打碎，她用膝盖接住了。"

掌着灯笼，爷爷公冶祥仁和大爷公冶令枢回家。爷爷骑着毛驴，大爷在毛驴后面跟着小跑。

开了公冶家祠堂，祠堂门多日不开，那门轴都锈了。祠堂里也有股霉味，列祖列宗的牌位也该打扫了。

爷爷吩咐把门窗都打开透透气。一打开门窗，蜡烛被吹灭了。爷爷吩咐大爷回家拿来了罩子灯，罩子灯是日本货，芝里老人从日本带回来的，把最大的那盏送给了我爷爷。

爷爷看着供奉的弗尼思，那抹幽蓝，湿漉漉的。爷爷的感觉里，弗尼思的眼珠儿在飞速地旋转。

爷爷盯了一会儿，嘴里嘟囔着，谁也听不清楚，领着上香磕头。商量着凑钱。一时没有那么多，得卖地。

六嬷嬷先把自家的地契拿来了。四大爷公冶令棋在后面跟着，脸上显得不慌不忙，迈着四方步。六嬷嬷催着他快走，越说他走得越慢。我四大爷本来性子就慢，说话也慢条斯理。

3. "今天是咱女人笑的日子"

女人不进祠堂,但心却在祠堂里吊着。她们有的站在天井外溜达,有的靠着门框。老嬷嬷景氏坐在石头上,若有所思。六嬷嬷愁眉苦脸,跟老嬷嬷景氏嘟囔了一句:"妈,您说是不是得找蒇姑爷给算算?"

老嬷嬷景氏低头看着自己的小脚尖儿,抬起头来不看俺六嬷嬷,又低下头自己在想事儿。我六爷爷公冶祥敬这次被绑,叫她想起好多年前那个雨夜,我爷爷公冶祥仁让张平青弄去的事儿。

男爷们陆续从祠堂里出来,站在门口,都不走。我爷爷公冶祥仁眉头紧锁,说:"都别僵在这里!分头去找。"东南西北一一指派了,各自散去。

六嬷嬷又跟我爷爷说是不是去算算。我爷爷就吩咐我大爷公冶令枢和四大爷公冶令棋各人骑一匹小驴去芝镇找蒇姑爷。

六嬷嬷带着哭腔说,我爷爷眯缝着眼听,一言不发。

天放亮的时候,六爷爷起来赶着骡车去密州进药,走之前,还吩咐老温说傍晚回来打扫祠堂。

六嬷嬷那天下午正给石头崖上的小闺女灿灿开脸,灿灿要出嫁。芝镇的闺女出嫁,都选在傍晚,开脸后上轿。开脸人得是儿女双全、丈夫健康的。六嬷嬷都占着。

开脸得选择背人眼的埝儿,六嬷嬷家在我们公冶大院的最后一排,藏得严实。还有,六嬷嬷家门前有棵女贞树,弗尼思对我说,这棵树是我老爷爷公冶繁纛早年所植。供奉在我们家祠堂里的弗尼思，经常听到我爷爷在女贞下默念："负霜葱翠、振柯凌风，经冬不凋。故清士钦其质，而贞女慕其名……"它还见我老爷爷把女贞用芝酒浸泡一天一夜，晒干，研成末，又把那旱莲草捣碎，熬成汁，把女贞末和丸搓成米粒般大，晾干，放在食盒里，每夜酒送百丸，不出十天，膂力加倍，白发一点点地变成了黑的。

女贞叶子挑在枝头，在风里晃，女贞果有的落在地上。来开脸的新娘，六嬷嬷都会包一小包女贞果让带回去，图个吉利。

灿灿午时二刻到的，她找貔姑爷算了，这个时辰最好。六嬷嬷关了院门，免得闲人打扰。案子早抹得明镜一般，案上搁了香炉，三炷香燃起来。

灿灿坐北朝南，坐在六嬷嬷家的柞木方杌子上。六嬷嬷转到灿灿背后，轻轻一拍那腰眼，说："挺胸抬头。"

灿灿腰杆一下挺直了，两个饭顶着了红绸子小袄。芝镇人说乳房，都叫"饭"。六嬷嬷说："女人今日是最美的时候，你一虾腰，就减了八分。等有了孩子，再虾腰也不迟。"

六嬷嬷先给灿灿绾纂"上头"。绾纂是女人的成人仪式，六嬷嬷将灿灿的辫子散开，梳理，盘结，黑丝网罩住，银簪簪住，前额梳出刘海。接着给灿灿"绞脸"，在脸上涂上一层粉，一直涂到发际线的边儿，涂了厚厚的一层。从线笸箩里找出两根红线，交叉成十字形，一根线的两端，绑在右手食指和大拇指上，另外一根线的一端用左手牵着，另一端则用嘴咬着，拉直。红线贴在脸上，六嬷嬷右手的两根手指上下分开咬合，不断循环，在灿灿脸上绞来绞去，脸上的汗毛一点点除下。灿灿疼得挤眼睛，六嬷嬷就说："灿灿，你笑笑，你笑笑。"灿灿就嘿嘿笑了。六嬷嬷说："今天是咱女人笑的日子。"

六嬷嬷正专心地开着脸，忽听到天井里"当啷"一声响，好像是敲到了咸菜瓮的瓮沿儿上。六嬷嬷心里犯嘀咕：什么响，不会把咸菜瓮给砸破了吧？她的心有点慌，手有些发抖，但深深咽了口唾沫，就镇静了。

绞脸，也叫开脸，有规矩，天塌下来也不能停，一气儿开完，才能保证新娘一辈子的福气。六嬷嬷没有被外面的响声所干扰，继续一丝不苟地操作着。六嬷嬷一边操作着红绳，一边还配合着说着祝福语："去污求吉利，和谐到百年。福筷举一双，开始贵头鬓。第二贵头额，入门有通吃。孝顺得人疼，勤快地生金。第三贵目周，消灾添福寿。夫妻手牵手，君子又好述。第四贵你鼻中鞍，荫你夫君早做官。今夜子婿床中伴，早生贵子心喜欢……最后贵你嘴，给你早出贵。吉语讲在先，上轿十八变。"

开完脸的灿灿，更加灿烂了，那鹅蛋脸看上去更加地细嫩、精致、白皙，眉毛也被六嬷嬷修整得很整齐，如一弯新月。这个节骨眼儿上，当娘的就红着脸对六嬷嬷悄悄咕哝了几句。六嬷嬷笑着把灿灿拉过来，趴在耳朵上说了些悄悄话，灿灿一边听，一边脸上就飞上了一抹红霞。听完，羞红了脸，捂着，不敢抬头。六嬷嬷说："记着啊，就那么个事儿，男大当婚，女大当嫁，都打那儿过的。"灿灿趴在娘背上蛄蛹。

娘让灿灿跪好，给六嬷嬷端一盅烫热了的芝酒，六嬷嬷第一杯先酹到地上，算是敬了天地。第二盅又双手端过来，六嬷嬷就一口干了，干得一滴不剩。灿灿的娘还递给六嬷嬷一个红包，六嬷嬷笑纳。

开门送走了灿灿，小跑着回来找到咸菜瓮边的那个小布包，是包着一块纸的石头，包石头的纸就是那张吓人的票子。

六嬷嬷一下子瘫了。

4.六爷爷被塞进驴车，蒙面人赶着呼呼跑

六爷爷公冶祥敬很胖，个头比我爷爷公冶祥仁高，皮肤很白。他随我孔老嬷嬷的样相，银盆大脸，高鼻梁，一笑，眼就眯成一条缝。他一走路就喘，脊背上耷拉着的那根辫子很干巴。我爷爷公冶祥仁早就劝他干脆剪了吧，他摇头不语。

他那天很早去密州进药材，赶着驴车。本来是过了浯河朝南走，这次却去了西。夜里他梦着弗尼思对他说，公冶子长老祖墓前的一棵银杏树被风刮断了。好好的，怎么会刮断了呢？睁眼下炕先到祠堂里，在弗尼思前跪着祷告了一会儿。他改变了主意，先去公冶子长墓上看看。自己毕竟是大有庄的这一支的族长，亲眼去看一看，要真断了，等来年清明去补种上。于是就赶着驴车出门往西去了西岭。初冬的西岭光秃秃的，风一刮，沙土扑脸，六爷爷把黑毡帽使劲往下拉了拉。

抱着鞭杆子，抄手坐在驴车上走着，想着年轻人的散漫和疏懒。大侄子公冶令枢和儿子公冶令棋滚在一个炕上睡觉，挨着牲口棚，他让他们轮着夜里给驴和骡子添点料，他们一定又偷了懒，睡过去了。奇怪的是，他起来赶驴，进屋去拿鞭子，炕上这俩小子没在屋里。一大早，去了哪里？不会是耍钱一夜没回吧。

不会，他们没这个胆儿，公冶家的小厮们，都还规矩。那他们去了哪里呢？棉被子在炕上扬拉着，也没叠起来。六爷爷看不惯，竟然爬上去，把被子四四方方叠好。从山墙上取下鞭子，套上驴车，车把上落了一层白霜。

驴没吃饱，走得有气无力。他使劲抽了一鞭子。这俩熊孩子，给我偷懒！等见了再收拾他们。心里嘟囔着。

爬上陡坡，就是舍墓田。那时候没有公墓，在土地私人所有的时候，一个人没有土地，当真就是死无葬身之地。但穷人也要死，有人行善，就施舍出一块田地给这些穷人埋葬。这地就叫舍墓田。施舍出来的地自然就很小的一块儿，而穷人又何其多？于是这块地就坟茔层层累加，白骨堆积。舍墓田里又是孩子的尸体居多，在芝镇，未长成的孩子不能进祖坟，死了就扔进舍墓田。这里又成了葬死孩子的地方。夏天四周一片漆黑，我爷爷看到舍墓田里那忽明忽灭的绿莹莹的鬼火，浑身的汗毛都竖起来。六爷爷公冶祥敬胆大，从不信鬼神。早年的一个夏天，老爷爷公冶繁翥让我爷爷和六爷爷去舍墓田挖土肥田，舍墓田的土很肥，蒿草有一人高。我爷爷胆小，忽然看见蒿草里一个破布包在动，开始以为是幻觉，他提吊着心，指给六爷爷看。六爷爷走上去一掀那布包，是个孩子，还活着。我爷爷不敢上前去抱。六爷爷上前去抱了起来，也没打听出这是谁家的孩子，就弄到家里养着。这就是俺家的觅汉老温的养子小温，小温的鬼名字叫"舍孩子"。

对夜里的鬼火，六爷爷也不信，他知道舍墓田里人骨堆得多了，那是磷火。冬天这里很安静，风吹着唰啦唰啦的枯草。我的胆子跟爷爷一样，也小，要叫我自己天不亮在这里走，我会害怕得两腿打战战。

舍墓田西头有两个丘子很突出。这个丘子，长方形，拱形顶，用青砖砌成，里面放着棺材，算是地上坟吧。六爷爷抱着鞭杆子，正过一个丘。忽然从丘里面蹦出两个蒙面人，一个麻袋套上了六爷爷的头。六爷爷有些憋，他使劲喊："这是咋？这是咋？"六爷爷的嘴里被掖进一块破铺衬。六爷爷还啊啊地叫，蒙面人扇了他一巴掌。

六爷爷被塞进驴车，那两个蒙面人赶着驴车气呼呼跑。一会儿就把六爷爷转晕了，转了大半天，六爷爷被拖下驴车，又随着蒙面人磕磕绊绊，拖拖拉拉，上上下下，最后给六爷爷摘了头上的麻袋。六爷爷睁眼一看，眼前是一盏豆油灯，灯花儿忽闪着。怎么天黑了？他再一看，是一个地瓜窖子。

他听到边上两个人在咕哝："要他八亩地、四头牛、十头大肥猪、十棵五年的淌枣子树。要不，就给一百块大洋。"

六爷爷并没惊慌，他插话说："好汉，我就是个贩药材的，就赚几个辛苦钱。"

一个道："你还当族长呢。"

六爷爷说："族长，就给本族跑腿的，哪有什么薪水和油水啊。"

另一个说："我是说，你是族长，让你公冶家族的人来赎你。要不，就撕票。先耳朵，再鼻子，再砍胳膊腿……"

六爷爷说："撕就撕吧。我也活够了。"

一个对另一个说："快捆，捆结实。"

另一个说："你看他胖的，和个蚧留龟儿（方言，蝉的幼虫）似的，肉墩墩的。"

六爷爷说："哎呀，咱是老乡啊，芝镇的吧。"

"嗯？"

六爷爷说完，就后悔了，这是犯了大忌。两人使劲，用绳子把六爷爷和一根竖着的木桩绑在了一起。

5. "钱啊不值钱，把多余的东西早早去掉"

蒙眼，堵嘴，勒脖子，扎紧裤腿。咋还扎裤腿呢，看官有所不知，这绑票的，怕我六爷爷公冶祥敬胆小，拉稀拉到裤筒里。我六爷爷大汗淋漓，空心袄溻透了，那袄里子一贴着皮肉，就针扎刀割一般薅肉。起头他是真惊慌，脊梁骨一阵发麻、一阵发凉、一阵发酸、一阵发紧，慢慢气喘匀了。他被夹着架着推搡着往前走，两脚几乎不沾地，死命地辨方向，往东，往东，忽又觉得是往西，往西，他闻到了一股牛粪味儿，这味儿越走越浓，熏得他有点儿头晕。我六爷爷使劲嗅着，嗅着，这应该是牲口棚。走了有半个时辰，俩青年架着他也架不住了，我六爷爷太胖，腿就耷拉到地上，哧啦哧啦地往前拖着走。这架着的俩人，也不说话，只听到老笨鞋在地上闷闷地响。

我六爷爷感觉被架到了一个墙旮旯儿，那俩人一人一根胳膊架着他往上一提，又轻轻地放下，腔硌得生疼，他咧咧嘴，被塞进了腊条筐子里，腿蜷曲着。筐底好像还垫了一把麦秸。他清晰地听到了两个年轻人的喘息，这俩人的喘息，让他想起我大爷公冶令枢和四大爷公冶令棋，我大爷和四大爷抬粪，一前一后地走，

就是这样的动静

　　我六爷爷贴着那悠筐底一点点被往前挪着，忽地就离了地，往下沉，往下沉，这是往井里送啊，一会儿到了井底，我六爷爷的腚又被一颠，他咧咧嘴，嘴里堵着的铺衬又被往里塞了塞。

　　这应是口地瓜井，他闻到了烂地瓜味儿。他在想刚刚发生的一切，早先进药都是过了浯河朝东、朝南，这做了个梦，改了方向，朝西去见公冶子长墓，咋就遇到这事儿呢！

　　曲里拐弯往里走，一直走，蒙着的眼才撕开了，六爷爷眯着眼，慢慢睁开，看清了，他这是在地瓜井下的一个深堼（方言，井下挖的深洞）里，六爷爷抬头看看堼顶，觉得这个堼挖得比他挖得好，也深，也高，这堼得盛多少地瓜啊。我六爷爷领着公冶家的小伙子，在西岭上挖过六眼地瓜井，冬春里，公冶家的人吃的地瓜，都藏在五口井堼里，剩下的一口井里，藏着的是芝酒。

　　眼前一个清癯的老者，正笑吟吟地坐在他面前的桌子后面，东洋罩子灯挂在堼壁上，桌子上有四样小菜，我六爷爷影影绰绰看到的是，芝镇小炒，鳌子窝里的咸鱼头，芝镇的通熟了的酱，还有切成丝的辣疙瘩。灯影里，四个碟子是黑黑的四小撮。

　　再一端详，老者脸上挂着的是个老虎脸谱，就眼珠儿滴溜溜是活的。那人一出口囔囔着鼻子，嗓子沙哑："老哥哥，别慌。""老者"站起来。看那个头，像老温的养子小温，那走相，也像小温。可他是个"老者"。想起小温，我六爷爷反而不慌了。他说："不慌，我有啥慌的……"

　　"咱喝酒，咱喝酒！"

　　六爷爷想，这肯定是在芝镇地界上，他静下心，酒盅端着，又放下，想家里不知道都乱成啥样了，想着想着手心里就又有了汗。

"兵荒马乱，公冶族长，知道日本鬼子吧？知道他们坏吧？"

六爷爷不敢乱回答，面前的要是个汉奸呢，他装没听清。端起酒盅，仰脖干了："咱小老百姓啊，就有口饭吃着，有口气喘着，没想别的……"

六爷爷脑海里忽地想起了我的老爷爷公冶繁矗。早年我老爷爷因为治病治出了人命，被下了大牢，按律当斩，我老爷爷为人好，三四百人都去县衙门前跪着求情。官家说，看来公冶繁矗给当地老百姓治好了不少人的病。要不然，就是他儿子磕头也请不来这么多人。就这样，他们放了我老爷爷。老爷爷三个月后从牢里出来，阖族人以为他瘦成猴了。谁料，他在里面捂得白白胖胖。我老爷爷是个心大之人，啥都不往心里去。该吃吃、该喝喝，一喝就醉，一醉就睡，天打五雷轰，也轰不起他。

老爷爷公冶繁矗临终前，把一庹（tuǒ，一庹指成人两臂左右平伸两指间的距离，约合5尺）长的褐色家法杖交到我六爷爷手里，说了三句话。第一句是："人难时要多动脑筋，想法子，想不下去了就换个角度。"六爷爷问："要想不出办法来咋办？"老爷爷说："想不出法儿，你也别着急，该咋着咋着，你着急也没用呀。"第二句是："不可挽回的事儿，别老去想它。"六爷爷问："啥叫不可挽回的事儿？"我老爷爷正端着药碗喝药呢，他对我六爷爷说："你看我端的这个碗挺好看吧，我不小心，'啪'摔碎了。"话音刚落，药碗果然就从我老爷爷手里脱落,碎了,药液药渣溅了我六爷爷一身。六爷爷看到我老爷爷嘴唇哆嗦,闭着眼,使劲喊,就见我老爷爷闭着眼说:"碗碎了,你再上火,再着急,它也长不上。这就叫不可挽回的事儿。"六爷爷又问:"那第三句呢?"老爷爷气脉已很微弱,他说:"钱啊……不值钱,把多余的东西早早去掉。"头一歪,去了。

六爷爷想着我老爷爷说的话,忽就想通了,要过大白碗:"管够?!"

"管够!管够!只要你把钱拿出来。"

"管够咱就喝透!"

6. "单饼卷指头,口口咬的都是自己的肉!"

丁丑牛年(1937)初夏,牛兰芝和牛兰竹、刘欢、牛树和等七八个芝镇青年,从省城坐火车到了高密,又从高密坐火车到了坊子,再从坊子走回了芝镇。按说,他们可以直接从高密到芝镇,可不知为何又去了一趟坊子。我纳闷了好长时间。后来从《芝镇志》上查到,他们去坊子是想到那儿的煤矿上去办张报纸,不想也碰了钉子,就死心塌地回了老家。

这帮脱下长衫的青年学子,领受了一次芝镇新"乡饮酒礼"。这是我六爷爷公冶祥敬、我爷爷公冶祥仁和牛大秀才牛景宏、牛二秀才牛景武、李子鱼等芝镇知名人士操办的。而我大爷公冶令枢和四大爷公冶令棋一直兴奋着,跟着跑腿。这哥俩羡慕着牛兰竹和牛兰芝他们。场子散了,这哥俩想跟着去芝东村,被我六爷爷拦下了。

"谁也不许去？"六爷爷呱嗒（方言，因不满意而拉长面孔）着脸，他的长脸能拧出水来。

六爷爷公冶祥敬总觉得我爷爷的女婿——牛兰竹有点儿胀包（方言，膨胀），不好好念书，却上蹿下跳，在省城折腾够了还要回老家"活跃"（方言，闹腾），简直是谬种一个！他把酒斝从祠堂里拿出来，是迫不得已。

六爷爷和我四大爷这爷俩儿不对付，六爷爷让他往东，他偏往西，六爷爷让他打狗，他偏去吓鸡。六爷爷不让去见我姑父牛兰竹，他还非去不可。

八月十三一大早，我六爷爷吩咐我大爷和四大爷："去芝东村看看你大姐姐吧！带上二斤月饼，还有一坛子酒。你不是想见你的那个能姐夫吗？去吧！"我四大爷脖子一梗嘴上说"不去"，可心早飞到了牛兰竹那儿。

吃过午饭，我四大爷找我大爷商量去芝东村，我大爷正在看地上的蚂蚁，那蚂蚁成群，黑黑的，像一根绳子，曲里拐弯。大爷说："天要下雨了。"给我四大爷扣一顶苇笠，哥俩就小跑着一路先到了芝镇，到阜丰泰称了二斤点心，到田雨烧锅上抱了一坛子站住花，然后一路往东南。

还没进我大姑小樽的婆家门，就听到天井里的人说：

"光知道在屋子里，她都有了身孕。不会替替她。"

"娘，他在忙正事呢。"

"忙啥正事。一年到头，回不了几回家。你看他，叫花子起五更——穷忙！"

推开门，见我大姑小樽正和她当婆婆的在推磨呢。我大爷和四大爷提着点心抱着酒坛子进来。大姑小樽见两个弟弟来了，高兴地往屋里让。

我姑父牛兰竹一听来了我的大爷和四大爷，跳着跑出来。两只手一手拉着一个进了屋，关起门来说个没完，说了一会儿，又领着出门。我大姑小樽喊：

"饭都中了，这是要去哪儿？"

"你别管，我们有事儿。"

我姑父牛兰竹拉着我大爷和四大爷到了芝东小学里。我姑父把他们介绍给他爹牛二秀才。

我四大爷说："俺爹是个老顽固，不愿意出头。"

牛二秀才道："人老了，都这样。怕事。"

"表叔，您看您多开明。可我爹还留着辫子呢！"

"贤侄啊，好多人剪辫子了，可是心里的辫子还缠着魂呢。这无形的辫子更顽固，更可怕。所以啊，你们年轻人，就大胆地干！看到浯河了吗？浯河的浪涛在汹涌，时或溢出河岸！来一点浊浪排空的霸蛮！咱芝镇人，有口酒顶着，怕啥呢？！"

戊辰年（1988）"三八"节那天，我到北京采访牛兰芝老人和我姑父牛兰竹。我姑父六十八岁，白发如银，腰杆如竹，穿一身灰蓝呢子中山装，看上去也就像四十多岁。我问起当年我大爷和四大爷来拜访他的事儿。

我姑父牛兰竹笑着说："记得，记得。那天我们兄弟仨喝醉了。你大爷公冶令枢好酒量，比我小。我记得他还说了一句话。我说：'现在国难当头，自己得站出来保卫咱自己，有钱出钱，有力出力。'他说：'单饼卷指头，口口咬的都是自己的肉！'这句话真形象啊！前几年我回老家，说到大包干，我又听一个老农说过，过去大呼隆，出工不出力，现在田地分给个人了，真是'单饼卷指头，口口咬的都是自己的肉'。我一下子就想起你大爷来。你大爷和你四大爷啊，绑架了你六爷爷！这俩小孩儿啊，真是。哈哈。"

我大爷和四大爷原本都是老实巴交的孩子，从小念私塾，学《内经》背《汤头歌》，循规蹈矩。尤其是四大爷，瘦高挑，说话声音也不大，虽然他跟我六爷爷一直顶牛，可说绑架自己的亲爹，我不信。但是，他们就这样干了。

那晚上，我大爷公冶令枢和四大爷公冶令棋喝了一肚子酒，浑身燥热，顶着苇笠在暴雨淋下的泥泞里回到了大有庄。在雨中，公冶家这俩小青年有了一个大胆的想法。

两天后，是八月十五，他们参加了曹永涛、牛兰芝、牛兰竹组织的浯河万人大会。我大爷和我四大爷感觉被点燃了，四大爷公冶令棋激动得也跳到了台子上，却紧张得一句话说不出，又红着脸跳下台。四大爷的后背被拍了一下，就听那人说："你得在大风天，到树林子里练！"

7.谁是幕后主使？

我大爷公冶令枢和四大爷公冶令棋，在他们那个年纪干了他们该干的事儿，由老温养子小温当帮手，真的绑了六爷爷公冶祥敬，绑来了五十块大洋，买了二十条枪，剩下的买了子弹。他们干得很爽，很刺激！可是把六爷爷折腾得不轻。

启蒙我大爷、四大爷的除了我姑父牛兰竹和牛兰芝他们，还有一个就是李子鱼。浯河大会那天，四大爷在舞台上紧张得说不出话，拍他肩膀的人就是李子鱼，他让我四大爷在风中的树林里练演讲，一棵树就是一个人，对着树就是对着人。四大爷果然照着做了，在树林里，在风雨中大声背诵高尔基的《海燕》。新中国成立后渠邱县第一次演讲比赛，他得了第二名。

在这哥俩眼里，李子鱼简直就是活神仙。李子鱼能说会拉会唱不算，还能扶犁能推车能盖房，会裁剪衣服做鞋垫，还能錾磨修车子刻印章。他的轻功了得！我大爷亲眼所见，有一日傍晚，芝镇德国教堂门前，摆了十六盘煎饼鏊子，柴火烧得通红，张平青要惩戒窝藏抗日分子的德国神父季尔思，让他走鏊子。李子鱼求情，张平青扔出一句："他不走鏊子，你敢替他吗？"李子鱼说："我试试。"伸展双臂，在眼前画了几个圈，"嗨"地把鞋子一脱，上了热鏊子，蜻蜓点水一般一个鏊子一个鏊子踩着飞过，只听得鏊子和皮肉滋滋响，抬脚却不见一点儿疤痕。张平青就把季尔思放了。

平时看上去，李子鱼老实人一个，用我大爷的话是，李子鱼三脚卷不进粪篮子里。张平青的暗杀团团长王铭要娶芝镇京剧名伶鞠莲花，风闻她是李子鱼的干女儿，关系有点儿不清不楚，便带兵丁冲进李子鱼家，要大闹李府。李子鱼赤脚光头，汗褟上插着芭蕉扇，一大把胡子耷拉着，眯缝着眼，手里拿着把胡琴，吱吱啦啦在拉《将相和》，一副没睡醒的样子。暗杀团长一颗悬着的心放回肚子里。暗杀团团长刚走，李子鱼一睁眼，一个苍蝇嘤嘤飞来，他的眼睫毛一动，苍蝇瞬间削掉了一个翅子。

李子鱼有一把盒子枪，但盒子枪上没有准星，原来有，为了掏枪方便，李子鱼硬是把准星用锉给锉了去。他不会瞄，打得却很准，敌人的枪还没掏出来，他的扳机早就扣了。一枪一个，都不带第二响的。他玩枪可谓出神入化，闲来没事，他爱拆卸着手枪玩儿，大大小小的零件一堆，放在白毛巾上，他一点点地擦拭着，掂量着这个零件，那个零件。突然敌人追上来了，他顺手抓起那一大把零件，一面安装，一面上子弹，完全凭感觉，一枪能把迎面的鬼子撂倒。

牛兰竹、杨富骏都跟李子鱼练过枪法，都成了一把好手。还有冯家大院里的六少爷，骑着刚从日本鬼子那里缴获的自行车，在芝镇路口迎敌，双手打枪，百发百中。这冯家的老六，头戴黑瓜皮帽，脚蹬圆口黑布鞋，脚脖扎腿……那叫帅，都得了李子鱼的真传。

李子鱼不喝酒，但能把你灌个酩酊大醉。怎么灌的呢？靠他的水功和坐功。你喝酒，他陪你喝水，他能喝十暖壶水一动不动。水都灌到哪里去了？为了见识这水功和坐功，我大爷和四大爷来到了余生祥酒楼，我的这两个大爷喝到一半，就被李子鱼感染得五体投地，决心绑架六爷爷。他们走出余生祥酒楼，耳畔还响着李子鱼的话："大敌当前，毁家纾难，岂能无我？！"

老实孩子办邪乎事儿，总魂不守舍。立冬以后的那几天，我四大爷公冶令棋丢三落四，我六嬷嬷让他去芝镇集上买茴香，他却买回来一大包花椒。

我大爷和四大爷正躺在炕上合计，老温的养子小温过来喂牲口,一伸头见两位少爷还没睡,就朝这躺在炕上的哥俩笑。小温一听这哥俩要干那事儿,惊得差点喊出来。

"别伤着老头子,怎么都行。"

"绑到哪里去?"

"玉皇阁那里一个地窨子,我跟'一大盼子'熟。"

"不行,太近。"

"找咱姐夫,他心眼多。"

哥俩到了芝东村,我姑父牛兰竹一听,激动地拍打着我大爷和四大爷的肩膀,连说了几个"好"字。

"绑架的路线呢?"

"这个好办,把他转晕了。在家里都行。"

"最好不在家里。"

"那就放在俺家的地瓜井的深埕里。"

我姑父牛兰竹突然想到了吴大杆子,吴大杆子在芝镇可是有名,除了会编酒篓,吴大杆子的爹被土匪绑了票,这吴大杆子竟然担着酒篓独闯土匪窝,绑了土匪的头目,这吴大杆子编酒篓,还会编瞎话儿,他家里总是聚着一帮浪人。这帮浪人甘愿给他挑水、推磨,为的是听他说话。

我大爷和我四大爷也就在一个傍晚来到了吴大杆子的吴记酒篓铺。

8."你啥时成了绿林好汉了?"

吴大杆子手里攥着棉槐条子。蹲在地上的一个浪人就问:

"酒篓咋用桑皮纸糊呢？"

棉槐条子是编酒篓用的，吴大杆子捋顺了，开口道："桑皮纸柔软，韧性啊，桑树跟酒有关。在玉皇阁后面正中栽着一棵桑树，我说的玉皇阁不是现在的玉皇阁，是老早老早的玉皇阁，现在的不知翻修几次了。那桑树呢，也说不上是哪个年代了，反正比碾砣子还粗好几倍。树老空心，围着桑树住的几户人家，把馊了的剩菜剩饭倒在树洞里，日积月累，树洞就满了，加上年年雨雪，这些馊了的东西化成水溢出来，一股火辣辣的香味绕着桑树在飘，有人就用瓢舀了一点尝尝，一尝不要紧，飘飘欲仙，越尝越上瘾，这就是最早的酒啊，你看这酒跟桑树是不是有关？酒篓内里要糊桑皮纸，糊一层，涂一层血料，再糊一层，涂一层血料，得糊七八层呢。酒盛在桑皮纸糊的酒篓里，是不是还是被桑树包着啊。酒亲桑，桑亲酒！"

什么是血料？这是芝镇酒篓的独特做法，是先把凝固了的猪血块搓成细末，过笋筛再加水成浆，再调好生石灰水（生石灰与水反应后也过笋筛），将血浆与石灰水按一定比例掺和在一起，搅匀后进行发酵。

我大爷和四大爷这次不是来听吴大杆子的瞎话的，他们是来请教的，就试探着引导吴大杆子说他用酒篓装土匪的事儿。

"我担着酒篓进了寨子，我说是来换酒的，两瓢酒先把那把门的迷倒了，进了那大当家的上房。他抱着酒葫芦在打盹呢，我心下是，我让你喝个够！迷迷瞪瞪地，我把他塞进酒篓，大摇大摆地走出了门。挑到半路上，就听到酒篓里的大当家的在扑棱，我放下担子，把酒篓揭开，大当家的大口喘着气，喊着：'可过瘾了,喝够了。'我说:'空酒篓啊。'又把他摁进了酒篓。他是彻底服了。"

四大爷公冶令棋惊讶地问:"酒篓里有酒吗?"

我大爷说:"是空酒篓。"

我大爷跟我讲过,鬼子来的头一年秋,吴大杆子家里请四里八乡的酒篓匠来喝酒,客人都来了,他不去烧锅上取酒,倒是担着一对空酒篓到了浯河边上,担杖都不离肩,在河边上一站,身子一歪,一摆,左边的酒篓满了水,又一摆,右边的酒篓满了水,担回家。在大门楼底下,蒙上红绸子,菜也端上来,搬起酒篓倒酒,里面不是浯河水吗?怎么成了酒呢。酒篓匠们目瞪口呆。

吴大杆子说:"陈年的酒篓,见水就是酒,何况浯河水,浯河水本身就有度数!"

我大爷和四大爷从吴大杆子那里回来,思量再三,还是放弃了用酒篓装我六爷爷的绑架计划,怕六爷爷在酒篓里真醉坏了。

吴大杆子的儿子吴戏国当过我的芝镇联中的语文老师,有一年正月我去拜访他,说起他父亲编酒篓的事儿:抗战拉锯,他父亲把酒篓弄成夹层,把从岛城弄到的盘尼西林(青霉素)、药棉、绷带等医药用品和钢笔、电池、蜡烛、煤油等日用品,藏在酒篓底下,一批批从这里运往西山里,还有雄黄,造军火的。有次我七爷爷公冶祥恕(后改名弋恕)跑青岛去贩烧酒,通过亲戚关系买回了不少纸张。买和运都很机密,当时吴大杆子不了解买那么好的纸到底作何用,后来才知道是运到解放区的"北海银行"去印制了钞票。

我大爷和四大爷自以为做得很秘密，其实得到六爷爷被绑架的消息，我爷爷公冶祥仁就看出了针线。他从绑票的笔迹上看出了端倪，那是李子鱼的手迹，李子鱼习练的是颜体，中锋笔法，横画略细，竖画、点、撇与捺略粗，这绑票很别致，竟然还盖着一个闲章，篆字"芝镇粪叟"。我爷爷记得，有一年李子鱼在芝镇举办个人书法展，他用上茅房的草纸印请柬，李子鱼自号"腊条粪篮子"。

我爷爷连夜敲开余生祥酒楼的大门。李子鱼还在练字，见是我爷爷，忙笑笑说："公冶大夫，这么晚怎么来了？"

"你啥时成了绿林好汉了？"

李子鱼赶紧作揖，说："公冶大夫，不是我出的主意，是贤侄们自己想出来的，让我代笔。"

"你可把我公冶家的老老小小吓个半死啊！"

"国难当头，救……亡……图……存！有钱出钱，有力出力。我对贤侄很是佩服。"

"你这绑票也太不专业，还盖着戳。"

"哈哈，这叫坐不改名，行不改姓，明人不做暗事。"李子鱼说。

说话间，李子鱼安排摆上了菜和酒。爷爷放松了心情，竟然喝醉了。

没了辫子的六爷爷回来，一脸疲惫，嘴上起了燎泡。让他痛心的，除了钱，还有他的那根垂了五十年的大辫子。被齐生生地剪下辫子时，他觉得后脑勺好像被剜了个大窟窿。

我大爷和四大爷在浯河岸边等着接六爷爷，没人的时候，搭嘴笑了一笑。四大爷见了六爷爷显得格外亲热。六嬷嬷还没见到六爷爷，早已经哭成了个泪人。

"绑架"把六爷爷"绑"醒了，我大爷和四大爷在祠堂里印传单，他也睁一只眼闭一只眼。日本人让他当镇中医会会长，他一口回绝。但他到死也不知绑架他的是他的儿子和侄子，或许知道，他只是不说。六爷爷享年七十三。

前夜
QIAN YE

第七章

1. "我从为闺女时,就没穿过绸子衣裳"

马河秋到底还是把牛兰竹他们的二十多条枪弄回去了。张平青瞧不上马河秋的,就是枪少。入了眼的,哪能轻易失手。

我姑父牛兰竹和牛兰芝他们前脚走,马河秋早派人远远盯紧,化装成各色人:打猎的、卖菜的、拾粪的、换酒的。不远不近地跟随。等牛兰芝他们进了公冶长书院,这些兵丁就急三火四把枪扒出,用早备好的篷布裹紧,回了临浯街。

在公冶长书院开枪撵鬼子的是渠邱武工队的,牛兰芝见到一个大高个,四方脸,穿一个老蓝布褂子,敞着怀,跑得飞快,手拃一把盒子枪,后来跟着的有四个人,手里拿着标枪,有一个还扛着钢叉,也一个劲儿地往前跑。一会儿,就没了踪影。

牛兰竹、牛兰芝他们追了半天没追上,只好回返。

到家已是掌灯时分。听了丢枪的事儿,牛二秀才也没埋怨,说,只要人没事就好,枪没了咱再弄。为了打掩护,牛二秀才在芝东小学里挂了块"民众夜校"的大牌子,让这批年轻人先在这里落落脚。

娘对牛兰芝和她爹做的事儿不支持也不反对,看顾着自己的小家,专心养她的蚕妹儿。牛二秀才把这个小家的五间麦秸盖顶的小屋起名为"向阳居",日头从冒红到西坠,都耀在窗子上。梧桐木窗棂糊着白窗纸,红窗花一年四季不败。那是夜深人静了,牛兰芝的娘在小油灯下剪的。娘从笸箩里抽出张红纸,对折了,右手握着剪刀,在纸上左弯右拐剪下来,展开,是一只猴子,或是一只花。娘的手巧,剪啥像啥。娘下剪刀,不用预先描样,直接开剪。牛家的窗花在芝东村最上讲(方言,指由于事情处理得讲究,影响力强,值得口口相传,流传度广),有老鼠娶亲,每只老鼠各司其职,抬轿、送亲、吹唢呐、放鞭;有小猴献桃,小猴翘着尾巴,龇牙咧嘴;还有猪八戒背媳妇、狮子滚绣球、喜鹊登枝。娘有把专门剪窗花的花剪子,巴掌大,是救过张平青命的堂嫂"过路仙女"送的。她跟"过路仙女"都是芝西村的,两家隔着一个胡同,长大了各嫁东西。"过路仙女"穷讲究,鞋底上都纳出凸出来的花纹,上面有盘长和牡丹。她一直记得"过路仙女"说的话:"俺穿着俺绣的鞋走,走出的脚印上都是俺绣的花纹,这样,人家就知道这是我走过的路!"

　　天井的东墙外面,还有将近半亩的空地,那里除了种着一些桃树、杏树、李子树之外,还有三十多棵桑树,大的有碗口那么粗。每年清明一过,嫩绿的桑芽刚刚露尖儿,牛兰芝的娘便开始整理茧子,遇到春寒,她担心蚕出不齐,捂在炕头的被子里,隔不几天拿出来瞅瞅,一看到洁白的蚕子发乌了,娘便欢喜得抿嘴笑。不到几天,小蚕虫就像蚂蚁一样爬出来。娘用鸡毛掸子一只一只从蚕子布上往下赶,先放到一个垫子上,将抽芽的桑叶掐下来,端详着蚕子吃桑叶,娘这会儿,比给孩子喂奶还上心。蚕妹儿眠了,娘用一个一个高粱的楚秆穿成蚕垫子,先用碱水洗净、晒干,把房间打扫干净,炕前下、墙角那儿都撒上石灰,自己再洗头洗脚,换上干净衣裳。这时,爹便带着酒壶从房间里将铺盖卷搬到大门外的小学校里,住上个把月,直到蚕妹儿结好茧再把铺盖卷搬回来。

牛兰芝的娘养蚕妹儿，爹最支持，他用一张黄条纸写上"嫘祖先师之位"，贴在北墙跟他一般高的地方，再在牌位下面贴一张红色小纸条，写着"嫘祖后裔赵氏瑾春叩拜"一行小字。从那，牛兰芝才知道了娘的名字叫赵瑾春。

她问爹："啥是嫘祖？"

爹说："相传嫘祖是古代轩辕黄帝的妻子，栽桑喂蚕，纺丝织布，就是她发明的。"

牛兰芝记得有一次，蚕刚收下来，爹端着一小盅酒，瞅着娘那清癯的脸说："喝口酒，给你道乏。"

娘从来没受到过爹这样的礼遇，赶紧接过来，干了。

当爹的对当娘的说："看你，每养完一茬蚕，累得身上都脱了一层皮，点灯熬油的，何苦受那个罪！自古以来人们就说，'窑匠住不上新瓦房，织布的穿着破衣裳'，别看你养蚕几乎连命都豁出去，作茧吐丝、织出来的绫罗绸缎，不用说做件绸子衣裳，我看连块丝绸包头布，你也买不起。"

当娘的听完，平静地道了一句："我从为闺女时，就没穿过绸子衣裳，也不指望穿。"

娘养蚕，牛兰芝是个好帮手，帮着采桑叶、倒蚕屎。蚕过二眠，她就帮着娘搭蚕架。娘搭的蚕架，是用朝阳花秆子吊在墙两头，两根平列的秆子可托住三大垫子蚕，娘至少要放两层蚕垫，共六个大垫子，桌上还要放几个小垫子，多的时候，并列十个大垫子，娘也不怕累，真能忙活。

牛兰芝在家里忙完，闲下来，怎么也想不明白马河秋的作为，说一套做一套，说翻脸就翻脸，一点情面也不留。他还让冬冬认了自己干姑姑呢。苦闷着的牛兰芝紧锁眉头。

娘最知道闺女的脾气,说:"我倒想起你小时候去买桑叶的那个事儿来。"

牛兰芝苦笑了,说一辈子也不会忘。

2. "人心隔着肚皮,肚皮之外隔着层衣裳"

那是个早晨,树顶桑叶上的露珠,"啪"地打到下面的桑叶上,下面桑叶一倾一斜,那露珠再"啪"地打着更下面的桑叶。"啪、啪、啪",从容,清脆,安静,露珠敲着露珠,桑叶接着桑叶,牛兰芝爱仰脸听那露珠的敲打,看娘拉风箱拉出的炊烟。她才不傻呢,她不会爬到树上去,拱一头露水,湿了裖子,露水贴着裖子,凉。她要等到日头出来,露水收了,脱了鞋子,手里吐上口唾沫,搓一搓,扳着树,一跃一跃地到了顶,还有零星的露珠滴到脸上,不怕。脚丫蹬着一根枝子,没想到那枝子滑,桑枝一晃,手没把住桑树干,身子打着桑叶,一屁股跌到泥地上,幸亏那土上滴了一夜的露水,发软,要不得骨折,她浑身像泥猴子一样,膝盖上跌出了血。回到家,娘急火火地翻箱倒柜找刀疮药,给敷在伤口上,那是娘收藏了很久的药了。娘又用一条绿色扎腿带子给她扎住。一再问:"还疼不疼?"娘的问,一直藏在牛兰芝心里,想起来眼睛都湿润。一直到了晚年,我拜见她,她还清晰地记得采桑叶的细节,只是不记得是春末夏初,还是夏末秋初。

膝盖又肿又疼,牛兰芝忍着,继续采桑叶。不能上树了,娘给找了根腊杆，腊杆上绑一块生锈的铁条，铁条打弯，扛着来到桑树林，把铁条钩子伸到桑树顶的桑叶里，往下掠。一拽一大把，铁条三天就被掠得去了锈，日头一晒，都耀眼。爹说，这样采桑叶好是好，就是伤桑树，权当使劲薅头发。爹心软，她也心软，再去薅桑叶，就试探着，把铁条钩子，轻轻挂到桑枝上，再小心地往下拽，一拽先拽下一头露水。

桑树的老叶吃完了，新叶还没长出来，蚕的胃口却越来越大。这可愁坏了娘，夜里在炕上烙烧饼一样地翻来覆去。

"娘，我明天跟同学去买桑叶。"

当娘的答应了。

约好几个同学，推着木轮车一路往东，车上是棉槐条子编的篓子。出村不过三里，远远地就看到一片绿，果然是桑树林。她和同学兴奋地笑闹着跑去。桑树林的主人正在打桑叶，那人打桑叶粗鲁，用铁钩子使劲往下抈，是死命地抈，抈得桑树头都晃，她看着揪心。

赔着笑脸上去问："卖不卖桑叶？多少钱一斤？"带搭不理的那人腰上挂着酒葫芦，时不时地摘下来抿一口，说："买桑叶？二分钱一斤。"

"能便宜一点吗？"

"不能。"

她们又推着车子往前走，过了一村，没有桑树，再过一村，还是没有桑树的影儿。只好回来，那打桑叶的已经打了一堆，桑枝子有的也被抈下来。这人心真狠，她想。

"二分钱一斤，俺买了。"她说。

那人说:"涨价了,五分钱一斤。"

"不是二分一斤吗?"

她赌气说不买了。领着同学往回返。可是,没有桑叶,蚕不能饿着啊,娘都愁得吃不下饭去。没辙!硬着头皮,又去了。

那人满身酒气,一脸横肉,说:"俺自己的蚕妹儿还不够喂的,非要买不可的话,不出一角钱就别来了。"

想着正等着买桑叶回来的娘,她把口袋里的钱全递给了那个男人。那男人用砍刀砍下两条桑枝,拿过水瓢,舀了一瓢水,泼在桑叶上。说:"这何止是十五斤,二十斤也有余哪,连树枝子也扛回去吧,下回不出两角一斤,就别来了。"

牛兰芝的同学跟那人理论:"你泼上水,不压秤吗?"

那人嘿嘿一笑:"有本事,你不买。"蹲到地上对着酒葫芦的嘴儿,像婴儿吃奶。牛兰芝拉拉女同学的衣角。

牛兰芝和两个女同学将买的桑叶抬回家,娘抿嘴一笑,说:"咱那蚕妹儿可有救了,你去看看一只只摆着头,四面找食吃呢。"

娘没来得及揩拭桑叶上的水,就将桑叶一片一片撒在蚕垫上,只听得唰唰唰像下雨似的,饥饿至极的蚕妹儿将桑叶一口一口吞到嘴里。

第二天牛兰芝去倒蚕屎,蚕屎不是一粒一粒的,而是一摊绿色的、有臭味的稀粪。她心头咯噔一下,忙到蚕室去看,两大垫子快要结茧的蚕不再吃食,僵僵地躺在那里一动也不动,垫子上全是绿屎。娘用袖口拭着眼睛说:"蚕妹儿拉肚子啦,治不过来了。你快端着垫子倒了吧,可别把别的垫子上的传染了。"急火火地,娘到"嫘祖先师"牌位下面磕头,嘴里念叨着。

"娘啊,你说那人真是坏,他在卖给咱的桑叶上泼上瓢水,这不是缺德吗?还守着我干的。"

娘说:"都说同行是冤家,一点不假。人心隔着肚皮,肚皮之外隔着层衣裳,衣裳之外还隔着层空气呢。肚子里装的是清水,是浑水,是香水,是臭水,咱又看不到,闻不着,猜不透。人家吐什么水,咱都得接着。都是叫穷闹的,人一穷了不是,什么招也没有。有那无良的人,什么损使什么。咱也别埋怨人家,他可能是为了压秤,咱回来得晒晒。那马河秋,是缺枪!不当面抢,就给你们面子了。"

3.芝镇的女人太好了,委屈了

当娘的最开心的,莫过于看着蚕抽丝了。那时节,麦穗刚刚黄梢,甜杏微微发红,樱桃在浓密的叶子里随风露头。天井里那棵大石榴树遮满窗户,石榴花火一样的映透白窗纸,照得满屋红彤彤的。做着缫丝的一切准备。她是蚕锅的主缫人。

牛兰芝到邻居家,请来大闺女小媳妇替娘掴丝,她们都穿上新衣裳,一个个打扮得头脚亮鲜,花蝴蝶一样飞来飞去,笑声回荡在胡同里,那脆声儿像银铃儿似的。枣树枝吐出的嫩芽、擦天的白云、柳丝和她们的倩影倒映在藕湾里,一阵风吹乱了,白的、红的、绿的,一片粼粼波光……牛兰芝再顺手摘几朵乍开的石榴花给她们别在头上。

娘将白丝掴在一起,黄丝、粉红丝、黛绿丝再各自掴在一起,织绸缎时,不用再染就够绚丽了。可是买丝人另有打算,白丝最值钱,带杂色的丝故意压价。大姑娘小媳妇们帮着娘捆完丝什么报酬也不要,只收下娘剪的几朵窗花和她画的一些枕头花样,还有从后院里刚摘下来的一小碗儿带着绿叶儿的草莓。

娘忘不了的,是送给她们的爹或爷爷一包蚕蛹,以做酒肴。油炸的蚕蛹下酒,最得劲儿。

"嗞啦嗞啦",蚕蛹在锅里被牛二秀才拨拉得翻飞焦脆……就听到门外的马蹄声,是好友汪林肯,一身粗布衣裳,左手提着酒坛子,右手里是一杆鸟枪。牛二秀才赶紧出来迎接,说:"怎么提着鸟枪了?"

汪林肯提着的是"本地打",说:"吓唬人的,这枪不顶用。"

弯腰放酒坛子,牛二秀才看到汪林肯腰里还别着短枪。

一会儿,我爷爷也骑着毛驴来了。最让人惊讶的是,八十岁的芝里老人也坐在牛车上来了,赶车的,是李子鱼。还没进门,就听到了芝里老人的吆喝:"牛嫂,牛嫂,接驾啊!"

牛兰芝后来跟我说:"我都纳闷,你说当时也没个电话,他们是怎么聚到一起的呢?上了桌,这才知道,这是要纪念三月十五嫘祖生日,因蚕妹儿还没出来,这五个人就拖了两个月,到了五月十五,来给嫘祖过生日,巧的是,俺娘恰恰是这天生日,俺爹说娘是'嫘祖后裔',于是就有了五月十五的聚会。"

我爷爷公冶祥仁说:"闺女啊,其实,俺这帮老伙计,都是嘴馋,馋蚕蛹了,编个理由罢了。"

大家都笑了。

牛兰芝写了首诗《养蚕妇》,拿给我爷爷看,写的是:

清明洒雨柳初黄
阿母喜看园中桑
蚕子出壳小如蚁
日夜辛勤茧成筐
堂上高悬嫘祖位
下奉赵氏三炷香
只等榴花窗前映
抽丝约好三姑娘

爷爷看罢,连说:"俺闺女写得好,只是还可更好些。"

在芝镇,不知从哪朝哪代开始,女人不上桌吃饭,都是男人先吃完,女人把饭菜拾掇下来,在锅台上吃,吃剩菜。吃的饭还不一样,男人吃细面饼,女人吃粗面饼;男人吃粗面饼,女人吃煎饼;男人吃煎饼,女人吃扒(pá)谷(方言,窝窝头);男人吃扒谷,女人吃地瓜干;男人啃肉,女人啃骨头;男人啃骨头,女人喝汤。

来客人了,女人更不能上桌。女人在厨房里择菜、洗菜、切肉、剖鱼、捣蒜、烧火,一通忙活。男人呢,在炕上歪块(方言,懒散貌)着个身子,嗑着瓜子,吃着烟,吹大牛,聊大天,闲扯淡。屋里一会儿就乌烟瘴气。到快中午了,当家的问一句:"中了吧?"女人就在灶间说:"中了。"当家的啪啪把烟袋锅子磕干净,用脚狠狠地往地上一踩:"你这懒娘们的……中了,还不快端上来!"你看,女人忙活半天,还挨了一句卷(方言,训斥)。女人也不计较,被支使惯了,菜就一样一样地端上来,男人开始燎酒、喝酒、划拳、吃菜,一直等到男人吃完,撤下席去,女人吃剩菜,剩菜里还有倒进去的酒。牛兰芝当了《利群日报》的编辑,看到"残羹冷炙",就想到芝镇的姐妹们、婶子大娘们,想起她们对男人宽容的笑模样,往往眼睛发热。

这个习惯让牛二秀才改了,自从他分居过日子,办了新学,就允许女人上桌吃饭,一开始女人不敢,怕人家笑话。慢慢也就习惯了。但来的男客人感觉与女人同桌,不自在,感觉不被尊重。让女人陪着,成何体统?

牛二秀才不服气,来了个一家两制。来客人了,女人不上桌。不来客人,女人要上桌,男女一起吃饭,有说有笑。

我爷爷大为感慨,也回家改了老规矩,女人上桌,都围着老嬷嬷一起吃饭。那时候,公冶的家族已经分家了,他的改革倒是没遇到大阻力。可他这一改,让我六爷爷公冶祥敬很瞧不起。

4. 正气不够,祛邪就没有力量

在芝镇,女人不上桌已成惯例。本来,芝里老人、汪林肯也是新派人物,芝里老人还是芝镇第一个剪辫子的人,却也忽略了这个女人不上桌的细节。

菜端上来,自然蚕蛹是主菜。芝里老人在牛二秀才家里,破了例,一字一顿地道:"牛嫂,牛嫂,今天你可得坐上席,今天是给你过生日。"

"芝里老,这是折俺的寿啊。"牛兰芝的娘显得不好意思。

男爷们一起下炕,在北墙上贴的"嫘祖先师之位"前,每人点燃一炷香,插到香炉里。

芝里老人年最长,胡子也最长,他跪在地上,那花白胡子贴着了地,他说:"轩辕宏恩比宇宙,嫘祖浩绩贯乾坤。嫘祖啊,您植桑养蚕,缫丝制衣,让国人不再赤身裸体,知止、知荣辱。祀为先蚕和行神而世代尊崇。您为人文女祖,如今倭寇进犯,民不聊生,祈愿您保佑我华夏子孙,赶走蕞尔小国之蟊贼,摆脱人为刀俎、我为鱼肉之危局。"

祭拜完嫘祖,几个爷们又让牛兰芝的娘赵氏坐在炕上,她不愿意坐,牛二秀才说:"坐吧,今天日子特殊。"就听芝里老人他们隔着门帘在外大声道:"给嫘祖传人磕头,感谢辛劳。"

"可不敢,可不敢。"一边说着,赵氏脸就红了。

上炕喝酒。牛兰芝的娘炸蚕蛹,先将蚕蛹洗净后用开水焯熟,开水里要掺一盅芝镇老酒,焯完,放在笊篱上,把水控干,热锅后将蚕蛹入锅翻炒,炒出剩余水分后盛出。锅内放油,放入蚕蛹再次翻炒,将蚕蛹炒至抻腰发出滋啦滋啦声后,点半盅老酒,而点这半盅老酒,都是牛二秀才干的,最后放入剁椒、蒜片再翻炒片刻,装入盘中,趁热撒盐。

五个人喝着,谈着,牛兰芝和娘吃着菜,听着他们聊天。那时候,我大姑小樽还没嫁过来。

我爷爷对牛兰芝说:"蚕是师父。闺女啊,今早晨我来时还在想,一开始蚕小,桑叶得剪,后来蚕发白了,个儿大了,桑叶也不用剪了,撒到簸箩里,只听见一阵刷刷刷响,那雪白的蚕头伸到桑叶外，你看是啥形状？这就是我跟你说的隶书的笔画'蚕头燕尾'。古人的笔法，都是从日常里悟出来的。"

芝里老人突然想起了四句诗："仙家住处绝尘寰，也厌人间杀业添。自织藕丝衫子嫩，可怜辛苦赦春蚕。"他说想不起是谁写的了。

我爷爷说："好像是一个画家写的，后两句是清人史震林写在《西青散记》上的。一颗赤子之心，安得人间也发明织藕丝的丝车，而尽赦天下春蚕的性命！"

当娘的终是在火炕上坐不住，到灶间去忙活。

我爷爷问汪林肯："定了？"

汪林肯说："定了。"

芝里老人问："真定了？"

汪林肯又说："真定了。"

"可得小心。"牛二秀才也说。

啥定了？是汪林肯要到张平青队伍上去当顾问的事儿。

牛兰芝说："我觉得不能去。我同学曹永涛说，他是个恶魔。"

汪林肯道："我知道小曹，小曹是个好青年，我介绍他到马河秋那里，听说又走了。"

牛兰芝说马河秋跟张平青差不多，都不可信。

"哈哈，在俺干闺女眼里都没个好人了。"我爷爷笑道。

"也不能这么说。还记得吗？你和曹永涛在浯河边上演《放下你的鞭子》，是谁支持的？那个骑马到咱家的高个子，就是张平青。"当爹的道。

"啊？"牛兰芝吐了吐舌头。

"对呀，对呀。他送来了五十块银元。"

芝里老人说蒋介石干了不少糊涂事儿，但有一件他干对了，就是卢沟桥事变后，他发表了声明，他说："如果战端一开，那就是地无分南北，年无分老幼，无论何人，皆有守土抗战之责，皆应抱定牺牲一切之决心。""再没有妥协的机会，如果放弃尺寸土地与主权，便是中华民族的千古罪人。"

汪林肯有自己的想法："张平青有一万多人，不能让他投降日本鬼子。这家伙也有点血性，跟鬼子干过几仗，只是没有信心打赢，他害怕鬼子的枪炮。那一次打鬼子，一炮让鬼子打死了三十多个人，连他的儿子都被打死了。他有些害怕。"

李子鱼一直在吃烟，一袋又一袋。他不喝酒，却晃晃酒壶，说："差不多了，你们喝出这一壶，就别倒了。"他开始替喝酒的辞壶。牛二秀才说天还早呢。

我爷爷说："中国就像一个人，是病了，这病是外邪侵入，得祛邪扶正。通过调节人体的功能，扶助正气，把邪气祛除出去。正气不够，祛邪就没有力量。怎么扶正气？就是补气血，让人的身子骨强壮起来。就像往瓶里装水，泡沫浮上来，就从细口瓶里出来了。那泡沫，就是邪气，这邪气，如瘟疫之为病，非风、非寒、非暑、非湿，乃天地间别有一种异气所感。祛邪需要固本，固本就是要团结。就像药一样，君臣佐使，各司其职，主病者，对症之要药也，故谓之君。君者味数少而分量重，赖之为主也。而今主张抗日者为君。祛邪、扶正、固本。所以，我支持汪林肯兄。"

牛二秀才道:"到张平青那里,那可是虎穴啊。"

5.他俩是两匹烈马拴在一个石槽上吃草料

汪林肯准备了五天,带着女儿女婿和几个心腹骑马去了双泗村,进了张平青的兵营。正赶上干燥的天里下了场透雨,土路泥泞不堪,但汪林肯还算开心。

李子鱼给姐夫汪林肯用骡车拉了五坛子站住花酒,是田雨烧锅上的五年陈。还去老杨家阜丰泰那里装了十盒点心,算是给张平青的见面礼。

我爷爷给汪林肯捎的是我六爷爷去广东新会买的一罐陈皮,还有东昌府的阿胶。我爷爷知道张平青是个孝子,每年母亲生日,他都要买上好的阿胶讨老太太开心。某夜,在营帐里,张平青还在我爷爷面前背诵过朱熹写给母亲的信呢:"慈母年高,当以心平气和为上。少食勤餐,果蔬时体。阿胶丹参之物,时以佐之。延庚续寿,儿之祈焉。"芝里老人送来了两首诗,一首是《客中狂饮》:"途穷天地窄,诗叟古今愁。多少英雄泪,都从笔底流。"另一首是《抒怀》:"不求一时荣,但争千秋誉。道大世难容,我还行我素。"我爷爷看到芝里老人的书法,大有颜真卿《祭侄稿》的神韵,近正而不拘谨,似草而不恣肆,流畅而不失端庄,浑厚而不失灵动。我爷爷对芝里老人说:"您的墨宝让我想起米芾评价颜真卿的话,'如项羽挂甲,樊哙排突,硬弩欲张,铁柱将立,昂然有不可犯之色。'"芝里老人哈哈大笑:"公冶先生取笑我。"转身卷起奉送给汪林肯。

按芝里老人的说法,汪林肯和张平青这是两匹有大脾气的烈马拴在了一个石槽上吃草料,难免你的耳朵揉到了我的鼻子,我的前蹄子踩到了你的后蹄子,磕磕碰碰。个中细节难以详述。暂且按下不表。

牛兰芝白天在家里帮着娘养蚕,晚上和同学们在爹夜校的地道里听爹讲书。她爹的书不少,有从上海邮来的报纸,还有从北平寄来的杂志。有时她们女生跟着德国教堂的妇女安妮练习包扎,安妮是中国人,起了个外国名字,盘着头,走路像小跑,她在德国教堂待了七八年了。男同学则练习瞄准、刺杀,稻草人白天藏在地道里,夜里搬出来。

第一部《芝镇说》中我写过,牛二秀才和我七爷爷公冶祥恕的见面,让他心里有了一个通向抗日的精神通道。牛二秀才有着芝镇人的执拗,还真挖通了一条从芝东村到芝镇的秘密通道。那地道八里路,中间有三个井口,牛二秀才领着年轻人挖了三个月才挖成,一直挖到了芝镇的教堂底下。安妮来芝东村,都是走地道。

雷震老师后来回忆,渠邱县委书记陈珂完全可以从地道里逃走,但他没有那样做。那是农历乙酉年八月初十下午三点多,孙松艮带着人动了手。

陈珂正在教堂里与组织部部长刘明、十团参谋长巫敬全谈话,忽然听到脚步声。他们回头一看,孙松艮领着人突然闯进来了,事发突然。来不及说什么,陈珂后退几步,退到圣母像前,两手的掌心贴着圣母像的边角,身子使劲贴紧圣母像的上端,很镇静地朝来送水的安妮使了个眼色,安妮抱着暖瓶,吓呆了。

陈珂转身大步往外走，两个匪首端着枪，跟在他身后走出去。

等他们的身影看不见了，惊魂未定的安妮满屋子里找。她试着站在陈珂站的地方，往前看，前面一个燕子窝，往左看，左边挂着一盏煤油灯，往右看，右边是一个书包，书包是空的。

安妮后背贴着圣母像，忽然明白了，慢慢地把像揭开，露出几块砖头，没有抹石灰。她把砖头掏开，透出黑黑乎乎的一个洞口。她点上罩子灯，摸索着下去，顺着地道跑到芝东村，把事情告诉了牛二秀才，组织才知道了陈珂被捕的事。

这都是后话了。陈珂的儿子朱尔来跟我说过，芝镇烈士塔落成那年，他跟母亲到芝镇参加落成典礼，他记得那天下雨，大家都没打伞，也没戴苇笠，所有人都站在雨中，连风加雨，花圈都被雨水打湿吹乱了，塔周围刚栽上的四棵松树都被风吹歪了。典礼完，母亲领着他到了教堂里，那张圣母像换成了芝里老人画的一幅梅花，把画卷起来，就露出了那个地道。朱尔来还钻进地道跑了一段。他无数次地假设着：要是爸爸从这里跑出去，那他的后半生会是什么样子呢？朱尔来从地道口捡回的那块圆圆的鹅卵石，已经在他手里磨得发光。

我现在叙述的汪林肯要去张平青那儿的事，陈珂肯定不知道，当时他还在沂蒙山呢。五年后，陈珂才来到芝镇。

6. "可了不得了，是邢种托人来提亲了"

牛兰芝、牛兰竹他们心急如焚地盼着曹永涛，希望他能早点回来。鬼子、二鬼子不几天就下来扫荡,一有风吹草动,芝东村的青年们只能躲在地道里。听到鬼子的鳖盖子车在头顶上响,牛兰芝惊恐地感觉是白晃晃的刺刀就要碰到头发。

　　转眼到了初冬,庄里养蚕的人家,到村东沟崖的乌泥湾用橡子水和烂泥染布。当时庄户人家买不起带颜色的布,都用这个土法染。牛兰芝的娘让牛兰芝捎着将丝染成黑色。说来也真奇怪,杂色的蚕丝,放在橡子水里一泡,用一层一层的乌泥一糊,淹了洗,洗了糊,再淹了洗,不到半天,丝就染成黑黝黝的了。往年在乌泥湾染布,大闺女小媳妇说说笑笑,可是,自从来了鬼子,就都东张西望,魂不守舍。

　　牛兰芝和村里的小伙伴们一起,站在西北风口上,风吹得脸像被刀子割了一样生疼。一会儿将丝淹在橡子水里,一会儿湿漉漉地抱出来,用挖出的乌泥把丝糊在沟岸上,再用大湾里的黑水冲,反复糊、染,手上很快裂开一道道渗出血来的小小的口子。直到丝染得黑光油亮,才又饥又冷地往家里走。

　　在胡同口,我大姑小樽远远地跟她招手,她跑过去,我大姑让她先别回家,家里有客人。她问:"什么客人?"我大姑小樽说:"给你提亲的。"牛兰芝一听,急了:"我怎么不知道啊!这是谁弄的?"我大姑小樽说:"小声点,是芝南乡里的媒婆。"

　　我姑父牛兰竹也过来,把牛兰芝领着到了胡同北头的大爷牛景宏(牛大秀才)家。大爷在家读《纲鉴易知录》,用唾沫蘸着指头,一页一页翻着那线装书。牛兰芝听到的是"古之有国家而迫于危亡者,不过守与奔而已。今以守则无人,以奔则无地……"大爷见侄女来了,放下古书问:"闺女,你在省城上学,你知道小日本国,是在海上漂着。它咋要跑到咱这儿来?是不是他们怕早晚有一天让大海吞了啊?"牛兰芝满脑子里是提亲的事儿,听到大爷问日本,苦笑道:"大爷您也关心起大事了?"大爷说:"唉!这小日本不让咱安生嘛!"

没多久,兰芝的娘也来了。

看到她冻得胡萝卜似的小手,大娘一把攥过来,捂到她的棉袄大襟里,说:"你看把孩子冻的!你娘就知道过日子。等卖了蚕丝,给她买块布缝件花衣裳过年。"当娘的听了,笑着说:"中,中。"

牛兰芝的娘把门闭上,小声说:"可了不得了,是邪种托人来提亲了。"

她一听急了,问:"哪个邪种?"

娘说:"还有谁?双寺村的土匪张平青啊!"

"啊?"牛兰芝惊讶得说不出话来。这可咋办?我大姑小樽回家把猪喂了,又打扫了天井。炕上,牛二秀才还在跟张平青派来的媒人说着话,声音很小,听不清楚。一直到天上黑影儿了,那媒人才骑着脚踏车走了,车货架上绑了一包蚕丝。

牛二秀才阴沉着脸,在天井里来回转圈。见牛兰芝回来,抬起头来看看她,笑了,说:"闺女大了,得找婆家。"

牛兰芝红着脸,不说话。

爹说:"我答应下这门亲事了。"

牛兰芝一听,一扭头,气得蹲在门枕上哭起来。

爹说:"你不去给他当儿媳妇,就得去当他的姨太太。他有八个姨太太。"

牛兰芝呜呜地哭起来，小拳头捶打着娘的后背。娘说："俺可不舍得俺闺女。"

爹哈哈笑着说："闺女啊，你爹逗你呢，我怎么会那么糊涂。我跟媒人说，俺闺女已经有了婆家，是她省乡师的同学，年底就要完婚了。那媒人贼精贼精的，问了这问了那。"

"你说那媒人能信吗？"牛兰芝问。

爹说："怎么不信？我都把女婿的相片拿给他看了。"

她越听越糊涂，我哪有婆家呢，还有相片？

她问："爹你拿的谁的相片？"

爹说："我拿的是你们省乡师毕业的合影呀。我指着一个俊的，说了那就是我女婿。那个最俊的是谁，是小曹。在相片的最右上角。"

"爹您又胡说了。"牛兰芝气呼呼地推了爹一把，转身进了套房子。小曹，曹永涛，他一走，就又几个月了。

翻来覆去睡不着，她想着曹永涛。他现在在哪儿呢？

屋笆上的老鼠在来回跑，噗啦噗啦响，当娘的听到老鼠在屋笆上响，就说："老鼠娶媳妇了，你看它们忙活的。"窗户上的窗花，还贴着老鼠娶亲呢。娶亲，娶亲，又是娶亲。听着老鼠闹，牛兰芝更睡不着了。

风呼呼刮着窗外的石榴树，石榴树的干枝子晃啊晃，晃着晃着就折了，折断的干枝子跟着风跑，敲打得院子里鹅卵石铺的甬路上咣当咣当响。树上的枯叶子被风刮下来，掉到磨眼里。大门也被风刮得乱响。仔细听，不对，好像有人敲门。是谁？屋门响了,是爹出去了。她趴到窗户上,就着朦朦胧胧的月光一看,爹领着一个人进来了,大高个,身穿一件搭到脚面上的黑长袍。

7. 牛二秀才出了俗,竟然先把女婿领上门了

牛兰芝真是喜出望外,来人竟是曹永涛。我姑父牛兰竹也听到了,高兴得一边穿棉袄,一边往外跑,鞋子都穿错了一只。我大姑小樽跟在后面,喊着他给他换了下来。我姑父牛兰竹一见曹永涛,一把就把他抱了起来。

牛兰芝到灶间去梳洗,对着镜子端详了又端详,才把门推开,站在弟弟后面还没开口,脸就先红了。

牛二秀才把曹永涛推到炕头上暖和暖和,当娘的去灶间给打了两个荷包蛋端过来,说趁热乎赶紧吃。曹永涛推说不饿。当娘的头往后一仰,拉一句长腔:"不饿也得吃,空着肚子更冷。"曹永涛拗不过,只得端起碗。

几筷子扒拉完,曹永涛小声说:"大叔,咱把灯灭了说话。"

噗的一声,油灯灭了。月光朦胧地照着土炕。曹永涛说他到沂蒙山去了,进了岸堤抗日军政学校,在学校里入了组织。他被滨海地委派来芝镇发展党组织。"党旗我藏在我师父的药铺里了,但我师父他不知道。"

鸡叫了,曹永涛还在说;窗纸发亮了,他还在兴奋地说。

吃罢早饭,牛二秀才领着曹永涛到了芝东小学的夜校,在拐角处,下了地道。曹永涛从地道里穿过,先到了德国教堂,然后

去芝谦药铺，我爷爷公冶祥仁刚看完病号，在洗手呢。他盯着曹永涛的脸，看到他满嘴燎泡，说："上火了，别太熬夜。"顺手给包了一包蒲公英根，又说："冲水喝，败败火，喝完，再把蒲公英根嚼嚼咽下去。"曹永涛答应着，让我爷爷从里间的药匣子里拿出那布包，赶紧走了。

牛兰芝和爹、弟弟在地道里看到了那块神圣的红布。这是沂蒙山的几个女干部一针一线亲手缝制的党旗，中间镶的白布是镰刀和锤头，右下角还有C.C.P的符号。曹永涛说，这是组织的英文缩写字母。"今后发展党员，新党员都要在党旗下宣誓，对着党旗宣誓就是向党宣誓。"曹永涛还拿出了誓词和一张巴掌大的毛泽东像。那张像是印在《利群日报》上的木刻版。刻毛泽东像的，叫辛锐，是济南大银行家辛葭舟的女儿，才女，能写能画能刻，还能唱，每逢集会和行军休息，战士们欢迎辛锐唱歌，辛锐就大大方方地为大家演唱。辛锐的女中音，圆润流畅，乡亲们特别爱听。

牛兰芝恨不得马上能见到这个才女。

一夜一夜在地道里讨论着，学习着，互相督促着。年轻人掩饰不住的是刺激和兴奋。为了一个闪光的目标，为了驱走黑暗，牛兰芝、牛兰竹姐弟俩也举起了拳头，成了有组织的人，曹永涛是介绍人。

牛二秀才知道年轻人在干正事，也不管不问。有一天他问了曹永涛一个私事："你成家了吗？"

曹永涛说："老人给包办的，童养媳，在老家呢。我死活不愿意，可也没法子。"

牛二秀才哦了一声，点点头，又摇摇头。

他顿了顿又说："那这样行不？你在这里住着，对外人就说是我的女婿。"

曹永涛脸唰地火烫火烫，回头看一眼牛兰芝，又看看牛二秀才。牛兰芝两手摸弄着两腮，看着墙角。

牛二秀才说："不瞒你说，张平青托人来给牛兰芝说媒，要给他当儿媳妇。我说，兰芝有婆家了，那媒人才走了。"

曹永涛忽地站起来，大声道："张平青我这表哥太霸道了！可是我这……不太好吧？"

牛二秀才说："有啥不好的，做给人看嘛，没别的法子。"

在芝镇，男女成婚前，都是不见面的，一直等到新婚后，揭了盖头才知道对方的模样。

牛二秀才出了俗，竟然先把女婿领上门了。消息在芝东村传开。好事的人，就来牛二秀才家借簸箕、借铁锨，进门不瞅家把什，却朝屋里瞅。曹永涛也大大方方的，守着外人叫牛二秀才爹，牛二秀才也答应得挺干脆。

白天干活，晚上他们就在地道里活动，芝东村第一个党支部也成立了。最小的党员，是十五岁的李震。小李震很兴奋，地委指示选派年轻党员到沂蒙山接受培训，曹永涛就派了李震。李震打扮成商号外出收账的小伙计的样子出了门。这个小李震在三十一年后，担任了利群日报社党委书记，又三年后，他担任了更高的领导职务。为纪念报社创刊七十周年，我在二〇〇八年九月二十四日的上午采访了李震同志，那年李震八十五岁，我印象深刻的是他家院子里的那棵美人蕉。他谈到了曹永涛、牛兰芝、牛兰竹……

曹永涛一直在芝镇周边活动,牛兰芝、牛兰竹姐弟俩,还有村里的几个党员晚上在地道里写传单,向敌人据点里送。

有一个雪夜,曹永涛突然像一个雪人一样来到了牛家。牛兰芝的娘把他推到热炕头,把窗子上遮了块黑布,又到灶间烧了一把豆秸,让他暖和暖和。又忙着下面条让他吃。曹永涛悄悄地说,地委来了紧急指示,要从敌占区选一批党员和进步青年,充实到队伍里去。看看谁合适走。他现在准备去地委开会,去的人他可以带路一起走。

8. "这是什么世道,动不动就犯杀头之罪"

牛兰芝听完曹永涛的话,激动地站起来,她把搭在后背的大辫子一甩,辫梢儿正甩上了曹永涛的脸。牛兰芝的独根大辫子,红头绳在根部结结实实地缠了一圈又一圈,长辫子梢上拴着朵灯芯绒花,平时在后背摇曳摆动,这会儿却甩得不是地方。坐在炕沿上的曹永涛捂了脸,牛兰芝那脸先红了,她脱口而出:"这一回可得我带头了,我从省城回到芝镇,就是想出去当一个抗战女兵,这一回不叫我去真不行。"曹永涛说,得支委会定。

支委会连夜讨论,觉得女子出走还是危险,不同意牛兰芝去。牛兰芝一听不让去,捂着脸嘤嘤地哭了。曹永涛笑着说:"你这大辫子,路上危险。"牛兰芝快言快语:"只要去,剃个尼姑头,俺也中。"

牛兰芝的拗脾气上来了。就在这个节骨眼儿上,出了个小岔子。

看官可还记得，牛二秀才的本家弟弟牛笑轩，是个小眼儿，干了县长，要牛兰竹、牛兰芝跟着他到岛城八大处干，结果让牛二秀才把他灌醉了，碰了一鼻子灰。这牛笑轩不罢休，又领着本村在省城干眼科大夫的牛小林来了。

牛兰芝的娘正在磨屋里丝酱（芝镇人春节前用黄豆做酱球，其中一道工序就是将煮熟、煮透的黄豆进行发酵，本地人称"丝酱"），她说："大侄子，怎么不在省城当医生，也回到咱们这穷家来了？咱们这穷日子，敌人可一天也不叫过安稳啊！"

小林说："在省城日本鬼子手下干活，拿几个钱？我是攀着笑轩叔这棵大树回来的，他一提携，省政府申主席已委派我当了军医处的处长了，咱干的是响当当的省政府的差事，不像那些杂牌子货，更不是出卖良心的汉奸。"

"俺侄子有出息了！"

"婶子，我今天来就是动员俺兰芝妹妹到我那个军医处去当看护长，她从小聪明伶俐，她要到我那里先当看护长，混上一年半载，就成了中国的南丁格尔啦！"

当娘的哪听过什么南丁格尔啊，连忙问道："怎么还割人家的耳朵？"小林解释了一通，她才一面啧啧地称赞，一面应付说："美差倒是美差，可大侄子，你这个妹妹啊从小叫我惯的，又娇又倔，叫她教着小厮们识几个字还差不离，怎么能去当看护，她可不会洗澡搓背端屎端尿。"

"不是看护，是看护长，按军衔算，看护长起码是尉座。要论钱的话，最低也拿一百袁大头。十个教书匠也拿不到这么多钱！"

"还有这样的好事？"

"还吃官粮穿官服呢。婶子，你可要好自为之，像俺妹妹这样的才女，要不上官方那边去，那些杂牌军队的头头汉奸鬼子，也不会让她安安稳稳地待在你的身旁。最可怕的是共产党，妹妹要是受了他们的骗，入了他们的伙，咱们姓牛的出了'共匪'，八辈祖宗可就蒙着狗皮也难见人了！"

"不是说国共合作抗日吗？"当娘的慢条斯理地说，"这句话我是听别人说的，我一个妇道人家，哪里懂得什么'国匪''共匪'这些词儿？"

一听兰芝娘说到"国匪"二字，牛笑轩和小林脸上立即变了颜色，牛笑轩低声道："嫂子，匪，这个字，只是对共产党说的，对咱们只能叫官方或者叫国府、国军，要是也加个匪字，那可就得犯杀头之罪！"

"婶子，可别说'国……匪'，你是不知道厉害，咔嚓一下，小命就没了！"小林补了一句，"只有'共……匪'！"

当娘的一听，有点儿慌："大侄子，你可别来吓我这个不懂事的老婆子啦，我眼巴前就一儿一女，你们一个也别想把他们从我怀里拽了去。"

牛兰芝在隔壁的灯龛里看到娘两手扶着膝盖，坐在小凳子上，闭着眼，两个肩膀在颤抖，两行泪水顺着面颊往下淌，头发上、脖子上、耳轮上落着傍晚的光，像抹了一身鸡血。牛兰芝真想冲出来，抱住母亲，但她还是忍住了。当娘的边哭边说："哎呀，这是什么世道，动不动就犯杀头之罪，老百姓一个脖子挑着几个头？早知这样，这妮子生下来，我就把她掐死……"

两位省府的官员觉得没趣,低头往门外走,谁知门口那条老黄狗,"汪"的一声扑上前去,这俩人虎着脸吼狗,老黄狗更往上扑,一口撕破了牛笑轩的料子裤脚。

恰在这时,牛二秀才陪着曹永涛从大门外进来,牛二秀才向狗狠狠喊了一嗓子:"狗!狗!我打死你,不识好歹。"老黄狗才停止了狂吠,摇起尾巴迎接自己的主人。

牛二秀才朝老黄狗踩了一脚,转身对牛笑轩和小林说:"它看破衣褴褛的人看惯了,没见过你们穿得这么阔气的人!"

小林突然一眼盯住牛二秀才身后的曹永涛:"这是哪里的客人?好面熟嘛!"

9. "大白天的关门堵窗,有啥事?"

牛二秀才说:"这是你妹夫!小曹。"小林瞪大了眼睛,目光跟曹永涛对视了,顿时警觉,把牛二秀才拉到一边,趴在耳朵上嚓咕(方言,嘀咕):"二叔,这个人半夜三更让局子里的人追捕过,让省乡师开除了⋯⋯"

牛二秀才眉头一皱,道:"大侄子,你是不是认错了人?"

"难道我认错了?不会。他这兔唇。"

看到县长牛笑轩一瘸一拐地走远了,牛二秀才很不耐烦地对小林说:"你笑轩叔的裤脚叫狗咬破了,多失体面,你还不去照顾照顾,也不知伤着骨头没有,我看到他漂白的裤角上渗出几滴血来了呢。"

小林赶快去追他的上司,走了几步,又转回头朝牛二秀才招手道:"二叔,你忠厚老实,秉公正直大半辈子,有关弟弟妹妹们的事,心里可得有杆秤啊!在咱芝东小学里来来往往的,可不一定都是抗日之士,小心点没有坏处。若再不提防,官府给你安上窝匪的罪名,可就够受的!"

"土埋到胸口的人了,你二叔有数!别絮叨了。"

牛二秀才拉着曹永涛进屋。牛兰芝出来说:"爹,永涛是在印抗日传单时被抓的。"

"我知道。"

晚上支委开会,觉得曹永涛和牛兰芝都得走,事不宜迟。

芝镇的党员本来就不多,不能都抽走了,还可以配上几个进步青年。大有庄支部有两个青年很合适,可是,浯河西岸鬼子看得很紧,暂时不让他们去了。

挑来挑去,挑到快天明,挑了芝东村的党员刘欢,还有护理队的牛兰丽,庄上十五岁的小姑娘李玉珍。这李玉珍不是别人,是派到沂蒙山学习的李震的小姑姑。她和李震一样大,辈分高,小孩翘翘着两只羊角辫,蛮积极的。

牛兰芝领着小玉珍悄悄来到牛兰丽家,俩人在套房子里嘀咕。牛兰丽的娘喂牛回来,说:"大白天的关门堵窗,有啥事?"牛兰丽说:"俺姐姐教我做鞋样子呢,你别管。"娘说:"神经兮兮的,说完了话,帮着你爹铡草。"

牛兰丽一边答应着,一边就激动地趴在炕沿上,痴痴地对着牛兰芝笑,说:"俺靠着从坡里拾几把麦穗、几颗豆粒,卖了钱,才上了几年学,你们这些活着的花木兰、秋瑾,帮我懂了好多道理。这一回你们上天,我们就跟着你们上天,你们入地,我就跟着你们入地。俺这个钉子算是楔在木板上拔不出来了。我还在小队里学会了给伤员包扎呢,出去准能派上用场!跟你们走,是我唯一的活路。我都听着俺娘给俺张罗着找婆家了,我死活不愿意。"

李玉珍说:"俺娘要是不叫我走的话,我就偷着翻墙头出来。"

三个姑娘兴奋得不知说什么好,一会儿,刘欢也跑来了。

外面风声紧。他们晚上在地道里讨论如何走。地道里有点儿潮湿,铺在地上的稿荐,能攥出水来。

牛二秀才从家里把火盆拿过来,牛兰芝还抱来了汤婆。原先大家想从地道里跑,可是芝镇教堂那儿,听说鬼子也看得很紧,地道不能走。有的说,扮成教徒,路上没有人会阻拦;有的说,临走时在苇湾崖上放三枪,作为联络信号,等明了天,人们要问,就说敌人下乡放枪抓人,把几个女孩子吓跑了。商量来商量去,觉得这些办法都不妥。

牛二秀才一直在听,没说话。等大家都说完,沉默了,他才站起来说:"你们这几个闺女啊,在咱们芝镇可算是出名的人,再待在家里,没有你们的活路。可走的方法不得当。你们扮成教徒,越扮越丑,越描越黑,人家不更怀疑吗?教徒人家就不抓了?要让他们抓了去,后果就惨了。叫我说,就大模大样地说是女学生出去上学嘛,谁管得着上学啊!我给你们想了个办法,要是有人问,就一不做二不休,就说是我找我的学生给你们想法儿,到沂水城敌人据点里上学去了。他们不相信,有我嘛。我用这条老命,换出四个女孩子来,也值得!我想定了,你们也不要犹犹豫豫，你们不走，我还想赶你们走呢！天塌下来，有我顶着！我这把老骨头，啥都不怕了。"

牛兰芝家的人一夜未眠，我姑父牛兰竹也想走，但我大姑小樽有了身孕，他还得在家等着。他心里猴急猴急的，他给姐姐把被褥卷儿用绳子拴了一道又一道。

牛二秀才一直端着烟袋蹲在方杌子上，平时方杌子是他的专座，可一有大事，就不坐了，赤脚蹲在上面想，一件一件地盘算。冬天也是赤脚。

方杌子是家里的功臣，也是吉祥物。那年潍河发大水，他就是抱着方杌子在河里漂了一夜，天亮了才漂到了岸边，他赤脚踏着方杌子的面，觉得心里踏实。方杌子边上，放着一壶酒，烫好了，又凉了，他没喝。他在一件一件想，盯着闺女，说："永涛不是跟你说了，让你娘帮你把辫子铰了吧，头发太长了，跑起来碍事，越短越好。"

10.你再不来，就把我憋死了

牛兰芝的娘一手拿过剪子，一手攥着闺女的那根大粗辫子，娘知道闺女喜欢大辫子，爹也喜欢她的大辫子，每年的腊月廿五芝镇大集，他都会给闺女买三尺红头绳。闺女扎着红头绳在街上走，村里人都羡慕。

娘让闺女坐下，剪刀贴着辫子，手竟然颤抖得攥不住。手哆嗦，浑身也哆嗦。她不舍得，不舍得闺女走，这一剪子下去，闺女就被"咔嚓"一声剪走了。爹说："你看你，给我。"拿过剪子,"唰唰"就从辫根齐齐剪了下来。

当娘的捧着剪下来的辫子,抱着闺女哭了。

屋笆上的老鼠在唰啦唰啦翻动,爹忽然想起一件事,快步到小学校里去,掀开地道口。我爷爷公冶祥仁蹲在地上大喘气:"你再不来,就把我憋死了,快背上。是一大包草药。"

二人来到家,掩上门,在灯下摊开。大包套着小包,用草纸一包一包地包着,有当归、丹参、白芍、车前子、砂仁、金银花、陈皮,还有蒲公英根等。牛兰芝说:"干爷,用不着这么多,再说山里有。"

我爷爷埋头一味一味地点数:"也不一定。山里有药草,不一定对咱们管用。一方水土一方人,一方水土一方药。这句老话,行医要考虑的。咱这个地方的草药,生长的气候、土质、周期,跟咱们人的脾性是一样的。草药也喘气,人也喘气,草药也吃土里的东西,咱们也吃土里的东西,吃的一样,脾性就一样,药方的剂量就一样。要换成南方人就不行了。比如李时珍,《本草纲目》很好,但他是江南人,草药的药性啊,适合他那儿的人。要是咱们用,先得给调成咱们的,不能照搬。好多医生一辈子不明白这个理儿。你不记得《晏子使楚》吗?兰芝呀,李时珍就是楚国人,晏子那就是咱芝镇东乡人,他离咱芝镇十几里路。水土异也。"

牛兰芝恍然大悟:"哦。一个地方的医生,能看一个地方人的病,因为他熟悉这个地方。"

"对了,说名医,都是一小块地方的,他吃透了这块地方的土性、人性、药草的药性,他就成神医了。说某某是全国名医,那是瞎吹。"

我爷爷另外拿出一个小布包，里面装着芝镇西岭上的土，他说这是专门去挖的，到了沂蒙山，先把这西岭的土，泡在水里喝了，不拉肚子，要先服水土。

兰芝的娘着急得团团转，从炕前到灶间，再从灶间到炕前，坐不下，站不住。她拉过牛二秀才，着急地指一指里屋："今天咱亲家怎么絮絮叨叨，絮絮叨叨，都火烧眉毛了，他却不急不慢。"

牛二秀才只是笑，在老伴耳朵上说："你就不懂了，我懂他，他是故意让咱闺女放松呢。越是紧急，越要沉着啊。"

两口子又听我爷爷对牛兰芝说："我还给你准备了两个药方，要是路上碰到歹人，你可以说，是给家人看病的。"牛兰芝打开，看到药方上写的是老年血崩方用加减丹桂补血汤：当归酒洗一两，黄芪一两，生用三七根末三钱，桑叶十五片。水煎服。

牛兰芝很好奇："当归还要酒洗？"

我爷爷道："酒洗当归并不是拿酒去洗掉当归，是拿黄酒将当归喷洒均匀，然后闷一下，再放入锅内，用微火炒，炒完之后再拿出来晾凉。酒洗是有好处的，可以增加药材活性，这样就会使药材起到滋补的作用，而不肥腻。也可以用黄酒把药材蒸一蒸，然后再晒干。"

兰芝的娘蹲在天井里的磨盘下，嘴里祷告着，祷告完了，拉过我大姑小樽，娘俩跪下磕头。然后再到大门口，又双手合十祷告完，磕头。

我爷爷又从提着的包里掏出一个四方的叠好了的宣纸，朝牛二秀才一笑："我给咱闺女写了幅字，为她壮行。"

牛兰芝展开，楷书写的是《木兰辞》。牛二秀才低头细看，说："群蚁排衙，笔力饱满，好字好字。"叠好，找了个牛皮纸包了一层，塞在牛兰芝的挎包里。

突然，苇湾崖三声闷响。约定的信号来了，屋子里一下子都紧张起来，我姑父牛兰竹背着姐姐的行李，我大姑小樽帮牛兰芝提着我爷爷给的草药往外走。

当娘的从锅底下抹了一把灰，抹到了闺女脸上。又塞到牛兰芝口袋里一个硬东西，是一块银元。娘说："拿着，别饿着，也别累着，多长个心眼儿。"

我爷爷笑着说："闺女啊，我给你个办法，打不起精神，你就背诵《正气歌》，文天祥的。还有，我教给你的颜延年的《阳给事诔》，记住那八个字：力虽可穷，气不可夺。"

牛二秀才端起三盅酒，那酒有点凉了，一盅端给我爷爷公冶祥仁，一盅自己端着，一盅递给闺女，说："闺女，为你壮行，一口喝了！"

11. 嫘祖后裔

那年我到北京拜见牛兰芝和我姑父牛兰竹，谈了好多陈年往事。芝东村"四个大姑娘"跑到沂蒙山的事儿，是我最感兴趣的。

牛兰芝回忆，临走前，她们到处借《圣经》，以防路上有人盘问，如果碰到，就说去上教会学校，她们还背诵了《圣经》的句子。"过去了这么多年啊，我就觉得对不住俺娘啊！"牛兰芝说。她专门写了一篇纪念母亲的散文《嫘祖后裔》,我选了其中的一部分,请读者欣赏——

俗话说,穷家难舍,故土难离。在养育自己的土地上,我们竟然找不到栖身之处,组织上没有决定部分党员干部转移到抗日根据地去的时候,我恨不得插翅飞出这个被敌人践踏的地方。一旦决定真的来了,我的心却仿佛在燃烧似的疼痛。人的心理真是奇怪,不让你做的事情,你总想着去做,当真让你去做的时候你往往又犹豫起来。记得快要离开家乡芝镇的那些日子,我常常莫名其妙地失眠,有时刚刚朦朦胧胧地睡着又突然被什么惊醒。那些天,我老是躲着母亲的眼睛。从我记事的时候起,母亲就是一个多泪的人。不高兴的时候流泪,高兴的时候也流泪。分别的时候流泪,相见的时候还是流泪。在我第一次离家去省城念书的时候,她头好几天以前就哭眼抹泪的,临走那天送我到大门口,又不停地抹着眼泪,她到底有多少眼泪啊!总是山泉似的流啊流,可怜天下慈母心!这次,她要真的知道我很快就要离开她了,又会哭得眼睛像核桃似的了。不过从她的言谈中我料到,她从心底里希望我能快些找一条远走高飞的路,在芝镇实在没有活路好走了。我仔细观察她是否已经发觉,她白天忙活一阵子,半夜三更点灯熬油地给我做鞋,做了一双又一双,猜想她八成是知道我要走了。不过我们娘俩谁也不先提此事,对外我们牙缝里不露半点风声,她还给我描下花样让我在家绣枕头。

……母亲对于我的出走,早就有思想准备了,并亲口嘱托过曹永涛,但是当我真的要走了她又舍不得割去心头上的肉了。头好几天每当我朦朦胧胧快要入睡的时候，娘就颤颤抖抖地端着一盏小油灯，扭动着那双小脚，蹒蹒跚跚地走进我那个小房间，用小油灯微弱的光亮，在我的脸上照来照去，然后替我拉拉被头，掖掖被角，再踉踉跄跄地走出我的房间。我每次听到她进门的脚步声，都假装睡着了，还故意地发出细微的鼾声，避免和她说话，引起她更大的悲伤。

我们走的那天晚上，通知每人都早一点睡觉，半夜12点钟就来到庄西苇湾崖上集合。我怎么能够睡着呢？我正辗转反侧，难以入睡，又听到母亲"吱悠"一声推门而进。她端着那盏小油灯，在我面前闪着豆粒大的光芒。开始我尽量抑制着自己的感情，仍然假装睡着了，母亲独自坐在我的炕头下的凳子上，默默地坐了好一会儿，蓦地我觉得她在我的枕头边下掖上了一件什么东西，然后将她的脸紧紧地贴在我的脸上，扑簌簌的热泪滴到我的鼻子尖，从鼻尖流到嘴角。苦涩的咸味淌入口内，我再也控制不住自己了，伸出双手，紧紧地搂住了娘的脖子，叫了一声："娘！"她也连声叫着我的乳名，但当看到我激动万分的时候，娘反倒抹了把泪不哭了，抚着我的脸说："去吧，古时候不是有个花木兰替父从军吗？如今你爹年纪大了，你也去当个花木兰吧。我去给你擀面条去，花木兰十二年荣归故乡，你吃了长面条，可要常来常往啊！"

母亲站起来端起小油灯，一步一回头地走出我的小房间。我再也躺不住了，翻身起来整理东西，其实我的小包袱早已准备好了，当我折叠被子的时候，突然发现枕头下一个用红纸包的小包，打开一看，原来是一枚发光的银元。这是多么珍贵的一枚银元啊，母亲到哪里弄这么一枚银元呢,这银元上滴着她多少汗水!这不就是她的全部心血吗?我鼻子一酸,眼泪扑簌簌落了下来。

一眨眼,九年过去了。1949年春,我到北平参加第一次全国妇女代表大会,回来时经过济南,向领导请了两天假,顺路回家探望母亲。当时我已经知道,父亲在敌人重点进攻山东解放区的时候去世了,母亲也年老多病。

在我家住的那条东西街上,老远望见一位老大娘的背影。她左手端着一个瓢,右手挂着一根木棍儿,扭着一双小脚,蹒蹒跚跚地走着。这背影,这走相,不正是我亲爱的母亲吗?我急忙跑上前去,连着喊了声:"娘!娘!"娘回头一看,也许由于过于突然、过于激动的缘故,她喜出望外地叫了一声:"我的老天爷?!"一下子蹲到地上,瓢里的地瓜面也撒了,我们几个人抢上去把母亲扶了起来。真是乐极生悲,母亲竟然抽泣起来,用衣袖擦着眼泪叫着我的小名,问我:"你不是从天上掉下来的吧?"

看着娘佝偻的身子,我心如刀绞。

深夜里,我和母亲躺在炕上聊天。我问母亲:"娘,你还养蚕吗?"母亲叹息地哼了一声:"桑树都叫敌人砍了,还养什么蚕呢?再说你也不在家了,谁给我摘桑叶倒蚕屎?为娘的说了多少遍,要给你买一件花衣裳,可是,一直没有买,这桩事儿娘总记挂在心里。"

我笑了笑,对母亲说:"娘,现在我们都是清一色的列宁装了,你做了花衣裳,我也不能穿了。"

母亲还是有点儿遗憾,说道:"可怜我养了半辈子蚕,也没有传下个养蚕手！你爹说我是螺祖后裔，我这没有传人了。"

我安慰母亲说："现在的养蚕能手可多了，等到全国解放了，咱们还要办蚕桑学校。养蚕的姑娘成群结队，缫丝织绸都用机器啦，你的后来人就多得数都数不过来了。"母亲呆呆地听着，一句话也不说。

夜已经很深，母亲还没有半点儿睡意。她把我放在炕头上的一个木箱子打开，将里面的东西像宝贝似的拿出来给我看。呵，我愕然了！是什么好东西呀？原来是洗得干干净净、舒展的平平整整的，一叠叠的破布，有深蓝色的，有浅蓝色的，还有黑的和白的。最大的一点儿有一尺见方，最小的有半尺长短，还有一缕缕布条条。我从小就清楚，母亲总是将破了的衣服补了又补。她箱子里有不少做补丁用的破布，然而这会儿，父亲不在了，姐姐们出嫁了，我和弟弟都离家参加革命了，她还积攒着这些东西干什么。母亲确实把这些东西看作宝贝一样，慢声细语地对我说："积攒了多年了，大的当大补丁，小的补小窟窿，布条留着打袼褙（用糨糊裱糊成厚片）、纳鞋底、做鞋帮……"她停顿了一会儿，又说，"你脚上穿的鞋，不是大娘婶子们给做的吗？捎回去送给她们用吧！"

我止不住地热泪直流，娘啊，娘，这就是您全部的财产，您真正的宝贝，您要我带给沂蒙山区大娘婶子们的唯一厚礼。我想到父亲活着教育我们的，也是母亲身体力行的那句话："一粥一饭当思来之不易，半丝半缕恒念物力维艰！"灯影下面，我抬头看看母亲身上那件补丁摞补丁的棉袄罩褂，又看看自己身穿的华东妇女代表大会发给的蓝色细布列宁装，也想起了沂蒙山区的那些给我做鞋缝袜子的大娘婶子们。我不忍辜负母亲的好意，捡了几块破布、几条布条披进书包里，对母亲说："那里的大娘大婶子们正用得着这些东西做军鞋呢！"那成千上万双军鞋，不都是用母亲手里这样的破布糊成的袼褙做成的吗！

我再三地劝母亲和我一起出去看看，她执拗地说："孩子，你娘就是死了，骨头也要埋在咱家的土窝落里，和你爹在一起！"怎么也不肯跟我走。我忽然发现她的窗台上，刚刚晾出一张桑纸，问她是不是还想养蚕。她深情地望着那张纸说："清明快到了，蚕子已经发乌了，不几天就出蚕蚁了，这是给庄里还有几棵小桑树的张婶婶捂的好蚕种哩！"

天亮了，我一步一回头，依依不舍地告别了母亲。我将身上仅有的几十元"北海票（当时解放区通用的钱票）"和几十斤柴草票，塞给母亲。母亲怎么也不要，我摁住她的手，帮她掖进贴身的衣袋里。

四月的阳光照得庄西头的苇湾暖煦煦的，母亲的脸被一丛树挡住了，只有摇摆着告别的那只手，如枯树枝一般晃动着。我的眼泪夺眶而出。

解放后，我在江南多地任职，整天忙忙碌碌，可我每年总要省吃俭用，攒一点钱给母亲寄点吃的，南京香肠、香肚、肉松……

从1960年初起，和母亲一起住的我的一位侄女不断来信，说母亲身体不太好，黑夜做梦时常常呼唤着我的名字，但又怎么也不让别人写信告诉我。我写信回家问她需要什么，不知问了多少次，她才请人回信给我，只要一顶黑色的缎子帽和一块黑色真丝的包头布！……我明白她是要了干什么用的。我不单单给她寄去一个黑色缎子帽和一块黑色的真丝包头布，还给她买了一对小小的银耳环，一只银簪子。"身着罗绮者，总是养蚕人。"我写信跟母亲说，"现在新社会了，你如果还能养蚕，丝绸衣服总有一天能够穿上！"

1960年夏天，母亲终于离开人间了。她哪一天去世的，我当时不知道，因为电报只说她已经去世，没有说清日期。接着家里来信说，母亲病危时叫人嘱咐我不要回家给她送终，活儿干好比什么都好。我母亲说的"干活儿"就是"工作"。

我做了母亲，就更想我的母亲；我有了白发，更想我的白发亲娘。多少年来，我的脑际常常浮现母亲的影子，那位留着一双小脚的母亲的影子，深夜巧剪窗花的母亲的影子，日夜忙着养蚕的母亲的影子，亲口对我说，卖了丝，织了发网给我买花衣裳的母亲的影子，在我枕头底下掖上一块闪光的银元、送我参加革命的母亲的影子，病中呼唤着我的名字的母亲的影子……母亲的身影在我的眼前永不泯灭。

1991年3月写于北京

"醉刑"

ZUI　XING

第 八 章

1. "反正是死，宁愿出去，做个敞亮鬼！"

《芝镇说》（第二部）从壬寅年初起笔，一路写来，到这一章才把时间线给接上了。开头是清明节下，从芝东村出发，四月的阳光和煦地照着牛二秀才的额头，他赶着蚂蚱驴车去芝镇赶大集，蚂蚱驴头上挂着铜铃，声响在耳边萦绕。他说是去买烧酒糠，其实是找我爷爷公冶祥仁商量牛兰芝的事儿。

八十二年前的那个风雪之夜，牛兰芝和三个小姐妹终于逃走了。

我的报人前辈、我爷爷的干闺女牛兰芝在后来的回忆录中这样写道："茫茫大雪中，我不住地回头看爹和娘，还有弟弟和弟媳公冶小樽。父亲那个穿着长袍的身影，像一尊高大的雕像，独立在庄西头苇湾边上。不知是雪还是泪，挡住了我的视线。我再回头时，什么也看不清了。我的心像一锅煮开了的水，上下翻滚：父亲啊，我逃出去了，几千斤的重担就落在您身上了。记得小时候您曾教给我'铁肩担道义'这个诗句，现在您的铁肩上担着多重的担子！我不知道您怎么能有这么一副铁肩，这么一副胆量，把我们四个姑娘从虎口里送了出来。"

由曹永涛带路，沿途冒着风雪，经过五天五夜，牛兰芝她们总算逃到了沂蒙山根据地，组织分配她们到了不同的岗位。芝镇四个姑娘像出笼的小鸟，欢快地数点着高高低低的枝头，无忧无虑地融入大集体，感受着惊奇和刺激，暂时忘了芝镇，忘了那曾经给过她们温暖、为她们遮风挡雨的安静的村落。

就在牛兰芝她们逃跑的第二日,天还没露明,牛兰丽的娘就砰砰砸门,兰芝的娘把门打开,兰丽的娘没进屋,坐在天井里嘤嘤地哭,声儿不大,却剜人心窝,惹得兰芝娘也泪眼婆娑,她指着兰芝娘说:"你闺女不教着俺闺女学好!你们不过安稳日子,俺还想过呢。俺的闺女都找了婆家了,俺怎么跟人家说啊。"

兰芝娘把眼泪抹了,赶紧拽着她的胳膊往上拉:"地上湿,别冰出病来,咱上屋里说。"总算劝到屋里,兰丽娘还是哭,说:"你说,俺妮儿走也不说一声,这么狠心!"

正劝着呢,李玉珍的娘也来找孩子,她手里拿着正在纳着的鞋底和针锥,用那还没纳好的鞋底拍着自己的腮帮子说:"这日子,没法过了!没法过了!"针锥又狠狠地攮进鞋底里。

三个女人在炕上抱头哭。牛二秀才压低了声音说:"小点声,小点声。"

又有敲门声,是刘欢的娘,她是我爷爷公冶祥仁的四服堂妹,我该喊她老姑姑,她叫公冶秀芝,"黑母鸡"公冶秀景是她的妹妹。她一直看不惯妹妹的招摇,耳朵眼里塞满了妹妹跟小鬼子不清不白的事儿,她恨得牙根都痒痒。我这个老姑姑公冶秀芝是我大姑小樽的媒人。

老姑姑公冶秀芝是个爽快人,在大有庄为闺女时,就很出名。她是头天晚上送的闺女刘欢,她早就知道闺女要走,提前给闺女剪了短发,扮成了个假小子。"要是我再年轻几岁,我也走!"我老姑姑公冶秀芝对女儿刘欢说,"孬好,我也是公冶长之后,名人之后!"

我老姑姑公冶秀芝看得开:"妹妹们都别哭了。哭也没用。

她们的心都走了，你拦住有何用？咱也打年轻过，一辈子都是围着锅台转。我想想这四十多年，觉得白活了，我最远就到过芝镇。俺从大有庄嫁过来，书没摸过一回，俺在娘家，跟着姊妹们还出诗答对地玩儿。"想了想，她又说，"不对，摸过一回书，是牛兰芝和刘欢看过的一本小册子。叫啥来着，你看我这脑子，好像叫《警世钟》，看得俺没着没落的，咱咋活得这么窝囊！我就暗下决心，咱这一代就过去了，别再让咱的孩子也憋屈。是不是？看看人家牛兰芝上洋学堂，演新戏，穿旗袍，咱的闺女咋就不能？眼下不放她们走，等将来嫁了人，跟咱一样，守着个家，拉巴着一窝孩子，围着锅台一辈子，还走得出去？"

转身对牛二秀才说："我就佩服你，景武二哥。放孩子们一条生路。在家里是死，出去也是死，反正是死，宁愿出去，做个敞亮鬼！"

听罢我老姑姑公冶秀芝的一席话，牛兰丽的娘，李玉珍的娘也就不哭了。可牛兰丽的娘还是不放心，拉住我老姑姑公冶秀芝的手，说："你说，她又没出过门，再让坏人给拐了去，闺女孩子不是小厮啊！"

我老姑姑公冶秀芝说："放宽心，孩子比咱们机灵！这会儿啊，不知道疯到哪儿去了！"

压抑的哭声和窃窃私语，穿透了厚土墙，如一阵风一样，钻进了谁的耳朵，一只耳朵又传给了另一只耳朵，这另一只耳朵，就是张平青。

2. "你想让你表弟也跟着倒血霉吗?"

天近中午,张平青队伍上的人,骑马扛枪吆吆喝喝来到芝东村,请牛二秀才。马蹄子上的残雪,落在了牛二秀才打扫过的大门口。牛二秀才好像早知道了,一大早就刮了胡子,穿上了新棉袄,戴上了新毡帽,脚蹬千层底棉鞋,气沉丹田、挺胸抬头,照了照镜子,清了清嗓子。本想唱两句,却住了嘴。

听到马蹄声,兰芝娘吓得两腿打战。我大姑小樽架着她,才没摔倒。

牛二秀才倒背着手在天井鹅卵石铺就的甬路上走了一个来回,朝着老伴笑笑:"咱表弟不会难为我,放心吧。"

论起来,牛二秀才跟张平青还真是远房表兄表弟。牛二秀才的爹健在的那些年,过年过节还提着点心走动。

不出两个时辰,就进了双寺(泗)村。那口大钟在太阳地里,很耀眼。撞钟的老汉蹲在墙根打盹。张平青站在钟下,叼着根烟卷瞅太阳,见牛二秀才下了马,才转过身,大步过来,伸出两手,握住,摇一摇,笑着说:"哎呀,表兄啊,别来无恙。"

牛二秀才摘了毡帽还礼,挤出一点儿笑容,算是打了招呼。

张平青锃明瓦亮的皮靴踏着残雪咯吱咯吱,像踩在脚下的雪在喊疼。而牛二秀才的千层底鞋踩上却如碾压一般,是一声一声的闷响。

牛二秀才以为张平青要摊牌了,他早已想好了对策。奇怪的是,张平青啥也不提,领着进了客厅,上茶,上瓜种,上烟。只是家长里短，问东问西，问了我爷爷公冶祥仁，又问芝里老人、李子鱼。牛二秀才说，三位老友也好久没见了。张平青说，改天得一起叙叙旧。亲戚得走动，不走动，亲戚就不是亲戚了。

牛二秀才敷衍着说："亲戚啊，都是麻烦出来的。"

"麻烦……"

有几只麻雀在雪地上叽叽喳喳地跳跃。远处是几个兵在练刺杀。张平青说："俗话说，严霜出晴日，薄雪是寒天。今天就是晴日寒天，恰是喝酒的好时机。中午咱哥俩先喝个痛快。"

两人嘴里呼出的白气交织着。

中午摆了满满一桌子。引起牛二秀才注意的，是一盘芝镇韭菜小炒。韭菜黄，这可是稀罕物。

张平青得意地说："我记得在一本康熙年间的《寿光县志》上，看到这样的话，'寒腊冰雪，便已登盘，甘脆鲜碧，远压粱肉，唯韭为绝品。'原来不信，韭菜娇气，怎么会抵挡了冰雪呢？竟然还真有，咱们尝尝鲜。"

牛二秀才很诧异地说："的确是稀罕物，稀罕必有稀罕的道理。抵御风寒，非韭菜之力，该是借力。比如在菜畦面上覆盖苇絮或者草苫子。"

"借力？借力？表兄说得好，借力御寒。"

卫兵拿上酒来，张平青一摆手："不喝这个，换！"

卫兵抱过来一个大鱼鳞坛子。张平青转身对牛二秀才说："表兄啊！这酒，还是田雨送我的站住花呢，记得吧？他们感念我。我没舍得喝。今天咱一醉方休。你也解解乏，最近你操劳得可不轻啊！咱也是借力啊，借酒御寒！"

一口炒韭菜黄挑在筷子上，看着就清爽，填入口内，宇阔，舒坦，味道果然不同。

一盅又一盅，一盅又一盅。牛二秀才这习武之人，平时是有量的。他师父当年就告诉他，喝到舌尖发麻，就要停，然后要不停地咽唾沫，叩齿，以解酒气。

门关着，挤进来的一束阳光柱斜着切到桌子上，那光柱穿透了蛛网，但在牛二秀才眼里却是晃动的、弯曲的。

不能再喝，张平青端着的酒盅，都伸到他嘴边了，他又不好不喝，舌尖发麻了，发木了，说话舌头有点儿碍事了。牛二秀才开始辞壶，张平青说啥也不依，一直喝到趴在了桌子上。

一觉醒来，天已擦了黑影。牛二秀才两眼生疼，耳朵梢子也针刺一般，浑身像散了骨架。他运一运气，两根胳膊使劲张开，一个鲤鱼打挺站了起来，一摸，裆下湿漉漉的。牛二秀才觉得很羞愧。他喝酒四十多年，从来没有如此狼狈过。

他两手搓搓脸，一抬头有两道寒光绿绿地刺向自己。他把眼睛闭上，再睁开，看到青面獠牙的一张鬼脸，那两只眼像狗眼，又像狼眼，还有点像猫眼，在眼眶里转。他咬紧牙关，咽了口唾沫，忽地长啸了一声，再睁开眼，见到张平青盘腿坐在他面前，两手把着脚丫子，正不错眼珠地瞅着他。

"表兄，醒酒了？"

牛二秀才晃晃头："不胜酒力，上了岁数。"

张平青搓着手，笑道："没事儿，晚上酘酘（tóu tóu）。"

"表弟找我啥事？要没啥事，我得回去了。"

"没啥事，就是请你喝酒。"

"喝酒？"

"表兄可是要吃敬酒啊！"

"我有什么可敬的？"

"你心里明白！你把你闺女放跑了，你知道通共的厉害吗？你想让你表弟也跟着倒血霉吗？"

3."这就是有身份的芝镇人的做派！"

喝酒喝大了，下一顿，见了酒就头晕恶心，甚至听到"酒"字，就有激烈的生理反应，胃里的杂七杂八就往上涌。芝镇人有个习惯，用酒浇酒，以酒攻酒，咬着牙，再龇牙咧嘴喝下一盅，这叫"齩"。如果还难受，咬紧牙关再喝一盅，两盅酒咽下去，一下子豁然开朗，齩开了。就像一把锈迹斑斑的锁，配上了新钥匙，"啪"，开了。也像久不使用的塞满了杂草和秽物的龙口（方言，渠道），来了一场大水，给冲开了。

牛二秀才晕乎乎地下炕到了客厅，感觉天旋地转，神志恍惚。一睁眼，又是满满的一桌菜，专门从芝镇醉仙居订的。芝镇韭菜小炒边上，多了一道芫荽小炒，是张平青自己下厨炒的。

张平青端过一盅酒，伸到牛二秀才鼻子底下。牛二秀才心底里一股乱糟糟的味道往上翻，他意念里自己要忍住。咬着牙，结果那盅酒，捏着鼻子喝了，想吐，吐不出来。咕咚咽了下去，突然感觉自己的喉咙哗啦一下，真的齩开了。

张平青很耐心地涮着酒盅："老亲戚了，拉拉家常吧。赵录绩老先生过世了。我多次听公冶祥仁先生说过，赵录绩是博通经史的大家。康有为对同代学者一向很少称许,听说赵录绩治《公羊传》颇有新见,过济南特往拜访,二人相与论道,赵录绩意气风发,康有为大为惊异,自以为积学不及。"

牛二秀才强打着精神回复:"我也只是听说过。表弟,给我杯水。"

"上水!"

"我心里上火……"

"赵录绩是个孝子,父亲早亡,母亲杨太夫人把他抚养成人,成了进士、大学问家。辛未年七月,杨太夫人去世,丧事办得场面啊。你知道花了多少钱吗?账房总管赵竹园因没将三顷地售资花尽,而受了责。"

"他有……钱!表弟,快拿杯水!"

"磨蹭啥呢,上水!"

"……"

我问弗尼思:"这三顷地,折合多少亩?"弗尼思说:"大概是七百亩左右。"我那天!怎么花的?

弗尼思说:"钱好花!请道光进士,历任翰林院编修、侍读、侍讲,京师大学堂总监督、清史馆总纂,曾荣获日本帝国大学文学博士的大史笔柯劭忞(字凤荪)为其母墓志铭撰文,不花钱?请书法大家罗振玉为墓志书篆额,不花钱?别的不知道,他们赴天津邀请书法大家华世奎为墓志书正文,按每字一个银元的价格一次付清,我数过,一共八百多字。花钱如流水啊!芝镇人啊!这就是有身份的芝镇人的做派!"

"表弟,我要水!"牛二秀才口里要冒火。

"上水！耳朵聋了？"

张平青说到钱，两眼睁得比铜钱还大："那叫排场！有些是你花钱都办不到的。莒县大店村同榜进士庄陔兰充任点主官，这庄陔兰也是孔府衍圣公的老师；高密县李兰村同榜进士任祖澜主持拜士之仪；渠邱伏戈庄村同榜进士陈蜚声负责拜祭，连同孝子赵录绩共是四个进士同操葬仪，亦称超凡之举。"

"表弟，水！"

一小茶盅茶水，卫兵手托着端过来，牛二秀才一把夺过，差点把茶盅吞下去。

"表兄啊，慢点喝嘛！酒管不够，水有的是。赵录绩请来各县的联庄会担任保卫，人太多了，没人联保不就乱了套了吗？村内湾边，那里的水多……"

"再喝……口水。"

"那里的水湾多，全部用麻绳罩口，以防人失足落水。为松散过挤的人流，在村内外，数十棚喇叭竞奏，并有龙灯、狮豹、骑驴、跑旱船以及扮演的高跷队，和外地特邀的杂技团等。数不胜数的闲人。赵录绩的舅舅杨继文是总管，芝镇南院的，因为筹办丧事操劳过度，累死在往返途中。是杨继文请了我和宋焕金。我讨厌宋焕金不是一天两天了，他吃里扒外，无恶不作。还自称宋公明，公明个屁！咱芝镇怎么出了这么块货，不要脸不要腚的。当时已跟厉文礼尿一个尿壶，穿一条裤子了。但是在赵家凑到一块儿了，抬头不见低头见的，我得应付着啊。酒足饭饱，无事可干，就凑到一处，抽大烟泡子，玩推牌九。那天我手气很坏，带的钱都输给了那姓宋的，这姓宋的赢钱在手，喜不自胜，在我面前还大嗓门吆喝,咋咋呼呼,炫耀自己的本事,还拿话刺挠我。惹我,哼!我怎么能受得了这样的窝囊气?你说,表兄,我啥时受过这窝囊气?"

"表弟,再喝口……"

"水?酒?"

牛二秀才满头大汗,两眼圆睁,两耳铮铮地响,他觉得要爆炸了,但就在受不住了的时候,牛二秀才一屁股坐在地上,大吼:

"上酒!"

4.一摆手,推门进来的是八姨太

张平青的两眼像两把锋利的匕首,发着寒光,在牛二秀才的眼前晃来晃去。

大堂里摆着三个大酒篓,酒篓有半人高,是从芝镇找吴记酒篓铺做的。"吴大杆子做酒篓结实、耐用,酒篓匠用腊条细密地编织篓子,再用桑皮纸加猪血、石灰、蛋清,拌匀,一层层糊,糊完,再套上一个酒篓。"张平青用手掌拍拍酒篓的篓口道,"我专门让他来我这里编的,一个酒篓一块大洋。"

三个酒篓里装满酒。一篓泡了山参、蝎子、蜈蚣、癞蛤蟆、响尾蛇等等,掺了研细的红干辣椒,那酒就成了红的;一篓泡了虎鞭、驴鞭、牛鞭、鹿茸等等一堆;一篓泡了牛胎盘。

张平青打一个响指头,微笑着:"表兄干一杯。"

芝镇有种酒壶叫阴阳壶,宣酒时,往左边一摁,倒的是酒,往右边一摁,倒的是水。两人碰杯,酒杯是亚腰葫芦做的,能装半斤多。张平青让牛二秀才喝的第一种,张平青喝的是水。

一杯下肚,心如刀绞,像尖椒一样满口辣,像花椒一样满口麻,像一群蚂蚁在脊梁上爬,越麻越辣越想喝。牛二秀才头上、腋下直冒汗,张平青问:

"表兄,这酒味道咋样?"

"很……好!"牛二秀才咬紧牙关,汗珠子顺着腮往下淌,鼻孔、耳孔、眼睛好像往外迸火。

寒风从窗户缝里挤进来,呜呜响。积雪堆在墙基那里,他真想塞一口雪,真想在雪地里打滚竖脊立儿(方言,拿顶),他觉得桌子腿都在晃。

"也是这年夏天,密州七区逄戈庄的刘硬甫家出大殡,论规模和气派,那比不上赵录绩家,赵家丧礼光伺候要员的厨师就二百多个呢。但刘硬甫是刘罗锅的后代,也是有来头的。我记得北京、上海的镖局都来了人呢。各联庄会也纷纷前来护卫,说是护卫,其实刘家怕俺们这伙人捣乱,请俺们来聚聚,俺们要是不来,不就乱了吗?不是冤家不聚头,我和宋焕金又一次相逢了。那天是农历六月二十四,天气很热,坐在树荫里,脸上的汗都往下淌。我派人给宋焕金的人马送去一坛子芝酒,还有满满一车西瓜,那西瓜是从潍河边上买的,沙瓤,好吃。宋焕金的人看到酒和西瓜,都红了眼去抢。抢到酒的蹲在墙旮旯里喝,抢到西瓜的,抱着跑到村外树林里啃去了。我把着酒葫芦来找宋焕金喝酒。我们一直喝了半个时辰,喝累了,我说:'宋大哥,这逄戈庄村小人杂,闹闹嚷嚷的,有弟兄们在这里把守,出不了事儿。

你我不如到南注沟去玩玩，那里有烟馆，还有漂亮的娘们陪着，逍遥逍遥，您看怎么样？'宋焕金看了看我，说：'你这花花肠子又在琢磨啥事儿？'我说：'我张平青报恩还报不完呢，哪敢对您起歹心？我对天发誓，就是去开心玩玩。'宋焕金被说动了。我们各自带着卫队一同骑着马到了南注沟村。"

第二杯倒的是虎鞭、驴鞭、牛鞭、鹿茸酒，牛二秀才喝完，浑身燥热，膨胀，像一腚坐在了热鏊子上。整个身子悬空了，站，站不起来；坐，坐不下去。

张平青盯着牛二秀才笑。一摆手，推门进来的是八姨太，八姨太一头披肩长发，拿着酒杯又给牛二秀才灌酒。牛二秀才这习武之人，竟然有点把持不住，可是，尘根不争气，蠢蠢欲动，很显眼，让张平青讪笑。牛二秀才想起了自己少时练武师父说的"真人之息以踵"。

弗尼思正在某小城消暑，感到我写到醉刑一节有难度，一翅子飞到了我身边助力，它说："'真人之息以踵，众人之息以喉。'这是庄子说的，理解各有不同，但我觉得王蒙说得有道理。王蒙说，讲到气息深深，练气功练到了以脚后跟呼吸的程度，我们可以半信半疑。在媒体上，我也听到过气功师与佛道中人讲他们的静坐，可以达到用踵——脚后跟呼吸。从解剖学的角度看，很难从脚踝上找到气泡气囊气管气道，但是感觉上应该能够做到呼吸深深直达脚踝。就我所知，连教声乐的老师也有教学生唱歌共鸣到脚后跟的，虽然从物理构造上找不出脚踵里的共鸣箱来。声乐家的解释则是，脚后跟虽不共鸣，但你要全身努力发声，包括脚后跟也在起着动员你的情与声的作用。"

牛二秀才想到师父，意念里用尘根呼吸，他调理气息，深深呼吸三次，尘根不为所动，宁折不弯。他着急得冒了汗，再加意念，果然偃旗息鼓，如霜打的茄子。

可是突然的一阵旋风，绕着牛二秀才的脖子一圈，牛二秀才被这阵旋风给带疯了……

5."谁敢违背我，我就毙了谁！"

那阵旋风好像认准了牛二秀才，三转两转，整个身子转到了风眼里。牛二秀才的两只手都管不住了，总想摸点什么。他在心里说："手，听话，不要乱动。"可是，那两只手，已经不听大脑的指挥，朝着八姨太摸过来。八姨太往后退，一摸，八姨太再往后退。一边退，一边那手伸着兰花指说："表兄，你倒是来呀！"牛二秀才让自己的手拖着，追赶八姨太。八姨太变成了旋风，牛二秀才被包围了。

张平青说："表兄，那是你弟妹！"

牛二秀才神志模糊。

张平青继续讲："我早安插好了，西注沟村王延酬家早已做好了待客的准备。不但炕头上摆好了烟具，还有一个叫二嫚子的姑娘陪着。那二嫚子真是人见人心动。宋焕金见到年轻漂亮的二嫚子，心花怒放，安心地在二嫚子的服侍下抽上了大烟。"

听到二嫚子，牛二秀才恍惚地看到了一个美女飘然而至。他不由自主地嘟囔了一句："二嫚子。"那手又管不住了，到处乱摸。牛二秀才心猿意马，在屋子里小跑着追赶，一圈一圈，像驴拉磨。其实,八姨太早已夺门而去,但是他的眼前一直晃动着那飘着的黑发。他看到张平青的脸在晃。

牛二秀才的鼻子出血了。

我想起大爷公冶令枢说的话,牛二秀才二十岁上下时,在麦收时节的场院里看场。别人都倒背着手拉光碌碡,牛二秀才看看周围没有妇人,光着身子把绳子拴在裆部,麻绳上早蘸了酒,拴紧一个活扣,拉着光碌碡压麦秸,光碌碡在身后骨碌骨碌滚得飞快,牛二秀才脊梁上鼻梁上都不见一个汗珠。大爷说:那是童子功,是经过淬火的!

牛二秀才又面临着一次淬火!

"房子里只有我、宋焕金、二嫚子,还有我的侄子金子。金子这孩儿灵活,出来进去侍候。我看到宋焕金抽得差不多了,他的手不老实了,摁住二嫚子就要上手。我向东屋喊了一声:'金子,快端茶来。'金子闻声一步闯进来,突然从茶盘下摸出手枪,对准宋焕金的脑袋就是一枪,宋焕金的脑浆溅了我一脸,脑浆臭烘烘的,我用手帕擦了。屋里枪声一响,宋焕金的护兵知道是出事儿了,纷纷向村外逃窜。"

"死了?"牛二秀才问了一句,好像一下子醒了,摇着头,使劲把自己往下摁,意念里要把自己摁到地里去,把尘根埋在尘土里。

"刺激吧?这就是惹我的人的下场。"张平青咬着牙说。

牛二秀才的意念又集中起来,深深吸气,吸气……

"割下宋焕金的人头,先挂在双泗村前的老槐树上,让人们知道我张平青为民除去一大祸害,然后专程派人跟韩复榘汇报。

韩主席给了顶少校剿匪副官的帽子。谁想,我这个侄子金子,当众宣扬自己枪杀宋焕金的功劳,这还了得?!我给副官王祥使个眼色,王祥很为难,我又剜了王祥一眼。王祥会意,把金子领出去,一会儿听到一声枪响,金子的头被打碎了。谁敢违背我,我就毙了谁!我亲侄子也不行!"

牛二秀才眯着眼,一点点地往回收着射出去的眼的余光,收,收……

张平青让牛二秀才喝的第三杯酒,是泡了牛胎盘的酒,喝完肚子发胀,想说还说不出,说不出还非要说不可。吐也吐不出来,满嘴腥味。

牛二秀才终于听清张平青的话了:"表兄,沂蒙山到芝镇鸾(diào)远啊!"

……

"后来我看《镜花缘》才发现,鸾远不是土话,是古语呢,小说里说,'且说天下名山,除王母所住昆仑之外,海岛中有三座山:一名蓬莱,二名方丈,三名瀛洲,都是道路鸾远,其高异常。'"

……

"表兄,三大名山,没有沂蒙山。"

……

"表兄,我当初派人去你家求亲。咱做个儿女亲家,亲上加亲,多好啊,你不干。你把闺女送给'共匪'。你知道后患多大吗?'共匪'是要抢你表弟的地盘的。有日本鬼子,有厉文礼,再加上'共匪',我还怎么活。"

张平青说着，牛二秀才慢慢苏醒了，吐了又吐，青筋暴突，嗓子冒烟。牛二秀才咬紧牙关说："你杀了我吧！我哪里是通'共匪'，我哪有本事通'共匪'？我是送闺女去沂水城上教会学堂。"

就这样的喝酒，一喝就喝了二十天，牛二秀才到底喝了多少酒，自己也不知道了。

又一日，窗外又飘起了雪花，还有呼呼的北风。雪花纷纷地乱飞着。牛二秀才和张平青正喝酒呢，勤务兵进来通报。张平青皱皱眉头说："等我一会儿。"

又絮絮叨叨地说："表兄，胳膊能拧过大腿？日本人的枪炮，打得远，打得准，多厉害！跟这帮鬼子拼，不是鸡蛋碰石头吗？"说完，把手里的烟头使劲摔在地上，低头走了出去。

我爷爷公冶祥仁等在了客厅。我爷爷后面，坐着的是芝里老人。老人拄着檀木龙头拐杖，胸前佩着的一块墨玉，在灯影里一闪一闪，白胡子一丝不乱垂在胸前。

张平青说："哎呀，咋惊动了您老人家？"

芝里老人说："地方不小嘛！比我当年气派。听说都有了电台。"

张平青鞠了一躬："岂敢，岂敢。"

6."可了不得！这是上的'醉刑'！"

搬出的酒是站住花。

小酒盅摆上。芝里老人把酒盅拿起来端详，说："我看着这酒盅就想哭啊。俺哥哥就是喝酒喝醉了，一仰脖子，小酒盅卡在喉咙里噎死的！"

张平青听罢，呵呵一笑："换大碗。"

细瓷大碗端过来。每个人倒了大半碗。芝里老人又说："再拿个燎壶来。"

燎壶提上来，芝里老人把酒倒在燎壶里，两手抱住碗，到天井里的磨盘上使劲磨那碗沿儿。

张平青很奇怪："您这是？"

"酒倒了半碗，上边这一截闲着，浪费。我磨了去。"

张平青笑着说："哈，倒满！倒满！"

三碗酒满上，一人领三口，九口干了个碗底朝天。

我爷爷公冶祥仁说："厉文礼的队伍，在芝镇住着，光收粮食，不打鬼子。情有可原，人家又不是芝镇人。平青兄，咱们得打啊。"

张平青说："厉文礼这个厉小鬼想要吃掉我，没有那么容易。我跟弟兄们说，好好地打，把厉小鬼打跑了，我们把队伍拉到小清河口，日本人不能到那里去。等中央军和日本人打得两败俱伤的时候，我们一下子把济南抢到手，那时我就是省主席。"

芝里老人端起碗来，跟张平青的酒碗一碰，笑着说："张主席好！张主席真好！提前预祝！"

突然一变脸，把酒碗举过头顶，狠命地一摔，碗茬子碎了一地。芝里老人站起来说："侵略者在这里，豺狼在你身边，你这个省主席能当安稳了吗？覆巢之下，焉有完卵？厉小鬼不抗日没良心，咱得抗啊！这里是咱家啊！"

张平青低着头，不言语。

我爷爷捋一捋胡子："我来时给张兄算了一卦。你们猜我卜的是啥卦？"

芝里老人摇头，张平青抬起头来，直视我爷爷。

"我卜的卦是蹇卦。寒足也。险，就是坎；止，就是艮。坎在上，就是险在前，见险而能止，智矣哉。人看到这一卦觉得不好，其实古人却不这么看。《程传》说：'蹇难之时，必有圣贤之人，则能济天下之难，故利见大人也。济难者，必以大正之道，而坚固其守，故贞则吉也。'蹇难的时刻，正是考验圣贤英雄豪杰的时候，它的时机和功用是多么宏大啊。历史上哪一个大人物不是历经磨难走出来的。平青兄，务必把握住。"

"小日本的武器厉害啊。"

"厉害也不一定能胜。邪不压正。"

"避其锋芒，中国人不打中国人。"芝里老人说着，弯腰去捡地上的碗茬子。

门外一阵马蹄响，一阵风刮来了汪林肯，一身戎装。

"说得太对了。"汪林肯边说边走了进来。他跟张平青的儿子张泼去五莲山刚回来。张平青想办个军校。

芝里老人、我爷爷站起来跟汪林肯握手。汪林肯穿的是张平青队伍的军服。

芝里老人笑着问汪林肯："别来无恙，麟阁兄，现在是封了个什么官儿？"

张平青说："麟阁兄是我的恩公。当年要不是他营救，我可能就在监狱里被杀了。"

半年前,汪林肯是携家眷来到张平青的指挥部芝镇班岗村的。张平青奉他为上宾。当天夜里二人喝了个酩酊大醉。

在班岗村指挥部,汪林肯扳着指头,推心置腹地帮张平青分析了抗战形势,谈了去沂蒙山的见闻,申明了联合则胜、分裂必亡的道理。张平青听罢,沉思了半天,表示愿意与其他抗日游击队联合。但土八路没充起他的眼眶子,他觉得成不了气候。

汪林肯点到为止。

汪林肯以独特的身份四处游说,不长时间便促成了张平青、胶县姜黎川、密州张希贤三支游击队的联合,结成了抗日联盟。虽然,这三支队伍在结盟后各怀鬼胎,争地盘扩张个人势力从未停止过,但毕竟枪口都朝外了。

入了张平青军营,汪林肯抓的是文。他开办了夜校,让士兵学着识字。一开始张平青不让办,他说,当兵的不能识字多了,识字多了想法多,毛病多,胆子就小了,往前冲的时候,思前想后,没有了一根筋。只要有坛子芝酒,就能带好队伍。

好说歹说,总算办了一个班。

"倒酒,倒酒。"张平青指使随从。

芝里老人说:"我早年在东北为官写过两句话,'不求一时荣,但争千秋誉',今天送给平青。"

张平青说:"谢谢芝里老人指教。我把这两句话裱起来。公冶大夫劳您给挥毫一把。"

我爷爷说:"举手之劳,举手之劳。好像还有个朋友在这里?"

张平青说:"谁?"

"别卖关子了,快把牛景武牛二秀才请过来吧。"

芝里老人拿起拐杖，直接到了北屋，后面是汪林肯和我爷爷，他们看到牛二秀才仰躺在炕上呼呼大睡。下身的裤子撑着，像一把伞。地上吐了一摊。

我爷爷摸摸牛二秀才的脉，说："你让他喝了什么酒？那是要死人的。可了不得！这是上的'醉刑'！"

7."别胳膊肘往外拐，不识抬举！"

在营房里住了一宿，早上起来，饯行酒又摆上了。每人两盅，热热乎乎下肚。四碟小菜有醉毛蟹、浯河咸鸭蛋、干炸马口鱼，还有腌的潍县萝卜，倒是很可口。每人一海碗金丝面，热腾腾的，寓意是顺顺利利。

芝里老人摸着肚子："我啊，一生爱吃爱喝，为腹不为目，吃到肚子里才算踏实！芝镇金丝面，有讲究。要是葱花炝锅，直接倒上水，开了锅，把金丝面下上，捞出来吃，一点不香。香味早被水给冲淡了。可是，你把炝锅葱花弄好了，倒出来候着，等金丝面下出，用井拔凉水拔一拔，再把葱花浇上去，伴之以黄瓜丝、胡萝卜丝、香椿丝、加了炒熟了的长生果捣起来的蒜泥，那真是满口余香啊。顺序颠倒，味道不同。做人做事都一样，得研究，得讲究啊！比如祝酒，也有顺序，先得身子骨棒，然后是阖家欢，你身子不好，阖家能欢乐吗？一个有病人的人家，这个家也就病了。所以，我们先要互相祝愿，身子棒棒！"

张平青说："芝里老说得是，顺序不能乱。来，祝大家身子骨结实！"

临别，张平青给芝里老人、我爷爷分别装了一鱼鳞坛子站住花酒，圆滚滚的坛子捆在大车子上，太阳一照，耀眼。酒香直往人鼻子里钻。

芝里老人拱手谢过："人间有酒好啊！喝上酒，就忘记了自己的去日无多。"

张平青攥住牛二秀才的手，使劲摇，摇得牛二秀才都站不住了。张平青的脸上却堆着笑，用另一只手轻轻拍拍牛二秀才的肚子，又拍拍他的手背，扯了扯褂子道："你看吐的，前怀里像个啥了？哪像个秀才，来换件新的。"捧来了一身新军服。

牛二秀才睁开眼说："有劳有劳，新衣裳我穿不惯，庄户人不讲究。"

"表兄啊，芝里老刚说了做人做事要讲究，你就不讲究了？我这里的酒还有三大瓮，你随时过来尝尝辣味儿！你闺女牛兰芝走了就走了，我也不计较。儿子牛兰竹，你得叫他来，别把他捂在家里。人又不是酱球儿，再捂也捂不出毛儿来了。你放心让他来，我亏待不了他，给他个官儿做。否则……"脚前一根槐树枝横着，张平青擦得锃亮的皮鞋高抬迈过去，使劲一踩，"咔嚓"断成两截，一脚踢飞了，突然提高了嗓门："谁这么不长眼，弄块枯树枝子挡着道？！"

牛二秀才咬住嘴唇，挣脱了张平青的手，皱着眉头，咕哝了一句："表弟，俺说了不算，儿大不由爹啊！"

张平青面露怒色："别胳膊肘往外拐，不识抬举！"

我爷爷过来打圆场，一手拉住张平青，一边给牛二秀才使眼色。

在牛二秀才被张平青"请"来的二十多天里,芝东村的"四个大闺女"被拐跑的消息,像台风一样刮遍了芝镇,惊动了区长、乡长,还有日本维持会会长。兵丁们封锁了芝东村。芝东村只剩下了三个党员——牛兰竹、王寄语、张进,与上级联系的那根线被那台风刮断了。他们像断了线的风筝,非常焦急,趁着黑夜跑了料疃,再跑南郭庄,跑了南郭庄再跑到宋官疃,那里曾经有党员活动。

我姑父牛兰竹忽然想起了大有庄的公冶祥读,论起来,公冶祥读还是我姑父牛兰竹的五服沿儿上的叔丈人呢。一年前在浯河边上的万人大会,公冶祥读也是上台演讲的人,他年龄比我姑父牛兰竹大两岁,是大有庄党支部书记。牛兰竹悄悄过了浯河去联络,公冶祥读一见牛兰竹,吓得六神无主,一改过去说话的滔滔不绝,结巴起来,额头上都沁出了汗珠。平时公冶祥读也爱喝两口酒,有豪气,胆子也大,可是这会儿却怂了,说:"以后别来找我了。我上有老下有小。族长公冶祥敬开了公冶祠堂,动了家法。俺公冶家规矩多……"公冶祥读脱下小袄,牛兰竹看到了他发青的后背,那是家法打的。公冶祥读说:"不是我不想干,实在是没办法。你看,公冶家的家法杖族长都让我扛回来了。"牛兰竹看到门口竖着一根光滑的、一丈长的大杖。公冶祥读说:"栗木的,一杖下去,觉得疼,两杖下去,我就晕了。"

牛兰竹出门,公冶祥读都没敢出来送。回头盯着安静的大有庄,牛兰竹感觉就像掉到了黑咕隆咚的深井里。

就在他们彷徨无计之时,听说张平青让他去的事儿,他决计一试。

但牛二秀才坚决不同意:"儿啊,那不是你去的地方。"

牛兰竹说:"爹,如果不去,张平青可能大杀大砍。北营的伏立堂全家不是被杀了吗?还有咱村的李勋臣一家四口……我不能坐以待毙。"

牛二秀才眼泪下来了:"儿啊,我都五十多的人了,我不想膝下无子。让我再想想,你那是去虎口讨食啊!"

托着下巴,在灯影里,牛二秀才一下子苍老了许多。

途中（一）

第九章

1. "她回到炕上摸不着我，会咋办啊？"

风卷着雪，雪搅着风，风雪在天地间疯了一般乱打乱斗。田地、山凹、草木、秸堆，全都看不见了。身居其中，迷迷瞪瞪，分不清哪儿是哪儿。大雪模糊了天与地的界限，让风雪裹着，觉得世界变小了，小得你伸手就够得着天上的乌云；可走一会儿，等风小了，又觉得世界变大了，大得你行走在雪地里，就像是可着锅沿儿蒸的白面饼上的一粒芝麻。

牛兰芝记得，自己当时是兴奋得大吼了几声的。吼声叫风撕扯成一缕一缕的，歪歪斜斜贴着身子飘。张大嘴巴想吼得再大声些，一股风裹挟着雪花堵住了喉咙眼，噎得她喘不上气。转过身子，背着风，一阵猛咳，总算是缓过劲儿来了。曹永涛在身后低声提醒注意隐蔽。

逃跑前，四个姑娘分头去庄里的天主教徒家借十字架和《圣经》，说是去沂水教会学校上学。扮成修女跑，鬼子、伪军、顽军、杂牌游击队都不会过于无理纠缠。

谁料那天下午，牛兰丽先跑来跟牛兰芝告急："这两天俺爹好像知道咱要跑似的，他咬着牙根对我说'你要是跑，我攮上你先用镢头砍断你的腿，再砸烂你的狗头！'"

李玉珍也抹着眼泪来了："俺娘好像也知道我要走，夜里不准我吹灯睡觉，老是把我揽在怀里。"这十五岁的姑娘，从没出过芝东村。

逃出家门的牛兰丽满脸笑容："我头天夜里先将板凳放在墙

头下，一听枪响就翻身跳墙跑了出来。"

李玉珍也掩饰不住兴奋，说："听到枪响，俺娘出门到天井里扒着门缝往外瞅，我跳下炕，打开后窗跑了。"刚说完，又面带戚色，"谁知道她回到炕上摸不着我，会咋办啊？"

牛兰芝的耳畔被这些声音萦绕着，这是多么惊险的一个场面！在这个虎视眈眈、阴霾压顶的茫茫黑夜，终是插翅飞了。

曹永涛身上背着一个酒篓，酒篓里装着站住花酒，得有五十斤，这是牛二秀才从田雨的烧锅上弄的。要碰上人，就说是去贩酒的。还有，路上冷，喝点酒御寒。

走了一夜，等天亮了，才知道并没走出多远，只走到了潍河边。风停了，雪也停了，但是干冷，手伸不出来。

曹永涛站在河岸上一丛冬青前面，他穿着一身商铺老板的咖啡色夹袍，嘴里冒着白气。牛兰丽和李玉珍跑到河下去洗脸了。李玉珍洗完脸，从旗袍小口袋里摸出一面小镜子照着，梳理了一下飘动在前额上的刘海儿。

牛兰芝也想下去抹把脸，刚站上河岸桥头，突然听到牛兰丽"嗷"地叫了起来，指着远处喊："哎呀可不得了了，你看跑来几个人，是不是来抓咱们回去的？"

牛兰芝看到，一个人肩上还好像扛着一把铁锹，在太阳影子里闪闪发光。另一个人提着攮枪子。

李玉珍一下子抱住牛兰芝："是真的，那个扛着镢头的像俺爹……"她身子抖着，吓得快要哭了。

曹永涛拨拉开干枯的水柳丛，右手在前额上搭起凉棚，往远处看了看，说："别慌，赶过来的只要不是日本鬼子汉奸队，我们怎么也能对付他们。先到冬青丛里躲避一下。"

姑娘们麻雀似的,扑啦一声飞进冬青丛里,侧着耳朵听动静,后面的人果真追上来了,前面几个已上了大桥。

只听到大口喘着粗气的一个说:"牛师父一口咬定,这些妮子是到教会学堂念书去了,念完书就回家,谁知道是真是假。"这是李玉珍爹的声音。

"日本鬼子汉奸队我不怕他们,落到他们手里无非是一条命,可是,我已要了闺女婆家的彩礼啦,到了时候人送不过去,这二百多元的彩礼钱怎么还?"

忽地又起了一阵旋风,谁的话被吹到了半空:"这年头……"

"牛师父这人倒是不会说什么假话,可就是他的儿子兰竹和那个闺女兰芝,庄上人都说,连骨头渣渣子都叫共产党染红了,要是真出去上学还好,万一跟着他们干了那个,咱可就犯了杀头之罪啦!"

"不管她出去上学也好,去干那个也好,撵上她,我先砸断她的腿,再砍掉她的小脑袋,要不,我就不姓牛了。"牛兰丽的爹在发狠,"俺这姓牛的,有国民党,也有共产党,素来势不两立,咱跟着他们姓一个姓,真活该倒霉了。"

牛兰丽在冬青丛里,用食指戳着嘴唇舒了一口气,搂着牛兰芝的肩膀,压低着嗓门说:"兰芝姐,你听听,俺爹这个榆木疙瘩的脑袋有多狠。我看他是吃了那个县太爷的迷魂药了,那个人真不要脸,亲口对俺爹说我嗓子好长得又漂亮,到了省政府的宣传队,不光有大钱好拿,将来说不定还做大官夫人呢!他还当着我的面说,'再过两年咱姓牛的就出了倾城倾国的杨贵妃啦!'"

只听李玉珍的爹扯着破锣嗓子向桥这边走过来的人喊:"前面来的大哥们,你们碰上几个妮子过去了吗?"

2.干大事,就得吃得了酸甜苦辣

"看见啦!"牛兰芝看不到人,只听到一个粗嗓门应着,"都穿着清一色的黑旗袍,手里夹着本《圣经》,像是几个传教的。"

"他们过去有多远了?"牛兰丽的爹急切地向对面人问。

"唉,起码三十来里了吧!我是在双羊店碰上的,她们正坐在一块青石板上,啃白馍呢。"

树丛外面没了声音,只听到有咯吱咯吱响,是有人在雪地里转。

还有姑娘们逃走了,还是真的天主教徒?

过了一会儿,是李玉珍的爹开口了:"起码出去三十里,咱也没长飞毛腿,我看撵不上,还是干脆回去吧。不论什么人把咱抓去问罪,咱总算出来追了一场,没撵上有啥办法。"

"不回去,还有啥法子?"牛兰丽的爹也闷闷地长叹了一声。

牛兰芝她们在冬青树丛里看到他们各自耷拉着头下了桥,向回去的路上走了。直到看不见人影,她们才从冬青树丛里钻了出来。过了桥一直向南奔去。

到五地委要过几道封锁线,第一道是张平青的防区,牛二秀才早早给汪林肯写信了,但没见回音。

他们走的这一段是曹永涛的老家,哪条胡同、哪个店铺,他闭着眼都能找到。过了潍河,雪又开始下。曹永涛计划越过张平青住的双泗村,谁料走着走着,大雪纷纷把路给封住了,偏偏就入了这个村子,远远地看到了哨位上的灯光。往回躲已经来不及了,曹永涛让四个姑娘都蹲下,他上前搭话。端着枪的哨兵喊:"把手放在头上过来。"曹永涛把酒篓放在雪地上,没放稳当,牛兰芝一把扶住了。

黑影里又出来一个人,说:"是哪里来的?"

哨兵后面,站着说话的竟然是汪林肯,穿着军服,显得比平时年轻了许多。把军帽上、身上的雪都抖了,嘴里喷出一口烟。

哨兵给汪林肯打了个敬礼。

汪林肯一把拉过曹永涛,大声说:"怎么才来?!我等了一下午,也等不来。"转身对哨兵说,"去执勤吧。我的客人。"

他们被领进营房,勤务兵端来火盆烤火。汪林肯对牛兰芝说:"你爹的信我早收到了。我都安排好了,绕过乔有山,就到了章希贤的防区,进了防区去找一个叫刘杰的戏班班主,在王村的村南头。"

事不宜迟,看着牛兰芝他们的嘴唇都冻得发紫了,汪林肯温了一壶酒,曹永涛端起来就喝了。牛兰芝她们为难。汪林肯说:"就是口毒药,也要灌下去,要不得了伤寒,就麻烦了。"牛兰芝捏着鼻子灌了下去,"啊啊啊"地伸了舌头,牛兰丽、刘欢、李玉珍也喝了,也都辣得伸舌头。汪林肯说:"我年轻时候,冬天去浯河里捞鱼，砸开冰，喝一壶酒，趁着酒劲，一个猛子就下去了，也不觉得冷。干大事，就得吃得了酸甜苦辣，就得有胆，酒壮胆！"

汪林肯领着他们走出营区，把一个硬布包塞给曹永涛，那是一支盒子枪。曹永涛又塞给牛兰芝。牛兰芝说："我不会打。"汪林肯说："不要紧，一扣扳机，就响。遇到土匪，你不用打，也别说话，朝他瞄准，他就吓回去了。"

乔有山并不高，上面有几棵百年侧柏。几年前曹永涛来找王瑞俊，王瑞俊的家就在乔有山下，他见过王瑞俊的娘，当时王瑞俊已病逝。他的娘住在村子东南角的一个小胡同里，是一个大门朝南的小院子，这院子是地主"见山堂"家做仓库和养牲口的地方。在小屋的山墙上，曹永涛见到过王瑞俊写的诗："贫富阶级见疆场，尽善尽美唯解放。潍水泥沙统入海，乔有麓下看沧桑。"写完诗，王瑞俊改名王尽美，当时曹永涛把这首诗还抄在了本子上。

大雪覆盖的乔有山好像高了很多，得爬过去。四个姑娘在前面每人手里拄着根树枝子。曹永涛断后，背着沉甸甸的酒篓，居然没气喘，他嘴里还小声嘟囔着："……瀚海阑干百丈冰，愁云惨淡万里凝。中军置酒饮归客，胡琴琵琶与羌笛。"

牛兰芝笑着说："好像是边塞诗人高适的《白雪歌送武判官归京》。"曹永涛说："错了，是岑参的。岑参好酒，写酒的诗句很多，比如《戏问花门酒家翁》：'老人七十仍沽酒，千壶百瓮花门口。道傍榆荚巧似钱，摘来沽酒君肯否。'还有一首《酒泉太守席上醉后作》：'酒泉太守能剑舞，高堂置酒夜击鼓。胡筇一曲断人肠,座上相看泪如雨。'你喜欢吗?"

牛兰芝低头看雪,没搭话。心想,这曹永涛像大雪中的一个火球,靠近他,就不觉得冷,也不觉得累。他一会儿说《水浒》林教头风雪山神庙,那雪下得"密",下得"猛",下得"紧",一会儿又说到赵执信写的"暮齿灯辞夜,乡心注酒瓶"。他说,将来有空隙了,想做一本《赵执信诗集笺注》,他迷恋赵执信。

牛兰芝问:"为何迷恋赵执信?"

3.风雪中,芝镇的这四个"识字班"认真地听着

曹永涛道:"赵执信有才,有傲骨。这个人,才不在蒲松龄、王渔洋之下,跟王渔洋是诗坛上的劲敌。他在官运亨通的时候,介入了一桩公案,大戏曲家洪升在康熙二十八年(1689)中秋前夕,邀请了他在朝中做官的好友赵执信等五十余人前来观戏《长生殿》。可是这班人光想着过节了,却忘了这还处在佟皇后殡天的国丧禁乐期间,曲终戏散,有人上奏朝廷按律治罪。洪升被捕下狱,赵执信也被牵连,仕途堵塞,成了潦倒布衣,却一身傲骨,成了诗人。大学者顾炎武在《天下郡国利病书》中提到齐鲁有三大古镇,芝镇、颜神镇、安平镇,赵执信是颜神镇的,他到过芝镇,也有诗句,可是我没查到。"

牛兰芝觉得曹永涛的声音最好听。按照曹永涛的话说,雪夜迤逦,踏着碎琼乱玉。不知不觉,穿过了乔有山,天就亮了。她们走了一夜,并不觉得疲倦。再往前,是一片树林,枝杈上挂着

雪，有一群麻雀在叽叽喳喳。

清冽的空气在胸腔里鼓荡着，满心里都是即将开始新生活的快乐。牛兰芝扯着年龄最小的李玉珍的胳膊跑一阵，拉着牛兰丽的手再跑一阵。刘欢性子稳，一步一步地，步子迈得扎实，她怕摔着。牛兰芝喊："刘欢，刘欢，你就不能放开蹄子撒个欢儿？真是枉叫了个'欢'字！"刘欢白她一眼，不理她。牛兰芝也不恼，扯开嗓子唱起了茂腔《赵美蓉观灯》。

见牛兰丽懵懵懂懂盯着她，牛兰芝咯咯咯笑了，笑声震得路边一棵树上积着的雪花扑簌簌往下落。她双手伸开，迎接飞入她掌中的雪花。莹白的雪花在她白嫩红润的手掌里，慢慢融化成晶莹的水珠，钻石般在被雪洗白的晨光里闪亮。

曹永涛说："我到岸堤抗大一分校学习，学了不少好歌曲。我唱一首你们听。我声小一点。"

李玉珍年纪小，嘴巴倒快："没事，曹大哥，这大清早的，没人。你使劲唱。"

"为奴二十三，劝郎去抗战；头里是明火，后面轿夫站；青年识字班，站在轿门前；登上点将台，披红把花戴；洗脸有胰子，擦脸有毛巾；蹬上电光袜，穿上五眼鞋；戴上明光镜，牙粉两三封；俺今天——缝军装，明天——送军粮！"曹永涛唱着，背后的酒篓子直晃荡，他怕酒洒出来，赶紧背过手臂去扶酒篓子，不提防脚下一打滑，差一点摔倒。牛兰芝紧走两步，想帮他一把，走了两步，脚步又慢下了。

李玉珍扯着牛兰芝的袖子问："你说啥叫'识字班'？"

曹永涛说："在沂蒙山，村村都有识字班，就是像你一样的女孩子,都去识字,渐渐地,'识字班'就成了女孩子的称呼。大姑娘,叫'大识字班',小姑娘叫'小识字班'。"

牛兰芝说:"玉珍,你就是'小识字班'。俺们几个就是'大识字班'。"

身边的牛兰丽一下子明白过来。她明白了不打紧,还扯过刘欢和李玉珍,一边一个跟她们咬耳朵。"扑哧,扑哧",刘欢和李玉珍一个接一个,都乐了,三个人你搂着我的肩,我拉着你的手,朝着曹永涛哈哈大笑。

牛兰丽问:"啥叫电光袜?啥叫五眼鞋?"

刘欢说想了想说:"是不是穿到脚上放光的袜子?"

曹永涛说:"咱也没见过,应该是'识字班'们穿的吧?"

"那我到了沂蒙山也穿一双。"李玉珍说。

牛兰芝补充道:"五眼鞋我知道,就是鞋上一排有五个窟窿眼儿,穿起来好看。"

曹永涛说:"在过去,沂蒙山区里的女人连个名字也没有,其实,咱芝镇也一样。在娘家是'妮''妮'地叫着,出嫁后被'他大娘,他大嫂,某某屋里的'称呼着,旧规矩如捆紧的绳索,女人不能与丈夫平起平坐,不能直呼自己丈夫的名字,只能说'当家的'。我住的一个房东说,在旧社会女人是根草。"

风雪中,芝镇的这四个"识字班"认真地听着。

翻过了一山又一山。四个姑娘一开始觉得好奇,可是爬着爬着就爬够了。十五岁的李玉珍说:"哎,我还以为地势一马平川,天像个锅盖,根本不知道地上还冒出这么多山,可真是插上翅膀也难飞过去啦!"

4."那他就是刘欢的舅舅了?"

天阴着,干冷干冷。四个姑娘哈出的白气互相交叉,酸麻的腿越走越酸麻。累了,两手抚一抚膝盖,抬头看看天,雾蒙蒙的,感觉天就要压着自己的头了,大呼一口气,盯着曹永涛的后背,踩着他的深深浅浅的脚印往前挪。除了牛兰芝在省城见过千佛山外,那三个姑娘都没见过山,她们一直在平地上割草、放羊、奔跑,这次领教了爬山的难。她们累,却不烦,跟她们一般大的芝镇姐妹们更没见过山,有的一辈子都不曾见过,裹了的小脚,把她们牢牢地拴在了家里。没有被山上的棘针扎破过手,这怎么行呢?牛兰芝的指头肚被扎破了,她们学过包扎,兴奋地拿出白纱布缠,煞有介事地照着课本上学的步骤操作。那笨拙的样子,都把曹永涛逗笑了。

让牛兰芝惊讶的是曹永涛走山路如平路一样,不喘粗气,脚下着地,如鸡啄米不抬头,而且对路特别熟悉,东望望,西望望,大步往前走。爬过一个山坡,他说:"咱们很快就进入申鸿列的地盘了,这里的国军把门把得很紧。你们既然扮成教徒,就得有个教徒的样子,要学着背诵《圣经》,抗战歌曲嘛,到了根据地再唱。"

"嗓子痒痒怎么办?"刘欢调皮地一笑。

"先在心里唱,不出声就行,将来有你唱的时候。"曹永涛指着西沉的太阳说,"等翻下山,咱们就到前面那个庄上去找宿住下。"

牛兰芝向着他指的方向看去,那里有一片密密丛丛的树梢,看不到房屋。小村子像在一个大盆子底下。走近了,才见枝杈上挑着白雪,树丛间散落着几家土屋子,门窗破败,只有门上的对联红红的,显得有点儿生机。

"大娘,大娘!"在庄南头,推开一家门,曹永涛先开了腔。这家有一个不大不小的天井,五间瓦房,鹅卵石铺的甬路,残雪堆在一棵杏树下。盯着杏树,牛兰芝想到了自己家南墙下面的那棵,脑海里是杏花开满了树,风一吹,一地花瓣。

妇人看上去也就五十岁,绾着纂,颠动着一双小脚跑出来,后面跟着一个佝偻着腰的老汉。老汉长方脸,戴着黑毡帽,一只眼睁得很大,另一只凹进去,没有眼珠。他担着一对空筲要去挑水,曹永涛叫了声"宫大爷"就去夺担杖,老汉一闪,拉住曹永涛的手,说:"瘦了,你看这孩子,快进屋!这点活儿,还用得着你了?"老太太笑着说:"过响时,你大爷还说小曹呢。过会儿,你好好陪他喝两盅。"

大爷担着空筲,左手扶着担杖,一个闺女一个闺女地端详,像算命先生,手指头还在担杖上吹笛子一样地动着。

"你这一个眼,还瑅摸啥呢?"老太太打趣老伴。

"一个眼聚光,看得更清楚。四个孩子命都好啊!"一眼扫到刘欢,他目光定住了,说,"这个闺女,好面熟,让我想起一个人来。"

刘欢一甩自己的短发,说:"大爷您想起了谁呢?"

"你一笑,更像了。我想想……人老了,这记性。想起来了,像小时候……俺的一个本家妹妹。"

弗尼思对我说:"说来也巧。论起来这老汉跟你爷爷公冶祥仁是四服兄弟,大名公冶祥锋,他大妹妹叫公冶秀芝,也就是刘欢的娘,二妹妹公冶秀景,外号黑母鸡。"

我说:"那他就是刘欢的舅舅了?"

弗尼思道:"正是。但他们互不认得。这公冶祥锋二十岁那年,让土匪绑了票。你可还记得吧?你家珍藏有一尊盛酒觯,也就是乡饮酒礼最重要的礼器。青铜的,圆腹,侈口,圈足,跟我弗尼思并排着供奉在公冶家族祠堂里。这是光绪二十一年你老爷爷公冶繁鼒被举荐为乡饮大宾时官府所赐。每年的腊月初八,专门要把觯和我弗尼思请出来,用芝酒擦拭一新,再恭恭敬敬地熏香沐手摆上正位。土匪不知怎的瞅上了那盛酒觯。这公冶祥锋那日正轮着看祠堂呢,他晌午喝了点酒,迷迷糊糊就被土匪绑了。土匪光天化日之下绑票,大有庄上上下下都慌了神。你们公冶家的人合计,救人要紧,但那觯是家族的圣物,怎好转手他人。当时的族长是你老爷爷公冶繁鼒,他找上保人反复去商量,最后土匪答应要二百块大洋赎人,公冶家的人跑得急,在路上丢了两块大洋,这土匪没人性,铁勺里舀着滚烫的豆油,生生浇上了这公冶祥锋的左眼上,'吱拉'一下,眼就废了,公冶祥锋当时就疼得昏了过去。抬回大有庄,这独眼的公冶祥锋吓破了胆,一天到晚关在家里不出门,躺在炕上唉声叹气。他爹找到你爷爷公冶祥仁,你爷爷说试试看,就把公冶祥锋叫到药铺里,炒上菜,烫上酒,你爷爷让他喝,他不喝。第二天,又把他叫到药铺,又烫酒炒菜,还是不喝。你爷爷也愁坏了,他原以为用酒可以把这吓破胆的族弟浇醒,可是法儿不行。一日,你爷爷骑着毛驴到芝里老人那里去,就把愁事儿说了。芝里老人笑道:'这好办。'"

5."那个闺女使劲晃门哪,我没开门"

弗尼思继续对我絮叨:"芝里老人让觅汉老四取熊胆,老四从来没听说过家里还有什么熊胆。芝里老人说,在地瓜井左边的深堑里。一会儿老四捧着一个瓦盆上来,那熊胆已经皱皱巴巴。芝里老人让老四再去拿酒,用酒泡,泡了一个时辰,熊胆软下来了,再用豆油炸好。你爷爷拿回去,让公冶祥锋分三次吃下。熊胆腥味大,你爷爷硬劝着,他才吃了。果然,这公冶祥锋面色红润,不再窝在家里。你爷爷很纳闷,改日到芝南村问芝里老人,问这熊胆是哪里的。芝里老人说,是猎人从长白山的熊身上摘的。熊者,雄也!说人笨得跟狗熊似的,那是冤枉了熊。这熊胆有铜胆、铁胆、草胆之分。铜胆是金黄色,铁胆是炭灰色,草胆是淡绿色。这熊胆随着月盈月亏而变化,每月十五以前的熊胆,是铜胆,胆力大而气力足;要过了十五再取,胆力就小多了,就成了铁胆和草胆了。这公冶祥锋吃了铜胆,胆子竟然大得出奇,每天用一只眼瞅围子墙,一瞅就瞅半天,等瞅得差不多了,飞身跳了上去,用一只脚在围子墙上蹦跶,站在墙下面的人都担心他,别掉下来。可他每天就这样练,要不就呼哧呼哧磨刀,脾气也暴躁。有个深夜,他提着刀骑着一头骡子闯进土匪窝,把匪首的头给割了下来,割下来还不解恨,也用铁勺,把滚烫的豆油浇在匪首的双眼上。骑着骡子一路往南,走累了住下,从此隐姓埋名,改名宫大壮。说也奇了,自从报了仇,这宫大壮胆子又小了下来，晚上不敢出门，倒是酒量大增。天天离不了酒。后来，娶了老婆，生了三个儿子。"

谁能想到，老人身上还埋着这么多的故事。

老汉挑着水筲自言自语："酒啊，一个人喝没味儿。等我回来，咱就摆上。"

酒肴呢，咸菜瓮里捞出一块咸菜疙瘩，切成了丝，撒上几根芫荽梗；鱼鳞坛子里的咸鸭蛋掏出来煮了，后窗户上的三页豆腐干，还有长生果，生的。曹永涛背着一坛子芝酒，现成的，一老一少就喝上了。

老太太蒸的是白菜豆腐包子。姑娘们吃完了，曹永涛和老人还没喝完。

大娘说："不管他俩，饭在锅里，凉不了。"

大娘盏的炕热乎乎的，锅里的热水舀出来，让她们洗脚。四个姑娘脚上起了水泡，老大娘戴着老花眼镜，用头发丝儿一个一个地勒破，脓水流出来，水泡便消了。

夜里，四个姑娘和大娘睡在一爿大炕上。大娘笑呵呵地说："我一辈子三个儿子，就是没个闺女。"

"那您儿子呢？"

"一对双子，十七了；另一个十六……让老东西给送出去了，去了西山里。"

"大爷也舍得？"

"嗨！老东西倔！"

四个姑娘七嘴八舌嚷嚷着，一会儿，一面说着一面就呼噜起来了。牛兰芝不困，坐在炕沿上看老大爷跟曹永涛喝酒聊天。

"我是草木之人,成不了大事,平常过日子还行,到了真事上,豁不出去!"

"你把三个儿子都送去当兵,那不是就豁出去了吗?"

"说来话长,老话说,好铁不打钉,好男不当兵。怎么又让孩子去了西山里呢?我是欠了大人情啊!"

老人家端起酒盅,仰脖而尽。

"孩子啊,人啊,有时不能昧着良心。鬼子进村狗先咬,我家的狗呢,也在咬,我把狗摁到地窖子里,正要去炕上拿酒葫芦,就听到有敲门声,我扒着门缝,往外一瞧,看到一个大闺女,叫着'大爷开门,大爷开门,鬼子撵我。求求您了大爷!'我……唉!我糊涂啊,门没开。那个闺女使劲晃门哪,我没开门。我吓得腿肚子都转了筋。第二天我才知道,鬼子抓住了那个闺女。保长叫俺庄里的人都到河滩上去,俺害怕,不敢不去。俺站在人堆里,看着那闺女披头散发,被五花大绑,脸上淌着血。鬼子扇着耳光,闺女不停地说。我低着头不敢看,突然听到她喊:'大爷……'我猛地抬头,我看到了闺女正盯过来,我躲闪着低下了头,就又听她说,'大爷大娘,叔叔婶子兄弟姐妹们,誓死不当亡国奴!大家醒来吧。'她自己跳进坑里,把褂子一脱,蒙到脸上等死,前胸露了出来。她用褂子蒙住脸,她是要脸的人啊!唉,好好的活蹦乱跳的闺女被活埋了!"

老大爷低着头又喝了一盅,说:"我回来,怎么也没睡着,一闭上眼,就看到那闺女的两只眼。那两只眼啊,闪着光,跟刀子似的。俺睡不着啊,'大爷开门,大爷开门',我耳朵里老是有这几句啊。我就喝酒,喝闷酒,越喝越睡不着。吃药,也不管用。我心里门清,这是我的心病,我昧了良心啊,死都不能闭眼。我欠了一条人命啊,人家还是个闺女啊!有一天,来了个算卦的,是个瞎子,听到我的脚步声,他说我心里有事,我说没啥事啊。那算卦的说:'我都听出来了,我给您算一卦。'掐算了半天,说,'你这三个儿子啊,不能待在家里,得出去。'上哪去?上西山里。我忽然就明白了,豁出去了,就把三个儿子送走了。从那以后,我头挨着枕头就打呼噜。"

老人家端起酒盅,正要往嘴边送,忽听窗外"轰隆"一声响。

6.她觉得曹永涛身上有好多神秘的东西

深夜的爆炸声,是做鞭炮的地窨子炸了。做鞭炮的打夜工,赶着过年的行市。照明的是豆油灯,豆油灯的灯芯儿时间长了会结灯花,有时灯花会"啪"地蹦出几个火星。这夜不巧,火星蹦到了炸药上,所幸人命保住了,却是炸掉了一条腿。宫大爷去帮着收拾,曹永涛也要去,被按下了。

天明告别。宫大爷盯着刘欢,又说:"真像!真像!"说得刘欢都红了脸。

为写《芝镇说》,我查《公冶氏家谱》,果然查到了公冶祥锋的名字,名下一行小字:"子三:令勇、令义、令行"。

一气赶出二十多里,大家都有些累了,曹永涛让她们在镇子西头一个挑着"酒旗风"招牌的小店门口坐下喝茶休息。

牛兰丽两只脚上的水泡化脓了,走起来一瘸一拐,曹永涛扶着她坐下来休息。趁机把牛兰芝和刘欢叫到一边笑笑说:"你们既然扮成教徒,千万别到了时候露了馅,我先来考考你们试试,耶稣是什么人?"

"是多灾多难的人们的救世主。"

"耶稣的母亲是谁?"

"圣母玛利亚。"

……

你一句我一句,走着走着天就黑下来,面前一座较大的城镇突兀而出。曹永涛也不说什么,带着她们径直往围墙的大门洞里钻,那里有兵丁把守。曹永涛镇静地掏出通行证给他们一看,兵丁后撤一步,打个敬礼。她们跟着曹永涛进了门洞,一直走到一座挂着青天白日旗的大门楼前。黑糊影里,牛兰芝看到门楼右侧,挂着一块蓝底白色长条牌子,上面写着"县党部"字样。牛兰芝不禁一惊:怎么闯到这样的地方?

传达一报,一个三十来岁身穿灰制服的人,出来迎接曹永涛。曹永涛张口就叫那人表哥,那个人看了牛兰芝她们几眼,说:"这就是你说的教徒?"

曹永涛点了点头说:"我要到莲花山那边给烧锅上收账,她们几个非要我领着,到那里的教会学堂里上学不行。"

那人说:"让她们先吃饭,夜里没有空地,只好暂时住在西厢房我们的档案室里,档案整理得乱糟糟的。好在她们都是教徒,也不问咱们这些搞政治的事情。"

牛兰芝她们来到西厢房一看,简直是乱七八糟。狼藉不堪一摞摞的卷宗,撒满在灰尘很厚的桌上。牛兰芝心中有些纳闷,曹永涛为什么事先不打个招呼,要在这里住宿?拉着刘欢暗暗地看着那些沾满灰尘的卷宗,小声对她说:"这里面说不定有咱们的名单哩。"

刘欢摇摇头:"不会吧,这里已不是咱们县地盘……"

牛兰丽、李玉珍、刘欢一倒下就睡着了。牛兰芝在另一头撒开一些麦秸草,躺下却睡不着。干脆爬起来,来到小院,望着阴沉的天空,很想等曹永涛出来,问他个明白。

不一会儿,曹永涛果然从堂屋里出来了,那个穿灰色制服的人送出门口,低声说的话,牛兰芝听不清楚。

他们谈话时,牛兰芝躲在一些四五尺高的秋草丛中,直到那人回了堂屋之后,牛兰芝闪出来,照着曹永涛的肩膀拍了一下:"你怎么弄的?到这种地方来,事先也不打个招呼!"

"早打了招呼,你就不会同意了。"曹永涛在黑沉沉的天地中间,向牛兰芝闪闪雪亮的眼睛,"有些情况现在还是保密为好……"

牛兰芝皱起眉头。她觉得曹永涛身上有好多神秘的东西。这神秘能感觉到,像一团雾,像一汪水里的云影,像风吹过的叶子的声音,却无法描述,也说不清。

晚年的牛兰芝跟我说起途中的事儿,说:"曹永涛像块磁铁,而我像铁屑,很自然、很放心地跟着他走,可有时又有些忐忑……"在她家的茶几上,摆着诗人穆旦的诗集,我看到她在《玫瑰之约》一诗中的结尾,画了红线,那诗句是:

虽然我还没有为饥寒、残酷、绝望,鞭打出过信仰来。

没有热烈地喊过同志,没有流过同情泪,没有闻过血腥。

然而我有过多的无法表现的情感,一颗充满熔岩的心。

期待深沉明晰的固定。一颗冬日的种子期待着新生。

牛兰芝为什么对这几句诗感兴趣呢?我想问,但没开口。

那夜,他们在兵营里安歇了。前面,横着的又是一道连连绵绵的山。

告别了兵营,曹永涛领着牛兰芝她们又奔波了将近五十里,才进入申鸿列的地盘。

太阳一落,天气就阴沉下来,好像要下雨的样子,大家也都没有多大劲再走了。曹永涛让大家先在村头上休息,一个人进庄打听消息去了。他告诉牛兰芝:"这里原来有一个联络员,是这一带一位出名的绅士,现在不知庄里是否住上了申鸿列的部队。我先进去打听一下。"

一会儿,曹永涛领着一位二十来岁的青年学生一同出来。青年学生热情地向牛兰芝她们打招呼,压低嗓门说:"先到家里吃顿饭再说。这里他们住的人不多,不过有一个女兵指导员正在镇上,嚷嚷着要成立学兵队。她不住在我家,可经常去找我父亲,想借他的名望招兵买马。我若不是独生子,又偷偷地给了些钱,也早被他们弄去了。他们的大队人马,都住在后面庄,听说他们的八大处就准备安在那里。"

牛兰芝听到八大处这个名词,便想到牛笑轩和小林这两个人,若要碰上他俩可就糟了。

第十章 芝西伏击战

1. 狗戒酒说戒就戒了，人呢？

牛二秀才在张平青军营里被折腾了二十多个日夜，我爷爷公冶祥仁把他接到药铺里调养了七天，才又能喝酒了。能喝，就摆上。芝镇人，哪能离开酒啊，哑摸着酒香，那才是享受。牛二秀才说："喝了大半辈子酒，没想到阴沟里翻船，让张平青给坏了胃口。"

我爷爷说，"他泡的酒，你再喝上两天，能把你废了。酒小饮，微醺为美，纵酒放荡不羁，必死。这是酒的两重性。咱们说是'人在喝酒'，其实呢，是'酒在喝人'。'鱼吃水'，你再换个角度，是不是水吃鱼呢？河里的水是不是把鱼吃了，吞了？"

牛二秀才说："是，水吃鱼，格局一下子就大了。"

二人正品酒叙话，雷震扶着芝里老人一掀门帘进来了。

雷震搬了凳子让芝里老人坐下，自己站着听。芝里老人见牛二秀才端着酒盅，笑了："酒无罪，人有罪。酒不醉人，人自醉。我倒想起了一件事来。那是光绪三十四年五月，我受东三省总督徐世昌之命，率队勘察奉天、吉林两省界线，还有长白山和松花江及鸭绿江、图们江三江之源。我带着五名测绘员、十六个士兵，披着蓑衣，踏着靴鞯，头笼碧纱，腰系皮垫，攀藤扪石，雀跃蛇行以进，在过寻暖江时，不幸坠马崖下，腹背受了伤。在帐篷里躺着，除了喝酒，还是喝酒。东北的五月，雪还没化。狗也知道冷，趴在帐篷里和我做伴。我就把排骨用白酒泡了，扔给狗吃。狗吃了排骨，醉了，跳到床上打滚，咬帐篷的缆绳，还跳到我肩膀上，爪子敲打着我的头。没想到，狗醉了也很好玩儿，上蹿下跳，嘴里呜呜叫着，一夜不安生。我腿伤痒得睡不着觉，成晚成晚在炕上翻烙饼，狗也学我翻烙饼。第二天，我又把酒泡的排骨给狗吃，狗高低不吃，闻一闻，就躲开了。第三天，我还是拿酒泡的排骨给狗吃。狗依然摇头。你看，狗戒酒？说戒就戒了，人呢？你戒得了吗？还不如狗。"

牛二秀才指着老人笑着说："芝里老笑话我，哈哈。"

我爷爷说："芝里老的话，让我想起鲁迅的一篇文章《狗的驳诘》，鲁迅借着梦境说事儿。狗说得好啊，'愧不如人！'"

芝里老人接着说："在东北勘察，还亏得了半坛子酒，要不小命就没了。勘察用了四个多月的时间，我两次下临天池，每次出去，都是先喝一壶酒，暖和暖和。第一次下临天池是当年七月，由西坡口下。天气忽阴忽晴，好像是雷声，又像鼓声，霎时起雾了，下雨了，什么都看不清，我的衣裳淋透了，脱下来，光着膀子喝酒，大声喊，满山里是我们的喊声。一会儿，雨止天晴，池中西南一带，原形毕露。第二次于当年八月由泪石坡再临天池。正值天气晴朗，从近处看，水清如镜，从远处看，池中五色灿烂，现象不一，如云峰石映入，遂令十六峰，象形命名。我端着酒杯，一遍一遍端详，琢磨，大的有六个，分别命名为白云峰、冠冕峰、白头峰、三奇峰、天豁峰、芝盘峰。"

喝一口酒，芝里老人又说："小山峰有十个，我也根据形状，分别命名为玉柱峰、梯云峰、卧虎峰、孤隼峰、紫霞峰、华盖峰、铁壁峰、龙门峰、观日峰、锦屏峰。命名完，我酹酒一杯,跪在地上默念:各位山峰啊,我给你们起了名字,你们在天地间就有了灵性了。如有不敬或冒犯之处,全算在我的头上,虽然是芝酒伴着我命名的,酒无罪也。微醺着,我看座座山峰都朝我点头,随口吟诗两句:'辽东第一佳山水,留到于今我命名。'好汉不提当年勇。见笑见笑。"

我爷爷说:"哪能,哪能,芝里老人有家国情怀。"

芝里老人说:"兄的话,我倒是接受。我就爱咱们国家的山山水水。当然,我爱吃咱们的芝酒和芝盘烧肉啊。"

弗尼思对我说:"长白诸峰的名称一直沿用至今。'芝盘峰',据说是因盛产灵芝而取其名,可它显然蕴含了芝里老人的故乡情愫。他脑海里有芝镇啊!"

2.喝浯河水和芝酒长大的芝镇人,得有骨气

丁酉年闰六月廿六日,微雨中我到芝镇芝南村采访。那天中午,芝里老人卓行碑亭落成。卓行碑亭坐落于芝里老人故里的大同公园内,碑亭由芝里老人曾孙刘自力出资兴建。刘自力是天津音乐学院管弦系小提琴教授,温文尔雅。他说:"曾祖在东北的知名度,比老家高啊。咱老家习惯称曾祖父为老爷爷,家里人也一直都是这么叫的。我的名字'自力'就是老爷爷给起的。我父亲是长孙,长孙得子,老爷爷当然特别高兴,一反平日节俭的习惯,在天津国民饭店大宴宾朋,并给我起了这个名字,意为'自食其力'。"

芝里老人远房曾孙、七十八岁的刘芝奎拿着铁锹在铺卓行碑

亭边上的甬路,我过去跟他打招呼。他说:"老爷爷为自己的三个亲孙子起名为平民、平权、平等。他还为三个侄孙,也就是我父亲、二叔、三叔起名,分别是天池、浴池、元池,这都是长白山的池名。我二叔嫌浴池不好听,就把浴池改成了玉池。元池,到底是哪个元,我也搞不清楚。"

中午喝的是芝香老白干。酒后,刘芝奎拿出收藏的芝里老人画的一幅松竹图,松竹苍劲挺拔,力透纸背。

雷震老师没见到芝里老人的卓行碑竖起来,就去世了。但他是倡议人之一,一直呼吁,生前他对我说过"元池"的事儿:"我是亲口听到芝里老在你爷爷开的药铺里说这个事儿的,转眼过去了半个多世纪。我后来考证,芝里老人命名'元池'的这池碧水是《清太祖武皇帝实录》中记载的仙湖——布儿湖。芝里老人著作《长白山江岗志略》记载:'因长白山东为第一名池,故名元池。'又在《长白山设治兼勘分奉吉界线书》记载:'池深而圆,形如荷盖。'因此,元池又称圆池、园池、玉莲池。为使人人得瞻,芝里老人在池边西北角立'天女浴躬处'石碑一座。天女在这里沐浴?谁说得清楚。有了仙女,这里就有了仙气了。芝里老人是个好玩的、会讲故事的人。"

扯远了,咱听芝里老人继续往下说。雷震当时十五岁,只有宣茶倒水,洗耳恭听的份儿。

芝里老人说:"张平青投靠了省政府主席兼保安司令申鸿列。申鸿列编其部为'省保安暂编第二师',任命张为师长。"

我爷爷说:"这倒是个机会,张平青要是在这里能回头,善莫大焉。"

就在我爷爷、芝里老人、牛二秀才在芝谦药铺里喝酒的第二天一大早,汪林肯夹着一幅裱好的条幅到了张平青的住处。

张平青任了二师师长,整夜没睡好,浑身燥热。那天早晨,换上新服,锃亮的皮带上挂着申主席赐给他的勃朗宁手枪,昂首挺胸地来到浯河边上溜达了一圈,河上的冰已经解冻,柳树开始发芽,有两只喜鹊在喳喳叫。他感觉今天谁都在朝他微笑,连河上的扁嘴、白鹅他都看着俊,怎么看怎么顺眼,他见了谁都打招呼。最先见的是在浯河边洗头的汪林肯,汪林肯在河边洗头和洗头的姿势,已经成为队伍上的一景。好多兵跟着他学,只是学了从裆部倒着看天看云,其他的都没学到。

汪林肯说:"平青兄,你坚持抗日,枪口对外,这是深明大义,是你的新生!"

"新生,新生!国难当头,抗日优先!"张平青说。

汪林肯面对着明晃晃的浯河,说:"咱都是芝镇人,喝着浯河水和芝酒长大的,得有骨气啊,学学芝里老啊!一九三三年伪满洲国傀儡政府粉墨登场,为讨得中国知名人士对所谓的"满洲国"的承认,日本驻屯军曾派人找芝里老,以借款两千万为条件,要求登报承认,当场遭到拒绝。芝里老还写了一首诗明志:'冰魂真果本天赋,玉骨从来喜雪培。秘语群芳花姊妹,人无气节是凡材。'日军侵占华北后,日军驻屯军司令几次派人到家,许以伪职,均被断然拒绝。一九三八年十二月,芝里老在英租界孟买道义庆里四十号的住宅,闯入三名持枪的蒙面人,芝里老被绑缚,蒙面人用枪托击打其头部,鲜血直流,事后脸上留下了一道深深的伤疤。这是日寇实施的刺杀行动。事后芝里老撰写了

《被难自述》，记述了这次事件，并言'头颅虽碎依然我，心地无他敢对天'。"

汪林肯拿过那个裱好的条幅，上面写的是："独向孤山把酒樽，冰肌玉骨见香魂。任他风雪十分苦，不受东皇半点恩。九卉那堪于姊妹，群芳虽好乃儿孙。问谁能长梅花岭，唯有瓐仙劲节存。"条幅上有芝里老人的注："卢沟桥事变，余蛰居津沽。日军促我出山，余坚辞，曰：吾民国人，决不能受贵国天皇支配。旋被暗杀，未死。爱咏梅以明吾志。"

"这是芝里老赠给我的，借花献佛，我送给你。"

张平青神情肃穆地接了。

3. 黄老鼠也通人性，也有军法吗？

张平青把芝里老人的条幅挂起来，左右端详，直了直腰杆："好字！好诗！有风骨！当以芝里老为楷模，保我芝镇！"

汪林肯站在张平青身后，说："人啊，就像这条浯河，如果没有两岸夹着，就会半路上散漫着消失了，正是有两岸约束着，才流向了大海。自由散漫，也是带兵大忌，一致对外，也是一种硬约束。此所谓，'生于约束，死于自由'。"

张平青点点头："麟阁兄所言极是。"

他让儿子张泼去南院买了一万头的大鞭，要去爹坟上报喜。儿子张泼领命而去。

领着一家老小，张平青到父亲坟上祭奠，在坟前放了喜鞭。张泼在回来的路上说："爹，得给爷爷的坟上立块大理石碑。"

张平青不语。

睡过午觉,张平青骑马来到芝镇,敲开了芝谦药铺的门。后面卫兵提着一只画眉鸟,鸟笼是铜的。我爷爷正在磨墨,看了一眼鸟。张平青指着鸟笼说:"公冶大夫,这鸟笼可是北京八旗子弟的。"我爷爷依然低头研墨,说:"一只好鸟。"

张平青此番造访,是求我爷爷给他父亲写个墓表。我爷爷沉吟了一会儿,答应了:"恭喜荣升,抗日保家,善莫大焉!"

"公冶大夫说得对,要做义举,义就是吸铁石。密州二区二十八支队王鹤轩和'周四瘸子'、七区的路景绍等几股武装都归顺了。我现在有两个旅,也就是四个团,另有一个特务团、一个独立团、一个先遣队、一个骑兵营,差不多有一万人了。师部下设参谋处、秘书处、副官处、军需处、军械处、军法处、军医处、政治处八大处。"

我爷爷说:"省府有八大处,你也有八大处,越来越正规了。大敌当前,是要有个正规的样子!"

张平青有改地名的习惯,他带队伍到密州南部山区拉练时,发现了扣官庄村。张平青心想把官扣住就跑不了啦,怎么办呢?叫了庄长来,把扣官庄改成"叩"官庄,张平青这才心安了。

张平青问我爷爷:"把师部放在叩官庄的第二天,一群黄老鼠从草垛钻出来,卫兵一枪把领头的黄老鼠打死了,其他的都钻进了屋后的竹园里,不知是吉还是凶。"

我爷爷盯着铜条笼子里的画眉,说:"哈,我不是什么仙家。但是我早年遇到过一件奇事。那是多年前了。拙荆养了几只鸡,让黄老鼠偷了去。拙荆站在天井里骂,说我管你吃管你喝管你住,你怎么不学好呢,你怎么祸害人呢?!谁料,第二天早晨,拙荆开门,看到一个小黄老鼠躺在地上。这是偷吃鸡的黄老鼠被处死了。黄老鼠难道也有军法吗?难道也通人性吗?"

"还有这事?"

"还有一次,俺大有庄看林地的老镢头拾掇陈年的麦秸垛,抓住了一个黄老鼠。老镢头捋着软乎乎的毛,竟然给剥了皮,贴在房墙上。黑夜他起来撒尿,看到天井里的墙头上有几十盏灯亮着,再一睁眼,是上百只黄老鼠瞪着眼睛。老镢头不怕,大骂了一早晨,结果晚上就发烧,没熬到过年就咽了气。"

张平青听罢,"哦""哦"了两声。

我爷爷从抽屉里拿出一本小册子,是芝里老人写的《长白山江冈志略》,说:"送给你消遣,里面有篇《公主岭的郝大姑》,说的就是狐仙。"

正说着,芝里老人推开门进来了,我爷爷刚扶老人坐下,张平青赶紧把装起来的书又拿出来,请芝里老人签名,芝里老人笑了:"都是些陈谷子烂芝麻,看啥看?!"

我爷爷说:"签上名,这本书就成唯一的了。"

芝里老人笑着,接过我爷爷的毛笔,在书的扉页上签了"请平青兄哂正 天池钓叟"十个字。把书放下,搓搓手:"这还是大清时代的产物,那时我还留着大辫子呢。平青啊,都当师长了,那格局可得大一点。"

送走了张平青,我爷爷瞅着画眉鸟,把鸟笼子打开:"飞吧,飞吧。"那画眉出了鸟笼,飞到药铺外面的银杏树杈上,那鸟儿,回头看了我爷爷一眼,展翅飞入了天际。鸟笼子挂在药铺的里间，我爷爷把刚买来的陈皮放了进去。

接受芝里老人的建议，张平青贴出告示招揽人才。

汪林肯举荐，西北军的老将靳子栋来到张平青麾下。靳子栋早年毕业于保定军校，曾在冯玉祥部当过旅长，他思想正统，治军有方，为帮助张平青整顿军队费过不少心血；聘任国民党五十七军教官关镛为参谋长，整顿军风军纪；副官处设稽查大队，保护商旅；成立校尉军官大队，还开办大榆林中学和北营中学，聘请夏洛堂、王郁堂、祝子楣、王次传、臧阶平等知名人士任教。学校开设了军事课和电讯课，进行了军事训练，培训学生三百多名。

张平青驻防辖区，一时气象万千。

一日闲来无事，突然又想到了被卫兵打死的黄老鼠，就翻看芝里老人的书，看到了《公主岭的郝大姑》——

土人云：前有女伶郝月桂，别号大姑。春日薄暮时，乘车渡岭，忽见岭上楼阁绵延，状若世家。惊顾间，适有老苍头骑马至车前，询"车中人是郝大姑否"？御者诺之。苍头下骑报曰："仆系公主府引路侯。吾家公主特请大姑辱临一叙。"郝素有胆识，应之，命车夫驰。至府门，见有数十阍人，候于门前。郝下车入，越前殿，循环廊，渡珊瑚桥，经银德坊，由环门进，安憩偏殿。殿中陈设，多西洋新式，金碧辉煌，迥出寻凡。未几，晋茗、晋酒、晋食品毕，请入浴所。房舍洁净，自来水温而澄清。浴毕，请入兰室，气味清馥如麝，于是熏沐者三，始请入更衣所；晋衣冠裙带各件：装式半宫半洋，为世人所罕见。无何，堂上一呼，选大姑进内宫。旋有伶俐少女，披郝入爱戴门，由中殿过，见剧楼舞榭，环列左右，两旁婢女皆宫装侍立。郝入内宫，睨视公主年四十许，貌若天人。至前长跪叩谒。公主笑而扶起曰："久闻大姑曲名噪耳，今既惠临，雅奏可得闻也。"郝曰："一技之长，原无足数，况簧腔时调，厌人听闻，徒贻笑耳。"公主曰："无须尔尔。"旋令取胡弦唱京调，取月琴唱卫调，取四弦唱淮调，继又取胡笳唱大八拍，取铁板唱大江东。公主喜，自取五弦琴，弹而和之。郝曰："始而《平沙落雁》，既而《潇湘夜雨》，绝调也。愿从学宫中，未知公主能容纳否？"公主曰："汝所唱者，近今新调，宫内罕闻，唯望彼此研究，作声调谱友足矣，何敢好为人师。"郝叩谢，公主敛衽拜毕，命设筵。郝豪饮，拇战皆北，醉问宫乐如何？公主命鼓乐侑酒，倏而屏风大开，鼓声如雷。庭前男女装式皆古，每出二人对唱，调高响逸，舞皆精巧，不类人间。半钟许，乐止席终……少焉，二人握手回宫，大开宴会。公主醉，郝亦醉，宫女醉者不下千百。杯盘狼藉，抛诸阶前。郝醉卧欲睡，突闻枪发连珠。翻身起见，云树苍茫，一无所有，惟身旁一黑狐卧于地。方骇疑问，猎者十数人至前，欲毙之。郝苦求得免，以衣覆之，瞬息不见。郝历言奇遇，众以为异。起寻车马，仍在岭上。车夫酣睡，呼之醒，载郝而行。盖猎者见群狐仰卧林中，故以枪击之。后闻郝唱工大进，人亦妩媚。一时知者，呼之为狐弟子……

合上书，张平青披衣出门，抬头见满天星斗，低头看到墙头上是一排小眼睛，像一个个烧红了的烟头在一闪一闪。

张平青一惊，叫上卫兵，说："我头有点儿晕，陪我出去转转。"来到那草垛边，他命卫兵去薅把草垫鸟笼。卫兵到了草垛边，弯腰撅腚使劲薅着草垛。张平青拔出抢来，一枪把卫兵的脑袋击碎了。

张平青吹吹枪管，说："大仙啊，一命换一命吧！"

听到枪声，一群兵丁惊慌地窜了出来，旋即盯着卫兵的尸体，惊讶得不敢说话。张平青的目光扫过跑过来的每个兵丁的脸："把他埋了吧。差点坏了我的大事！"

……

一转眼到了六月底，一天清晨，我姑父牛兰竹背着行李来到张平青处报到，手里提了田雨烧锅上的站住花。

我姑父出走，早早在村头等着的是牛廙，这事儿我大姑小樽不知道。

我姑父牛兰竹一进门就喊："表叔。"

张平青喜出望外："你爹还真讲信用。你先去学电台业务，留在师部，给我鼓捣电台。"

我姑父牛兰竹胸脯一挺："好的，表叔！"

张平青立马拉下脸："什么表叔，叫师长！"

"是，表叔师长！"

张平青打了我姑父牛兰竹一拳："给我好好干，干好了，我让你当电台台长。我跟你爹说过，我不食言。"把牛兰竹带来的站住花倒了一碗，喝了一大口，让牛兰竹喝。牛兰竹仰脖而尽。

张平青说："有种！"

指指牛廙，我姑父说："这是我本家姐姐……也想跟您干。"

"识字吗？"

"在夜校里学了点。"

"那就跟着你学电报。"

牛廙进的是张平青办的大榆林中学，学校开设了军事课和电讯课，牛廙学的是电讯。

在北京，我想问问我姑父牛兰竹跟牛廙的恋爱关系是从什么时候开始的，话到嘴边了，却怎么也说不出口。倒是牛兰芝大大方方地说了一句："一对红色恋人啊！"

我姑父牛兰竹掏出烟来，抽着，皱着眉头。我的思绪，随着姑父呼出的白烟，又钻进了往事中。

清明节前两天，我爷爷公冶祥仁撰写的墓表刻在张平青父亲的大理石墓碑上。墓碑高五米，宽一米半。又从叩官庄挖了两棵碗口粗的侧柏，跟石碑一起栽在张平青爹的坟前。大碑和大树，把坟衬得小了。

张平青思量了一下，说："把坟筑大些。"

拉了满满五汽车土，堆上，还显得小，又加了两车。大坟在张家墓地里鹤立鸡群。张平青跪了下去，嘴里念叨着祖先保佑升任更大官的宏愿。

由春到秋，张平青的队伍多次与日寇交锋，多是小胜。进入初冬，他与游击队一起派兵于高密南部马旺村一带伏击日军，受到省政府申主席的嘉奖，正欣赏着嘉奖令，端着酒杯小酌呢，忽然探子骑马飞驰而来：

"报告师长，有情况……"

4.他觉得有一股气流直冲脑门

探子报告，鬼子驻芝镇据点突然开进五辆汽车，呼呼啦啦卸下了几十个圆桶，横七竖八的，好像是柴油和汽油。

张平青哈哈笑着说："又不是酒，着啥急呀！要是日本的清酒，可以夺两桶尝尝。"

打仗前，张平青有个爱好，爱玩酒器。觚、觯、爵、斝、樽、卣、觞、彝、枓、勺、禁、舟、卮、缶、豆、盉等都有。酒器都是从芝镇周围的古墓里扒出来的，他爱在手里把玩。年前，他听说吴金鼎从云南考古回来，带着酒器赶到芝镇万戈庄当面请教。这芝镇走出的大考古学家陪着他喝酒，说话很少，饮罢出门，拍了拍张平青的肩膀："美好者，不祥之器。"张平青纳闷，吴金鼎说："好自为之吧。"

我爷爷公冶祥仁也劝张平青，这些酒器阴气太重，不能过分亲近。

张平青一开始还用这些酒器喝酒，听了我爷爷这么一说，把马牵过来，用马尿泚刷酒器。我爷爷又说："这是大不敬，你可记得范雎将魏齐的头漆制成溺器的典故吗？范雎对着魏齐的头说：'汝使宾客醉而溺吾，今令汝九泉之下，常食吾溺也！'"

张平青这次听了我爷爷的劝告，把从坟里扒出来的酒器收起来。

我爷爷给他补充："庄重的仪式其实是在聚气。任何一个中国酒器造型都依照人的气质来欣赏，从口、颈、肚、腰一直到足，其中所贯穿的气，才是中国酒器所展现出来的美。"

战前的那个傍晚，张平青只想着我爷爷的话，他觉得有一股气流直冲脑门。他把藏起来的酒器又拿出来，在桌上摆开，都倒满酒，自己不喝，却一杯一杯酹到地上，大声说："今晚，端了芝镇的鬼子炮楼子！"

那是个腊月天，下雨又下雪，夜色早已笼罩了整个芝镇。德国教堂前的几个小摊上早已挑起了灯笼。那灯笼是牛尿脬糊的，虽然耐用，不怕雨打，却照不了多远，偶尔见一两个人从空荡荡的街上一闪而过，看不清鼻子和脸。

鬼子在芝镇的炮楼子有四个，景阳门上坐了一个，另外三个在李家祠堂南边、永和大院和孟家大院的东北角。炮楼外面的两个院子，住着一排二鬼子。

大约十点钟，忽听并排的三座炮楼下传出几声闷响，炮楼的探照灯刷地亮如白昼。炮楼周围的胡同里冒出不少人，猫着腰，贴着墙根朝炮楼里开枪。我爷爷早已得到消息，紧闭了药铺的门，把着门缝往外瞅，探照灯照着的雪地惨白一片。

景阳门上坐着的炮楼像巨大的蟒蛇一样吐出一道道火舌，那火舌舔着积雪，落下来的子弹噗噗地响。远远近近的狗们狂躁地吠叫。

俄顷，一只黑鸽子钻出炮楼的瞭望孔，在探照灯影里，翅子一挓挲，消失在西北方的暗夜里。

我爷爷知道，那是鬼子的信鸽，去向坊子的日寇求援。当时芝镇和渠邱之间电话线让游击队割断了，有紧急军情，需用军鸽联系。

这时"哒哒哒"又飞出一梭子子弹,"当啷"一声落在药铺门上。我爷爷赶紧躲在一边,抽开贴地的门板,钻进了地道。

芝西的王官疃岭上,张平青早已在下午率领两个精锐的特务连设好了埋伏。临时指挥部搭在浯河西岸的一孔废弃的砖窑里,张平青拿着千里眼四下里张望,瞥见田埂上扔着个铁耙,叫俩人把铁耙抬过来,这俩兵偷着喝酒,迷迷糊糊接受了命令,俩人抬着铁耙在地里来回晃荡着玩儿。

张平青一见,一个箭步跑上去,一人一脚踹开,自己背着那爿槐木铁耙横放在了路中央,耙齿朝上。那两个兵跟在后面,张平青命令:"去,耙齿上撒上两筐麦穰。"

张平青又命令副官王祥分领一半人马去芝镇西北三里设下埋伏,那儿卧着一座小石桥,石桥建于明朝初年。芝镇人把石桥当成神桥,在桥上玩耍的大人小孩,从来没一人磕磕碰碰。张平青让士兵在这里伏击,也是祈求神桥保佑呢。

王祥刚刚离开,芝镇街里枪声大作,西边却迟迟没有动静。

雷震先生参加过那个伏击战,他给我们芝镇一联中学生上课时复述过那天的几个情节,其中提到几个急性子芝镇兵低声的对话:

"你说,打汽车先打哪儿?"

"先打开车的,开车的一死车就死了!"

"再冒出个开车的咋办?"

"打汽车眼,眼打瞎了,就不会走了。"

"那人还有眼呢。"

"先打车轱辘,打坏了轱辘等于人卸了手脚。连这个都不知道，你他妈脑袋是驴粪糊的！"

雷震老师接着发挥说："没有文化的军队是愚蠢的军队，而愚蠢的军队是不能战胜敌人的。"

但我大爷公冶令枢说，雷震根本没有参加芝西伏击战。他那天跟雷震在玉皇阁听雷震的爷爷雷以邕说瞎话儿呢。

5. 打起仗来，就忘了生死

雷震老师跟我大爷公冶令枢抬了一辈子杠，他说："你大爷根本不清楚这段，他老糊涂了。公冶德鸿你听我的。那天张平青听着士兵叽叽喳喳说如何打汽车，就有点烦。他压低嗓子破口大骂。话音刚落，打甘泉岭上扫过来几道灯光，继而传来了汽车的轰鸣。张平青站起来一瞧，前后两辆军车，相距二百多米，跑得很慢，像屎壳郎在爬。张平青直吼：'弟兄们，显本事的时候到了，我叫伙房杀了几头猪，犒劳大家。不过丑话说在头里，哪个畏缩不前，小鬼子的子弹不长眼，老子的枪更不认人！'

"眨眼工夫，前头那辆汽车驶近了槐木铁耙，车顶上的鬼子大吼大叫，看到地上堆着的麦草，来了个急刹车。晚了，前轮已经被耙齿穿透，'嗤嗤''嗤嗤'地撒气。张平青兴奋地满脸抹了朱砂，大手一挥：'打！'枪声一响，就见握着方向盘的那位头一歪，挂了。趴在车厢里的鬼子，伸出枪头，拼命还击。汽车没熄火，兀自轰轰响。

"张平青叉着腰正得意，不想一个鬼子从南门跳进驾驶室，驾起汽车，歪歪扭扭向东狂奔。他下令：'留给王祥吧，咱们报

销后面那辆!'

"众人才想起后面还有一辆,忙回头看,那辆汽车已调头顺着原路下了甘泉岭,屁股后面喷出一股浓烟。'他娘的!'张平青有点失望地道。

"挣脱出去的那辆车,瘪着轮子一气冲到小石桥,早已经埋伏在那里的爆破手拉响了地雷,轰隆一声响,小石桥炸了个七零八落。那辆车歪下了公路,六个轮子全瘪了,尽管马达野牛一样吼,也挪不动窝。二十多个鬼子跳下车,奔进了一片坟地。以坟头做掩护,驾起枪炮,负隅顽抗。

"王祥领着敢死队正要强攻。张平青往这边跑,大老远就喊:'抓活的!抓活的!抓住了活的,换挺机枪!'王祥指指远处,道:'乌龟缩头,弄不好叫它反咬一口!'张平青举起望远镜,断然道:'快!抱些干草来。'一袋烟工夫,十几个人把坡下的一个柴草垛搬了过来。那时天正刮着东南风,火随风起,烟随火生。撒上一层湿土,火势减弱,闷出了滚滚浓烟。那白烟向鬼子阵地飘去,借着烟幕掩护,几个身高臂长的勇士靠上去,一连扔了十几颗手榴弹。鬼子支撑不住,狼狈逃往西北坡。"

雷震老师讲到这里激动地站了起来,继续说:"你们年小的,没打过仗,不知道滋味,打起仗来,就忘了生死。

"……西北坡两间土屋,是看林人小钟的家。小钟看林去了,屋里只有他爹老钟和瞎眼老娘。几个鬼子跑过来,拼命踹门,老钟搀着瞎眼老婆子爬后墙出去,藏在后园的白菜窨子里。鬼子砸开门闯进屋,把门顶上,在墙上掏个眼儿向外扫射,墙不见了,是一阵阵的烟雾。

"张平青摸着下巴,叫着:'放火烧,好比八卦炉里烧孙猴子,把他们炼成仙丹!'屋顶是厚厚的麦秸铺的,早被寒风吹得焦干,一个火弹子扔上去,麦草必必剥剥响,加上东南风一吹,吹得屋顶像一片红舌头,狂舔漆黑的夜空。不一会儿,屋顶烧塌了。鬼子砸在里面,烧成了三截黑炭。

"有一个鬼子浑身着火从后窗户滚出来,张平青看到了,飞起一脚,正中鬼子鼻梁,扑哧一声,似踢碎了一颗老面瓜。逃走的鬼子进了芝镇街,听碉堡内外枪声不断,仓皇跑进了教堂,商议着天明了上街杀人。季而思神父出来交涉说,'战事是张平青发动的,不关老百姓的事!'黎明时分,教堂和碉堡的鬼子合并一处到墓地清点战场,总共损失了十二人,说只找到十一具尸体,其中三具焦黑。鬼子头大怒,把芝镇附近二十多个村的村长传进碉堡,追索那具尸体,若交不出来就统统枪毙,村长们吓得睾丸缩进了小肚子,夹着腿满坡里找啊。"

我大爷公冶令枢听着雷震讲,按捺不住了,他插嘴往下叙说:"那天,我迎面撞上南河西村的独眼豁唇子箅匠挑着家伙路过,豁唇子嘴里还呜呜吹着口哨儿,见一干人低头忙碌。独眼好奇,停下脚上唇一咧,'找啥好东西?''还真是好东西!鬼子死尸,你见来?''我还真见来!在浯河里漂着,泡得像个死猪!'原来河里那具尸体就是叫张平青踢断了鼻梁的那个,本想把那厮生俘回去,起码换个小钢炮,无奈他死活不肯走,只好用绳索捆着往回拖,拖到浯河边上,士兵累得大喘气。老张火了,下令王祥剥下鬼子的军装,捆成个肉粽子,一脚踹进了浯河……"

雷震老师质疑："独眼豁唇子筲匠不假,可他没吹口哨,豁唇子怎么吹口哨?公冶令枢你听谁说的?"

大爷一梗脖子："听你师父——牛二秀才说的。"

不过我大爷和雷震老师都说了一个事:打扫战场时,张平青在炸了的小石桥那儿,跪下磕了个头,把一块桥墩子用棉槐条筐盛着让士兵驮在了马背上。如今,这被炸的桥墩子放在渠邱博物馆里。

途中(二)

第十一章

1."哎？这是哪里来的客人呀！"

那个青年头前带路，曹永涛和牛兰芝她们七拐八拐，拐进一座深宅大院。一个花白胡子的老者坐在大门底下戴着老花镜雕刻呢。他脸前有个煤炉子，炉子上坐着一把滋啦滋啦响的泥壶。平口刀、斜口刀、锤子，散放着，老笨鞋下是一堆木花子。他们进门时，老者在歇息，酒葫芦对着嘴，喝一口，从脚下的小碟子里往胡子里填一个长生果，只见胡子蠕动，却不见了嘴。老者半仰着头，眯着眼，瞅一瞅眼前的木盘。大冷的天，老人的额头上还有汗珠。木盘有小瓦盆一般大，是一截从山里砍伐来的桃木。

见人来了，忙喊："快屋里，喝水。有愿意喝酒的，陪着我喝，也中。"

天井里的雪扫得干干净净，堆在西南角的香椿下，窗花映着纸窗。有几只麻雀在窗台上跳来跳去。

曹永涛悄悄告诉牛兰芝，老者跟芝里老人是姑表兄弟，他曾跟着芝里老人到过安图县，一路跟着芝里老人勘察长白山。芝里老人还乡，他也跟着回来了。

老者喝过了瘾，抹抹嘴巴子，把酒葫芦挂在墙上，又左手执刀、右手举锤，在纷飞的木屑中，从上到下，从前到后，由表及里，由浅入深，层层推进，刀迹时而清楚细密，时而粗犷圆滑，随形就像，因材施艺……牛兰芝她们看呆了。一会儿看到了木盘上凸起的"福"字，那"福"字的"田"是照着木头的纹理走的，像一团火苗，又像一朵浪花。一会儿木盘上又出现了两个石榴、两个元宝、一个如意、一串珍珠，还有一个大象样的大肚子壶。牛兰芝进屋送行李，出来却看到了木盘上多了一行字："福寿安康家家乐，年庆有余事事兴。"老人家刻得可真够快的。老人的平口刀在圆木的周围像蝴蝶一样翻飞，一圈的波纹……

"眼精不如手精，手精不如勤拨弄啊！"老人家笑着说，"手一半，天一半。也有的说，七分天，三分雕。这桃木还是肥城的好，木质坚硬，木体清香，螺旋花纹。可是小鬼子来闹的，也不敢出门去买，只好将就着用山里的桃木。"

老人六十上下的年纪，长脸，大鼻子，牛兰芝从容貌看上去，觉得老人很像自己的爹，只是更有派头，更加斯文。两只眼睛炯炯有神。

老人端详着自己的雕刻，这儿修修那儿补补，爱不释手。就听身后有个尖尖的声音："这可是俺长官的了啊，谁也别抢。"

牛兰芝回头看到，一个身穿灰色军装的女兵正大步朝她们这里走，两眼圆睁，军服上衣兜里别着一只水笔。一双新鞋，鞋芽儿簇新簇新的。她腰里挎着一只紫红色皮套的小手枪，裹腿打得紧紧的。

"好好，你的，都是你长官的。他怎么自己不来？"老人家说，"唉，到头来，还不知道是谁的呢！"

"长官在开会呢！哎？这是哪里来的客人呀！"女兵一甩短发，面无表情地问。

"芝镇我表兄家里的几个孩子，这些孩子要去教会学堂。路过我这里，来看我啊！孩子们，我介绍一下，这位俊女史，是申主席部下学兵连女兵队的指导员。"

什么俊女史，牛兰芝看到这女兵指导员脸上有几颗麻子，眉毛稀疏得像被薅去了一些。

女兵指导员朝曹永涛和牛兰芝她们点点头，她上下左右打量面前的四个姑娘，问："从芝镇一路来没碰到鬼子吗？准备到哪里去？"牛兰芝和刘欢把早已准备好的一套话，向她说了一遍。她看见李玉珍两只手捂着嘴便疑问道："这位小妹妹怎么老是捂着嘴？"

曹永涛赶紧搭话："她路上受了风寒，嗓子疼怕传染别人。"

"嗓子疼，我们这里有医生，请他们给她打一针就好了。"

李玉珍使劲地摇头，仍然两只手捂着嘴。

那个女兵冷笑了一声："上学吗？为什么非上教会学堂不可，咱们省政府也在附近庄上办了一个中学，毕了业都给军官待遇，何不找这个近路走，不愿上学就参加我们的学兵队，我是女兵队指导员，说话算数。"

稍微停了一下，又来回在天井里走，喋喋不休地说："不愿直接干武的，文的也有。后庄就设着军医处，专门学着当医生护士，一切都和咱们学兵连一样，该晋什么衔就晋什么衔，该发多少饷，就发多少饷，自己用不了可以捎回家照顾爹娘……咱可是国军，正规军，八大处，别去那些野路子军。"

八大处？牛兰芝盯着女兵指导员，听着她说话的腔调，忽然有了一种生理上的厌恶。

2."已经快到根据地了,一步比一步近了"

老人两手摩挲着自己的桃雕,站起来,在一旁直打圆场:"张指导员啊,她们信教的和咱们不一样,她们脑子里只有一个天主,哪里还敢想女兵队、军医处什么的。我这表兄当过兵,不想再让后人当了。"

"那怎么行?国难当头,都得尽责!"

"是,话是那么说,可小镇上的人,看得不远。"

"你老脑筋!"

一把抢过老人手里的圆桃雕,抬腿往外走。

"你看看,你看看,我还没打磨、着色、上光呢。你看你!"

"我们长官等不及了,先让他看看!"

"小心别碰了。我还没稀罕够呢!"老人翘着白胡子,无奈地说,"拿去吧!闺女啊,跟你长官说,我这桃雕啊,辟邪!是保佑打鬼子的人的!不打鬼子,它就不灵。"

"你真啰唆,谁说不打鬼子啊!"

那女兵指导员刚出门,姑娘们憋不住嘻嘻哈哈笑出声。李玉珍笑得最欢:"你们看,我这一回没有露一点馅。"

"你咋要这样装呢?"牛兰芝问。

李玉珍调皮地说:"她一进门,我就看到她不是个善茬。我就表演表演,看看她能不能看穿我。"

"这些兵啊!反正我看不惯,趾高气扬的。跟自己人折腾,欺负庄户孙有一套,还没见到鬼子的影儿,就先跑。"

"大爷,你也要小心点。他们这些人啊,顾头不顾腚。"

"我真……是、是!要是再年轻十岁,我敢拉队伍跟小鬼子干。"

姑娘们吃了点东西,在这家挂着帐子的大顶子床上胡乱躺下,一会儿就没声音了。牛兰芝心里很不安定,怎么也不能入睡,想着那女兵指导员,那口气,那走相,觉得蹊跷。莫不是闯进老虎笼子里啦,她几次想找曹永涛问问,又把心思压了下来。

果然不出所料,房间里墙上那架大挂钟刚响了两声,窗户那儿也有响动,有人在敲窗棂。牛兰芝轻轻地开了门,是曹永涛和那个陌生青年。那陌生青年说:"驻在后庄的大队人马,已经向这里进发了,吆喝着要招兵呢。要是叫他们碰上可就麻烦了。你们要赶快抄小道上山,一钻进了山路,一七沟八岔,他们就没办法了。"

跟老人家告别,老人家挣扎着起来,说:"贴着边走,不管怎么走,都贴着边走。保管没事的。记住,贴着边!"

几个姑娘头不梳、脸也不洗地一直奔向南门,顺着一条弯弯曲曲的山路往上蹿。刚刚爬过一个山头,一群马队便从另一条路上追赶上来,高声喊着:"你……你给我站住!再不站住,你们全家的命就没有啦!"牛兰竹听到,那是小林的声音,这个声音,她记得可准了。

姑娘们的眼睛,都急切地望着带路的曹永涛。他挺胸抬头,一咬牙,镇定地说:"别听他们瞎吆喝,要是真的发现了我们,还不直接扑来,用得着四下里吆喝了吗?那个女兵指导员,应该是看出来了,兰芝,牛扶霄和小林也在这里!咱们更得小心啊。他们不把咱们抓回去,是不甘心的!这雾,咱们在这里站住不行,往前走也不行,最好从这陡峭的山崖上滑到沟底,在那些乱树丛里躲一下,马是不会跳崖的。这么大的山。"

"牛兰芝,你先下!身子紧紧贴住石壁,抓住身旁那些树棵棵,慢慢地、慢慢地往下溜……"

曹永涛没说完,牛兰芝便毫不犹豫地第一个从山崖上往下滑,在乱石荆棘之间翻了几个滚儿,顺着雨天流水的沟滑了下去,落到沟底以后,虽然两只手已经血淋淋的,心里倒踏实了。找了几棵未落叶子的柠椤树隐蔽起来。接着,刘欢也溜了下来,没看见她手上出血,倒是鼻青脸肿的,两腮戳伤了好几处口子,牛兰丽和李玉珍也跟着滑下来。

几个人在山底下,屏住呼吸。"都给我站住,站住。"一声声喊着,远去了。

第四天的晚上,曹永涛和牛兰芝她们干脆在一个小山头上住了一宿。曹永涛脱下长夹袍,让牛兰丽把两只满是水泡而且肿了的脚,伸进长袍的两个袖筒里,好受一些。李玉珍和刘欢刚囫囵个子歪躺在地上睡着了。等次日醒来,曹永涛看到姑娘们满头的白霜。

拖着疲劳的腿赶路,脚上打了泡,扭了腰,刘欢脸上还划上一道道血口子。

曹永涛掩饰住兴奋:"一步比一步近了。"

看看四下里没人,曹永涛用一只手指挥着她们唱起:"铁流二万五千里,直向着一个坚定的方向!"

牛兰芝听出这是绥拉菲摩维支的《铁流》里的句子。这本小说她在省乡师看过，里面的那些人物形象在脑海里常常浮现。曹永涛唱完，她却说："还是《送郎参军》好听，'识字班'变成小媳妇，小媳妇送丈夫上前线。那首歌更通俗。"

"兰芝姐，你也会送郎参军的吧？"刘欢笑着问。牛兰芝先也跟着笑，笑着笑着，顺着她们往自己身上瞅的目光，恼了，跑过去揎着她们打。没跑几步，脚下一滑，"啊"地尖叫一声，身子一歪，整个人重重地摔下去，跌在了雪地上。

路边横着一条渠道，渠里盛满雪，雪把渠模糊了，看不见渠道的影子。牛兰芝一脚踩进渠里，脚崴了。牛兰丽和刘欢一边一个，搀着牛兰芝往前走。雪地里本来就滑，牛兰芝跷着伤脚，另一只脚一踣一踣蹦着走，更走不稳，扶着她的两个人也被她拽着，扯着，一个趔趄，再一个趔趄，晃晃悠悠地，几乎是连滚带爬地往前挪。

牛兰丽想着小时候自己摔倒，娘给她揉受伤的膝盖，揉着揉着就不疼了，就想给她揉揉，叫曹永涛喝住了。前面一棵歪脖子树，曹永涛让牛兰芝靠上去，帮她脱下鞋袜，随手抓一把雪，捏成团，搁在伤脚上敷，边敷边说："脚崴了，不能急着揉，越揉肿得越快，得冷敷。"

冷敷完了，曹永涛忽然想起来，有酒是可以揉的。曹永涛蹲下，酒篓也蹲在地上，取下塞儿，酒香直冲鼻子。他倒点酒在自己的掌心，两只手掌合在一起使劲搓，搓热了，再往牛兰芝受伤的脚脖子上倒点酒，一只手捧着，一只手开始揉。曹永涛是我爷爷公冶祥仁的徒弟，跟师父学过，手法也还娴熟。脖子往手掌那里一梗,笑着说:"看这事儿,是大鱼际。"显摆给姑娘们看。

他先用手掌大鱼际按在伤处,围绕着肿胀中心揉压、揉压,力道不大不小,牛兰芝的疼痛仿佛削弱了几分。两三分钟后,他缓缓松开手,稍停片刻再重复操作一遍。如此反复三四遍,收回手,再涂一层酒,待酒液干了,小心地把袜子套上,把鞋穿上。

曹永涛解下背上的酒篓,让牛兰丽跟刘欢两个人换着背,他自己走到牛兰芝身边,背对牛兰芝蹲下,拍拍肩,头也不回,瓮声瓮气说一声:"上来吧。"牛兰芝转过身来,脸一红,低下头,犹豫了一小会儿,乖乖伸出手,攀住曹永涛的两个肩。曹永涛身子往前一倾,一使劲,背起牛兰芝大步往前走。

牛兰芝伏在曹永涛的背上,两腿僵硬得像两根枣木棍子。身下,曹永涛后背散发出的热气温暖着她,说不出的熨帖、舒坦。她想把身子更近地贴上去,更紧地拥抱那温暖,身子却下意识地往后缩,跟那温暖隔开了一丝丝的距离,风雪乘虚而入,一股凉气袭上来,牛兰芝忍不住打了个寒战。曹永涛伸手扶住树干,站住,回头冲她温和一笑:"冷吗?"牛兰芝使劲摇头。脑袋侧过去,不敢看那双近在咫尺的眼。

小时候,跟着爹去赶集,伏在爹背上就是这样的感觉吧?心里说不出的安稳、实在,像靠着座山。牛兰芝无数次想象过,跟曹永涛肩并着肩,一道儿唱大戏,一道儿扛枪打鬼子,一道儿念诗,一道儿看朝霞和晚霞,像在省乡师的时候一样。她甚至想过跟曹永涛一人一只手,拉着孩子到芝镇赶大集,想着想着,就把自己想成了个大红脸,但她做梦也没有想过,曹永涛会像猪八戒背媳妇一样背着她走。芝镇闹元宵,她见过人演猪八戒背媳妇,演猪八戒的，怀里揣着个大包袱，弄出个大肚子，腆着，故意往人多的地方跑，边跑边蹦跶，还故意颠几下，吓得背上的媳妇叽里呱啦直叫唤。曹永涛却一路专找平地上走，避开可能绊住脚的石头、树根或者藤蔓，唯恐惊着她似的，步子迈得稳稳当当，腿脚往前移动，上身却似乎不动。牛兰芝伏在他背上，感觉像小时候躺在摇篮里，娘轻轻摇着，直把她往梦里头送；又像是坐着一条船在水波不兴的湖面上走，听不见水声，只见岸边的树往后移。曹永涛算不得强壮，甚至可以说有些瘦削，后背也单薄，瘦硬的骨架凸出来，硌得她细嫩的肌肤有微微的痛，麻麻的，很舒服。要上一道坎，曹永涛回过头，叮嘱牛兰芝抓牢些，说着，抓着牛兰芝两条腿的手往上使把劲，把牛兰芝的身子往上送一送，让她趴得更安稳些。应该是累了，曹永涛有些喘，身上的温暖也变成了灼热，灼得她前胸微微有些冒汗。

3.古廷安曾经深信喝符念咒能刀枪不入

逃出张平青、章希贤和申鸿列的防区到达洪凝地界时已近黄昏，风嗖嗖地刮得脸疼。牛兰芝裤腿上和鞋尖儿上的泥巴都冻硬了，李玉珍上去用两手给她拨拉了去，路上有了冰碴子。李玉珍没踩稳当，摔了个趔趄，可巧让牛兰丽给用膀子扛住，李玉珍的刘海被顶乱了。刘欢去捡酒坛脖子上的红绳，红绳一跳一跳在风里吹着，一把抓住了，却也双膝跪在泥巴里，棉袄袖子都湿了，红绳却在手里举着，惹得牛兰芝伏在曹永涛肩上笑。

风照刮，但已停雪。曹永涛长舒了一口气，终于在天黑前抵达了他计划的地点。他带着牛兰芝她们已经跑了一百五十多里。牛兰芝让曹永涛背一会儿,再让刘欢、牛兰丽、李玉珍搀扶着走一会儿。

最初出走的兴奋劲儿一点点地过了,一丝疲惫蜗牛一样爬上了四个姑娘的额头。牛兰芝是组织里的人,她浑身是劲儿却使不上,还得让人背和搀扶,她攥拳恨着自己,张嘴想唱首歌,却又觉得嗓子眼儿干涩。她就央求曹永涛讲讲在根据地岸堤抗大一分校的事儿。曹永涛倒是从容,显得不紧不慢。一听让他讲,他也就来了兴致。

"我跟你们讲个传奇人物,他是我的岸堤抗大一分校的同学,此人姓古名廷安,字敬平,是五莲大古沟村人,长得人高马大,一脸大胡子。酒量大,在抗大学习,有一次前方打了一场胜仗,开烧锅的乡绅傍黑送来了几坛子烧酒,古廷安喝了九碗,喝恣了,一跷脚,飞上五米高的白杨树杈。白杨树有一搂多粗,树杈也有碗口粗,他骑在树杈上龇着牙笑,一眨眼,又手托着喜鹊窝,忽地飞到了地上。大家都惊得说不出话来。哎呀,没想到老古还有这本事。我们住在一间屋子里,晚上睡不着,聊天,才知道了他的身世。古廷安十三岁丧父,家里的顶梁柱倒了,海匪将他绑了票,两个月后,母亲求爷爷告奶奶终是不行,卖掉了大半家产才将他赎回,至此家境衰落。这在他幼小心灵中深深地埋下了复仇的种子。那些年,五莲山区长城岭、马耳山一带土匪骚扰,古廷安的义父邹范约他一起在岳町村躲避,在那里加入了'金丹道'以去灾难、保安福。他脑瓜灵,在里面管理账务。不久,大古家沟村主持村政的族兄古宪国和古宪典从费县请来了

'大刀会'师父，筹办组织刀会对付当地的土匪。古廷安首先受戒入会，吃斋习武，他深信喝符念咒能刀枪不入，打土匪时一马当先。马耳山剿匪第一仗打了个全胜，震动了密州、日照、莒县，大古家沟村的'大刀会'名扬四外。此人还会写诗填词，字也写得俊。"

"喝符念咒能刀枪不入吗？"刘欢问。

曹永涛接着说："我也问过他，他笑着说：'哎呀，当时年轻嘛，看着土匪横行，就想有身本事。哪有什么刀枪不入啊。我的师父，后来也被土匪给用刀捅了，我师父武艺不糙，人也不孬，哎呀，就是迷信了。'

"一个人的力量太微弱了，你就是练就了一身本事，又有何用呢。一九二八年，国民党员郑绳武到大古沟组织农民协会，他们宣传'三民主义'，提出'打倒土劣，取消包商'等口号，古廷安觉得很好啊，也就加入了，可是入会后，不是那么回事，协会居然与土劣、包商勾结一起，欺压百姓，他一看就撤了。后来觉得没指望了，信佛吧！"

"他又信了佛？这人有意思。"牛兰丽说。

"走投无路了，在茫茫中思考，探索'世间法'。他没想到信佛也被欺负。日本鬼子占了济南，韩复榘不战而逃，一下子把他激醒了。不能当怂包！他在家里喝够了酒，参加了国民党二十八支队任直属十六中队队长。他幻想在驱赶日寇的战场上大显身手，但出乎意料的是，这伙子人一样腐败，互相吞并，无力抗战，古廷安又失去了信心，半年后即辞职离队。一九三八年七月，古廷安被洪凝乡里民众推选为乡长。此时，以抗日为名的几个杂牌军，保存势力而逃难聚集于五莲山区，一群鸡鸣狗盗之徒，闹得老百姓叫苦连天。古廷安气愤不过，扔了乡长的乌纱帽，自己拉杆子建了地方常备队，在自己场院里建起指挥部，围拢来了二百号人，外面的保不住，保住自己吧。但猫撕狗咬的局面，让古廷安屡次受挫。

"有一次，张平青部又来偷袭，那天古廷安的岳父过八十大寿，中午的寿酒他喝大了。古廷安这习武之人，即使喝得烂醉他的警觉性也有，忽听一声闷响。岳父说是谁在放炮仗。他说：'不！是枪响……'"

4.血气方刚的人总是在寻找出路

曹永涛继续往下说："听到枪声，古廷安出溜下炕，晃着脑袋找鞋子，却怎么也找不到，其实鞋子就在那儿摆着。他岳父说：'你喝得都这样了，快上炕歇着，别给我惹是生非。'古廷安脖子一梗，把岳父撞了个趔趄：'爷们我从来都不是孬种！'赤着脚提着一根棍子就上了街，脚踩得冰碴子咔咔响。古廷安脚踩一下，这当岳父的就跟自己赤了脚一样，疼得缩一缩脖子，皱一皱眉头。在胡同口，有两个劫匪在前面小跑，古廷安一个箭步撵上去，一脚踩倒，脚落地时，一下子踩到瓦碴上，正扎着脚心。他抬起左脚，使劲拔了去，从墙根上掏了一把雪，按上。冒出的血把雪染红了，他再摁上一把。岳父跟跟跄跄跑上来，古廷安说：'您老人家帮着给看着这块货，我生擒了前面那个。'老岳父哆嗦着，不敢答应。岳母提着鞋子在门口喊：'他大姐夫，他大姐夫……'古廷安回去接了，把鞋子扔到地上一拱，鞋后跟也不提上，就那么趿搭着。又从门楼底下拿来绳子，横着竖着把那土匪捆成个粽子。对岳父说：'这下你就放心吧。'他继续往前跑，跑着跑着，就听到岳父喊：'我看不住他啊。'他折返回来，把土匪身上的绳子解开，绑在路旁的老槐树上，拳头在土匪脸前一晃，说：'老实点啊，要不，哼！'他一拳打到槐树上，槐树上去了一块皮。一块槐树枝子被晃下来，正打着土匪的鼻梁，吓得土匪连连告饶，缩着脖子不敢动。等过了一袋烟工夫，前面的土匪被提着衣领子提回来，也用绳子拴着，绑在岳父家的天井里。他们继续喝酒，喝着喝着，就听到俩土匪在天井里嘀咕。古廷安出来撒尿，听到了一点点，问：'你们说什么？'这俩土匪说：'西山里有八路军，那里有抗日的。听说是西边的红军队伍……'古廷安问：'你从哪里知道的？'土匪说：'俺队上有人说的。'古廷安哈哈大笑，给土匪松了绑，让进屋喝岳父的寿酒，俩土匪也是酒家，是地地道道的芝镇人。他们俩一开始还羞赧着，半推半就，慢慢地三杯酒下肚，就现了原形，竟然喝得酩酊大醉，醒来说要命也要跟着古廷安干。古廷安问：'为啥跟着我干？'土匪说：'你武功好，做人也不糙。'古廷安说：'那好，你们改邪归正，浪子回头。我也给你们改个名字，从此重新做人，一个叫古小风，一个叫古小雨。'这小风、小雨成了古廷安的左膀右臂。

"古廷安派古小风、古小雨去打听八路军下落，打听了仨月，也没打听到，古廷安陷入了痛苦之中。这年冬，鲁东南特委对外以八路军二支队后防司令部的名义进驻莒县、桑园、上町一带。古廷安领着古小风、古小雨徒步到达上町，请求八路军开进洪凝，收拾那里的残局。特委书记景晓村热情地接待了他，听了人家的一通话，古廷安醍醐灌顶。后来，古廷安领着古小风、古小雨到了岸堤，进了抗大一分校，他才算是真正醒了。"

牛兰芝听着曹永涛的讲述，想象着古廷安的样子，想起自己的弟弟牛兰竹，血气方刚的人总是在寻找出路，可是又苦于找不到，于是就有了说不出的痛苦。

曹永涛讲着讲着，就进了一个村庄。有三五个小厮在一棵大槐树下练刀，大寒天气，穿着的单衫让汗水都湿透了。牛兰芝见刀光闪闪，一招一式，叮叮当当，都看呆了。一个胖小子飞刀猛砍站在他面前的瘦子，谁料，那瘦子后撤一步，双腿一蹦，蹦到了两米高的仓囤上，手里握的刀把儿上红绸子在风里飘着。那胖子刀刚入鞘，那瘦子一个翻身，从后面抱住了胖子的腰，一下子就抡了出去。胖子并不恼，笑嘻嘻地抱着大槐树喘气。

牛兰芝她们觉得新鲜，盯着看了一会儿。曹永涛问其中的一个小家伙："请问古廷安先生是住在这村吗？"

那瘦子说："您跟俺走……"

曹永涛他们就跟着小瘦孩儿拐进胡同，在胡同南头的大门台子边上的一个四合院里，听到了一片叫好声。牛兰芝进去，看到一个大青石碌碡被一个躺在地上的人双脚擎着，青石碌碡在一点点转，边上的人在喊："转……转……转……"

地上躺着的人额头上冒着汗珠，有人拿着手巾去擦。这躺着的人喊："滚一边去！三茶碗呢？跳上去！"

就见领着他们走的小瘦子一个箭步站上了青石碌碡，碌碡转了一圈，地下的大汉大吼一声："起！"

5. "还是芝镇人有血性，你看连大姑娘都跑出来了"

小瘦子纵身跳下："爹，来客了。"

地上的汉子忽地一下站了起来，满脸涨红，肚皮上沾着一点石头末子。伸出一双大手，握住了曹永涛的手："老弟好！老同学好！"

曹永涛的手被这汉子捏得通红。

"老古你这是？"

"徒弟们练武，不好好练，偷懒，我给做个示范。老了，身子骨不利索。"

"身手不凡。"

"收到信，我早就盼着你来了呢。"

"三碗茶是谁？"

"这不是吗？我家的臭小子。"

"怎么叫三碗茶呢？"

"老大叫一壶酒，老二叫两瓶醋，他是老三……"

"三碗茶"摸着自己的头，憨憨地笑了。"一壶酒"和"两瓶醋"站在草垛后面，听到古廷安叫："赶紧过来给你曹师叔行礼！"

俩孩子来行了礼。曹永涛笑着拍拍俩孩子的肩膀。

牛兰芝她们惊讶地看着眼前这壮汉：呀，这就是曹永涛说的古廷安啊！有点不相信。曹永涛说古廷安满脸大胡子，而今他的脸上却是光光的。曹永涛说："你那大胡子呢？"

"打枪瞄准碍事，刮了！哈。你看着不像吧。"

牛兰芝她们低了头只是抿嘴笑。见了生人，刘欢她们不敢说话了。

古廷安说："还是芝镇人有血性，你看连大姑娘都跑出来了。在洪凝，大姑娘小媳妇可不敢出门。曹兄，你认识牛景武吗？"

曹永涛问："认识啊，你跟他……"

古廷安顿了一顿，说："不瞒你说，当年乳山的八卦掌传人宫宝田到芝镇，我是慕名去的，牛景武先生是他的徒孙，不离左右。我记得在冯家大院里还吃了一顿饭。牛景武好客，专门请我到他家去喝了一场酒，还送了我一坛子站住花呢。"

曹永涛一指牛兰芝说："古兄，太巧了，这位就是牛景武的女公子牛兰芝。"

古廷安一听，马上站起来，拱手行礼："令尊大人，深明大义，佩服佩服啊！"

古小风、古小雨一会儿把酒菜端上来，推着曹永涛上了炕。牛兰芝她们不上，站在炕下听他们边喝边谈。芝镇人喝酒，都是先燎酒，把酒温热了再喝。可是古廷安却拽开酒塞把酒坛子送到曹永涛手里，曹永涛笑着接了，抿了一口。古廷安说："真是书生一个，看我们的！"搬起酒坛子咕嘟咕嘟喝了个够。然后传给古小风，古小风也咕嘟咕嘟喝了一通，然后顺次往下传，一圈转下来，酒坛子又拿到了古廷安手里。

说话间，雪又纷纷扬扬地下了起来，越下越大，越下越密，那雪疙瘩不是在下，是在往下夯，使劲夯。没有一丝风，只听到窸窸窣窣的雪落之声，分不清天和地。那场雪牛兰芝到晚年还记得很清楚。那场雪下得沟满壕平了，她再也没见过那么大的雪，也没见那么厚的雪。第二天早晨，天井都被雪齐平了，碾砣、磨盘、鸡屋子，都被雪盖住，门都被雪封了。牛兰芝她们并不紧张，只是觉得好奇，一会儿，门砰砰响，古廷安不知什么时候从大门到屋门挖了一条雪洞，手提着冒热气的包子，粗声喊："趁热吃！"后面跟着曹永涛。牛兰芝几个笑着也跑到雪洞里。

那年"三八"节那天在北京，说起古廷安，牛兰芝老人又说到了那个雪洞："那天早晨，我睁开眼睛，不觉吃了一惊，开门一刹那，我仿佛觉得有一种强烈的光把整座屋子照得雪白了。就是这个古廷安领了我们最后一段路，古廷安不知从哪里找到了两个雪橇，那雪橇用骡子拉着。我看到在两条拉紧的皮带中间，辕骡的头不断摇晃，往下看，雪橇的滑木犁开松软的积雪，顺着白雪皑皑的荒野，雪橇在朦胧闪烁着的微光中不停地跑了好一阵，右边、左边，到处都是白茫茫的，变幻莫测，我们抑制着兴奋，雪橇把我们一气拉到了根据地五地委。那真是刻骨铭心的日子，我们终于奔到了自由之地。唉！这个古廷安后来护送干部去延安，回来的路上，被鬼子包围，他把子弹打光了，跳了悬崖。真是条汉子啊！"

弗尼思说："这古廷安并没有死，他挂在一棵柏树上，挂了两天，居然活了。新中国成立后成了沂山林场的场长。"

古廷安我还会写他的，但现在最想了解的是四个芝镇姑娘初进根据地的细节。牛兰芝老人说:"我写过……"

老人家很快找到了,指给我,说:"就这一段……"

6. 走进了一片新天地

我们四个芝镇姑娘就像四朵轻盈的雪花,一路飘到了沂蒙山,那是第六天的早晨。具体说,我们终于到达了磁石般吸引着我们的目的地——五地委驻地。这里对外称八路军办事处。这个村子的名字叫略疃,它一直镌刻在我的脑子里。

刚进庄,人们仨人一簇两人一堆地从地上站起来,每人端着一个瓷碗。远处,有的在进行操练,有的排着队在唱歌,有的在打谷场上扭秧歌……

在地平线上,透过一片片灰色的云彩,能看到那轮红日,天空变得越来越亮,越来越透心地蓝。我们简直是心花怒放,一路上的疲劳、饥渴都被风吹跑了。湿漉漉的凝重的空气,并没有阻挡我们愉快的轻松和诗意。

远处军号声、锣鼓声,随风敲打进我们的耳鼓,这就是抗日根据地高昂、和谐、喜悦的乐章。

欢蹦乱跳的李玉珍眼都不够使的了,她对我说:"这可真是到了另一个天下了!"

八路军办事处,在庄里一家较高的门楼里面。接待我们的是高书记,他是五地委书记兼八路军支队的政委,对外,人们都知道他是八路军办事处主任。高书记穿着一身粗布灰色军装,黑红的脸上,闪着一双熠熠发光的眼睛,颧骨显得较高,给人一种精明强干的印象。他热情地对曹永涛说：

"你立了功了，又给我们带来将近半个班的娘子军，先来的几批都安顿好了，就等着你们来啦，正怕路上叫人劫去了呢！"

高书记和曹永涛说了几句，把眼光转向我们几个姑娘们身上。一个一个地问了我们的姓名，热情地握着我和刘欢的手。

"你们两个虽然早就是党员了，但八路军的生活才刚刚开始。看看你们穿的这身旗袍，在这里可不时兴。这里不是爬山打仗就是站岗放哨，得很快换上军装才行。可惜现在还不到发军装的时候，就是发下军装也是清一色的二尺半，高个矮个一样长，一身军装穿好几年。冬天穿棉的，春秋抽出棉花变成夹的，夏天拆去里子就是单的。哈，一年三用，三年一发。你这身旗袍在我们队伍里只能留着演戏。"

"这是为了路上做掩护的。"我说，"暂时发不下军装，我们先把旗袍剪成短袄。"

"先凑合一下吧，冬装估计也快发了。"高书记说，"其实，打仗勇敢不勇敢，也不在乎是不是有一套新军装。"这时，我才看见高书记穿着那件灰色棉军装的袖口上，已露出灰白色的破布条条。他顺手从里面抓出一只一只的虱子，让它们在桌面上爬了一会儿，然后用大拇指将他们一个一个地掐死。诙谐地笑道："怕吗？这叫抗日虫，每个抗日战士的身上都生了这种虫子。我们对日寇、汉奸，就像对付虱子一样，要狠狠地掐死他们。"

我们正在谈话的时候，炊事员端进一小瓦盆白菜熬豆腐，还有一摞紫红色的高粱煎饼。高书记叫炊事员到院子里的秫秸堆里，捡了几根细莛秆，递给我们当筷子，说："滑溜溜的不会用吧？用常了，就习惯了，这叫作革命筷！"

晚上，我们睡在老乡用谷草铺的大通铺上。我拿出随身带的剪刀和针线，将黑色的夹袍咯吱咯吱地剪去了半截，然后用针缝好，穿上试了试，虽然不像军装那么神气，比起旗袍来利索多了。可惜找不到一面镜子，连自己也不清楚到底是什么模样，便推了推刚入睡的刘欢，叫她起来看看。她两手一合，笑着："我也来剪。"

我们刚刚到八路军办事处驻地的第二天，部队就接到命令要转移。支队的武装部队前面迎风飘着一面大红旗，大家都穿着军装，有的挎着匣子枪，有得扛着长枪，真使人感到威武凛然。我们和地委机关的同志，一起跟在部队后面，这里面有的穿军装，有的穿便衣，有扛枪的，也有甩空手的。我看到这种情景，眼前忽然闪过绥拉菲摩维支的《铁流》里面的那些人物形象。我心情激动地想，这不正是一只真正的铁流，一座用血肉组成的万里长城吗？

住的地方几乎是天天挪，我们女兵还能睡炕，男兵们则一律是地铺。无论多冷的天，他们都不封窗，冷风从窗外呼呼地吹来，遇到下雪，屋里自然也要刮进雪花，每晚上要轮着站岗。单薄的棉衣被寒风一吹，像没穿一样，有时冻得睡不着觉，就出来跑跑步，再回去睡。

大概过了五天，我被分配到了莒南县。我拿着五地委组织部的介绍信，交给县委组织部。和我谈话的是组织部部长曹明楼，曹明楼跟我差不多年纪，但显得很老练，一口沂蒙山话。

曹明楼说:"组织上想让你到县委妇委会去工作,女同志嘛,做妇女工作更合适一些。妇委会是县委会的一个部门,对外叫妇救会,你去妇委会做宣传委员,对外就是妇救会的宣传部部长。"

我拿起小包袱询问妇委会在哪里时,曹明楼用两只粗大的手按住我的双肩:"别急,咱们县委刚成立半年多,人数很少,文化程度高的人更少,你来了,就是秀才。妇委会书记是刘宜同志,你就算她的助手吧。"

曹明楼陪我到了县妇委会的门口,出来迎接的竟然是我在济南乡师读书时的同学刘静琳。我真是喜出望外。

酒乡奇葩

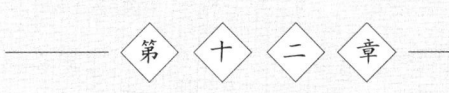

JIU XIANG QI PA

第十二章

辛丑年春，芝镇酒厂的冯同学说，他们正在搞芝镇革命陈列馆资料征集，希望我这个政文部记者提供些资料和线索。我突然想起四十年前在芝镇桥头遇到的一个弯腰弓背的老太太，当时我在芝镇一联中上初三。

那是个深秋，下了课，我们几个同学挤到芝镇照相馆前看展览窗里的美女照，有大胆的一个，对着窗玻璃，朝美女照做了个亲吻状，额头碰着玻璃，碰红了。猛回头，鼻子上挨了一拳："一张臭嘴！"是一个汉子，提着俩拳头，低头朝前走。芝镇人都知道，这汉子是个花痴，每天都要到这里看两眼美女照，发誓非此女不娶，后来听说美女结婚了，他打了一辈子光棍。

就在同学捂着鼻子往回走的这当儿，我看到了一个老太太，穿着对襟夹袄，头发花白，拄着一根拇指粗的榆树根，那榆树根去了皮，已经被磨得很光滑。那老太太的手瘦骨嶙峋，像枯树枝上长出了一节枯树根。老太太猛一抬头，我看到她没有鼻子。

她就是芝镇的名人小黑母鸡。

小黑母鸡和她娘黑母鸡在七八十年前可是风云人物，母女俩穿着旗袍出入芝镇东南角的日本鬼子炮楼子。

芝镇老辈人说，除了炮楼子，这母女俩到得最多的地方，就是我爷爷公冶祥仁开的芝谦药铺。有人说，我爷爷跟黑母鸡还相好，小黑母鸡就是我爷爷跟黑母鸡生的。

我大爷公冶令枢说："都是胡扯！你爷爷怎么会跟她们沾上边，她们是得了妇女病，让你爷爷给开方。"

其实，黑母鸡是我们公冶家的人，她本名公冶秀景。公冶秀景找的婆家是芝镇的大户赵家。黑母鸡长得黑，是脸有点儿黑，还有她的眼珠黑,像黑炭一样的黑,男人只要一见她,让她瞅上一眼,就被她的黑迷住了,那黑是黑上加黑,惊艳!也就有了鬼名字"黑母鸡"。黑母鸡的女儿,脸很白,但那眼珠儿,比娘更黑,是个美人胚子,瓜子脸,尖下颌,大高个,一头黑发烫了。穿着旗袍在芝镇大街上走,后面的人指指点点,有当面骂的,有朝她吐唾沫的。她挺着胸,晃着那两个大奶子,旁若无人,人越多,她的胸挺得越高,一点不害臊。

大爷九十八岁了,还能喝酒,抿一口,又小河淌水一样往下说,你别打断他,打断他,他就短路——

1. 大爷公冶令枢如是说

小黑母鸡的鼻子是让小日本发了兽性硬给咬去的。第二天,天还没露明,黑母鸡就来咣咣咣敲药铺的门。你爷爷把我拽起来说:"谁呀这么早,快去开门,一定是急病。"

我小跑着去开门,一打开,怎么是黑母鸡?!我想再关上,她扳着门框,朝屋里叫了声:"哎哥哥,塌天了!"我也不知道她从哪里论的辈分,叫你爷爷二哥哥。咱芝镇人,叫二哥都是"二锅",她羊群里跑出头驴来——格外。黑母鸡叫你爷爷的腔调,让我想起了史湘云。(大爷是芝镇的业余红学家。——德鸿注)

黑母鸡喊你爷爷爱咬舌,拉着长音儿叫"哎——哥哥"。我听着都倒牙。你爷爷赶紧下炕,问:"咋了?这么早。"就听黑母鸡上气不接下气地说:"妮儿的鼻子,黑夜里让那个畜类给

'生嘎吱'一口咬去了。"

说完，黑母鸡抽泣起来，那肩膀一耸一耸。你爷爷说先别哭，慢点说，慢点说。当年黑母鸡快五十岁了，穿着红皮鞋，头发梳得一丝不乱。说话却啰里啰唆，你爷爷听着，一言不发，开始开药，让我去配药。黑母鸡提着六服药急匆匆往外走。药铺边，昨夜有个卖羊的，在地上扎了个木橛子，羊卖了，那木橛子没拔，黑母鸡跑得急，让那木橛子一荡，皮鞋一滑，崴脚了。

黑母鸡大叫着你爷爷："哎——哥哥，哎——哥哥。"你爷爷赶紧出来，黑母鸡坐在了地上，又是一把鼻涕一把泪，亏得是大早晨，人少。你爷爷赶紧把她扶进药铺，让她忍住疼，把住桌子沿儿，让我摁住她的腿，你爷爷给推拿了半天，还是疼。又开了药。黑母鸡没法一个人走回去。

"老大，把你景姑送回家去。"你爷爷说。我装没听见。你爷爷又说："聋了？耳朵塞驴毛了？"

硬着头皮，我推出木轮大车子。没好气地在车子上先搬了块石头压着，你爷爷扶着黑母鸡上了车子的另一边。

我真是恨你爷爷孬好不分，美丑不分。真是糊涂。还"妹妹"长"妹妹"短的，你自己不送，让我送。

我把车襻挂在脖子上，又拽下来，进了里间，掏出酒葫芦。酒葫芦里的酒还有一半，咕嘟咕嘟我全喝了，剩了一口，吐在手心里。我觉得浑身发热，胆子也壮。又把车襻挂在肩膀上，推着黑母鸡就走。

街上落满了黄叶子，梧桐的、杨树的，踩着都唰啦唰啦响。秋风刮着，我觉得脊梁骨发凉，感觉被前面后面的人给戳透了，用他们的眼神、唾沫星子。推着车子,我就怕碰到熟人。可是越怕,偏偏越碰上。

头一个碰上的是田雨和他儿子星鹏,我叫了田雨一声大爷。田雨板着脸"哼"了一声,星鹏跟我同岁,笑着抬了两抬下巴,那眼睛老在黑母鸡身上扫。这星鹏还做了一个猥亵的动作。

正是吃早饭的时辰,芝镇大街上人不少,我推着黑母鸡,不敢往四下里看,我满脸流汗,不是推车子累的,是羞愧的,我用擦脸布子抹了抹脸。我感觉自己是光着腚推车子,也像剥了皮的鸡蛋一把没抓住,掉到灰窝子里,更像是屎壳郎滚屎球——臭了芝镇街。

从芝谦药铺到黑母鸡的家,也就二里路,可是我却觉得很长、很长。

车轮吱扭吱扭响,心更焦得像是要起火。心急,力气就使不匀称,车子东倒西歪,车上的黑母鸡不哭了,看着我的窘样子,竟然笑了一声说:"你推的什么车子!"她一笑,更像是刚下了蛋的老母鸡,乍着一双翅咕哒咕哒叫着飞。笑得狠,胸前的大奶子像灌满水的气球般,一上一下跳得欢。

"别笑了!黑……黑……姑!"我恼恨地喊一声。手下一用力,车子朝一侧倒,车上的石头晃悠一下,朝她这边溜,吓得她"啊"的一声尖叫。回头看,她的头发披散下来,遮住了半张脸,露出来的半张,不黑了,泛白,泛红,说不出的妖媚妖娆。她说:"你叫我什么,黑姑?"我不接茬。

"你就不能稳着推啊?"黑母鸡白了我一眼。这一眼,我身上的汗又下来了。那眼睛里,像藏了把刀,一下扎到心里,冰凉,又火热,刺激得我打了一个激灵。又像是一个钩子,要钩着我走过去抱住她。"呸!"我扭头使劲朝地上啐一口,闷头往前走。"咕咕咕",这骚货又笑,像是捂着嘴,声音发不出来,更像是老母鸡。

俩挽着纂的老太太站在胡同口,我推着黑母鸡过去了。听到那俩老太太对话:

"妲己货!"

"敞着个大口子。"

"那大口子吆喝一辆马车能赶进去。"

"……"

(老太太骂黑母鸡"妲己货",可能不知道妲己。刘向《列女传》云:"积糟为邱,流酒为池,悬肉为林,使人裸形追逐其间,为长夜之饮,妲己好之。"——德鸿注)

"这是公冶大夫家的少爷?"

只听黑母鸡大喊:"推着俺的,是俺大侄子。俺就是妲己货!咋了?"

我一听,脸就像烧红了的烙铁烙了一通。

好容易到了地方。我收住步子,把车停住,低头说:"姑,到了,你下吧。"半天没动静。一抬头,黑母鸡歪着脑袋,满脸幽怨地盯着我,半天不说话。

"咋了?"我闷声闷气,嗓子眼里往出哼一声。

"你不知道我脚崴了?疼。"

只得走过去,挽着她的胳膊扶她下,她偏不,一扭身,两只胳膊伸展开,像我小时候乍着两只胳膊等娘抱那样,努着嘴让我抱她进去。面对面站着,她身上的香气直往我鼻子里钻,跟药铺里的药香不一样,跟树上的桃花香杏花香梨花香石榴花香都不一样,像是各种香的组合,又像是某一种香经过了提炼,甜、浓,虫子一样往我鼻子里钻。我的脸烫得像刚出锅的饽饽,红高粱面的。不知道啥时候伸出了胳膊,插到她腋下,她腰身往上一挺,两条肉乎乎的胳膊搂住了我脖子。起身,她的发丝垂下来,发梢一下一下扫着我的脸,像柳梢儿拂着浯河水,水面上漾起一层波,一股火从我小腹上烧起来,霎时点着了我满身的血液,整个人都燃成了火球。

抱着这个长我一辈的女人,我感觉像小时候偷了什么瓜果,有秘密的羞耻。自己的一双脚像是踩在棉花堆上,轻飘飘,软绵绵,一点劲都使不上,两条腿扭麻花一样,你扯着我,我绊着你,踉踉跄跄,走不成个道儿。黑母鸡像是看出了一点啥,两个大"饭"使劲往我身上蹭。她的旗袍,我的衣裳,好几层布,都遮挡不住那温热。小时候到芝镇赶大集,包子铺里新出笼的大包子就是这样,暄乎乎,热腾腾,一个手握不住,得两个手来回倒腾着,叨空塞到嘴里咬一口,来不及尝尝啥馅儿,囫囵个儿就掉进了肚子里。那嘴被烫得直往回抽气。黑母鸡的身子稍稍一后倾,离开我距离不过一指头,就又把我扔进了三九天的浯河里,让浯河冰冷的水一激,哆嗦得像大风中被裹挟着上下翻腾的树叶子,又像是热天里发疟子,两条腿不住地打摆子。

进了院,听见小黑母鸡在屋里高一声低一声叫唤,简直就像春天蹲在屋顶上的猫在叫春,叫得人抓耳挠腮,猴急猴急。我使劲咬咬后槽牙,深吸一口气,这才把自己的两条腿找回来了。低头看看，黑母鸡趴在我胸前一动不动，看模样像是睡着了。她睡着了我咋办，两手抱着她，腾不出手来撩门帘。正发愁呢，一只手从背后伸过来，在我脸上轻轻一拍，绕过去把门帘撩起来。我紧走几步，把黑母鸡往炕上一放，转身就要往屋外冲。冷不防，撞上了另外一团棉花。

小黑母鸡用头巾包着半张脸，跟我后来在画报上看到的戴着面纱的女人一个样，一双黑宝石般的大眼睛在头巾上边滴溜溜乱转，扫几眼我，再扫几眼炕上的她娘，嘤嘤地哭起来。

小黑母鸡的哭声里，我像是做贼被抓了现行般，狼狈地蹿出了黑母鸡的天井。出了门，风一吹，背上的粗布单褂子冷冰冰的，早叫汗水湿透了。

2. 弗尼思如是说

弗尼思说："德鸿，你大爷真是瞎话篓子，说得不靠谱。小黑母鸡被咬去鼻子的事儿，我最清楚，还是我来说吧。"

芝镇的鬼子炮楼，平常日子常驻的鬼子只有两三个，平时看到几辆汽车过来，车上站着几十个鬼子，但一会儿又不知道拉到哪里去了。也许拉鬼子的车就是壮声威。

芝镇的大姑娘小媳妇虽说也都防范着，到底不是太当回事，大户人家的小姐上街赶集，照样描眉画眼，打扮得花红柳绿。

芝镇的热闹，那真是了得！那热闹是有味道有颜色有声音的，烧锅上的辣，老醋坊的酸，永和糕点的甜，泥瓦盆羊肉老汤的腻，药铺门口刚倒出来的药渣子的苦香，还有，时鲜的芝镇臻杏到嘴的化，蜜桃的软，箭瓜的脆，老崔家豆腐脑的白，糖葫芦扛在木稿简滚子上的火一样的透亮的红，铁匠铺里的叮当声，剃头铺里大嘴师傅的吆喝声，牲口市里的骡子驴马的大叫声，猪市里的猪仔母猪的哼哼，鞭炮市里的爆响，热腾腾、滑溜溜、脆生生，朦胧着飘浮在芝镇的上空，诱惑着女人们的鼻子、嘴、耳朵和眼睛。当然，最让她们拔不动腿的，是布鞋店里五颜六色的花布，各种样式的鞋子、衣裳，还有窗花、杨家埠年画。于是，隔三岔五，找个由头，跟着父母，叫上女伴，总要过上把瘾。人多，盯着看的人就多，女人们的腰就扭得更欢，步子又轻快，一个个走得像柳枝在风中摆，一路走，一路晃动肩膀，在人流中挤来挤去。芝镇上耍景多，吃罢，喝罢，三三两两，看踩高跷，看耍堂野、看耍狮包、耍猴，一家接着一家，一摊接着一摊。只不知道，她们看耍景，男人们看她们，看着看着，就看出了事情。

这天是初十，芝镇大集，远在四十里外坊子据点里的鬼子们也来凑热闹。一个小分队，七八个人，骑着马，腰里挎着长刀，耀武扬威到芝镇来。芝镇的据点里的鬼子事先没有得到消息，不像往常那样张扬着迎接，集上的人来来往往，该干吗干吗，凡俗岁月的暂时安好，掩盖了即将到来的危险气息。

最先发现鬼子的是芝镇街上扛着铁锨挑着粪筐拾粪的觅汉马三。一辈子在别人家的田地里忙活，五十多岁终于有了自己的一亩多薄地，马三爱惜得跟自己的眼珠子似的，一有空就上街拾粪。牛粪、马粪、驴粪、猪市上的猪屎，羊市上的羊屎，甚至菜场上的鸡屎鸭屎，都是马三的宝。他的鼻子也像是有特异功能，远远地就闻得到新鲜粪便的味道，追着这味道过去，保准有热腾腾暄乎乎的宝贝等着他。马三甚至能从粪便的气味中分辨出这牲畜上一餐、上上一餐吃的粮食草料，拌的是花生饼还是豆饼，拌了多少。老远看到一堆马粪，马三几乎掩饰不住自己的兴奋了，那马粪不是小户人家喂的，那可是硬料！兴奋地迈开大步奔过去。粪筐在他背后一晃一晃地，筐里捡来的粪便差点飞出来。

马蹄声清晰地传进耳朵，一抬头，马三愣住了。

领头的鬼子队长戴着副眼镜，笑眯眯地，看上去一点也不凶。看马三往一棵柳树后边躲，鬼子笑了，招手让马三过去。马三不敢过去，又不敢不过去，腿脚就开始在地上画圈圈。眼镜身后的鬼子作势要往外拔刀，鬼子队长一挥手拦住了，他笑着说："老乡你好啊。"说的竟然是中国话，跟牛二秀才那在浯河边上演戏的闺女说的一个样。

马三往前走几步。背上的粪筐跟过来，鬼子们勒住马缰绳往后退。马三再往前走，鬼子再往后退。再走，鬼子腰里的长刀抽出来，差点劈到马三头上。马三一惊，身子一个趔趄，粪筐倒扣过来，筐里的粪兜头撒了，糊了满头满脸。鬼子们哈哈大笑着，挥动鞭子，一阵风似的进了芝镇。

鬼子的出现引起了一阵惊慌，人们四散奔逃，热闹的街市霎时乱了营。女人们的尖叫，马牛驴骡的嘶鸣，喊爹找娘的小孩子们的啼哭，踢翻了摊子或者担子的惊呼声响成一个蛋，还有狗的不住声地汪汪，人们呼呼啦啦的风一样的喘息。芝镇上空密布的乌云压得人不敢抬头，脚步错乱。鬼子的目光探照灯一般在女人们脸上身上扫射。马蹄声过后，芝镇据点里的鬼子和伪军们冲出来，饿虎扑食般，把几个年轻女人掳进了芝镇那在启文门边上的据点。

这里头，就有赵家新近从省乡师回来的赵二小姐。

按辈分，赵二小姐该叫黑母鸡一声婶子，可她从来没叫过。这个从小送到省城读书的小姐一身的洋派儿，一年四季，不是穿着垫肩卡腰拖到脚面上的西式长裙，就是短衣长裤外加一双马靴，一头浓密的黑发烫成马尾巴，高高地扎在脑后，走起路来一左一右摇摆，摆荡得人心慌。身为赵家正房的二小姐，不像她姐姐那样打小病恹恹，瘦小干黄，像是放了一冬一春的瘪苹果，也不像她的两个同父异母的妹妹，因为自己的娘不是正房，整天缩头缩脑的，说话都不敢大声。二小姐个子不算高，可人长得俏，眉毛细长而高挑，不描自黑；眼睛又大，水灵灵的，像是藤上新采摘来的葡萄般，薄薄的皮儿包着一汪水。最稀罕人的是她的脸，天生的白，白里透着红润，粉嘟嘟，嫩生生，像夏天绿豆面打成的凉粉，轻轻一碰，滑溜溜地颤。在赵家，二小姐是一家人的心尖子、命根子、眼珠子、肺叶子，稍有个磕着碰着，一大家子上上下下都不得安生。她有点儿像《红楼梦》里的宝玉一样被疼爱着、呵护着。

二小姐被鬼子抓走，赵家的天可塌了，一家人，特别是女人们哭天骂地，嚎得嗓子都哑了。所有的大洋都拿出来，明晃晃地堆在檀木桌子上。她爹眼皮子都不抬一下，说："再拿。没有了就卖地。"

三百块现大洋很快凑齐，派谁去赎人，一家人又犯了难。商量来商量去，一直商量到天黑。起初想请你爷爷公冶祥仁大夫，你爷爷给日本鬼子看过病，也许能说上话，不巧你爷爷被张平青请了去。又想到了教堂的神父，派人去打听，神父在教堂的南屋里发烧起不来。去找芝镇的商会会长，人家一摆手回绝了。这可咋办呢？

主事儿的一开始就考虑到最好找黑母鸡，可是都不点她。正统人家，怎么好找这样的不要脸的人，传出去不让人耻笑？！

末了儿，二小姐的爹上祠堂里跪下跟列祖列宗汇报了，求得先辈们的恩准，这才下了狠心说："唉！豁出张老脸，我去求求她吧。"

芝镇人家，家家户户有酒，伸手就是。赵二小姐的爹从桌上摸起酒坛子，倒了半碗，灌进去，觉得胆气壮了很多。

鬼子来芝镇之前若干年，黑母鸡就被赶出赵家了。赵家是大户人家，讲究的是个门风清正，图的是个脸面，如此伤风败俗，赵家哪里容纳得下？黑母鸡离开赵家的时候，除了娘俩身上穿的衣服和一个随身的小包袱，啥啥都没带。包袱里装的，也不过是小黑母鸡的一两身换洗衣服。

黑母鸡还连累了娘家人。赵家找人去把公冶家族的祠堂给掀下了半个屋顶的灰瓦，砍了院子里的一棵石榴树，还把门口的一个石狮子的鼻子用八棱大锤给砸了去。后来小黑母鸡的鼻子被咬，黑母鸡想起公冶家祠堂门口的石狮子，觉得浑身发冷。

黑母鸡母女被赶出门，当然也是公冶家的伤痛。公冶祥敬这个族长脸上很没光。

赵二小姐的爹忐忑着进了门，先干咳了一声。黑母鸡抬头隔窗看看，身子一歪，躺倒在炕上了。门外，二小姐的爹憋了半天，吭吭哧哧开了口："她婶……求你出手，救救孩子。"

炕上的黑母鸡半天不动弹。不动弹归不动弹,赵家人的话她都听着。等弄明白二小姐被坊子城来的鬼子抓进了炮楼,黑母鸡躺不住了,呼哧一下翻身爬起来:"你说啥?你说啥?!"

这天她身上不舒服,窝在家里没出去,自然不知道芝镇街上的事。

赵家人又说了一遍。黑母鸡的脸就白了:"这可怎么好?芝镇这俩小鬼子还好说,坊子来的,俺也说不上话啊!就是芝镇这俩货,俺说话都不太好使了。娘的,没少占老娘便宜……"抬头看看赵家人,把后半句话硬生生吞了下去。

"不就是几个鬼子吗,有啥了不起?我去。"小黑母鸡不知啥时进来了,她说,"不管咋说,也是我妹妹。我得救啊!"

小黑母鸡描眉、画眼、抹腮红,岛城买回来的巴黎香水呛得赵二小姐的爹和跟班连打了几个大喷嚏。很少出远门的这芝镇老人,戴着瓜皮小黑绒帽,哪见过这阵势,哪闻过这味道。要在平时,他都能动粗口,鄙视这臊样儿。但这会儿只能忍了再忍,大气不敢出。而他的小跟班呢,却不转眼珠地上上下下盯着小黑母鸡,盯得自己的脸都发烫。我弗尼思其实也闻不惯这刺鼻的味儿。

大家还记得雷以邕老人吧,小黑母鸡是黑母鸡和雷以邕在一个荒唐的雨夜所孕育,名字是雷以邕起的,叫"归妹"。可是,芝镇人已经忘记"归妹",只记得小黑母鸡了。

这工夫,小黑母鸡换上一件粉红色的旗袍,高跟鞋"滴笃""滴笃"在黑母鸡前转了又转。她把娘当镜子了,问娘,咋样?娘说,左眉毛还得再补上一点儿,低下头,让黑母鸡给抹了。黑母鸡顺手又给压了压小黑母鸡的头发。

又是一阵挑剔,赵二小姐的爹已经紧张得额头出了汗,大气也不敢出。等到里屋说"好了",他才点头哈腰地,跟着挺直了身子的小黑母鸡,出了门。这要头要脸的芝镇人觉得胡同比昨天窄了有一尺。

小黑母鸡圆滚滚的屁股自动微翘,一朵大红色的牡丹花盛开在高耸的"饭"上,像是在跟对面的人打招呼。小黑母鸡走得一步一莲花,妖妖娆娆,顾盼生姿。

芝镇鬼子炮楼里早已乱成一锅粥。赵二小姐顺手抓起桌子上的一把剪刀,直戳戳对着自己的脖子。鬼子队长一手捂着自己的胸口,做出电影里西洋人文质彬彬的样子;一手伸向背后示意其他人不要往前扑,嘴里不停地说着什么。这一回他不说中国话了,叽里咕噜地,像鸟语。

如果是鸟语就好了,我弗尼思就是鸟,可他说的不是鸟语。我把目光投向胖子翻译,他的胖脸让汗水冲得一道道白来一道道黑,说话的声音都磕巴了:"赵……赵小姐……皇军不会伤害你的,他是喜欢……喜欢你,大大的……大大的喜欢!"

赵二小姐柳眉倒竖:"往后退!往后退!"赵二小姐的皮靴猛地在地上一跺,宁死也不能被糟蹋。丫头怕是疯了。

我急得一个劲地扇动翅膀,可管啥用呢,那丫头看不见,也听不懂。我弗尼思恨自己不是人。我着急呀!着急呀!在自己的家门口,都自身难保,可恶的鬼子!

就听到门响,小黑母鸡风摆杨柳似的走过来,带着一股香风,咯咯笑着,伸手拨开伪军们的刺刀,还有鬼子们握枪的胳膊，袅袅婷婷站到鬼子队长面前。她身后，不知道啥时候，跟着一个伙计，手里提着一坛站住花，胳膊上挎着三层高的枣红色食盒，盒里装着上好的醉仙居菜肴。

"哎哟，我的太君啊，您到芝镇来，怎么也不提前说一声啊？我专门去醉仙居订了菜。"说着，小黑母鸡抬起胳膊，捏着的手帕抖擞开，给鬼子队长擦拭额头的汗。胸前的牡丹花娇艳欲滴，颤颤巍巍，一个不小心，蹭到了鬼子队长面颊上。她个子高，又穿着高跟鞋，鬼子队长比她低一头，面对面站着，像是母亲跟正在吃奶的孩子。

绕过鬼子队长，小黑母鸡一把抓住赵二小姐手里的剪刀："我说妹妹啊，来的都是客，这剪刀对着谁，都不是咱芝镇人待客的礼数啊！"赵二小姐把剪刀握得很紧，怎么也拽不出。小黑母鸡剜了赵二小姐一眼，脚踩住赵二小姐的皮靴说：

"拿来吧，你！"

赵二小姐的脚被踩得钻心地疼。

那剪刀就到了小黑母鸡手里。

转身，小黑母鸡一双眼在人群里找到常驻芝镇的那鬼子，一阵风刮过去，扯着胳膊直晃荡："我说哥哥啊，客人远道而来，咱不得好酒好菜招呼着？你看，我都带来了，咱进屋摆上？"

围着的二鬼子呼啦一声散开，抓来的几个女人也都被关进了后院的空屋子。

伙计手脚麻利地把菜肴摆上桌。小黑母鸡转脖子看看一圈人，坊子城里来的，加上芝镇据点里的，满满当当坐了一桌子。小黑母鸡为难地看鬼子队长："你看我，不知道来的人多，就带了一坛子酒？这可怎么办，总不能让各位笑话芝镇人小气！要不，就让我这傻妹妹带着伙计再去取几坛？总得让各位爷喝尽兴！"

翻译官说："取酒可以，不能让这妮子去取。告诉你，你别做顺水人情。"

小黑母鸡说："你看看，队长，我这妹妹早晚都是你的。今天，我婶子过生日，就让她先回去。"

"不行，不行，她的不行。我需要她。"鬼子队长喊。

说也怪了，自从小黑母鸡进门，鬼子队长的眼，就绕着她的身子转，这畜生眼里钻出一条蛇，吐着长长的信子，一会儿舔她的脸，一会儿舔她的脖子，一会儿舔她突出在胸前的"饭"。这畜生嘴巴一直不闲着，脸上的笑渣渣扑簌簌而落。小黑母鸡就有这本事，黏人！

小黑母鸡招呼着，布上菜。一道一道，都是刚炒出来的。最显眼的是两盘芝镇小炒，芫荽段不带分叉的，泡发的木耳切的丝龙须一般细，里脊肉丝更是长短适度，黄姜丝、红辣椒丝点缀在芫荽里。

"刚出锅的，脆生生的，快吃，快吃。"小黑母鸡招呼着。

"你这酒能喝？"鬼子队长狡黠地问小黑母鸡。

"咋不能喝？在芝镇跟客人喝酒，那都是货真价实，童叟无欺。"

"哦！客人？"

小黑母鸡朝他笑。

我也着急啊，这些兽性大发的畜类，不会放过芝镇女人的。

我看到赵二小姐的眼泪如断线之珠,哭湿了的手绢摔在地上。我用嘴把手绢叼起,这手绢沾着她的泪滴和热气,这泪滴和热气像一股电流似的一直拱到我心里,拱得我怒火中烧。咋办呢?我弗尼思也豁出去了!鬼子的行径,人鸟共愤,不能欺人太甚,更不能欺鸟太甚!我抖落掉翅膀上的千年灰尘,站在天井里昂头长啸,多年不叫了,有些嘶哑,由缓到急,由急到缓,叽叽喳喳,喳喳叽叽。我的叫声不知传到了几十几百里,我的同类野鹊、斑鸠、麻雀、黄鹂、白头翁、燕子、猫头鹰们都听到了,连浯河边上的苇扎也来了,它们一起飞到鬼子炮楼上空,落在院子里的树杈上、门楣上、窗棂上,也大叫,一齐诅咒,诅咒这群东洋人,诅咒糟蹋妇女的畜生。鸡狗鹅鸭也都跑出来,公鸡啄着鬼子的大头皮靴。

我们的叫声愤怒而悲壮,我们的叫声锋利而张扬,我们的叫声决绝而忧伤。我们在盘旋,叫声在盘旋,叫声穿透了小黑母鸡的身体和灵魂,她一下子醒了。这是她一生的关键时刻,关键时刻将决定她一生。我看到她朝我们笑了笑,用瓦碴在地上画上一个大圈儿,一拍巴掌,又一拍巴掌,笑着说:"来呀,来呀!"鬼子们乖乖地跟着她进了她画的圈儿里。小黑母鸡又说:"你们闭上眼,好好睡吧。以后,我叫俺妹妹来伺候,我保证。"听到小黑母鸡一说,坐在圈里的小鬼子队长竟然迷迷糊糊地,鸡啄米似的点了点头,闭上了眼睛。小黑母鸡朝我们一摆手,我们鸟儿的嘴巴都闭紧,不再出声。

小黑母鸡转身走过去,推一把赵二小姐,顺势把剪刀塞到她手里,使个眼色,没说话。

伙计拾掇好食盒，赵二小姐哆嗦着，跟在伙计身后走出去，临出门，深情地看了一眼小黑母鸡，小声叫了声"归妹姐姐"，捂着脸跑了出去。套间里被抓的几个女子瞪着惊恐的眼睛，也跟着赵二小姐匆匆逃离了。

小黑母鸡跷着二郎腿，把一根烟点上，悠闲地抽着，她瞅着嘴里吐出的烟直冲屋顶而去。

等鬼子们醒来，已是下午。小黑母鸡也在榻榻米上打了个盹儿。

鬼子队长伸了个懒腰："你的，酒里掺了药了？迷魂汤？"

小黑母鸡说："太君，你说哪里话，我好心好意带了酒来，哪敢糊弄您哪！芝酒有后劲儿啊！好酒都有后劲！"

鬼子队长抽出刺刀，刺刀先是担在小黑母鸡脖子上，小黑母鸡不怕，只是嘻嘻笑。刺刀拍拍她的腮，又往上走，唰地一下，一缕头发被削去了。"太君，你把我的头发削了，我当尼姑去。"小黑母鸡说。

这畜生不说话，把刺刀放下，戴着手套使劲扇着小黑母鸡，这女子也怪了，仰脸让他扇，一点不躲避。她微笑着，就是不低头。嘴角出血了，她自己用手帕擦了去，但依然笑对着鬼子队长。

"太君，太君，你该明白了吧。我是个什么样的人？"

屋里，小黑母鸡一只胳膊放在鬼子队长肩上，一只手端着酒杯，笑意盈盈递过去："长官，您请——"尾音长长地拖着。鬼子队长接过去，仰脖一口干了，端起另一杯："喝，你也喝！"小黑母鸡娇滴滴斜一眼："长官，我们中国人讲究惜香怜玉，没有这么劝女人喝酒的。来,我再敬您一个。"鬼子队长又一口干了。

几杯酒下肚,鬼子队长打横抱起小黑母鸡,在鬼子们嘎嘎嘎的大笑声中,一把扔在里屋的榻榻米上。

小黑母鸡也喝了酒,一张脸让酒精一刺激,更加红是红,白是白,娇艳得赛过春雨中的山桃花。鬼子队长饿虎扑食般扑上去,两手捧着连舔带啃加上抓挠。小黑母鸡不干了,舞扎着两只胳膊拼命拦挡。鬼子的力气到底大些,手虽白生却钳子似的,一手一个,抓住小黑母鸡的手腕,从头上绕过去,再把两个手腕交叠起来,用一只手压住,另一只手从小黑母鸡的领子里伸进去,用力撕扯。旗袍的丝绸布料柔韧,扯不烂,小黑母鸡粉白娇嫩的脖子倒是被勒出了红红的一道印。鬼子队长嗷嗷叫着,发了狠,气哼哼抽身而去,大有要找把刀子把小黑母鸡劈了的劲头儿。

小黑母鸡咯咯咯几声娇笑,鬼子队长愣住了。我弗尼思趴在窗户上也愣住了。这女人是疯了吗,这状态下还笑得出来?谁不吓得冷汗淋漓?探头看看,这女子已经从榻榻米上爬起来,一扭一摆地走到鬼子队长身边,嫩藕似的手臂搭在鬼子队长肩膀上,笑得花枝乱颤:"太君,你急什么啊,你看,我不是好好的在这儿吗?只是,今儿妹妹我身上不方便,下一回,下一回好好伺候太君,好不好?"

鬼子队长眼睛都红了,小黑母鸡的娇笑,给了他一种不寻常的撩拨,他飞出一串干笑,是带着俯视心态的放肆嘲笑,他也不再装斯文了,身子往下一蹲,抱住小黑母鸡的腿,一使劲,把小黑母鸡扛到肩上,两手在小黑母鸡腿上使劲掐,眼瞅着旗袍被卷上去，两条剥了皮的葱白似的细溜笔直的长腿，被掐得青一块紫一块，玻璃丝袜一绺一绺垂下来，小黑母鸡红底绣白色不知道名字的小花底裤露出来，火把样映得屋子里火红火明。小黑母鸡脚上的皮鞋早蹬脱了，两只白嫩的脚拼命乱蹬乱踢，身子扭动得像一条蛇，却是无论如何也挣不出鬼子铁钳似的手臂。再次被扔到榻榻米上，脑袋磕到墙上，"咣当"一声响，血顺着额角流下来。新鲜血液的热腥刺激着鬼子被高度酒迷乱的神经，一扬手，小黑母鸡白嫩的脸蛋上烙下了红色的掌印，再一扬手，另一侧的脸蛋上烙下了相同的印迹，小黑母鸡的嘴角也有血渗出来。鬼子队长狞笑着，单手褪去皮带，两条短腿互相一踢腾，裤子顺着腿溜下去。榻榻米上的小黑母鸡"啊"地一声大叫，咬破了自己的唇。

我弗尼思站在窗户棱子上，浑身都发抖。孩子啊，那一瞬间，我只恨自己没有托生为人，可以三拳两脚把鬼子打跑。哪怕是兽呢，豺狼、虎豹、狮子、野狗，什么都行，只要有尖利的牙齿，我就可以冲上去，把鬼子胯下的家伙撕咬下来，嚼碎了，吐到猪圈里沤粪。可我就是一只鸟，一只用木头雕刻出来的鸟。你们叫我弗尼思，说我通晓古今，可我不过就是一块木头啊，一块没用的木头！我能叫，我能飞，却不能打啊！我只能眼睁睁地看着，看着咱们的闺女被人欺负。再不济，那也是咱自己的闺女啊！

屋里，鬼子队长还在没命地嘶吼着，小黑母鸡的嚎哭声渐渐低下来。睁大眼睛看看，她双目紧闭，碎珍珠般的牙齿紧紧咬着自己的旗袍，嗓子里压抑着受伤的母狼一般的低嗥。灯光下，她美丽的脸庞让散乱的头发遮盖着，映衬着，白得像一张纸，一丝儿表情都没有，跟你们公冶家族墓地上的大理石墓碑一个样。这丫头，该不会给折磨死了吧？再往下看，鬼子队长屁股一耸一耸地，还在没命地发泄。大概是嫌弃小黑母鸡不配合吧，他猛一发力，顶得小黑母鸡身子一阵颤抖，她不哭了，也不嚎叫了，嘴角往上一歪，绽出一个笑来。这丫头竟然笑得出来！她笑，嘴咧开了，声飞出来了，声音越来越大，脸都扭曲成一团，只一管挺直的鼻子，还直挺挺地站立着，不倒，不塌，玉雕似的玲珑剔透。

那笑声让我周身发冷，我调转身子，把脑袋伸进腋下，不忍心再往下看。

时间浪一般翻滚着过去，鬼子的声音渐渐低下来，我以为小黑母鸡的苦难总算是到头了，睁开眼想要看看她还能不能站起来。突然，小黑母鸡发出声震屋瓦地一声嘶嚎，我定睛一看，她的好看的高挺的鼻子没有了，鲜血哗啦啦流下来，一霎时就流了一脖子。抬头看，鬼子队长嘴里鼓鼓囊囊的，塞着她的半拉鼻子，嚼得嘎嘣嘎嘣响，嚼一会，一仰脖，咽下去了。

"畜生！畜生！断子绝孙的畜生！"小黑母鸡大吼着，"畜生！还俺的鼻子！"

我弗尼思也使出浑身力气咒骂着鬼子，咒骂着……

那天鬼子们离开芝镇回坊子县城，已经是黑天了。芝镇人家家关门闭户，趴在门缝或者窗缝里往外看，惊魂未定的女人们，格外为一个人担着心。等到鬼子的马蹄声渐渐消失，芝镇的城门"咣当"一声关上。

芝镇人吃惊地发现，据点的门再一次打开，一个黑影从那里跟跟跄跄走出来,走近了,才看到,这人上身胡乱裹着一件伪军们穿的黑外套,满脸是血,下身赤裸,两条腿上,血都发了黑。

是小黑母鸡。

我弗尼思鼓起勇气喊了一声:"归妹、归妹。"

小黑母鸡一声"爹……"那叫声撕裂了芝镇的夜空。

田雨和站住花

第十三章

1. "喝站住花，得站住！"[1]

德鸿啊，在我眼里啊，芝镇就是一艘生了铁锈的船，一艘漂流在大海上的可大可小的船。船上的人影影绰绰，那炊烟，就是大船上的烟囱冒出来的，那上空的云霞，那嘈杂之声，夏天的雨声，冬天里的雪声，那哗哗的水声，涛声，大湾崖的蛙声，铁匠铺子里的叮当声，我都能听得到。你爷爷的芝谦药铺，田雨家的酒庄，杨家的糕点铺，藐姑爷爹开的剃头铺，老顾家的黑瓦盆老汤锅，还有蒋记酱菜店、刘记酒馆、王记芝麻片作坊，当然，还有气派的冯家大院里出出进进的人，等等等等，芝镇的一切错落有致地排开，彼此打着招呼，人跟人搭话，物跟物呢，也搭话。

当然整个芝镇，弥漫着的是酒糟味道，那芝镇人，常年闻着这酒糟味道，浑身也就有了酒气。酒气壮了怂人胆，芝镇就多了几个"街滑子"，也就是小混混，头剃得发青，眯着俩眼，提着两只拳头，在芝镇上晃，看着哪里不顺眼，进门就骂，出手就打，在光天化日之下欺行霸市。镇公所的人，也不敢管。到了中午，这些人就窝到一个酒馆里喝酒，划拳猜令，一直喝到日头偏西，换个酒馆再喝。

当然，芝镇上也有正气浩然的人，比如田雨。那些"街滑子"谁都不怕，就怕田雨，听到田雨的脚步声，规规矩矩地大气都不敢出。这是田雨用拳头打出来的。田雨家是芝镇七十二烧酒

---

[1]此章均为"大爷公冶令枢"说的话。

锅之一。某年,有一个"街滑子"来田雨烧锅上耍横,喝了一瓢酒不给钱。田雨回来,勾着中指笑着说:过来过来。那"街滑子"就笑着过来了。趁其不备,田雨猛地抓住那小子的两腿,一个倒栽葱,脑袋朝下竖到酒瓮里,说:"让你喝个够!"不到半袋烟功夫,那"街滑子"就被灌得不省人事了。炕上躺了三天三夜,被酒泡了的脑袋忽然就开了窍,爬起来,跑到田雨家"噗通"跪下,拜了田雨干爷,成了田雨家最忠实的护院的。这伙计也就有了个"倒栽葱"的绰号。

芝镇真是个神秘的地方。

你大爷我十四岁多一点,到芝镇田雨烧锅上当学徒,你爷爷说,学徒学在眼目行事上。我这辈子受了田雨的影响。田雨烧锅的厢房里,供着关公关老爷,他不烧香,不磕头,每天早晨,田雨只是在关老爷面前站着,气沉丹田,眯缝着两眼,口里含着一大口酒,两腮鼓得像个大烧饼,猛地吐在手里,扣到脸上,两手使劲搓,使劲搓,一霎就搓得跟关公的脸一样红。面如重枣的他,就跟京剧舞台上的关公一样,昂首挺胸,收腹提臀,闭紧嘴巴。

田雨跟我说,呼气吸气都打鼻孔进出,让气在胸口之下,小腹之上二三寸上下那么一段转换,还呼吸得很均匀,不能让别人看出是在换气。田雨两眼睁圆,走台步,一直走到天井里,才恢复原来的小碎步。

有一次田雨也让我试试酒洗脸,我照着做了,温乎乎的烧酒刚撩上脸,火辣辣的,酒往肉里杀,眼都睁不开,头发就跟着了火一样。我哭丧着脸告饶。田雨哼了一句:"怂包!"

五月十三是关老爷磨刀杀曹操，六月二十四是关老爷的生日。

这两个日子来的前十天，田雨都要斋戒独宿。到了日子，田雨领着"倒栽葱"等几个伙计去关帝庙上供，芝镇关帝庙到处是，隔几条胡同就有一个。我们去的是最大的那个。我们抬着酒篓，田雨红着酒脸，挺胸抬头，腿抬得很高，一直走到庙里。后面跟着些小孩子看，有些大人，也哈哈地嘲笑他，大呼小叫的，关老爷来了，关公来了。他不管不顾，两眼瞪着前头，一步一步走，像是石杵夯地，噔噔噔……

田雨最大方，用个大瓢，到酒篓里舀上酒，大瓢里的酒，晃荡着，晃荡着，哩哩啦啦洒出来。他把关帝庙的旮旮旯旯用酒浇个遍，灰尘、蛛网统统地打扫干净，关帝庙的酒香，隔着四个胡同都闻得着。田雨字正腔圆、声如洪钟："喝站住花，咱得站住！"

田雨说的站住花，那是他酿的酒。

我以前跟你说过，田雨有他的绝活儿，他会拉溜子。什么叫拉溜子？当时没酒度数一说，酒的好孬，凭人的眼看，检验酒度数的叫拉溜子，田雨把原酒用锡制的酒提，倒在溜子里。什么是溜子？就是用锡做的大漏斗，也叫灌口。把原酒倒在溜子里，然后按比例往里掺水，田雨用右手的中指，先堵住溜子下面的流酒口，等着勾兑好了，把中指松开，勾兑了的酒哗啦哗啦漏到盆子里，这时接酒的盆子里就出现一层密密麻麻的如同秫秫粒子大小的气水泡，就跟下雨的屋檐水，滴答滴答在屋檐下的气水泡。这就叫酒花。

如果酒花能在盆子里呆十几秒不破，叫作"站住花"。站花时间越长越好。如果这些气水泡落下就破，不能站花，说明酒度数低，酒质不好。站住花的酒，大概相当于现在的六十度。

芝镇烧锅七十二，田雨家的数第一。凭的就是田雨掌握酒水比例的站住花。就是说，田雨火候掌握得好。

2. 芳秀长得俊啊，外号站住花

关公的这两个特殊日子，藐姑爷也来上供，她坐着二人小轿，打扮得很光鲜。上完供，爱到田雨这儿小坐，小轿一停，门帘儿一掀，田雨早早地伸出胳膊，藐姑爷顺劲儿就搭在田雨胳膊上下来了，田雨早把站住花的酒头准备好，藐姑爷抿两盅，夹两片芝麻片当了酒肴，一会儿面颊柔软、红润，上了轿，微微张着充血的唇，轻声在田雨耳根子那儿嘟囔一句："今年有好酒。"田雨应着"你说有就有"。这会儿田雨像变了个人一样。他对藐姑爷是怕，是敬？咱也说不清了。

我有喝酒的口福，多少也不醉，田雨出去送酒，就带着我。有一天下大雪，我跟田雨去南院白财主家送酒，晚上，白财主盛情招待我们，我喝了两大白碗，田雨喝了一碗竟然醉了，是我把他背回来的。我的个子矮，他的两只棉鞋支啦支啦在雪上滑，我的身后，田雨犁上两道雪沟，我一身汗，汗全是酒味。

田雨轻易不醉，醉了就爱唱关公戏，最拿手的是《单刀赴会》。这一夜，他断断续续唱了一路，唱得很难听，喉咙嘶哑。

田雨酒量大，他怎么就醉了呢？是听到芝北村大舅家他的表弟酱球当了汉奸，气醉了。

我在雪地里，背着他，他在我背上念叨："令枢啊，记住，咱喝站住花，得站住！"正说着，脚下一滑，俺爷俩扑通跌倒在雪窝里，滚了一身雪。田雨往上爬，扶住路边的一棵小榆树，小榆树乱晃，晃了他一身雪，他抱着榆树，跪在了雪里。他说："身子跪着，心是站着的！我那个表弟酱球，不是人。"

第二天天刚放亮，我听到田雨在跟谁说话，我一骨碌爬起来，趴在泥窗台上往外一瞅，院子里黑压压跪了一地人。雪在槐树枝子上，有时落下一大朵，打在跪着的人毡帽上、脊背上、棉鞋后跟上。我赶紧穿裤子，支啦一声打开门。见田雨正在一个个往上拽，可是拉起这个那个又跪下了。跪着的多留着白胡子，棉裤上都补着补丁。

"六哥，您是族长啊，折杀我，您怎么好跪呢？"田雨抱住一个老头的头。

"老少爷们起来，都起来。"这个老头，不是别人，正是我的六叔公冶祥敬。你六爷爷他领着比他辈分还高的人来了，可以说，那天跪着的，全是咱大有庄的长辈，田雨满头大汗把大家让到屋里。叫我去酒缸里舀酒。

我提满了一大燎壶酒。另一个伙计端了一白碗酒。田雨用纸捻照着豆油灯上一促，纸捻点着了，他把纸捻在白碗的碗沿上一划，白碗的酒就点着了，是青色的火苗。德鸿你这干记者的，词多，说"炉火纯青"，其实酒火也是青的。站住花酒，点着了，尤其是青的。我站着把燎壶提着在火苗上燎，眨眼功夫，满屋飘酒香。

田雨端出一碟花生米、一粗瓷碗咸菜疙瘩，放在枣木桌子上。燎热了的白酒倒满。每人一大盅。田雨说，先敬天地，大家就将酒盅一歪，洒出一点酒到地上，然后酒杯端正。田雨说，咱第一杯酒先敬族长。我六叔公冶祥敬站起来，端着酒盅，干了。下头依次是二爷爷、三爷爷、四爷爷，都干了；然后敬大伯，干了……

我六叔公冶祥敬干了酒，抹抹嘴巴子。他脚蹬的蒲窝上的雪也化了，他使劲跺跺，说："现如今这蒲窝也不禁穿，早些年，买个蒲窝穿六七年，你看这，还不到两年。人心不古啊。"田雨知道族长这是拿脚上穿的蒲窝说事儿，赶紧说："是，六哥。咱这站住花酒可还是十年前的样子，一个味道。"

我六叔翘着花白胡子说："田雨啊，要的就是这个酒味，咱可不能变了味儿。站住花，得站住啊！我去芝谦药铺找了祥仁大哥，他到南乡里给人看病，大雪封路，没赶回来。"

田雨回头问我："你大大是不是去了张平青那里？"

我对田雨说我也不知道，光说去南乡里看一个急诊。人家用大车子请了去的。

大有庄里的一干长辈冒着雪大清早地来干什么呢？

庄北头涝先的小闺女芳秀叫日本鬼子掳去了。涝先家姓李，是公冶家的老亲戚。

芳秀长得俊啊，外号站住花，站得时间长，耐品、耐端详，瓜子脸，高鼻梁，两只眼睛不大，但笑起来最迷人，两支大辫子耷拉到腚橛子。在胡同口里，一站，大家都爱看。有时到芝镇赶集的年轻人，从大有庄走，芳秀在浯河边上洗衣服，那走路的年轻人,就在浯河边上溜达,专门等着看芳秀抬头呢。

那天是天刚擦黑的时辰,芳秀到白菜窨子里拿白菜,刚从地窨子天窗里抛上一棵,抛第二棵的时候,那棵白菜刚露出菜叶子,她就被一只大手从地窨子里拽上来。看到背枪的戴钢盔的俩兵,她就吓瘫了。

村东头的疤眼子公冶令枝推着独轮车看见了,他大喊一声:"干啥这是!干啥这是!"两个兵不理他。疤眼子公冶令枝岔开两腿,把扁担一横,扯开嗓门大喊:"救人啊!来土匪了。"

3."田雨啊,咱的血性哪里去了?!"

德鸿啊,想起疤眼子公冶令枝的大喊,我就后悔啊。前年,国道上,咱后村一个青年开车压死一个媳妇,我眼睁睁地看到那司机跑了,公安来问,我就说没看见。好多人都说没看见,唉,我怎么现在就没有勇气说看见了呢?唉!我怎么变了呢?什么时候开始变的?

那会儿人心齐啊,疤眼子公冶令枝一声喊,呼啦全村的人都围上来了。手里都拿着铁锨镐头二齿钩子,哑巴还扛着一杆生了锈的土炮。我六叔公冶祥敬这个族长都出面了。

芳秀的爹涝先给俩兵磕头,一把鼻涕一把泪。芳秀的叔叔、叔伯哥哥弟弟,都站着跟扛枪的理论。可是当兵的说,皇军要找个做饭的,偏就相中了芳秀,不会出事的。但村里的人把俩兵围住。哑巴的土炮,举起来。当兵的一见,端起自己的枪,朝天嘡地一声,把杨树林子的喜鹊、麻雀都吓飞了,还有麦秸垛上的芦花公鸡，扑棱扑棱，吓得滚下来。大家都吓得捂着头蹲下了，趴下了，才往后退。涝先和涝先的几个侄子，一直跟着两个兵到了炮楼门口，俩兵扔给他们两块大洋，就拉着挠头散发、哭哑了嗓子的芳秀趔趄进去了。

涝先和他的几个侄子一直在炮楼外面跪着，一直跪到下半夜。脊背上都积了二指深的雪。是我六叔公冶祥敬领着人把涝先冻僵了的身子抬回去。赶紧烧火，热炕，捣鼓了半天，还是不省人事。六叔对田雨说："还是咱的站住花管用！用烧热了的站住花给他搓身子，搓得浑身发烫，才把他搓出气来。站住花，是咱的救命花啊！"

六叔公冶祥敬说："田雨，咱想想法子。"

田雨摘下毡帽，搔搔光头说："族长大哥，我知道，可是小日本鬼子厉害，咱都没见过。见过鬼子的，只有祥仁大哥。"

六叔说："大小是条人命啊，咱公冶家和李家是一家啊！鬼子没见过，咋知道他的厉害呢？再厉害，他也是人。我这老胳膊老腿了，不中用了，要再上去二十年。哼！"

"那年捻军进犯芝镇，"六叔公冶祥敬说，"咱的老族长跟着高作彪的爷爷高铭乾，喝了半葫芦酒，扛着一把铡刀冲进敌阵，像瓜切菜一样，一下切下七个人头。高铭乾被捻军捅了一刀，这高铭乾会硬气功，一手拿着酒葫芦，一手拽住捅穿了他肚子的刀刃子。他咬住牙一运气，一个翻身，把那捻军摔倒，用膝盖硬生生地把那'老毛子'顶在地上碾断了气。老族长腿被身后'老毛子'的刀砍出了血，他抓一把土，摁上，一瘸一拐地把高铭乾背回了家。高铭乾算是寿终正寝，临终时说：'唉，别无牵挂,再也捞不着喝酒了!'头一歪,就死了。高春峰和高作彪父子一直感念着老族长呢。田雨啊,咱的血性哪里去了?!"我六叔说完叹了一口气。老族长不是别人,就是你老爷爷公冶繁鬻。

我知道,这里面还有个心疙瘩,这个心疙瘩结了有两年了。

田雨一辈子的遗憾就是娶了个丑媳妇,还矮,生的孩子也丑。俗话说,高媳妇,门前站,不干活,也好看。爹矬矬一个,娘矬矬一窝,果然田雨的孩子都不高。他发誓下辈子要改改门风,要找俊的儿媳妇,找个儿高的儿媳妇。他很早就瞅上了涝先家的芳秀。儿子星鹏刚过了十二岁,田雨就托人去到涝先家提亲。还带着十斤五年陈酿站住花。没想到,人家涝先说,孩子已经许配给南院村杨财主家的大少爷了。媒人说,田雨家的家当也是芝镇里数得着的,除了烧锅,还有一百亩地。可涝先说,已经许给人家了,眼里明显对酿烧酒的田雨家不屑一顾。

田雨也是芝镇有头有脸的人,觉着被涝先晾了,很是没面子。这个心疙瘩在这里。我那时想,涝先啊涝先,你要是早跟田雨家结了亲家,还会这样子了吗?大概田雨也这么想,我看到他的眉头上结了个大疙瘩,从门外投进来的光形成的尘柱,正好打在那纠结的疙瘩上,闪闪发亮。

六叔对田雨说:"听说北乡里你表弟……"

田雨一听,脸唰地红了,鼻子里吭出两股气,猛地站起来,倒背着手在厢房里转圈,嗓门陡升:"族长大哥,我的那族长大哥,可别提那个熊酱球,他还是人吗?都当了二鬼子了。"

"救人要紧,要不,委屈委屈你,去求求他试试。"

田雨半天不说话。毡帽摘下来,搔搔头,又戴上,又摘下来，拿在手里，去摘毡帽上的毛绒。酱球是他舅家表弟，不要命的光棍子。常常来赊酒，就是不给钱。赊了有三年酒了，临近过年，田雨叫我上门去要账，酱球躺在炕上，光着身子，在啃生地瓜。在他的下巴和嘴角上，还沾着白地瓜碴子和白汁。我还没说酒钱的事，酱球把生地瓜一口填进嘴里，说："你去给我表兄说，老子今天当官了。"我问："球爷，您当什么官？"酱球说："当日本官儿。"他提上破裤子，拿起根秫秸就往外撵我。

我回来跟田雨说了，田雨也奇怪。但是，还是半信半疑，这不，到南院白财主家送酒，晚上，白财主跟田雨说："你家表弟酱球扛上枪了，东洋人的枪，铮明瓦亮的刺刀，我叫他的铁枪托子戳着腰眼了，到现在还疼呢。"田雨皱着眉头，气得手都端不住酒盅子，满脑子里是表弟酱球的倭瓜一样的嘴脸。

我从没见田雨喝醉过，可是他就在白财主家气得喝醉了，是我把他背回来的。其实那天我也喝了不少，算是微醉，这叫小醉汉背大醉汉。

田雨从燎壶里又倒了半碗酒，仰脖一口干了。我看到他盯着窗台上的正开着的瓜叶菊，那瓜叶菊是田雨在地窖子里养的，养到过年正好开花。一般养上七八盆，要给你爷爷公冶祥仁，给牛二秀才牛景武，还有元亨利酒店的掌柜的李子鱼。他摇摇头喃喃地说："瓜……叶……"田雨决定什么事儿的时候，就爱念叨"瓜叶菊"。

很为难地，很为难地，田雨很为难地抬起头来："换大碗！"

把盅子放下，都端起大碗。

田雨朝我六叔酒盅那里象征性地一碰:"六哥,听您的。"

大白碗使劲掼到桌子中央,田雨喊上我:"走!"

提上一鱼鳞坛子酒,就出了门。我一边走一边哆嗦,小日本的炮楼,只是听说过,哪敢上那里去。硬着头皮跟着走,感觉头顶上有子弹在啁啁地飞,我的头皮都发麻,其实头顶上啥都没有,只有一个青天。田雨昂着头,迈着大步。约莫半小时,我们到了炮楼下,我的手提着酒坛子,都勒得疼了。一个二鬼子歪戴着帽子在站岗,嘴里还叼着一根烟卷,来回晃。

田雨上去笑着递上根烟卷:"老总,俺想找北乡里的酱球。"

二鬼子长长的脸,把烟卷儿接了夹在耳朵上,问:"酱球,酱球。哈哈,哪有叫酱球的。"这个二鬼子是南方人,说话细声细气。田雨又使劲挤,挤出一堆笑模样:"有个酱球,有个,是俺……表弟。"

长脸二鬼子,就扯开公鸭嗓喊:"酱球,酱球!"

从炮楼里冒出一顶破帽子,灰不溜秋的,破帽子底下,果然是酱球那个圆滚滚的脸,黑乎乎的,确实像个酱球。酱球小跑着下来,先是对着长脸二鬼子赔上笑脸。二鬼子说:"你是酱球吗?哈哈。"酱球红着脸,尴尬地一笑。

酱球把田雨和我拉到一边,吹胡子瞪眼:"谁叫你喊我酱球!谁叫你喊我酱球!找死啊你。"

田雨说:"那叫什么?"

酱球说:"我叫葛宇部。是小队长。"

田雨紧闭着嘴唇,说:"表弟,表……弟!你大姑……俺娘，叫我来求你！"

酱球说："这会看着你表弟了，啊！"

田雨咬住嘴唇，又低声挤出了两个字："表弟！你大姑……俺娘说有个事儿。"

他把酱球拉到一边，低声说了起来。最后，一字一顿地说："这个闺女是我的儿媳妇，还没过门，就出了这事，你大姑，都快八十了，我还没敢跟她吱声呢。"

"难办，难办，真难办。"酱球一边抽着烟，一边说。他还透了口风，说小鬼子到高密县城开什么会去了。小鬼子一晚上没回来。芳秀就锁在碉堡的二层。

正说着，听到一阵车轰隆隆响。是摩托车，车斗子里坐着一个人，穿着黄军装。一面小日本的旗子像一块破膏药布，呼达着。酱球赶紧立正，把上半身往前一起，嗨了一声，小跑着跟在摩托车后面。摩托车轮子激起的灰尘，把酱球的影子给埋了。

田雨对我说："看到了吗？那就是小鬼子，真鬼子。"我只看见鬼子的帽子，鼻子啊眼啊什么样子，看了个影影绰绰。

田雨突然跑起来，跟在酱球后面，田雨提着酒，喊着表弟表弟。酱球听到了摆摆手，田雨过去。他掰着田雨的耳朵咬了一会儿，田雨很费劲地从包里掏出几块大洋，塞到酱球的裤兜里。酱球嘿嘿一笑，就提上酒坛子自己跑了。

田雨把弯着的腰直了直，对我说："令枢，帮我捶捶腰，疼得慌。"

吃完晚饭，酱球一个人踱步来到了田雨的烧锅房，后腔上的盒子枪松松垮垮地奔拉着。

4."谁还肚子疼,谁就滚!"

田雨跟酱球在小屋里憋了半天出来,说出的决定,也吓了烧锅伙计们一身冷汗:"抬酒去给日本人献上。"

大家都低着头不说话。田雨把脚一跺:"我说啊,其他村的伙计就别去了,咱大有庄的人去。"

六叔公冶祥敬叫着我的小名说:"家宁,你小,就别去了。"

我盯着六叔的花白胡子,盯着田雨额头上的疙瘩,摇摇头:"我不小,虚岁十五了。"

田雨吩咐打荷包蛋,炒菜。伙夫到厨房里去,一会儿,热腾腾的荷包蛋端上来了。每人碗里四个鸡蛋。我从来没吃过这么多的荷包蛋。田雨把一碗推给六叔,六叔推给那些跟了他来的长辈:"这碗你吃。我吃不下。"比六叔更大的长辈也把碗一推:"我更吃不下!"推来推去,都不吃。酱球说:"都不吃,我吃。"炒菜是四样,芫荽小炒肉、韭菜小炒肉、蒜薹小炒肉、贡菜小炒肉,肉丝细得像杨二娘的麻线。还有三页饼、金丝面,看着就眼馋,我们不能吃,这是伺候小日本的。

田雨说:"那好吧,咱装酒。"

站住花酒装了五个鱼鳞坛子。酱球和田雨在前面领着,酒壶嘴子他们五个伙计抱着酒坛子,我在后面抱着酒壶酒盅。"倒栽葱"说:"再带上那个大酒瓢。"我就从墙上把酒瓢摘下来。我前面是芳秀的弟弟,他抱着大饭盒子,大饭盒子里装着那四样菜和三页饼、金丝面。加上酱球,我们九个人,一声不吭地往炮楼那里挪。雪地上留下我们乱七八糟的脚印。

酒壶嘴子,是个外号,他大号叫公冶令弘,能吹,能说,一说就刹不住嘴,特别是会说巧话。这次他抱着酒坛子,却低头好大工夫不吱声,末了儿,对我六叔说:"六大爷,俺孩子她娘和孩子,你多照应啊。"说着说着,竟然嘴一咧,哭出声来,那两行眼泪都淌到了腮边。"倒栽葱"大吼:"令弘啊,咧咧些啥,咱还是爷们不是?!"

到了炮楼门口,酱球进去通报,半天没出来。站在雪地里,太阳很刺眼。炮楼挡住的地方,雪格外多,冰也多,我看到一只黑狗,蹲在那里,一腿蹬着炮楼的砖墙,正撒尿呢。"狗胆不小啊。"酒壶嘴子的巧话又来了。他一说,我们都绷着嘴,没敢笑出声。

田雨就利用这个空儿,嘱咐俺们,谁也别多话,看他的眼色。但是俺们都打哆嗦,不知是冻的,还是吓的,十有八九是吓的,咱没见过日本人啊。俺胆小,谁不胆小啊,哪跟现在电视上一样?电视上咱的老百姓,不怕鬼子,敢跟鬼子斗,鬼子都是傻乎乎的,那是瞎编的。

田雨其实也打哆嗦。炮楼子上突然一声"扑棱",是一只鸟,后来我才知道,那是信鸽。一听到响声,酒壶嘴子"噗通"趴下了。他说:"哎哟,肚子疼,肚子疼。"接着就开始在雪地上打滚,我赶紧跑过去拉,看到酒壶嘴子满脸是汗珠子。田雨蹲下来,试试酒壶嘴子的额头。就说:"令枢,你扶着他回去,找个大夫看看吧。"我赶紧上去扶,谁想,酒壶嘴子一听,一个鲤鱼打挺,起来,说:"田雨二叔,不用了,不用了。我自己走。"身上的雪末子都不抖擞,拔腿就跑。

田雨看着酒壶嘴子跑远了的身影,一把鼻涕甩在地上,大吼:"谁还肚子疼,谁就滚!"大家都不做声。

"掌柜的,把坛子打开。喝吧?!""倒栽葱"喊。

田雨说:"喝!"我把坛子打开,每人抱着喝了几口,轮着喝,喝了三圈,坛子就空了。喝上酒,大家都红着脸,瞪着红眼,不哆嗦了。说话声音也大了。田雨挺直了腰板:"咱喝了站住花,都得给我站住,别给我丢人现眼啊。"大家都喷出一口酒气点头,"倒栽葱"说:"中!中!中!中!"

正说着,酱球在炮楼里面招手。我们不哆嗦了,可一听到说往炮楼里走,还是有些头皮发麻,走得小心翼翼。只有"倒栽葱"不怕,拿眼四下里瞅。炮楼很小,一个狭长的过道。我哆嗦着上到二层。

一间屋开着门,没见床,一领苇席子铺在地上,后来才知道,这叫榻榻米,日本人睡觉的地方。

一会儿那个小日本出来了。我们不敢抬头,就听着他叽里呱啦,叽里呱啦,叽里呱啦,一会儿翻译说:"让你们脱了鞋,到榻榻米上。"

我们都没穿袜子。我的脚上还有个冻疮。田雨就对酱球说:"表……弟,跟老总说,俺们的脚臭,就不脱鞋了,俺们也不上炕了,就站在这里吧。"

酱球说:"不是炕,是榻榻米。"

5. 芳秀被藏在哪里呢

酱球就跟翻译嘟囔，翻译又跟小日本说鸟语。小日本只是摇头，非要我们上榻榻米不可。没办法，上吧，榻榻米！田雨给我们使了个眼色，把沾着泥巴的鞋脱了。他特意嘱咐我，让我把脚压在腚底下，别叫日本人笑话咱。我说，中。我的脚是汗脚，臭。

酒送上去，菜端上来。小屋子整得真是干净，窗子上糊着白白的窗纸，榻榻米上有青草的香味，小日本真会享受。"倒栽葱"瓮声瓮气地问："芳秀被藏在哪里了呢？"田雨用眼角瞅他。"倒栽葱"闭了嘴。

那天小日本看来情绪不错，要开怀畅饮。但俺们都是家汉子，胆儿小。除了"倒栽葱"，俺们又开始哆嗦了，我的胳膊颤抖着碰到了芳秀弟弟的胳膊，他也在筛糠般得抖。看着小日本身后的刺刀，那刺刀寒光闪闪。我躲闪着那寒光。

小日本转着小眼珠，在俺们身上打量来打量去。早先咱村里有个传说，说是日本人两个屁股眼儿，绿眉毛，我这回看着跟咱一样，屁股眼儿几个我不知道，他的眉毛却不是绿的。还有人说日本人眼里有个钩，能钩去你的骨髓，让你成个软骨人，动弹不得。我也尽可能把头低着。翻译官下命令说，都把头抬起来。"倒栽葱"说："我头一直抬着，再抬抬过屋顶了！"

"就你话多，把头抬起来。"翻译官朝着"倒栽葱"道。

我们就都哆嗦着把头抬起来，躲闪着小日本的目光。小日本在哈哈大笑，然后是一顿叽里咕噜的话，真是像鸟语。

翻译说："皇军说了，你们是大大的良民。"然后指指田雨，倒酒，田雨马上倒上一盅，这是要检验有没有毒。田雨喝酒有个习惯，第一口，都是要敬天地的，可是坐在榻榻米上，又不能把酒倒在上面。他很为难地对翻译说："老总，俺这里有个规矩，第一口酒要敬天地，你看，我是不是到门口那里去……"翻译在小日本的耳朵上咬了一会儿，这小日本皱了皱眉头，笑着点了头："一樽还酹江月！好！"

田雨额头上都吓出了汗，几乎是爬着，到门口把一点酒酹到地上，算是敬了天地。然后站直了身子，深深地吸一口气，回到榻榻米上，仰脖而尽。

小日本鬼，心眼多，心眼多得像麦秸垛，麦秸的麦秆儿不是眼多嘛！咱芝镇的人都这么说。小日本鬼说要跟我们其中的一个人比试比试。他扫来扫去，扫到了我身上。我个子最小，岁数最小，又瘦，夹在大人堆里，格外显眼。小日本竟然说了一句中国话："你的，出来。"

我看看田雨，不敢动了，脚就像黏在地上一样。田雨瞪眼看我，轻轻推了我一下，我才很被动地往前挪了二指。

田雨满脸堆笑说："老总，他还小，不会喝酒。"

小日本皱着眉头，那表情好像是说："不会喝酒，才让他试验试验呢。"

田雨给我使个眼色，我马上咧嘴大哭，一边抹眼泪一边嘟囔，不会喝酒，不敢喝酒，不能喝酒。

"倒栽葱"站出来，接过盅子："老总，我身宽体胖个大，我替他。"

但小日本摇头,自己倒满了一酒盅,然后让翻译给我倒了一盅。

德鸿,你是知道的,喝酒对我来说,那就是喝凉水,这一小盅酒,连漱口都不够。喝吧,喝吧。你大娘活着的时候,都说我吹,我吹,你大娘这辈子就没服气过我。我吹,你大哥的孩子有一次听到我跟你大娘抬杠。我这小孙子上了五年级,对你大娘说:"我爷爷的吹,也是美丽的吹!"把我和你大娘逗乐了。

小日本一开始不习惯,抿了一口,好长时间没说话,眯着眼睛,在品咂呢。小眼珠在眼眶子里骨碌骨碌转。

田雨死死盯着小日本的脸,一会儿,小日本鬼又抿了一口。咂咂嘴,伸出大拇指:"好酒!"小日本有时能蹦出几句咱说的话。

"算你识货!""倒栽葱"又咕哝了一句,头高高地仰着,倒背着手。田雨膀子顶了顶他。

连干三盅,我都龇牙咧嘴,装出很难受的样子,头摇腚晃的,像真醉了一般。越是痛苦的表情,小日本就越高兴。他还给我伸了伸大拇指。

田雨示意"倒栽葱"他们轮着跟小日本喝,小日本还真有酒量,来者不拒,一盅又一盅,小脸儿开始泛红。

一鱼鳞坛子酒下去了一小半。这时,田雨抱着坛子故意晃了晃说:"老总,酒有后劲,咱是不是停一会儿再喝?"

小日本说:"后劲?不行,继续。"

小日本也沾酒了,开始张牙舞爪,"吆西吆西吆西"地大喊。还伸着大拇指喊:"芝镇!大大的芝镇!"

翻译说:"皇军说了,日本人是喝清酒,不习惯烧酒。这样吧,你们每人喝一瓢,太君喝这一小盅。"

田雨为难地皱眉头。

6.小鬼子抱住芳秀,把酒吐进她嘴里

满屋子里一点声也没有。田雨指指我说:"这孩子小,已经不行了。"

我凑近了看,小日本长相和咱也差不多,个子和我一样高,只是细皮嫩肉,但他的笑是挤出来的,是干巴巴的,是轻蔑,是皮笑肉不笑。小鬼子三十多岁,狞笑着摇头。我盯着他的一撮小黑胡子。我真想给他薅了去。

我已经喝了不少,稍微有点晕乎,站住花管用了。

我端起大瓢,"倒栽葱"搬起酒坛子,给我倒了半瓢。小日本摇头说:"满上,满上。""倒栽葱"看看田雨,田雨说:"倒吧。"

满满的一瓢站住花,多沉呢?二斤多。盯着酒,我都眼晕。田雨喊:"运气!"

听到喊声,我运了一口气,猛地低头,喝了下去,把瓢倒扣过来,一滴不剩。可等我把瓢放下,我就觉得屋子在晃,人也在晃。但我能听到小日本的笑声,得意的笑,像鞭子抽打着我的心。我想找个地方扶,晃晃悠悠,我扶住了田雨的胳膊,田雨的胳膊发颤。我靠在田雨身上,还是有想吐的感觉。这时听到田雨

小声在我耳边喊:"公冶令枢,公冶令枢,咱的酒可是站住花,你要站住,站住,站住,往前看,往前看,往前看,家宁,家宁……"田雨一着急,把我的乳名"家宁"也喊出来了,"家宁!家宁!"

我瞪大了眼,使劲往前看,一下子看到了小日本身后的寒光,那是刺刀的寒光,那刺刀其实在套子里,但我看到了那寒光,我看到了鬼子满身的寒光,那寒光透过一身黄皮喷出来。冷!鬼子的血都是冷的!蚊子有七八只飞到他的脸上,我纳闷啊,冬天哪里有蚊子呢?那蚊子吸了冷血,连肠子肚子都冻僵了,一群蚊子噼里啪啦落到地上。那刀尖,锐利的刀尖,滴血的刀尖。我一下子醒了,不晃了,头脑非常清醒,田雨、"倒栽葱"、田雨弟弟、翻译官、酱球等都看着我。我则像一点酒没喝一样。我站住了。田雨竟然拍了一下巴掌:"好,站住花!好,我的家宁,家宁!"

小日本又用手点一点,翻译官过来把酒坛子里的酒倒满一瓢。"倒栽葱"端起瓢来,一口干了。芳秀的弟弟喝了半瓢就站不住了,手捧着瓢都捧不住,田雨说:"站住花,站住花,喝了!"听到喊,这老弟一皱眉头,咕咚咕咚就喝了下去。

第三瓢满了,大家都往后缩,"倒栽葱"一把夺过来,他咕咚咕咚喝了下去,脸红红地喘着粗气。他的酒量并不比我的酒量大,摇摇晃晃,田雨小声说:"站住花!站住花!""倒栽葱"竟然也站住了。

我们八个人喝了八瓢酒,站住花酒在肚子里转,酒劲慢慢就泛上来,见了小日本也不害怕了。"倒栽葱"竟然去拍了拍小日本的肩膀，小日本也拍了拍他的腮，小日本还给我伸了个大拇指。我那会儿肚子里正翻滚着呢。芳秀的弟弟拿起小日本的军刀掂量了掂量，酱球、翻译，还有其他二鬼子也被酒香所吸引，互相扳着脖子搂着腰，也都醉了。

这时，小日本让翻译官把绑着的芳秀弄下来了，听到"芳秀"，大家忽地齐刷刷起来，都站直了朝门口望。穿着红袄的芳秀跪在榻榻米上，头发披散着遮住了眼，她一抬头看到了田雨和弟弟，哭得更厉害了。田雨朝她直瞪眼。

小日本满嘴含了酒，眉毛拧得一个高一个低，嘴角却似笑非笑地上扬着，坏坏地一歪，扑簌簌从身上滚出一股淫荡。他从后面箍住了芳秀，一张滚烫着的脸贴了上去，他示意芳秀把嘴张开，芳秀就是不张嘴。翻译官大喊："皇军让你张开嘴，张开嘴。"芳秀哆嗦着，嘴慢慢开启。小日本转过身子，对着芳秀的嘴，芳秀的头使劲躲闪，左边躲了躲右边，但小日本拽着芳秀的头发，使劲拗，芳秀疼得嗷嗷叫，可那小日本瞪着血红的眼，噼啪就是两巴掌，芳秀一点点地把嘴张开了，小日本对上去，把酒吐进芳秀口里。芳秀呕啊吐了出来，哇哇大哭着。翻译官摇着芳秀的肩膀："不许吐，不许吐。"但芳秀依然吐个不住。我看到"倒栽葱"提着两个拳头，眼里嗤嗤冒着火星子。

小日本又猛喝了一大口白酒，含在嘴里，腮鼓出来，像个癞蛤蟆的头。这癞蛤蟆头又抱住芳秀，要芳秀把嘴张开，芳秀哭着挣扎……

我扭过头去，看到田雨的脸一沉，把一口酒倒在手里，撩到脸上，使劲搓，越搓越红，越红越搓，真如关公了。我看到他的身架在一点点地上长,像一棵一直上长的玉米,上长,都快顶到屋梁了。他这是咋了?就在翻译官叫芳秀"把嘴张开,张开"的时候。突然他脚一跺,从榻榻米上跳下去,又猛地跳了上去,来了个蹲马步,大喝一声,像京剧的念白:

"拿——酒——来!"

田雨一声喊罢,屋子里鸦雀无声,墙上挂的手巾都被震了下来,小日本嘴里的酒"噗"地喷出,喷到芳秀脸上。突然,窗户咚地响,是"倒栽葱"的胳膊肘撞到了窗棂上,窗户纸撞破了个窟窿,一股寒气灌进屋子。我把酒坛子往他身边挪了挪。

田雨两眼盯着小日本,昂首挺胸,高声唱起了关公的《单刀赴会》:

"大江东去浪千叠,引着这数十人驾着这小舟一叶。又不比九重龙凤阙,可正是千丈虎狼穴。大丈夫心烈,我觑这单刀会似赛村社。"

紧跟一句念白:"给——我——灌!"

"倒栽葱"是个戏迷,正听得入迷,忽听田雨的话,一下子抱住小日本的癞蛤蟆头,掰开嘴,我把一瓢酒端过来,灌了下去。另两个伙计,一个抱住酱球的头,一个抱住翻译官的头,一滴不剩地灌了进去。小日本鬼子被灌得呜呜地摇头大叫,翻译官被灌得咯咯地笑,酱球被灌得吐在了榻榻米上。

而田雨则在榻榻米上走着台步,继续高声唱:

"水涌山叠,年少周郎何处也?不觉的灰飞烟灭,可怜黄盖转伤嗟。破曹的樯橹一时绝,鏖兵的江水犹然热,好教我情惨切!二十年流不尽的英雄血!"

日本鬼子的癞蛤蟆头碰着酱球的黑圆头,酱球的屁股顶着翻译官的胖鱼头,三个家伙在榻榻米上躲闪着酒瓢,田雨又是一声道白:

"让畜生们喝——个——够!"

田雨跳到了地上,喊我:"家宁,给我瓢酒!"

我弯腰从酒坛子里接了酒。田雨端起酒瓢,咕咚咕咚喝了个一滴不剩,把水瓢朝我手上一送:"看……瓢!"我差点没接住。

就听田雨一人串起了韩世忠和梁红玉两个角色:

"望长空秋气紧月如明昼,叹黎民遭涂炭恨上心头。抵燕云图恢复几时能够,禁不住星月下频看吴钩,耳边厢又听得声声刁斗,拂金风零玉露已过中秋。夫妻们整戎装精神抖擞,带领着众三军共赴同仇。我有心助夫君驱除群丑,全仗那逞威风百万貔貅。少时间对儿郎衷情细剖,不杀尽众贼兵誓不罢休。"

"倒栽葱"把酒瓢扣在日本鬼子的癞蛤蟆头上,瞪着眼,拿拳头使劲夯。癞蛤蟆鬼子醉了,田雨一指头就将他戳了个四仰八叉。

混乱中,"倒栽葱"背着芳秀下了楼。后来芝镇传说的八大金刚救芳秀的故事,说芳秀的哥哥竟然刲了日本鬼子,那才是瞎吹呢。他还说得有鼻子有眼，说小日本疯了一般追芳秀，追得芳秀在榻榻米上转着圈。他头发都气挓挲了，一下子扑到日本人身上，大家都傻了，连翻译和酱球也傻了。说时迟，那时快，他掏出劁猪刀，小日本成了一头猪，被芳秀的哥哥一脚踩着头，一脚踩着腿，一刀下去，小日本鬼被劁了。小日本像猪一样大叫。裤子里满是血。哪那么容易！日本人就那么老实啊，就让他劁啊！你以为这是拍电视啊，笑话。

后来传说，"倒栽葱"掏出杀猪刀把小日本杀了，那也不对。我们哪敢杀呢。但听说，小日本受了处分，就是因为喝酒的事，也是听说。

而田雨大声唱戏是真的，他挺胸抬头，简直就是活关公，谁见了那阵势也害怕。我永远记得，小日本当时身子筛糠般，向后倒退着。酱球到了晚上来到烧锅上，指着田雨骂："你不仁义啊，怎么连我也灌啊！"

不管怎么说，我们八个人胆子当时也够大的。人家田雨舍得自己的酒，那是五坛子站住花啊，得多少钱啊，人家田雨没有算计啊。

……

芳秀回来，南院村杨财主家的大少爷要退婚，说是芳秀身子不干净了。芳秀又哭又闹，要上吊寻死。还是田雨心宽，他来到芳秀家，跟涝先说："涝先啊，还是咱结亲家吧。"涝先感动得扑通就跪下了。

芳秀，就给星鹏当了媳妇。结婚那天，田雨请了个戏班子，唱了一天戏。他自己也扮上妆，结结实实唱了一出《单刀赴会》。他双手横握着青龙偃月刀,微眯着眼,开口是:"大江东去……"

再后来,田雨的烧锅,就不开了,就推着三大瓮酒回了咱大有庄。我记得是三个伙计推着独轮大车子,车子是木头轮子,推起来,咯吱咯吱响,很好听。三个壮汉,披着条白条白的披布,让风吹着,像一个个鼓起的大饽饽,车子上是那三瓮酒。那是一路酒香啊,绝不夸张。

德鸿啊,你大爷我这辈子,最光彩的事,就是喝酒救了芳秀;最不光彩的事,就是去年没有把压死小媳妇的司机给公安说说。唉,我是什么时候开始变的呢?我也说不明白了。照公家的说法,我这是晚节不保。

我真想那站住花酒,喝了那酒,真能站住。我记得田雨说过,人跪着,看着狗都高啊。喝了站住花,身子跪着,心也要站着。

现在,会喝酒的人不多了。好酒,也越来越少了。

一蓑烟雨

YI　SUO　YAN　YU

第 十 四 章

1."你老家芝镇,名里带着芝,多好!"

牛兰芝真没想到刘静琳就是刘宜,两人呼出的白呵气重合着,袅袅飞入了天际。牛兰芝摇着老同学的手说:"你怎么改了名字?"

刘静琳还和过去一样,叫牛兰芝"小牛",这个称呼,在省乡师时,同学们早就叫习惯了。刘静琳比牛兰芝高一级,当时住在同一个女生宿舍。刘静琳温文尔雅,言语不多。

"小牛,有了新生活,换个新名字。我想改叫刘沂,结果有人叫了。《利群日报》的记者王辫正好来这里采访,我说改个名字,她说,刘禹锡有一首诗:'露涤铅粉节,风摇青玉枝。依依似君子,无地不相宜。'就叫了刘宜。"刘宜说。

"王辫,那可是我们芝镇走出来的,我从小就崇拜她啊!她跟公冶家的老七退婚,当年就引起轰动呢。"牛兰芝高兴地说,"不知道我能不能见到她。"

刘宜温柔地一笑:"能啊!她常常下来采访呢。小牛,早就听说你要来咱县了,曹永涛说你在敌占区芝镇写传单、画漫画。到了沂蒙山,更可以大显身手了。现在正要过'三八'节,纪念'三八',我们不仅要写传单,画漫画,还要写《告妇女同胞书》《妇女解放宣言》,这个任务就得你来干了。"

一听到曹永涛的名字,牛兰芝心就怦怦跳,脸烧得慌。

牛兰芝虽然不怎么懂得什么叫告妇女同胞书,什么叫妇女解放宣言,但初生牛犊不畏虎,又是刚到一个新天地,觉得浑身有使不完的劲儿，说干就干。顾不得休息，铺下稿子，拿笔等着。

道理由刘宜讲，牛兰芝执笔，写了一遍又一遍，总觉得不满意，写完，撕了重写，总觉得还可以更完美。从中午一直写到晚饭点儿，才感觉满意了。誊抄一遍，拿给宣传部部长辛玮过目，部长仔细看完，抬头问："你写的？"牛兰芝笑笑，点点头。

辛玮说："以后再写，可以写得更有气势，不要太文，太文了，老百姓听不懂、看不懂。就是让姐妹们看了能激动地跳起来，流泪，欢呼。她们身上藏着一股巨大的力量啊。你可以看看王辫写的文章。"

又是王辫？芝镇的女子居然这么厉害啊！牛兰芝激动得快要跳起来。她小时候偷着手抄过王辫写给公冶弋恕的退婚书呢。她记得结尾那几句："芝镇至大乎？乃弹丸之地，目光心力，尽日营营于此极狭之圈限内，竭其终身之精神，争强弱于蜗牛之角，辜负青春！跃出芝镇，乃见天地之宽也，以国家之休戚为己身之休戚，实吾辈事也……"

等县委书记审完稿子，牛兰芝就自己刻蜡版，一笔一画都不敢马虎。刻完，油印。

将油印的一大摞宣传材料，运到各区散发，再由姐妹们打破各村组织召集妇女开会，念给大娘、婶子们、媳妇、姑娘们听。

让牛兰芝兴奋的是，到大集镇上去搞演讲会。她站在石台上，或者山坡上，听的人黑压压围成一大片，演讲完，年轻姑娘、媳妇最喜欢听歌。

牛兰芝是出了名的"歌篓子"，她最拿手的是家乡的茂腔，这会儿又学会了新歌，现学现教。教的第一首是《沂蒙山纵队队歌》:"日寇侵入了山东,投降派,挂起了免战牌,投降派逃跑了,我们便从地下站起来。徂徕山举义旗,誓死守土我们不离开……"后来她陆续教了《民主建政歌》《誓把鬼子砸成酱》《叫咱老乡赶快把兵当》《妇女把脚放》《妇女大翻身》等,说也奇怪了,这些歌曲,牛兰芝一遍就会唱,教上两遍,姐妹们就都会唱着回家了。

写、讲、唱、演,牛兰芝像一只快活的百灵鸟,飞来飞去,县里的同志,早饭前的学习时间,晚饭后的娱乐时间,都愿意听牛兰芝的歌。

有个下雨天,牛兰芝又要出去演出,辛玮部长从后面给她戴了一顶苇笠,说:"淋感冒了,还怎么唱、怎么演啊?"

牛兰芝兴奋地说:"部长,你帮我起个名字吧?像刘宜一样。"

"牛兰芝多好啊,芝、兰为两种香草。比喻人德操、才质的美好。孔子厄于陈蔡,断粮七日,有弟子动摇了,孔子说:'芝兰生于深林,不以无人而不芳;君子修道立德,不为穷困而败节。'还有,你老家芝镇,名字里带着芝字!多好!"辛部长道。

牛兰芝"哦"了一声,给辛玮部长敬个军礼,抬腿就要跑。

"慢着!"辛玮叫住了她,站在她面前,说了一段语重心长的话,这段话一直到牛兰芝晚年还记得非常清晰:

"跳和唱不单是为了宣传,也是一个革命者乐观主义的表现。乐观主义来自坚定的信念,坚定的信念又必须以革命理论为基础。如果没有革命理论作指导,乐观主义就没有牢固的根底。

看你现在这么活泼热情,如果万一遇到什么挫折和坎坷,你这股热情乐观劲儿,会不会坚持长久,一直走在革命的征程上?"

2.一件白底撒着小绿碎花的麻纱衬衫

桃花开,杏花落,麦苗抽穗。眨眼工夫,已经到了初夏时节,布谷鸟天不亮就"布谷布谷"叫,还有蛙鸣。牛兰芝记得娘说,蛤蟆打哇哇,再有四十天吃馉馇。娘管青蛙叫蛤蟆,芝镇人都管青蛙叫蛤蟆。芝东村苇湾里的蛤蟆叫声最亮,她和娘在青石板铺的石街上头顶月光纳凉,娘有说不完的"瞎话儿"。在芝镇老家,青石板不多,而在沂蒙山,到处是。看到青石板,她就又想那飘着酒香的家了,她还想到了《庄农日用杂字》:"行说立了夏,家家把苗刬;带着打桑斧,梯杌扛在肩;捎桑把蚕喂,省把工夫耽……"

这个季节,战友们还穿着冬天的厚棉袄。有些年轻的同志将棉袄里的棉花套从中抽出来,厚厚的棉衣变成了夹衣。牛兰芝约合几个女战友,先把自己的棉衣变成夹衣,再帮着男同志做。穿上夹衣,东南风阵阵吹来,大家都感到比穿棉袄舒服多了,可是,多数人夹衣里面没有衬衫,爬一次山,讲一阵话,放了大汗,浑身铁一样的冰凉,很不舒服。大家都满心里盼望着夏季的衣服快点发下来。

一天早晨,牛兰芝写了几条标语想叫刘宜看看,从房东家来到办公室,路过一片麦地,她看到黄梢了的麦穗在晨风里摇着,一阵阵麦香,蝴蝶在麦秆间飞舞,脑海里浮现出娘在地头招呼她的影像。打开门,见刘宜给她留了个纸条,说回老家一趟,过两天回来。

牛兰芝听说刘宜家境富裕,父亲是开明绅士,捐出自己的四合院当了部队的营房。刘家兄妹三人都参加了八路军。

第二天,天刚擦黑,牛兰芝站在村口,看到山沟下面一个人背着个大包袱,一点点地往上攀,树条子挡着看不清。走近了,一看是刘宜回来了,肩上背着鼓鼓囊囊的大包袱,牛兰芝跑上去接,这么沉,刘宜背着走了七十多里路,她额头上全是汗,头发都被打湿了。包袱里全是她在家里时穿的一些单衣和鞋子。

"都装来了。"刘宜喘口气说。

那大包袱在桌子上一摊,红的、紫的、花的、绿的、黑的一大堆,刘宜笑着擦一把汗,道:"看看,都是些半新不旧的衣裳,谁觉得哪件合身谁就穿哪件吧。"呼啦地女同志都叽叽喳喳地围上来,都拿着朝自己身上比画。

一件件挑着,牛兰芝也很眼热,但她不好意思往前凑。眼看着衣服挑没了,刘宜看到了她,变戏法似的一下子递给她一个纸包,笑着说:"小牛,《利群日报》可别撕破了啊,还得看呢。"报纸里包着一件白底撒着小绿碎花的麻纱衬衫,刘宜说:"你个子小,赠你这件小一点的。"

啊呀,牛兰芝太激动了,她从小就没穿过这样的花衣裳,拿在手里,激动得心跳加快。心里嘀咕着,刘宜在换季时赠衬衫,好比渴了送水,饿了送饭一样的。她把报纸展开,这是头一次看到《利群日报》,巧的是,她看到了王辩写的《庄户县长刘东念》,有这样的句子:"他冬天头戴黑毡帽,上身穿一件粗布棉袄，下身穿的是肥大的棉裤，腰束一根布绳，脚穿芦草毛窝子，被人们尊称为'庄户县长'。当时机关伙食困难，他就让勤务兵将杨树叶子和柳树叶子掺着蒸饼子吃，饼子有股刺鼻的味道。他拿起来，一边吃一边说：'别去想，往下咽。'大家见县长这样，也纷纷拿起饼子来吃。老这样不行啊，刘东念写信给老家，将祖林中上百年的大柏树全部砍伐，做成一条船，到海边卖了二百块银元，一部分交给县政府伙房，其余部分全部救济了灾民……"

"写得真好，庄户县长。"

刘宜拿过报纸看了一眼，微微一笑。

牛兰芝后来才知道，刘东念是刘宜的大哥。我在北京拜访牛兰芝，她还说过刘东念卖柏树写给母亲的信："母亲大人，我也知道卖祖林属于大逆不道，但自古忠孝不能两全，儿宁愿愧对列祖列宗，也不能愧对水深火热的乡亲们！"

那天，不知怎的，牛兰芝把花衬衫穿在身上，特别想一下子飞到曹永涛那里，让他看看，可是一时又不知道他在哪里。晚上到房东家住，房东大娘一看，喜滋滋地说："活像个刚过门的新媳妇啊。"一句话说得牛兰芝脸都红了。关上门，她对着房东家的圆镜子照了又照，牛兰芝觉得，那面圆镜子就是曹永涛。

不久，县里发下了单衣，牛兰芝还将刘宜送的那件花衬衫套在里面，故意露出一点边儿来，穿着它，就觉得浑身有使不完的劲儿来。有一次辛玮部长打趣她："这么爱美呀，你还是把刘宜赠你的情谊收起来做个纪念吧。"对呀，收起来做个纪念。她把花衬衫整整齐齐地叠好包在小包袱里，每天晚上睡觉前，就拿出来看一看。她想着一定让那个曹永涛看看她穿着花衬衫的样子。

可是牛兰芝想不到,厄运正逼近曹永涛。她领着姑娘、媳妇们唱歌的时候,他已经被关了禁闭。

3.辛玮话里是什么味道,她咂摸不出来

小麦快要开镰了,太阳出来一照,山坡上的梯田里,那一片片金黄色更加晃人眼目。肥硕的麦黄杏从房东家的墙头上伸出来,压弯了枝头,有圆圆的黄杏随风掉下。卖樱桃的挎着柳条筐子,"好油樱桃""好油樱桃"地在胡同口叫卖着,这种叫卖声简直惹得牛兰芝快要流口水了。她从小就喜欢吃又香又甜又带点儿酸味的红樱桃,芝镇大集上的红樱桃个儿大得像花红果,她每次去芝镇赶集,都要去看她的干爷——我爷爷公冶祥仁,而我爷爷呢,都要亲自去买,在樱桃摊前,挑来挑去,买来放在大白瓷盆里,打上井拔凉水一洗,洗完,还要滴上一滴白酒,他说,酒,可以去酸。我爷爷递给她,看着她吃,他自己却不吃。她咬一口,爽口啊。我二姑公冶盈樽曾经抱怨说爹偏心,从来不给她买。每次吃,都是仰仗着牛兰芝来。二姑公冶盈樽就央求她多来药铺。看着樱桃,牛兰芝居然想起干妹妹了。像干妹妹这样的芝镇姑娘也应该早早出来,唱着歌,打鬼子,多浪漫,可她们没有。

这天,她要到一个庄里去演讲,宣传丰收时要注意敌人从据点里出来抢麦。急火火地走到一棵银杏树下,看到一个老大爷挎着篮子在卖樱桃,一筐子红,把她的脚步放慢了。她不由得蹲下

来买了两捧。大樱桃带着绿叶，红油油的，不用说吃，看着就惹眼，掏出小手帕，铺在地上，小心翼翼地把樱桃兜起来。小手帕是曹永涛给她的，雪地里她崴了脚，曹永涛背着他，她一开始紧张啊，从来没有男人背过呢。站在山顶上歇息时，她额头上都紧张得冒了汗，曹永涛就把手绢掏出来让她擦。等到了沂蒙山，她把手绢洗得干干净净，叠得四四方方，想还给他，可见了面，又不想还了。不见面呢，又想还给他。她就这么矛盾着，纠缠着，她想着他，希望他突然就蹦到她面前来抢樱桃吃。可是，他在哪里呢？

她还想开完会给战友们也吃一些。她知道辛玮和她一样也爱吃樱桃，特地挑出几颗玛瑙般的大樱桃留给他吃。

她站在一块大石头上，看到老乡们蹲着的、坐着的、站着的，一下子激起了她的热情，像小河流水，她开始讲了。讲到最动感情时，看到过去住过的房东薛大娘站在碾盘边上，她一会儿撩起衣襟擦眼泪，一会儿偷偷地给她打手势使眼色。她想，薛大娘早就答应给自己做一双爬山鞋，可能是叫我讲完话后到她家去拿鞋子吧。她看到薛大娘好像在向她招手，这当儿，她看到了辛玮部长的眼睛，辛玮部长什么时候来的呢？那眼神似乎是提醒她快些结束讲话。牛兰芝想，难道县里有什么急事等着我去干吗？还是怕我的话讲长了，耽误老乡们回家收麦子？牛兰芝加快了语速，本来还有两段话，她省了，草草讲完。牛兰芝跟过去一样，演讲到最后都要起头唱一支歌，她起了个头："烈火燃烧在沂蒙山上……"老乡们唱着，欢快地向田野或者家里散去。

牛兰芝觉得今天状态不错，欢欢喜喜从大石头上跳下来。薛大娘倒腾着小脚，一把将牛兰芝揽在怀里，端详着牛兰芝："瘦了？可得好好吃饭啊。"从腰里掏出崭新的黑布鞋，拍着她的肩膀说："不是说麦收前要准备反'扫荡'吗？这是我点灯熬油连夜赶着做起来的，粗针大线的，凑合着，先拿去穿着打鬼子，过几天大娘再给你做双好的。冬天，我还有一块小羊羔皮子，给你棉鞋沿儿上镶一圈毛口，暖和脚面子，过了霜降可别忘了来拿啊。"

"大娘啊！您……"牛兰芝还没来得及说完，辛玮急火火地赶过来，说："大娘，您的针脚真好，我替小牛谢谢你。我们还有个急事。先不说了。"

辛玮转过脸来，向她闪出一种不寻常的焦急而又疑虑的目光，牛兰芝从来没见他用这种眼光直视过她。她想，难道我讲话中有的词句不够恰当吗？还是哪句话说错了？他虽然还是像平常那样微笑着，憨厚朴实，但表情上又有一丝凉意。她太熟悉辛玮了，他直来直去的，从来不会掩饰自己。牛兰芝也没多想，她一直把辛玮当成自己的长辈，不论他脸色怎样，还是像小孩子一样，将那包樱桃在他面前一晃："辛部长，您猜猜，这里面包的是什么？"

"是樱桃吧？我知道你见了樱桃就不要命。"辛玮的话是亲切的，但又那么沉着。牛兰芝觉得不是过去的味道，是什么味道，她也咂摸不出来。

"是现在就吃，还是回到县委机关大伙儿一起吃？我一个也没舍得吃呢。"牛兰芝小小的个子在他高大的身躯面前，只能仰着脸和他说话。

"回去再说吧！"辛玮的语气似乎变得很沉重。牛兰芝有些怀疑起来，又觉得没啥事儿。这种怀疑的念头是无端的。然而，他为什么不说"回去再吃"呢？却说"回去再说"呢？

牛兰芝沉默着，紧紧地攥着那包樱桃，有意落在他的身后。

4. "曹永涛别的方面和你还有什么关系？"

踏着碎石子铺成的盘山路，牛兰芝跟着辛玮朝县委机关住的小山村走。牛兰芝觉得这条盘山路今天格外不平，又弯又窄又陡，路边的树枝子不时地撕扯着她的裙子，她恼恨地用手扒拉着。若是平日，她早顺着这条蜿蜒的小路放声唱歌了。牛兰芝觉得，山路上唱歌最好，最放松，也最开心。她在这条山路上唱过《烈火燃烧在沂蒙山上》《石榴花开》《送郎参军》《妇女识字歌》《翻身谣》《月儿渐渐高》，当然唱得最多的是《沂蒙山小调》。小路和路边的槐树、荆条、团瓢要有记忆，该记得这个姑娘那水灵灵的钢丝儿被甩上蓝天的笑声和歌声。

这一刻，因为看到辛玮部长的表情异常，牛兰芝也觉得一张嘴被用麻线缝住了一般，麻线锅子缝得密实，嘴疼。光鼻子喘气，都有点儿憋得慌。她脚步放轻，不发出任何响声。左手使劲攥着手帕包着的樱桃。今天怎么了？我到底害怕些什么？这不是恐惧，是一缕孤独、忽视、冷漠交织着的思绪在纠缠，辛玮的态度像一块云彩一样，飘来的是孤独感。一只蝴蝶在她眼前飞，她下手去抓，那蝴蝶飞到槐树杈子上，她用巴掌拍着槐树条子，蝴蝶竟然飞到了她的发卡上，她感受到了蝴蝶落下来时的那一停，轻轻的，像鹅毛一样。她头不动，身子动，蝴蝶在发卡那里站着，一直陪她拐过了山凹。

辛玮部长回头看到牛兰芝落在后面，便咳嗽一声，等着她。牛兰芝呢，故意放慢了脚步。辛玮又咳嗽了一声，牛兰芝才低着头赶了上来。俩人并肩走，沉闷着，只有脚下鞋底和石子的摩擦声，沙沙沙，走了一会儿，辛玮语气缓和地问牛兰芝：

"你认识曹永涛吧？"

初夏的夕阳特别晒人，晒得牛兰芝前额上全是汗珠，刘海都湿了。她刚刚脑海里还想着曹永涛呢，不知他是在画漫画，还是在战壕里，他要是能吃上这些樱桃，该多好呢，又有三个月没见面了。听到辛玮突然这么一问，心里便有些烦躁不安，感觉辛玮好像看到了她内心里去了。她急忙用手擦了把汗，暗自思索，他这话问得太蹊跷了。"你认识曹永涛吧？"难道他不知道曹永涛是我牛兰芝的革命引路人、入党介绍人？不知道我们一起在敌占区芝镇搞过地下工作，不知道是曹永涛把我们护送到沂蒙山来，不知道曹永涛是地委派到芝镇的党组织负责人吗？辛玮为什么要提出这个不成问题的问题呢？他这是无话找话，辛玮、曹永涛两个人都是急性子，心直口快，是透明的人。辛玮素来对她牛兰芝可是兄长般的关心。她想，我绝不能错怪了他的问话，尽管一路上他的情绪不对头，牛兰芝还是很热情地回答他。

"曹永涛？我认识不认识，您还不知道？您开玩笑吧。"

"你觉得曹永涛这个人怎么样？"

这话问的，好呗！心里刚才还想着他呢，那可爱的兔唇。她脱口而出："那还用问吗？"话一出口，又暗自后悔，觉得不该说得这么急促。但是，一提到曹永涛，她又禁不住要多说两句，"他很有学识，心灵手巧，会画画，会写字，也会……关心人。"

辛玮打断了牛兰芝的话，以长者的口吻开导她："兰芝啊，对一个人的评价，不要打满分，也不要单凭印象出发！"

停顿了一下，辛玮又用安慰的口吻说："看来你还是有点儿天真幼稚啊！认识一个人，真正了解一个人，不是那么容易的。何况，你认识曹永涛也不过一年多。"

牛兰芝更加恍惚，曹永涛他怎么了？辛玮部长欲言又止的样子，让她着急。她说："何止一年多，他介绍我入党，就一年多啦，要说认识，那更早了，俺们在省乡师时就熟悉。他庄就在俺庄边上，他跟俺弟弟是好朋友，他有个寡妇妈妈，还有一个姐姐……"牛兰芝的脾气倔，她仰起脸，有点儿赌气地用质疑的眼光逼视着辛玮，"不说好，难道他还是个大汉奸、大特务不成？"她嘴里像吃了一个苦杏仁。

辛玮没接话，他低着头走，明显看出他心不在焉。眼前就是县委住的那个村庄，金色夕阳的余晖映在村头的树梢上，他抬起右手遮住眼睛，看着金黄色的原野、金色的草屋顶、青石山墙，还有高高低低的村落里的胡同，胡同里慢悠悠摇着尾巴走的黑狗。

辛玮又以深邃莫测的眼神瞅了牛兰芝一眼。他伸出一双粗糙的大手，把她的两只小手紧紧握住，盯着她的眼睛问：

"曹永涛除了介绍你入党之外，别的方面和你还有什么关系？"

牛兰芝感觉心头挨了一锤子。

5."锄奸怎么锄到自己同志头上啦？"

牛兰芝惊讶地提高了嗓门：

"辛部长！你想到哪里去了？尊敬一个人并不等于爱一个人。我还没有……那感觉，只是喜欢他一点点。"牛兰芝的脸上火辣辣的，心跳得越来越快，越来越猛，手心早已被汗水浸透了。

辛玮那双大眼睛，她简直无法回避，也不能摆脱，那是质询的目光。她觉得那目光让她僵滞了。她过去多么熟悉啊，那目光是温暖的、快乐的呀。怎么了这是？过了一会儿，她听到了他那低沉的、略带沙哑的声音：

"我问的不是这样的事儿，这方面我对你是了解的。"

他们又往前走，辛玮在村头上站住，低声地牛兰芝说："进了庄，你不要再到县委那个院子里去了。他们另外给你找了一间屋，地委要派人来找你谈话。"

骤然间，她心头一沉。天呵！发生了什么大事啦？牛兰芝望着辛玮，一脸惶惑。但她想，还是要到县委住的那个院子里去一趟，那里有她的书、日记本，还有一个小包袱，里面包着刘宜给的那件白底撒着小绿花的衬衫。被太阳晒了一天的土墙散发出的热气让她窒息，她陡然提高了嗓门：

"辛部长，你要怎样，我全服从，但我得去拿我的东西。"

辛玮皱着眉头说："好吧。"

牛兰芝突然拔起脚,先是一步步走,越走越快,最后快到大院时,竟然飞跑起来,跑得上气不接下气,耳边响着刚才辛玮的话。辛玮也小跑着跟上来,陪同牛兰芝走进县委大院,那是一座废弃了的小学校,三趟房。一进院子,就闻到了栀子花香,那是她从山里挖来的野栀子花。

县委妇委会的房间,空荡荡的,屋里竟然坐着锄奸干事卞美林。牛兰芝脱口叫了声"小卞!"小卞矮矮的个子,长长的黑脸,大而厚的嘴唇,牛兰芝和刘宜过去常常开他的玩笑:"看你长得这个漂亮样儿,哪个姑娘敢爱你?"要在平时,小卞早呱呱叫着喊着了,可是这次却特别严肃,只低着头嘟囔了一句:"你回来了?我等你半天了。"

"等……我?"牛兰芝惊讶地问。

牛兰芝拿起自己的全部行李,跟着小卞走出妇委会的大门。

牛兰芝看到,辛玮在对面窗口站着,他那白皙的脸色,在暮色中显得苍白,浓眉底下的两只大眼,闪着晶莹的泪光。牛兰芝觉得全身冰冷,像一只冻僵了的小虫子,惶惑着,跟在卞美林后面。

在庄头上的老乡盛草的一间用石头砌成的房子门前停住,卞美林"吱"的一声推开门,摸索着点着小油灯,屋里放着一张小桌子、两只小板凳,下面是地铺,麦秸草铺得厚厚的。墙上没有窗子,只有一个打开了的窟窿,用草堵了起来,满屋子散发着一股发霉的味儿,牛兰芝心口里好像塞上一块砖,又闷又恶心。牛兰芝重重地问了一声:

"小卞,你这是干什么?"

小卞有些不大好意思正面看牛兰芝,很不自然地坐在一条木凳子上。看到他不声不吭,牛兰芝更火上了心头:

"你说为什么把我带到这样的地方?锄奸干事应该去锄那些汉奸,怎么锄到自己同志头上啦?"

"你先沉住气,我也是奉命执行任务,究竟是什么问题咱们慢慢说,我先去给你打点饭来。"

卞美林"吱"的一声开门出去,还不忘把门挂上锁。这是怕我跑了吗?牛兰芝瞅着屋笆,委屈的眼泪一下子涌了出来。

小卞转出门,从门外拿了一包煎饼放在小桌上,另一只手还提着一个小瓦罐,里面盛着小米绿豆稀饭,另外还有一小碟腌韭菜花。

他强笑着对牛兰芝说:

"吃吧,什么时候都要吃饭。"

"吃就吃!"牛兰芝可真有点饿了。

演讲半天,没吃饭,没喝水,又饥又渴,看到绿豆小米稀饭和腌韭菜花,更引起了食欲,但对这样的好饭,她有些闷棍,边吃边问锄奸干事:"你们把我关在这里,为什么又给我这么好的饭吃?"

"腌韭菜花和绿豆稀饭,是房东大娘特意给你做的。"卞美林红着脸说,"她问你为什么没回去睡觉,我说你突然得了急性传染病要隔离。她才费了这么一番心意,还叮嘱我们好好照顾你。"

"你们对不起房东大娘!"牛兰芝说着,猛地开开门想把剩下的一点洗碗水泼出去。哎呀!小破门口,两个穿军装的战士,分别站在两边。牛兰芝冷不防地把水泼到他们身上，原来他们真的把她看守起来了！

牛兰芝苦笑着对卞美林说："你看我吃饭都要人伺候，门口还有警卫，威风起来了。"听她这么说，小卞黑红的脸膛变得更红了。

小卞收拾了剩下的饭转身要走。牛兰芝突然站起来喊："腌韭菜花给我留下。这是房东大娘给我吃的。"

收拾完，卞美林又回来了。

6."你准备用什么笔来填写这张表？"

卞美林说："论起来，咱们平日相处不错，大家伙儿对你也很好，县委的干部呢，无论哪一个都对你不孬，但地委来了信儿，要对你审查，他们很快就派人来，先叫我们和你聊聊，你入党的时候，是哪一年？"

"一九三八年初春。"那是在她家后院的小天井里，一棵大杏树底下，她盯着刚绽的杏花，觉得这就是自己新生命的开始。这一天，她看着哪儿都顺眼，天井里的槐树、榆树、梧桐、石榴，直的好，弯的也好；粗的好，细的也好。梧桐叶子盖不住淡紫色的梧桐花儿，榆钱已经满树地张狂。村西苇湾边上浓密的柳条，已经探进了湾里，浸在水里的草也把水染着，那苇湾也跟着绿了，如一块大大的墨玉。柳树上叽叽喳喳的喜鹊，清脆的叫声仿佛还在耳边。

"介绍人是曹永涛吗？"

"知道了，你还问。"

牛兰芝清晰地记得，她从曹永涛手里接过那张党员登记表的时候，一股油墨的芬芳扑向她的面前。她最喜欢闻油墨的香味了。在省乡师开始接触这种特有气味的时候，她就激动和兴奋，这种异常的芬芳，是浪漫而神圣的。在她的心灵中，闻到它就意味着秘密，而秘密就意味着革命，意味着党啊！

党员登记表是由滨海特委统一油印的，上面除了印着红色的五星和一把镰刀斧头之外，正式表格还有誓词。她接过那张散发着油墨芬芳的党员登记表，由于过度兴奋，手不自觉地颤抖起来。

她将那张党员登记表展在一张吃饭桌上，自己坐在一只小矮凳上，恨不能一口气把它填写完。这时，曹永涛站在她的身旁，她兴奋地看了他一眼。白天，她弟弟到榆树上撸的榆钱，娘给掺上豆面蒸了，一团一团的，牛兰芝不忘盛上一盘给曹永涛吃。这会儿，曹永涛已经吃下了半团蒸榆钱。

"我小时候，也爱爬榆树，坐在树杈上，薅一把，塞进嘴里，满口清香啊。"曹永涛一边吃着蒸了的榆钱，一边问，"你准备用什么笔来填写这张表？"

牛兰芝觉得曹永涛的发问令人奇怪，用什么笔？还不是用我手里攥着的黑杆自来水笔！她没有答话，只是将手心里捂热的笔捏起来，向他晃晃，而他却从黑色棉袍的衣襟上取下自己的笔：

"用我这支笔来填吧！"

那也是只黑杆的笔，只不过笔帽上镶嵌着"金星"两个字。牛兰芝暗想到，咦！"金星"笔，也许用这样的名笔填写更庄

重。曹永涛的声音在她耳边响了起来,那声音,竟是那样沉重:

"这是一位烈士留给我的唯一纪念品。他就义前,从窗棂里将此笔递给一个看守他的兵丁,说:'我没有别的遗物,只有这么一支笔,请你转交给常来看我的那位表弟。'几个月后,这位有良心的兵丁,设法将这支笔转递到我的手里。其实,我哪里是他的表弟,但我们的关系,比表兄弟还更亲万倍。当时如果不用亲戚关系做掩护,这支笔也许就落不到我的手里了。你知道,我在他就义不久入党的时候,就是用这支笔填写党员登记表的。以后它又为许多同志填写过。现在你也用它来填写,其中的含义就不必多说了。"

用一位烈士的笔填写党员登记表,这意味着什么?当时牛兰芝不但感谢自己的入党介绍人,而且眼前立即出现那位烈士从容就义的幻影,热泪在眼眶里旋转。牛兰芝的手颤抖得简直难以握笔了!还是使劲地写,即使有些笔画歪歪扭扭,也一口气写了下去。

牛兰芝将填好的表交给曹永涛,这位心炽如火而又细致如丝的入党介绍人,目光正注视着远方,谁知道他那时候在想什么?牛兰芝一句话也没敢问,害怕和他的目光接触,平日他那种开朗而豁达的性格,刹那间,变得那么庄严、肃穆。沉默了一阵,他才压低声音对牛兰芝说:"从今天起,你就是党的人了。今后路上不可能全是风和日丽,不论遇到多少风雨……"他盯着牛兰芝眼眶里旋转着的泪珠说,"都要咬紧牙关!我们党的人是钢铁性格,不要遇到一点激动的事儿,就泪光盈盈。爱哭的人可爱吗?可爱又不可爱。党员的泪水可不是那么低廉的……"

曹永涛变了个人似的，显得非常深沉，甚至令人可畏。她不敢正视他，只低头倾听着他那压低了的声音："战场上，有枪林弹雨，还有折磨和诱惑，各种的考验。党就是让我们的国家强大，不让人欺负，让我们的后代都能自由着呼吸。你入党的第一天，我向你讲这番话，并不是向你说教。"

牛兰芝正满怀着兴奋，听到这一番话，忽然觉得身上背了沉重的担子。她记得有一年天气突然变冷，浯河被一下冰冻，马口鱼、小鱼虾都被冻在冰河里，从冰上看着那摇摆的鱼头鱼尾，她有点儿心疼，盼望着阳光尽快把冰化开。

她手里捏着那张填好的登记表，问："你看我写的行吗？"

曹永涛双眉飞动了一下，笑了笑说："看你，有些笔画像蚯蚓爬的一样。"

"我的手不听使唤了。"牛兰芝说。

"字体孬好不算什么，今后主要是看你的实际行动。"

"你放心，凡是党纲党章上说的，我都坚决履行。还有，入党誓词上说的，我也忠诚地去做。"牛兰芝又以宣誓的口吻对他说。

曹永涛目不转睛地盯着牛兰芝说："我再告诉你几句，你没有入党的时候，那么迫切地要求入党，入了党以后，可要时刻记住，做一个真正的共产党员并不是那么容易的。"

"我一定永志不忘！"她说。

曹永涛伸出双手，将她的手紧紧地握住，亲切地叫了一声："同志！"

他们就在那棵杏花树下沉默了。

7.牛兰芝的话还没有说完，就听头顶"哒！"的一声

"党员登记表上的一角儿，有没有别的什么记号？"卞美林的问话，打断了牛兰芝的回忆。

"记号？什么记号？"牛兰芝愕然地反问了一句。

"比如说在表格上的一角儿，有没有写着'鸡组'或者'鸭组'？"

卞美林的口气认真严肃，一本正经，牛兰芝本来就有一肚子闷气，被他离奇古怪地一问，气得扑哧一笑："什么'鸡组'或者'鸭组'？"

卞美林被牛兰芝问得愣愣的，老实说，对于鸡鸭之类的东西，牛兰芝从他的神色中看出也不一定百分之百的相信，但组织观念加上锄奸工作的神秘化，促使他虔诚地相信上级说的没有错，必须照章办事，到底什么叫"鸡组""鸭组"，小卞也不清楚。

卞美林一面和她谈话，一面用红绸子擦着他那只发蓝色亮光的小手枪。这种手枪只有他们锄奸的人才有，一般工作人员是很少弄得到的。他用上这么一支小手枪觉得增加了几分威风似的，一有空就用绸子擦，擦得明光闪亮。

他们面对面地谈着，就像平常聊天，他也没有把牛兰芝当作什么敌人看，有时候还开句玩笑：

"一到地委弄清楚问题，说不定就不再回咱们这穷山沟

了。"

牛兰芝也很自然地回了他一句："我不怕问……"

牛兰芝的话还没有说完，就听头顶"哒！"的一声炸响，她的眼前一阵火光闪过，她的右耳朵旁边一阵灼热。那枪声震落了草屋墙上挂着的草框和牛套，灰尘落了牛兰芝一头，她一个趔趄从凳子上跌了下来。

卞美林用颤颤抖抖的双手把她扶起来，慌慌忙忙，摸着她的耳朵说："没伤着吧，唉，没伤着吧，牛兰芝！"

门外两个战士听到枪声闯了进来，卞美林懊恼地向他们扬扬手："没事，出去！出去！没事，没事，是我走火了！"两个战士只好知趣地走出门。

"走火了？"牛兰芝说，"能这样走火吗？你拿着手枪开玩笑，拿着同志的生命当儿戏！"

"兰芝同志，我绝不是有意想打你，而是不小心走了火。"他把枪放在桌子上，使劲拍着自己的脑袋，"你看，你看……"

他还再三安慰牛兰芝："你是不是有问题并无结论，因为入党介绍人曹永涛出了问题，他所介绍的党员都要接受审查，就算你真有问题，我小小的卞美林，也没有处理你的权力。请你相信我啊！"

不论卞美林怎么说，牛兰芝都觉得天旋地转，一个个霹雳在头顶轰鸣，浑浑噩噩地缩在草铺上。

卞美林站起来，十分歉意地向牛兰芝一笑，轻轻地拉开门出去了。

外面一片漆黑。

草屋里只剩下牛兰芝自己,一种恐怖的云纠缠着整个小草屋,屋顶好似摇摇晃晃形成一团乱麻。牛兰芝想着从敌占区芝镇奔到沂蒙山,享受着革命大家庭的温暖,过着多么美好的生活。为什么会突然遭到这样的不幸?曹永涛是坏人吗?怎么看也不像啊!他在哪里呢,也被关押着吗,他想到她了吗?他还介绍刘欢入党呢,刘欢也被隔离审查了吗?一串串问号,像锐利的秤钩子一样钩着她的心尖儿。

牛兰芝想得头疼,但还是扭螺丝一样地扭着。难道真如前几天辛玮同志说的,革命道路上真的也会遇到挫折和坎坷,这是组织上要考验我了吗?真的假的?县委的领导同志对我知根知底啊,为什么不把问题向我说清楚,只要一个锄奸干事看着我?他的小手枪走了火是真的?我相信他不会也不敢无缘无故地向我开枪。但万一枪子儿打到我的脑袋上,我就什么话也不能说清楚了,人们知道我是怎么死的呢?

在牛兰芝北京的家中,牛兰芝说起那次走火,很感慨地说:"要知道,枪走火只要我牛兰芝一条命;政治上走火,有多少好同志丧生,这是惨痛的教训啊!"

8."实实在在地说,好人怎么也不会变坏的"

牛兰芝目不转睛地盯着梁头上挂着的一根草绳,思想混乱至极,模糊地看到草绳上吊着一位年轻的媳妇。红绸子夹袄,绣花鞋上落了一只灰蜘蛛,年轻媳妇脸上挂着蛛网。

那是小时候牛兰芝隔壁邻居的一位嫂嫂,胖胖的,很白净,因为不满意父母包办婚姻,就这样结束了自己年轻的生命。从屈死的嫂嫂又想到爹,那个深夜送她到村头的时候,爹含着眼泪叮嘱她不要想家。然而这时她不自觉地想起老家芝镇来了。爹娘都指望我出来当个花木兰,我还能实现他们的愿望吗?想着想着,脑海里还是盯着梁头上的草绳。不,我不能就这么死了,连为什么都还没有弄清楚就走这样的绝路,不是软弱的胆小鬼吗?简直是对革命的背叛!她看到那条麻绳子感到有些讨厌了,将它从梁头上拿下来,挽了挽,说了声:"去你的吧!"把它扔到那个小窗户的外面,再也不愿意看见它。

她一头栽倒在草铺上,悠悠荡荡地进入渺渺茫茫的梦幻之中,不知隔了多久,门"吱呀"一声响了,进来的不是卞美林,不是那个腰里掖着手枪的锄奸干事,而是从心眼儿里关心爱护她的辛玮,牛兰芝一骨碌从草铺上坐起来。

辛玮沉闷地坐在牛兰芝的身边,抚摸着她的短发,用粗大的拇指替她擦泪。

"小卞的确不是有意打我,是不小心走了火。"牛兰芝抽抽搭搭地解释着,"我的党员登记表上没有什么鸡组、鸭组、猪组、狗组那些乱七八糟的东西……"牛兰芝气喘地、急促地、一字一句地吐着肺腑之言。

辛玮静静地听着,劝牛兰芝冷静,再冷静些。语气郑重地对她说:"不论怎么说,卞美林在这种情况下,手枪走火是不应该的,也受到了县委的批评。"他轻轻地扶着牛兰芝躺在草铺上,安慰着:"你要好好地休息一下,闭闭眼睛也好,地委派来的人今天晚上赶不到的话,明天早上一定会来。他们来了是怎么回事儿就是怎么回事儿，再复杂的问题也会弄个水落石出，咱们共产党是不会冤枉好人的。那些什么'鸡组''鸭组'的传言也不要记在心上。至于曹永涛，你知道多少说多少，不加不减，实实在在地说，好人怎么也不会变坏的，你到咱莒南县的时间虽然不长，但我觉得并不是不了解，对地委派来的同志，我们也会实实在在地反映对你的看法。"

辛玮坐在牛兰芝的身边，紧紧地攥着她的手，直到公鸡打鸣了，看到她迷迷糊糊地要睡着的样子，才站起来弹掉沾在身上的麦秸草，准备开门出去，又扭回头轻声地对她说："你闭上眼睛好好休息！一定相信组织，放宽心。"

牛兰芝送辛玮部长到门口，回来躺在草铺上冥思苦想。牛兰芝凭着自己的组织观念，思前想后，从认识曹永涛以来，他到底给了她些什么影响？她强迫自己，不从感情出发去考虑问题。

牛兰芝左右思，前后想，像拧螺丝一样，一圈一圈，拧得脑瓜疼。她的面前摆着一叠子纸，面对着这些洁白的纸，她绝不写一个污染它的黑字。眼前浮动着的事一个个冒出来，在省乡师散步于荷塘小径的曹永涛；被敌人雪夜绑架的曹永涛；在秋柳巷那间阴暗的小南屋里，嚼着窝窝头、刻着钢板的曹永涛；在她家的小天井里的杏花树下的曹永涛……重重叠叠，忽隐忽现地在她面前闪着，当然，还有那可爱的兔唇，笑起来，兔唇颤抖着，很滑稽，也很调皮。

她拔开自来水笔的笔帽，想着要写，就这样去写，哪怕是头发丝那样细，芝麻粒儿大小的事情她都写，写了一张又一张，写完，团掉；又写，又团掉。怎么也不能把曹永涛的所作所为和所谓的叛徒言行补缀起来。

她干脆不写了,想着爹喝酒的样子,手捏着盅子,"吱"一口干了,"吱"一口又干了。芝镇小炒,真好吃。想着娘唱的茂腔,想着弟弟,想着弟媳公冶小樽,想着芝镇的点点滴滴,她也真想喝杯酒呢……

9. 曹永涛跑上来,塞给牛兰芝一个纸包

牛兰芝那年跟曹永涛是在一棵杏树下分手的。

山坡山坳纷纷扬扬飘着杏花和桃花,一层层绿油油的梯田,曹永涛是个闲不住的人,他看到别人在刷标语,他就跟着过去画插图,他的脊背上还落了几朵杏花呢。

杏树上嗡嗡嘤嘤的蜜蜂飞来飞去。盯着杏花,曹永涛笑道:"杏子黄了,麦子熟了,俺娘蒸上新麦子饽饽,做上菜,让我挑着食盒去上坟,筲子里挎的就是黄杏子。有一年下小雨,路滑,我挑着担子滑倒了,碟子、碗磕碎了,杏子也撒了满地。破碗破碟子摆在坟前,觉得对不起父亲和爷爷,回来跟娘说了,娘说'是你爹想你了。'娘还问'你烧纸时,没在坟前画个圈儿?'我说'一着急忘了。'娘着急地说,'哎呀,你爹老实,你发了纸钱,不画圈,就让那些饿鬼抢了去了。'说得就跟真的似的。"

牛兰芝听着,眼睛却盯着那杏花。杏树枝头的花蕊像勒上去的,密密麻麻,几乎看不到绿叶。想那一个月后,满树的青杏一点点变黄,沟沟岔岔里该是滚满了杏子吧,还有那清香,这沂蒙

山也就成了香山。

正在这时,有人喊曹永涛。曹永涛把画笔放下,朝牛兰芝走来,随手折了一支杏花,正要把杏花递给她。来人说,快走吧,曹永涛就笑着,把杏花举到嘴唇那儿,兔唇上眨眼长出一朵杏花。牛兰芝笑了,曹永涛也笑了,一转身下了坡。往远处看,数不清的杏花,如喷火蒸霞一般,是一眼看不透的杏花海。

曹永涛的褂子左肩膀上破了一个窟窿,爬乔有山时,穿过一片棘子树,酒篓太大,他三拐两拐,让一根棘子把褂子划破了。牛兰芝想到了沂蒙山给缝一缝,一忙竟然忘了。

正有些不舍得,就听身后的脚步声,曹永涛跑上来,塞给牛兰芝一个纸包,说:"芝镇的老娘土,喝水时,捏上一点儿,就不闹肚子了。"牛兰芝很好奇,曹永涛说:"这是我师父公冶祥仁给的,嘱咐了又嘱咐。"他还递给她一个玻璃瓶,从酒坛子里倒的。牛兰芝一看就是装的酒。她说:"我不喝。"曹永涛说:"不喝也拿着。抽空我也给牛兰丽、刘欢、李玉珍送去。"

站起来一摆手,走了。

牛兰芝眼角发湿。

10. "活着弄不清,死后也会弄清楚!"

断断续续地,我看着牛兰芝的回忆录:

那正是杏黄雨,天老是泪水纷纷的,没有个停。地下泥泥泞泞,大街小巷没有几个人出来,冷冷清清。天总算放晴了,天不明指导员就叫大家起床。我睁眼看见窗外,稀疏的星星向我眨着眼睛,她似乎也在怀疑这么早你们就起来干啥呢?指导员说要到几十里路以外的沙河镇上去开大会,中午要在会场上吃一顿饭,伙房给准备好带的干粮。

我们急火火地吃完早饭,每人带上一斤很厚的锅饼,还有一块咸菜疙瘩,就跟在大队人员的后面出发了。

天快晌午的时候,我们到了会议的集中地点,那里已是人山人海。有的坐在一座大庙前面浓荫蔽日的大白果树和老槐树下面;有的坐在一排排茂盛的腊条荫下;去晚了的,只好坐在刚割了麦子又热又蒸又潮湿的地上。我们这些受审人员,无论去得早晚都不给个舒适地方,坐在太阳底下挨晒。

如果我不被审查,在特委直属机关的队伍里,人们又要呼唤着我的名字,要我出来打拍子指挥了,或者啦啦着:"牛兰芝,来一个!"现在我只有缄默,没有了唱歌的资格。只觉得嗓子火辣辣的。在这样热烈的场合,我这个好唱歌、爱唱戏的人,多么想唱一支歌或一段茂腔呀。

过去,我一开口,大闺女小媳妇都含着泪花花围着我。有的公开说,这歌可唱出了俺的心。唉!现在的我,只能在心里唱了!

大会一直开到太阳到了头顶,会务人员让大家先吃点饭、喝点水,到十二点半以后再开。队伍也都散了队形,在附近找树荫,我坐在一大丛腊条枝子下面,从远处河流那边刮过一阵阵清凉的风。

身正不怕影子斜,我坦然地吃着又香又脆的大锅饼,咬着半截咸菜疙瘩。铁水壶的水装得满满的,足够我喝的,先吃饱喝足再说。总有一天,组织会来替我们说话,如果不吃不喝,把身体折腾坏了,即使弄清了事实,自己也不在人世了,让我白受一辈子冤枉!我边吃边想,边想边吃,心头反而开朗起来了。不这样,整天愁眉苦脸的不闷死人了吗!

"兰芝!"突然有一个非常非常熟悉的声音在叫我。这会儿,谁还叫我?

"兰芝!"声音叫得更高了,在嘈杂的人声中只有我听得清楚。我顺着声音去找,哎呀!隔着我不远,倚在腊条旁边有一溜戴着黑布袋"帽子"的人。与其说是帽子,不如说是个黑布口袋,从头顶一直蒙到脖子,口袋上面只在眼睛和嘴上挖了三个小窟窿,用来看路和吃饭。这是些什么人?我心中一惊,是不是花了眼,活见鬼了?不,唉!我明白了,有人对我说过,有些定了罪、隔离审查的人头上都戴着这样一个黑布袋!想到这里我猜出来了,他,不是别人,正是曹永涛!肯定是他!叫我的人向我伸出一只手,一只又瘦又黑的手:

"给我一点儿咸菜吃好吗?"

"全给你!"这时我才发现他们每人的一只手都被麻绳拴成一串儿。他只能伸出一只手!原来曹永涛的手,是一双又大又白的手啊,怎么成了一根黑色的干巴树枝了呢!我手疾眼快地把咸菜疙瘩放在他的手里。当我将咸菜放在他的手心儿里的时候,觉得他的手心儿还是那样的温乎乎的。我使劲地握着他那只干巴树枝似的手,一面紧紧握着,一面暗想,也许这是最后一次握手了吧!为什么不使劲地握!我从来还没有这样握过他的手呢!这时，曹永涛附近那些头上戴着黑布袋的人，每人轮着咬了一口咸菜疙瘩。我看着，心，酸极了。

"兰芝，你瘦了！别担心，还是要忠诚、老实，要相信什么都会弄清楚的，活着弄不清，死后也会弄清楚！事实会证明我的赤胆忠心！"

曹永涛根本没吃一口咸菜，他趁着人们乱哄哄的时候叮嘱我。他没有抱怨，说话的口气很平静。但我看不见他已经变成了什么样子，只有从黑布口袋的窟窿里，看到他炯炯有神的双眼，还有窟窿眼里露出的一点厚唇，没看到那完整的调皮的兔唇……
……

"能进来避避雨吗？"一个人冲破雨帘，朝着窗子喊，身旁一匹高大的黑马正在吸着气，再远一点儿还站着一位斜挎着一只匣子枪的军人，手里牵着一匹枣红色的马……都被雨淋得湿漉漉的。

为什么那么熟悉，又那么陌生，怎么也想不起在哪里见过。进来的人双手捧着一包玛瑙般的红油油的樱桃，一开口就叫我"小牛"！

他这么一叫使我什么都想起来了。我扑到他的怀里，弄得他手里的樱桃撒了一地，他把剩下的放在小桌子上，双手按住我的肩膀："小牛同学，你看，长得快高出一头了！"

刚叫出一声"杨老师！"就难以抑制的扑扑簌簌洒下一串串热泪。我怎么也没想到，在这里见到了杨我鸿，我的美术老师。他现在是特委的民运部长了。

"好孩子，别难过，有话咱慢慢说。"杨老师把我的两只小手紧紧地握在自己的大手里。

他不这样说，我倒还可以控制，听到他这样一说，我郁积于胸的一股怨愤，竟像泉水喷涌而出："杨老师，你说这到底是怎么回事儿，我成了自己人的'阶下囚'了！"

"唉！别这样！别这样！"杨老师说，"用眼泪对待政治问题是弱者的表现。"他双手搭在我的肩膀上，使劲儿把我按到铺上。他也坐下来，伸手把剩下的几棵青枝绿叶的红樱桃拿过来，摘去长长的花蒂，像喂一只心口受了伤的小鸟似的，填到我嘴里。"吃吧，吃吧，还记得你曾对我说过，所有的水果中，最喜欢吃樱桃吗？这山村的沟沟洼洼都挂满了红油油的樱桃。吃吧，吃吧！街上卖樱桃的多着哩。"

我嚼着香甜渗脐的樱桃，心却仍然像一片揉碎的破纸。

"为什么愣了好久才敢认我？"

"我觉得你比在学校的时候年轻了十岁，另外你的大胡子……"

"一到队伍里来就剃了，当老师留着长胡子没什么，当军人留胡子，人家可就对你望而生畏了！"

"真没想到在这里见到您。"

"说来话长！"杨老师说，"我原来想回老家，是曹永涛启发了我，让我到了沂蒙山。"

"曹永涛怎么样？他怎么样？"我着急地追问着他，抓起他的手摇着。

杨老师欲言又罢，支支吾吾地说："天日昭昭，天日昭昭，啊！"

我的心怦怦乱跳。就听杨老师继续说:"唉!仅仅晚了一步!其实他的事情已经发生在纠偏之后了,他本来是不应该和我们分离的,谁想在一次队伍行军的时候,突然遇上敌人的袭击,大队人马奔上山头,敌人又紧紧地包围了山头。我们的队伍希望从敌人包围里杀出一条冲出去的路,又碰上了滂沱大雨,加上山陡路滑,隔离审查的人,手牵着手,步履艰难,看守人员又不敢松绑,后来在跟敌人混战中……"

"混战中怎么样?"

"被流弹射中……"

……

曹永涛他才二十五岁,至今不知道他葬在了哪里。

11. 血染对崮峪

牛兰芝老人缓缓地说:"就在那次,我求杨老师给我画一幅红梅,杨老师说,等全国解放了吧,现在画心不静。可是,一九四二年秋末冬初,日本鬼子在沂蒙山大规模'扫荡',杨我鸿老师随战工会机关向鲁中撤退,被敌人包围,天黑开始突围,跟他一块突围的还有他的好朋友《利群日报》社社长李竹如,李竹如在翻越山顶的石墙时,被一颗子弹击中头部。他跑上去抱老战友,也被击中,先是后背,后是头部。两人同龄,牺牲时都是三十七岁。"

弗尼思对我说:"德鸿啊,你知道吗?你七爷爷公冶弋恕也是在对崮峪牺牲的。那是一九四二年十一月一日傍晚,你七爷爷加入敢死队，跟十四个战友打到最后，一起跳崖。在对崮峪突围战中，国民党五十一军参战部队也表现顽强，一位副营长身负重伤，肠子都流了出来，仍拒绝卫兵背他撤退，以双枪齐发为他人断后，在连续打倒几个鬼子后，将最后一颗子弹留给自己！这个营一位王连长腿被日军打断，仍顽强跪在地上向鬼子射击，直至壮烈牺牲！公冶德鸿，你七爷爷跳崖时，喊着：'汪璐！汪璐！'汪璐是你七奶奶的名字，曾经在芝镇芝北村的准提庵，以妙景的法号潜伏。你七爷爷不知道，就在他跳崖后，汪璐去给杨我鸿老师包扎，被敌人从背后捅了刺刀，倒在血泊里……"

我多次到沂蒙山采访，站在这片热土上，常常眼睛湿润。我不知道的事儿真是太多了！

枭雄末路

XIAO XIONG MO LU

第十五章

1. 妇人刚"哎呀"一声，就听后背一声枪响

在芝镇历史陈列馆里，见到张平青穿着日军军装跟鬼子的合影，我还是吃了一惊。张平青说不上英俊，但却也有威，只是那身黄皮，让他毒蛇缠身，透出魔鬼之气。这是我第一次见到张平青的照片。被钉在耻辱柱上的铁证，就挂在墙上，任谁也无法给抹去。他眉头紧锁，当时在想什么呢？

有关张平青的资料滚滚涌来，脑海里凑成了一张漫画像。张平青这个人，四句话能挑出他骨头：头一句是有奶便是娘。第二句是他是个官迷。第三句是色迷。第四句是马迷，他爱马爱到骨头里。

一九三八年秋天，他率四个旅投靠日寇，被收编到"山东省自治联军"张宗援部。张宗援，很多人误认为他是大军阀张宗昌胞弟，其实他是日本人，原名叫仓谷次太郎，早年在日本作恶，逃亡中国东北，后来混入了日本特务机构。张宗昌在东北当军阀时与他结为好友，此人诡计多端，居然跟张宗昌学会了掖县话。一九二五年，张宗昌当山东督军，仓谷次太郎也跟来了山东，深得张母欢心。仓谷次太郎与张宗昌结拜了干兄弟，张宗援这个名字就是张宗昌的母亲给起的。可张宗援对附逆的汉奸，从骨子里瞧不起，吆五喝六，颐指气使。张平青哪受得了这窝囊气，喝了一壶酒，把那酒壶扔到茅厕里。

"去他娘的！不伺候这个东洋大爷！"

拉上弟兄们不辞而别。

过了个把月，觉得自己没有靠山，心还是发虚，又挂拉上驻高密的日军部队长伊黑。这个伊黑介绍他投靠了日伪"北平临时政府"，委任他为"剿共军第四路纵队司令"，活动于密州、渠邱、高密交界地带，指挥部就设在浯河边上的班岗村。换了军装，张的部下暂时休整待命。

我姑父牛兰竹在张平青部潜伏了三年多，深得张平青和张平青家人的信任，最后当上了电台的台长。张平青部的所有秘密都掌握在我姑父的手里。

在牛兰芝家，我姑父牛兰竹对我说："说真话，张平青待我不薄，平时跟常人一样，有老有少，有说有笑。但这个人格局不大，睚眦必报，翻手为云覆手为雨。"

他讲了一个张平青附逆初期的故事。

人不能累着，天天跟驴戴着遮眼子拉磨，就无趣无味了。但人也不能闲着，闲生是非。那年春天雨水不少，天天哩哩啦啦地下。张平青的人无事可做，躲在民房里摸牌喝酒磨闲牙。张平青呢，正端着酒杯在马棚里相那匹枣红马。傍晚雨歇，露头的夕阳照得马头发亮，就听到寨外有一个女人哭喊着闹。张平青相马，最讨厌人打扰，他相马，是学伯乐，喝酒喝得晕晕乎乎，净了手，客厅里点上香，来到马厩，相了马耳朵相嘴巴相牙齿，相了牙齿相鼻子，相了鼻子相蹄子，看着哪儿都舒坦，他相高兴了，还给马喝口酒，马也听话，低头喝了。上过私塾的张平青真如庄周梦蝶一般，迷迷糊糊的，嘴里喃喃地背诵着《马说》，有时竟然眼角含泪，脑海里渐渐浮现出一个人，脑海里的那人就走了大运，他叫过来，下命令："某某某，提拔副连长！"某某某就成了副连长。提拔了副连长的，跪下给张平青磕头，张平青说："给我跪干啥，你得谢马，是马说要我提拔的。"所以，兵营里，所有的官兵只要看到张平青相马，都屏住呼吸，等待着，等待着好运临头。这天，正在张平青相马相得最得劲儿的时候，他听到了哭声。张平青很恼火地问啥事，回说是有个哭闹的村妇说在野外秫秫地里被强奸，那歹徒穿着张部新换的军装，腰里别着两支盒子炮。张平青一听："谁干的？好汉做事好汉当。不过一顿军棍！没啥，因为你裤裆里也痛快了。"

他命令挎盒子炮的大小官儿，站在绵绵细雨里让这妇人一一辨认。

妇人红了脸，低着头，看着自己的绣花鞋的鞋尖，也看着队列的脚尖儿，突然鼻子一抽，凑近了一个光头小伙，抬起头上上下下地打量。这光头小子懵了，一瞪眼，飞起一脚将妇人踢翻，妇人刚"哎呀"一声喊，就听后背突然一声枪响，妇人哆哆嗦嗦爬起来，见那光头已经应声倒地，嘴角流血，脑浆迸裂。妇人吓得一腔坐到了泥水里。

站在门口的张平青撮嘴吹吹枪口，食指朝里钩着，说："妇人你过来！"

妇人吓得尿了裤子，筛糠一般，走不成溜儿了。

张平青圆睁着两眼死死盯住农妇，盯得农妇发毛。他说："解恨了吧？"

"不是说打一顿军棍吗？怎么打死了？他又没祸害俺。"

"没祸害你，你告啥告？！我让你尝尝骑木驴的滋味。"

就吩咐卫兵去推木驴。木驴蹄子其实是四个辘轳，驴后背上有个三寸长的铁耙齿,尖儿朝上,受刑者坐到木驴上,耙齿插到腚眼儿里,有人后面推着木驴,有人前面拉着,拉一个来回,人就没命了。

妇人一见,吓得跪下捣蒜磕头:"大人饶命,大人饶命。"

张平青骂道:"闭上你的臭嘴,上去!"

妇人颤抖着站不住了,后面的兵把她抱上木驴的背,正要在腚眼儿里插那耙齿,听到马厩里的枣红马"哝哝"大叫,张平青一摆手,说:"罢了!以后再胡乱说,我可让你骑到天边去。"

那妇人吓得捂着肚子跑了。

2.无言"酒劝"——芝镇最高的劝人礼仪

张平青继续提着酒葫芦到马厩里去相马,相了半天,脑海里再也没有浮现的人,倒是想起了汪林肯,多日不见汪先生了,得好好喝一壶。遂骑马来到班岗的双盛合酒店。这是汪林肯开的。自从张平青附逆,汪林肯就躲着他,张平青呢,也知道。

双盛合店面不大,门口的酒幌子在风中摇摆,小天井拾掇得干干净净,一溜朝南摆着几个酒瓮,张平青将马缰递给卫兵,放轻脚步走进店中,见一个毛头小伙在捉虱子,光着上身。见来了主顾,赶紧起身。张平青问:"掌柜的呢?"

伙计说:"汪先生一大早去了浯河边,说有只喜鹊见天在皂角树上叫,他见天去听,跟喜鹊都熟络了,不论刮风下雨,喜鹊都在树上等他。他和喜鹊从来没有爽约。"

张平青笑一笑说:"好兴致啊!就说张某来过,酒坛子给他。"

跑堂的端出茶壶，张平青已经骑上马一溜烟地跑了！

到了浯河边，只见河水滚滚北去，却不见喜鹊，也不见汪林肯，只有发绿的一片树。

早在几天前，汪林肯就带着酒来劝说张平青："加入'北平临时政府'，你就不怕人家说你汉奸？"

张平青道："谁当汉奸？一旦中央军大反攻，我就堵住黄河口，封锁胶济线，山东境内的小鬼子，还不是一锅烩！到那时，光复山东第一功非我部莫属。再说了，关公不是也曾降汉不降曹，世人却视之为忠义化身？可见，降不是问题，关键是降谁和降后行止……"

"都当关云长，谁去灭曹？"

"潍县厉文礼、胶县姜黎川、密州张希贤都跟日军明勾暗结，想假日寇之手置我于死地，我恼他们欺人太甚！只好来个以毒攻毒，加入'北平临时政府'只是个名义，我堂堂中国人，岂能干出卖祖宗的事儿？！"

"一失足成千古恨哪！万万不可再往前走！"

与汪林肯不欢而散。张平青如一只无头的鸟，乱撞乱飞。

让张平青想不到的是，日寇这么快就完蛋了，膏药旗被踩在了泥水里，张平青觉得像做了场梦。他只好投靠李延年，李将张平青部收编为"山东省胶高诸海防军"，张平青为该部司令，驻防密州县城，有兵力四千余人。一九四五年九月二日，八路军山东军区第一师将张平青军部包围在密州县城，张平青拒绝投降，并且狂妄叫嚣："就是杀老百姓吃，也要死守密州。"山东兵团第一师师长梁兴初下令攻城，张平青在保镖护卫下，化装逃往高密县城。

走前，略一犹豫，张平青想起了自己亲手造的貌姑爷庙，遂拐弯去了王爻村，在貌姑爷像前上了三炷香。他每次带兵打仗前，都要来拜一拜，双膝刚刚跪到地上，就听后面有人喊他。他赶紧爬起来，是汪林肯、芝里老人、李子鱼，还有我爷爷公冶祥仁。

汪林肯说："我早就知道你要来的。"

"诸位兄长，这是……"

"应龙啊！没别的事儿，就是喝酒！"

李子鱼把酒坛子从驴背上卸下来，是田雨烧锅上的站住花。地上铺块油毡纸，四个碗，分别是红皮咸鸡蛋、绿皮咸鸭蛋、白皮咸鹅蛋，还有一碗干炸马口鱼。

这夜，在貌姑爷庙摆的是芝镇传说的"闷酒"，又叫"酒劝"。五人席地而坐，每人带酒一盅，轮流喝，一直把整坛子酒喝完，但不能开口，只靠眼睛说话。是用眼劝，用酒劝。这是芝镇最高的劝人礼仪。

芝里老人先端起来，寿眉掩盖下的两眼闪出两道寒光，张平青感觉，这两道寒光，呲呲冒着火星子。他低了头，仰脖干了，筷子戳戳咸鸡蛋，咸鸡蛋在盘子里转。猛抬头，芝里老人的寒光已经在慢慢回收，渐渐收了的寒光的末梢，是一丝丝暖意。恍惚间，张平青见到了死去多年的父亲，慈祥的面孔下，紧闭着嘴巴，多年不见的父亲，白胡子挓挲着，两眼塌陷，张着大大的嘴巴里，露出的舌苔是黑的。张平青把眼睛移向汪林肯，汪林肯端起酒盅,举过头顶,满眼里是期盼,是留恋,是等待,是恨铁不成钢的着急,是拽马回头马不回的无力感。张平青朝他笑笑,端起酒盅,仰脖干了。汪林肯咬住嘴唇,嘴唇已经咬破了,出血。

轮到我爷爷,端着杯子眯缝着眼,像给病人切脉。脉象太乱,拿不准,摇摇头,再摇摇头,牙一咬,干了。抬起头来时,我爷爷已经是满脸泪水,胡子颤抖着,他的头晃了又晃。这时一阵风过,胡子刮进他的嘴里,他用牙使劲咬着那花白的一团,像咬一团白棉花。

李子鱼滴酒不沾,他倒一盅酒洒在地上,抬头看看张平青,他的嘴唇哆嗦着,眼眶也是湿的,用袖子擦了,还是湿的。

那一夜的闷酒啊!芝镇人的八双眼,对准了那一双,就要拉回来,用酒劲儿拉回来。不说,用酒说。酒啊,你就说吧。酒啊!

桌上的鸡蛋、鸭蛋、鹅蛋和马口鱼没见少,蛋皮都没戳破呢,酒坛子却空了。这闷酒喝完了。他们的"眼说"也说完了。盯着夜色,汪林肯终于打破了沉默。

"平青啊,回头是岸,前面是悬崖和火坑,还是弃暗投明吧。别再往前走了。山东纵队这边,我可以去递话。梁司令那边,我去。"

"……"

3.刻着"芝镇"二字的酒葫芦

张平青晃晃酒坛子,果然空了,他摆摆手,后面的卫兵递上了酒葫芦。他打开，将酒葫芦在地上酹了酒，叹了口气："这酒葫芦，是我的一个本家叔叔花了一个月给我弄的。我那年被曹仲方陷害坐了牢，有劳大家给说情，我出来了。我这本家叔叔，就送给了我这酒葫芦。原来以为做个酒葫芦很容易，没想到这么费劲。得选好葫芦，先在葫芦嘴这儿开好口，然后灌满水，让葫芦里的瓢子沤着，就像咱们小时候砍了麻秆放到湾里沤麻一样的理儿。将葫芦瓢子泡透半个多月，将瓢子掏干净，再放进去小沙粒在葫芦里使劲摇晃，将葫芦内壁上的较软的部分打磨去，再放入锅里添上红茶等煮透，去除葫芦的苦味，也给葫芦上色。煮好阴干，等干透了，再将熬好的蜂蜡灌进葫芦。还有啊，要将葫芦不停地旋转让葫芦内壁挂蜡均匀，还要将葫芦加热，让蜂蜡更深地渗入葫芦壁。葫芦塞子呢，是牛角的，这两个环也是牛骨，他用锉锉了好长时间才锉圆的。酒葫芦灌的蜂蜡，是我叔叔的一个朋友的，他自己养的蜜蜂，自己整出来的蜂蜡。我爱这个酒葫芦！我得对得起我这个本家叔叔啊，他在酒葫芦上还刻下'芝镇'二字，他是要我别忘了家乡啊，他这么耐心地做。这酒葫芦啊，装进去的酒，总感觉喝不完！"

我爷爷他们都静静地听着张平青讲酒葫芦。

张平青一脸悲戚道："四位前辈，事已至此，我只好奋力一搏了。"

芝里老人掏出一个方方的纸包，打开说："这是一篇旧作，你在斗鸡台驻扎多年，我送给你。"

芝里老人的诗是《登斗鸡台有感》：

故人邀我步荒台，千树万树梨花开。
见说齐王斗鸡处，而今雄风安在哉？
潍水东流终归海，南望琅琊掩蒿莱。
穆陵关前剩明月，公冶祠柏杜鹃哀。
上有古井通浯水，相传地里可传杯。
老树不堪惊风雨，斜映银湾滢预堆。
悠悠我思千载上，北邙山随夕阳颓。
人生不过百年耳，能向花间醉几回？
双双紫燕舞前席，霭霭白云浸金罍。
今人吊古无尽意，古人不见今人来。

张平青接了，说："芝里老，我明白您的厚意。抽空裱起来，默念于心。"

骑上马，披一身夜色过河而去。芝里老人抬手扇了自己一个耳光："苦海有边，回头无岸！"

这年六月，山东解放军第五师一举攻破胶县、高密，张平青残余兵力被消灭殆尽，只身逃往青岛。同年九月，张平青被国民党青岛警备司令部任命为少将高参；十月，张平青充当作战顾问，伙同国民党三十六师向平度解放区进犯，失败后狼狈窜回岛城。张平青的宿敌赵季勋、曹克明、路景韶、王仲怡等，这时都在那里，多为国民党军政要员，他们见此时的张平青如丧家之犬，认为报仇时机已到，便纷纷向国民党政府和岛城警备司令部提出控告。一九四七年一月，岛城警备司令丁治磐将张平青扣押。

国民党中将周毓英老家是芝镇的伏留村，他的祖坟曾被张平青挖了，闻听张平青被捉，周毓英上书蒋介石，要求严惩这个汉奸。

一九四八年二月十二日，张平青在岛城五号炮台被枪决。

据说，张平青被押上囚车后，又要求下来，把叠得方方正正的宣纸，揣在了怀里。有兵丁听他嘟囔："芝里老人啊，您的诗，我就带到那边去裱吧。斗鸡台、斗鸡台……"被一脚踹上了车，他站直了，取下腰里的酒葫芦，猛灌了一口。破口大骂国民党丧尽天良，监押士兵打他的嘴，他乱咬乱撞，仍然骂不绝口。囚车来到炮台行刑地，行刑队把张平青从车上拖下来，命令他跪下，他立而不跪："我他妈跪谁！"一个士兵朝他的膝部猛踢一脚，他跪倒在地，酒葫芦在地上滚，拴绳儿断了，他挣扎着爬起来，"我的酒……"

这时一声枪响，张平青应声倒下。时年四十四岁。

那酒葫芦骨碌骨碌滚着，滚到沙滩上，一停，又往前滚，滚到海里，击起一片白花。

4.他走上了让他的小村蒙羞的一条邪路

壬寅年七月十七日上午，我和芝镇酒厂的冯同学来到张平青故里双泗村寻访。一场雨刚过，田野里郁郁葱葱，问村民，都知道张平青，但他的旧居和修的圩子墙连个茬子也没有了。他曾经在这片土地上奔跑过、呼吸过、笑过、哭过、闹过，有过天真，有过混沌，他的一切细节都已经陈埋地下，或如深藏在水面下的沉船，一点点地腐烂。

张平青成了传说。

我的文友、在档案局工作的朗潮先生，写有著作《昨日烽烟》，有一段写到张平青回乡，时间应该是在一九四二年，朗兄写得蛮有意思。录在下面（文字略有改动）：

东南晌儿（方言，上午九点左右）时候，王祥率骑兵营开路，后面排成一字长蛇阵，蜿蜒上了都吉台东门，绕过东城阳、徐洞、东霞岗、业家屯，渐次靠近双泗村西门。守门团丁认出是张部人马，连忙开门。王祥正欲率部入庄，张鸿叶扬鞭策马赶上来。传令全军稍息待命。须臾，张平青拍马赶到，对王祥说："这几年庄子受我连累不轻，容我先进村向各位父老赔个不是。"

他话音方落，西门中跑出几个穿戴体面的头面人物，一个个脚步踉跄，神情惶恐。张平青阔步上前，朝一位身穿黑袍的老者深深一拜："二大爷来啦！应龙率部欲去河东，蹁腿回庄看看乡亲们过得怎么样。"

黑袍约莫六十开外，红唇皓齿，眼睛似两盏灯，留着一缕山羊胡。他仔细瞅瞅张平青脸庞，连声道："比上次回家又瘦了。军务太操操人，咱庄的也一样，汉奸队常来要粮催款，亮出你的旗号屁用不管！"

张平青脸色骤变，对张鸿叶道："带赵青山过来。"

少顷，张鸿叶、赵青山并排骑马驰来，相距十几米，纷纷跳下。张平青脸色阴沉道："青山兄，双泗村是我老家，你不会不知道吧？"赵青山一愣："咋会不知道？"

张平青陡然抬高声调:"那为何还纵容手下进庄捣乱?"

"警备队早不归我管了。"赵青山急头赖脸道,"这次跟渡边敲定,不许再派一兵一卒来双泗村。"

村中几位头面人闻言上来千恩万谢,黑袍道:"应龙,带队伍去村中歇息,吃罢午饭再走,叫家家户户擀饼、煮蛋。"

张平青摆摆手:"军务紧急,不住下了,烧点开水就行,谁渴谁喝。"

黑袍回头吩咐几句,几个人撒开腿奔回庄子,过了一顿饭工夫,又跑回来说,准备好了。张平青让张鸿叶传令,进村喝水,不得擅离队伍,半个钟头后开拔。

走进庄子,除了西门里庙台上有几个老人在石台上闲聊,街头少见闲人,却摆着七八张方桌,上面除了暖壶、瓷碗,还有刚煮熟的红皮鸡蛋、白皮鹅蛋、绿皮鸭蛋。

张平青眼睛一亮,对黑袍道:"说好了,只喝水。"黑袍似乎没听见,喋喋不休道:"鸡蛋鹅蛋,现在吃就中。鸭蛋是咸的,得就着干粮吃。"

张平青由衷感叹:"咱庄的咸鸭蛋真是好吃,还有双黄的,腌到火色,剥开就淌油。我十二岁那年秋到潍河洗澡,拾了半架筐鸭蛋,腌腌吃了大半年。"

黑袍一掠山羊胡,意味深长地道:"应龙打小就不同凡响。还记得打赌偷鱼的事吗?"

张平青一愣:"我倒忘了,你说给我听听。"

黑袍缓缓道:"那年夏天,你也就五六岁,光着腚在街头玩,来了个卖鳞刀鱼的。我跟你说,你能拿条鱼来,我就给你个大甜瓜吃，你凑过去，趁卖鱼的不注意，掏出条大鱼，用嘴叼着双手拍打着腚锤子慢慢悠悠去了我家。过了一会儿，来了个买鱼的，卖鱼的才发现最长的那条鱼不见了，对买鱼的说坏了，那条大鱼不见了。买鱼的说，谁来过？卖鱼的说，除了个光腚小孩儿，没人来过，那小孩儿走的时候还两手拍打着腚锤子。"

张平青眯缝着眼睛，一脸认真道："你给我大甜瓜了吗？"

黑袍忙不迭道："给了，给了，当然给了。"

张平青顿一顿又道："那条鳞刀鱼呢？"

黑袍掩口葫芦一笑："叫我煎煎吃了。"

张平青"哼"了一声："哎呀，二大爷吃了独食，难怪我没印象。"

时辰一到，吹号手吹响行军号。张平青辞别黑袍一干人，随军前行走到东门口，张平青忽然停下，让张鸿叶传令给张天和，凡送水送蛋者，每家酬谢两块大洋，余者每家一块大洋。

待全军从沙平水浅处涉过潍河。张平青站在东岸，翘首回望，对赵青山道："双泗村是个好地方，西绕渠河，东枕潍河，都是老天爷安排的，谁也搬不走。"

张平青这是去高密投敌，他走上了让他的小村蒙羞的一条邪路、一条不归路。

一抹霞光

第十六章

1.一个女人怎样才算得上美丽？轻盈的气息

一匹骆驼，是一匹骆驼，在穿透夜色的霞光里走，脚下是沙漠。踩一蹄，留一个蹄印，再一蹄，再留。可一阵风过，蹄印没了，它再抬蹄，驼蹄起落，细沙扫着这蹄上的粗硬的毛。那一抹霞光，潮潮的，湿湿的，还有点儿淡淡的咸和甜，一点点地染着东方……无边的沙漠，还有吹着沙漠的风。

"骆儿！你好……"我大喊着，猛地就醒了，我并没有躺在沙漠上，我躺在席梦思上，耳畔好像还有驼铃之声。

牛黉的乳名叫骆儿。当年芝东村的人都还记得，牛黉的爹牛收当兵回来，背着一把生锈大刀，牵回一头骆驼，骆驼上还驮了个红衣女子。那女子就是牛黉的娘，这俊女子三年给牛收"收"了俩闺女，大的叫"骆儿"，小的叫"驼儿"。这俩女儿长得也都出挑，眼睛随她们的娘，黑亮黑亮，都爱笑，笑起来满村人仿佛都听得到。骆儿长大了嫁给了曹家，后来这"曹大姐夫"被当汉奸的爹气死了。她看不惯公爹家的乌烟瘴气，就常年住在娘家。

牛兰竹从省城回乡，在芝东村办起夜校，骆儿跟着认字，有天上完课，骆儿磨蹭着，恳求牛兰竹给起个大号。牛兰竹想了半天，在一个雾蒙蒙的清晨，小跑着敲开骆儿家的门，骆儿刚刚洗完脸，在往腮上擦粉呢，听到大门"滋溜"一声响，她一抬头，看到了牛兰竹小跑着已经进了天井，两手伸着，把用毛笔写好的"牛黉"恭恭敬敬地交到了骆儿手里。骆儿的眉梢一吊，牛兰竹觉得自己是被戳了两眼。骆儿双手接了,又抬起头,一缕头发盖了半边脸,牛兰竹瞅着她,心咯噔一下。

"姐姐,你……真俊。"撂下一句话,牛兰竹想逃,两脚却似被鳔胶给黏住了,怎么也拔不动,使劲挪窝,挪出了一身汗,小跑着回了家,心却一直在狂跳。

牛兰竹见了这个本家姐姐就心慌。他是有家室的人,她也是有婆家的人,他和她尽管出了五服,也是本家。想到骆儿,牛兰竹脑海里就闪着我大姑小樽的眼睛。可是,他又忍不住想骆儿,想第一天晚上上夜校,木匠刚打的白杨木课桌散发着木头的清香,一想她,就是满屋的木香,白杨木的清香,他甚至都想到了唰啦唰啦的杨树叶子被风吹的声音。那清香甜丝丝、美滋滋、软乎乎、还有点儿苦涩,他说不出来的一种感觉。

在一个夏夜,天热得牛兰竹烦躁得很,牛兰竹跟好友张进、李干、李震几个小伙伴在曹香玉家聊天。张进变戏法似的掏出一个酒葫芦,对着酒葫芦嘴,一人一口,一会儿就喝干了,他们七嘴八舌地想象着打败鬼子是个啥样子,自由富足的新中国是个啥样子。回家却睡不着了。一个人跑到浯河边,他想一个人清静清静,刚走上桥头,就见一个人影往这边来,一个熟悉的影子,是牛廙从婆家回来了。

"姐,这么晚,你不怕走夜路?"

"怕啥,有月亮。看,我有这个。"

从包袱里掏出一把盒子炮,曹大姐夫死后,她把它藏了起来。

"我不会打,吓唬人的。给你,给你们的游击队。"

牛兰竹接了:"给我?你以后走夜路咋办?"

"不是有你了吗?"

那晚上,他们在河边走来走去,走来走去,总是走不完,总是走不烦,月光是一块一块地往前铺着,像一块一块耀眼的浯河冰。

那晚上牛兰竹喝了一点酒,坐在桥边的月下,他们并排坐着,他又嗅到了那醉人的白杨木的清香,他贪婪地吸着。那一刻,他记起了俄国作家蒲宁的小说《轻盈的气息》中写的情景:"一个女人怎样才算得上是美丽的……反正这几条是少不了的:要有像沸腾的焦油一般的黑眼珠……要有像夜一般乌黑的睫毛,要有泛出柔和的红晕的面颊,要有苗条的身材,要有比一般人长的手指……要有圆得恰到好处的小腿肚,要有颜色跟贝壳一样的膝盖,要有一对削肩膀……而最主要的,你知道是什么?要有轻盈的气息!"牛廑的轻盈的气息与河边那片湿地的湿漉漉的气息一起,猛然一阵风过,野鸭大群地从芦苇荡里飞过,河水如一道明亮的路在缓缓移动。他明显地听到了鱼儿的喋喋之声,鸟儿的鹅鲽之声。雾水上来了,像一层轻纱,披在他们身上,他们就这样陶醉着,微醺着,像坐在洁白的棉花垛上,像坐在云端上,但是一切,是很短暂的一切。

"那天你为什么要救我?"

难忘在芝镇的那个大集,她去捉醉麻雀。

"你是我姐姐嘛!"

牛廑拣起一块鹅卵石扔到浯河里,"啪"的一声响。牛兰竹也拣起一块,扔到水里。

"你为什么救我？"

难忘那个芝镇的大寒食，那天"一百五"，喜鹊上梁的日子。

"我听不得女人哭。"

牛黉不说话。

"我愿意跟着出去打鬼子！"

"真的？"

"真的！"

"你真俊！"

"你大姐夫一死，我明白了很多事儿。人不能光为自己活着。"

"曹大姐夫是个好人！"

他的手去拉她的手，她躲开了。站起来，往芝东村的方向走。他在后面，踩着她的影子。

2. "你问问哪个不是包办的！"

在芝镇，一直流传着我姑父牛兰竹跟我大姑小樽入洞房那天的事儿。十三岁的姑父牛兰竹个子比我大姑小樽高一头，我大姑比他大六岁，他个子再高，也是个孩子。拜完了堂，入了洞房，掀了盖头，就没他事儿了。

"让她跟我姐姐睡。"

"她可是你媳妇啊。"

"我不要媳妇。"

当爹娘的拗不过,牛兰竹执拗地要跟着爹妈睡。当娘的睡到半夜,又把睡得烂熟的牛兰竹抱到洞房里。牛兰竹早晨醒来找不到了娘,看到身旁的新娘,问:"你怎么还不走?这是俺家。"

我大姑小樽也不恼,说:"也是俺家!"

"瞎说!你家在大有庄。"

牛兰竹起初就觉得我大姑小樽就是买来的丫鬟。我大姑小樽呢,忍着让着哄着他,伺候他。牛兰竹有时也觉得她像个姐姐,客客气气,晚上睡觉总是一个在炕头,一个在炕尾。

牛二秀才到底是牛二秀才,他想了个法儿,那正是初春时节,在炕上畦地瓜苗,一大半的炕砌成了地瓜畦,从浯河里淘来细沙子埋上地瓜,天天浇水,等着地瓜苗出来。原来一对新人是睡一只大炕,井水不犯河水,这会儿,一只炕剩了仅能容两人睡的地方。牛兰竹皱着眉头,抱着枕头找爹娘,爹娘把门关了。牛兰竹没法子,只好跟我大姑小樽挤在一起,算是同了房。

可是等地瓜苗长出来,挪到了地上,那只炕又成了一只大炕,牛兰竹和我大姑小樽又各自睡炕头和炕尾。牛二秀才又在炕西头,加了一个"栈子",那"栈子"占了一大半的炕,专门盛地瓜干。牛兰竹最愁的是睡觉,好在第二年,他考上了省乡师,跟我大姑小樽就聚少离多,唯一的一点关联就是当爹的每次写信,在信尾缀上一笔:"你媳妇也安好如常。"

对男女之事,我姑父牛兰竹是懵懵懂懂的,没开窍的。而在大寒食,也就是芝镇烧锅上的那一天,骆儿被欺负,牛兰竹从天而降,攥枪子戳在地上。骆儿一抬头,一双泪眼,像一把钥匙一样,拨动了牛兰竹这把铁锁,已经十八岁的牛兰竹,忽然觉得天地澄明，骆儿的泪眼把他的心整个照亮，他浑身的力量因为骆儿的泪眼顿时陡增，他像灌满浆的麦芒在人群之间立着，他要保护她，他用手把她的挂在腮边的泪抹去，她的腮红碰得他的脸滚烫，他瞪圆了眼，把自己的燥热逼出去。

在夜校，牛兰竹忙活着自编教材，教材的大体内容是：怎么产生的阶级，男女为什么不平等，中国人为什么老被欺负。牛兰竹的同学曹永涛还给他捎回一本《论持久战》。上夜校，骆儿是来得最早走得最晚的一个，总坐在第一排，瞪着大眼睛，托着腮听。上完课，总是有问不完的不认识的字，牛兰竹也愿意教他，他教会了她查字典。牛兰竹把高尔基的《母亲》借给她，她两个晚上就抱着字典看完了。又看完了《简·爱》《死魂灵》等。牛兰竹不知从哪里找到一本《西厢记》，这本古书，没有了封面，但自己看得如醉如痴，他没想给别人，就想给骆儿看，但是一想到她就害怕，就心慌。可他一直在想。有一天夜里上完夜校，他用牛皮纸包了个封皮，把《西厢记》塞给了骆儿。没想到第二天晚上，骆儿生气地把书还给了牛兰竹。

一直冷落了好几天，牛廒上课也不坐在前排了，低着头心不在焉。可是，在一个雨天，她敲门来借《庄农日用杂字》，顺手从兜里掏出了一个苹果塞到了牛兰竹的手里。这一切让我大姑小樽看到了，也让眼尖的母亲看到了。

牛二秀才听老伴一说，正在端着酒盅喝酒呢，大喊着牛兰竹的乳名，牛兰竹磨蹭着过来了。

当爹的给儿子倒上一盅酒说："喝了，我跟你说！"

父子俩干了酒。

"我供你上学,就是让你当个好人,可别乱了心思。你是有家室的人,骆儿呢,也是有家室的。她丈夫虽然死了,她也得守节。这是规矩。再说,你和她还是本家呢。"

"什么本家?都不知哪年哪月的事儿了!"

"同宗同姓的人,你见谁家娶过?再说,你都有了公冶小樽。你不是倡导新生活运动吗?一夫一妻。"

"我也可以离……"

"混账东西!"

牛二秀才在芝镇是最开明的人了,可是他身上的封建的毒素还纠缠着他,咬啮着他,规范着他。他和毒素共存,像镰刀和镰刀上的锈迹,像湿漉漉的泥墙和泥墙上的青苔,像苹果和被虫子咬过的疤痕。

"你抗日,我支持,但是婚姻大事,不可胡来!让人家笑话,好几辈子都抬不起头来。在咱们芝镇讲究的是名声。"

"我和小樽是包办的!"

"包办咋的了,你问问哪个不是包办的!"

3.她把一缕青丝织进了围脖里

骆儿有了牛兰竹给起的名字"牛廞",兴奋得都睡不着觉了。她后悔自己拿给牛兰竹的苹果,上面有个疤。

回到芝镇,牛兰竹觉得有了一个真正的朋友、一个能说话的朋友,这可是意义非凡的事儿。牛兰竹觉得,过去的生活是完全黑暗的,现在的生活透进了一丝亮光。他获得了一个目标。但一想到我大姑小樽,一想到那个"牛"字,他又痛苦又彷徨,心里有着一丝秘密而又甜蜜的羞耻。对她的怜恤,在心里一点一点地芽儿一样地长大着,对她的一举一动,一丝一毫,都那么在乎。

一九三九年一月,芝东村党支部在曹香玉家悄悄成立了。牛廙帮曹香玉把门窗都抹干净了,天井扫干净了。芝东村的这几个人兴奋着,震颤着,小村也如一潭死水猛地丢进了一个石子。

已经担任高密县八区区委书记的牛兰竹兼任村支部书记。牛廙当然是最活跃的分子,牛二秀才支持牛兰竹抗日,却看不惯牛廙跟在他腚后面黏糊着他。他想拆散他俩,却眼见得越走越近。

我无法想象,当时大姑小樽是什么心情。我只知道,她是公冶家族的女儿,她一定是个贤妻良母。她跟牛兰竹的女儿都三岁了,她相信我姑父会回头的,但是我姑父却在一个夜里,跟牛廙一起跑到了张平青的队伍里。

牛二秀才一夜未眠,蹲在门前的青石板上,抱着头,一会儿又扬起拳头,向黑暗里扑击着。他不知道要打的是什么,但他就这样打着。他怨恨、茫然地看看天,天上有繁星闪烁。远处铁匠铺子里,叮当响着,喷出的火舌耀着眼。牛二秀才无法理解这混沌世界的秘密,已经土埋半截的人,怎么越过越糊涂了呢。牛兰竹牛犊一样健壮、强力、霸蛮的身影浮现在他的脑海里,大步地向前走,而在他的臂弯里,是骆儿,骆儿,骆儿……好事不出门,坏事顶风臭千里,还被添油加醋地长了更长的翅膀。每个人的眼睛都那么毒,那么辣,一辈儿一辈儿地传下去。伤风败俗,牛家的耻辱!人人嗤笑、咒骂,这不是我老牛家的人所为啊!

"叫你黏糊!叫你黏糊!"

他抓起一把沙土，扬了出去，不想一阵风，沙土落了自己满身。脑海里的幻象消失了，就好像被风吹散了的沙土。他捶捶自己的老寒腿，站了起来，回家，到炕上去又辗转了半天。这是咋了呢？牛家这是咋了呢？我怎么对得起人家公冶家呢？牛二秀才长叹一声："咱这是背着粪篮子推磨呀，臭自己，臭一圈。罢了！罢了！"

牛二秀才最亲他的小孙女，小孙女在西屋里翻身的声音他都能听到。他还听到了我大姑小樽的一声轻轻的叹息。

在牛兰竹眼里，牛廙是年轻而奔放的，红润的脸庞，乌黑的垂在颈上的柔顺头发，她的手沾着什么，什么就发出奇异的光，那光柔和而温暖。

"你给俺起了名字，怎么答谢呢？大兄弟！"牛廙朝着牛兰竹说。

"起个名字嘛！举手之劳。"牛兰竹说，"我高兴咱们在一起。"

"嗯。"

一个雨夜，牛廙来还书，在书上放着叠得方方正正的花围脖。红线如小河的两岸，而红线边上是一缕黑线，长长的，甩到了围脖的尾巴那儿。"我织的，别嫌弃。让围脖一直围着你，护佑着你。"牛廙说。她把一缕青丝织进了围脖里。

除了酷热的夏天，牛兰竹一直围着这条围脖。

在张平青的兵营，牛廙参加了报务训练班。牛兰竹负责教电学及英文课。一双做惯了针黹的手，让它捣鼓机器，反差太大了。还要学阿拉伯数字，学英文，熟悉电码，像查字典一样，在电码本上找到相应的文字，有些常用字还不认识。接收电台讯息，还要记住呼号、波长、每天联络的时间。每天牛廑的脑子就一团糨糊一般。

但她没有感到枯燥，白天练了，晚上练，她知道，自己不能后退，一后退就退回到芝东村，再也出不来了。他听曹永涛说过无线电的重要。牛兰竹一有时间就来督促她，考她的摩尔斯密码。

比如他说："新中国万岁。"

牛廑必须准确无误地说出："新2450 中0022 国0948 万8001 岁2979"。

再一天早晨，问同一句话，就直接翻译成数字了："2450 0022 0948 8001 2979。"

牛廑对自己也感到惊讶，一个月前，自己还懵懵懂懂。突然脑子里就装了这么多东西，脑子原来这么大呀。

终于学会接收讯息了，牛廑激动得又蹦又跳。电台是张平青的宝贝，只要电台上需要的，他都答应。

"A""B"电池，都是从鬼子那里交换来的。牛兰竹为了延长电池使用寿命，用过的电池再用盐水和开水煮，煮完可以继续使用，直到外面的锌皮全都损坏了才扔掉。张平青说："不必这么过日子，用完了，问日本人要。"

手摇发电机的齿轮突然坏了，一时找不到备件，发报台停了工，大家都很着急，牛兰竹想能不能用自行车后轮，加上皮条拉动发电机呢？一试，果然行。牛廑很佩服牛兰竹的心灵手巧。

4.他用舌尖一点一点舔去牛虞腮上的泥土

有一天,牛虞正在抄收中央社的新闻电报。中央社每分钟120多个数码,发报速度快,牛虞跟不上。

正在着急,牛兰竹进来了,后面是汪林肯。在他们的谈话中她听到了曹永涛的名字。

牛兰竹问汪林肯:"杀了?"

汪林肯低沉地说:"嗯!"

"是谁被杀?"牛虞脱口问。

……

牛虞和我姑父牛兰竹通过张平青的电台把一些日军和伪顽的信息源源不断地在深夜传到了西山里。

后来,我姑父牛兰竹奉命回到根据地,当了《利群日报》记者,牛虞一直在张平青的军营里潜伏着。

至一九四五年九月四日密州全城解放,牛虞和电台也被"俘虏",是汪林肯把这位潜伏者介绍给了梁兴初将军。梁将军说:"你是我们的眼睛啊!"

当地一位老人回忆过往,特别是沉重的细节时,目光总是眯着,瞧着远方。我采访过无数这样的老人,他们都这个姿势,而我的姑父牛兰竹也不例外。他的目光盯着窗玻璃,窗玻璃上有一个窗花,是老家人寄给牛兰芝的,那窗花剪的是六个老头醉酒,一人抱一个大碗,各具神态,有喝了酒摸肚子的;有大碗在嘴边,手却往一边拨拉的;还有抱着空碗示意加酒的;还有端着酒杯拤胡子的。牛兰芝说:"这就是咱芝镇人的德性啊!每次看着这窗花,我就忍不住笑,忍不住想俺父亲和他的一堆朋友喝酒的样子。"

姑父牛兰竹盯着窗花,说:"我这一辈子啊,对不起你大姑小樟,我们毕竟是夫妻,包办的也是夫妻。我对不起她,伤害了她。还有是牛虞,还有牛虞和我们的孩子。我去了报社干记者,也照顾不上她,后来为了掩护老乡,她被捕。我们胜利后,在缴获的敌伪档案中,有一份敌伪审讯她的记录纸,这张白纸上面,只有'牛虞'二字,没有一个字的供词。"我看到姑父的眼里有了泪光。

牛虞被关在财主家的后宅里,那墙是被烟熏黑的。两只手被钉在墙上,两只手掌和墙成了一体。怎么钉上去的,谁这么狠心?是还乡团的人,一锤子一锤子,他们让她说出秘密。牛虞就重复一句:"我是老百姓,什么也不知道!"他们钉她的手,锤子把手指头都砸烂了。他们牵出狼狗咬烂了她的裤脚,咬烂了她的腿。那是个深秋的上午,牛虞在密州的龙王庙子村,带着基干民兵,监视敌人动向,准备组织最后一批村民转移。这时,从诸胶公路进犯的敌军,突然包围了龙王庙子,牛虞被抓。

秋风吹乱了牛虞的长发,她听到了门外密集的枪声,她期盼着自己人来,期盼着心上人来。可是惊慌的敌人把她推下了深坑……

她被扒出来时,脸上还绽放着笑容,像睡着了一样。民兵们找来村里的女人,用棉花蘸着酒,给她擦洗了身子。一点一点,女人们的眼泪滴在棉花上,跟酒掺和在了一起。翻箱找柜,从地主老财家找来一身棉衣棉裤换上。

不知啥时候,我姑父牛兰竹来了,他滚身下马,跪在牛廑身旁,盯着她,额头、鼻梁、嘴巴,我姑父念叨:"牛廑你倒是动一动啊!你倒是动一动啊!"没有动,没有动。他用手指梳着她的乱发,一下一下。她的额头上有块淤血,她的腮上黏着泥土,他俯下身子,用舌头一点一点给舔了去……

并未结束

牛兰芝到《利群日报》报到那天下雨,房东大娘给做的一双新军鞋沾满了泥巴。她一边走一边心疼。房东大爷给的那顶蓑衣是连夜打的,细密,瓷实。忽然听到一声咳嗽,那咳嗽声真大,山谷都有回应。这老头,高个,背着一个粪筐,粪筐里装着几把蓑衣草。他戴着一顶破苇笠,穿一个老蓝布褂子、灰粗布裤子,说话瓮声瓮气。牛兰芝看不清他的眉脸。她上前打听报社在哪儿。老人家说:"报社?哦,可是队伍上的?跟我走吧!"

牛兰芝就在后面跟着。老头问:"老家哪里的?"

"芝镇。"

"芝镇?我考考你,包瘫、不欲坐、不爱蛄蛹、不爱动弹、懒得晃,是什么意思?"

"'生病'的意思!"

"赶末儿、艮艮、待盼,啥意思?"

"时间短,一会儿的意思。"

"窗户往里溮雨。知道溮雨吗?"

"雨叫风刮进窗户里。"

"安阳俺那亲娘,可找着老乡了!等后晌俺给孩他娘说给你包馉馇……"

"您也是……"

破苇笠一摘,老大爷哈哈大笑:"你什么眼神呢?"

牛兰芝瞪大了眼,眼前老大爷不见了,是一个美丽的大姐,留着一头浓黑的短发,瓜子脸,高鼻梁,胳膊白净白净的,瞪着一双黑漆大眼。

"大爷……大姐……大姐!"

"什么大爷大姐的,我是报社的王辫!"

牛兰芝惊讶地叫了一声,低头看王辫,果然是一双大脚。自己崇拜的偶像突然出现在眼前,她都有点不相信了。

王辫在莫斯科中山大学演过话剧,尤其会扮演老大爷,把脸朝下一拉,腰一弓,嗓子立即也变了腔。她多次深入敌占区采访,敌顽愣是没发现她的女儿身。

牛兰芝黏住了王辫,朝夕跟着她,可巧她们又分在了文艺部。牛兰芝什么都跟着王辫学,包括走路,说话的口气,还有握笔的姿势。她还让王辫给剪了个和她一样长的短发。牛兰芝俨然成了一个小"王辫"。晚上,牛兰芝也爱挤到王辫的床上,王辫说自己还是爱老家的火炕,牛兰芝说自己也是。她们俩不约而同地把"上床"说成"上炕"。

在王辫的床头,放着一本《山东人体质之研究》,王辫对牛兰芝说:"吴金鼎,芝镇人,大历史学家。他'民国'十六年(1927)春,肄业于清华大学研究院,竟然写了这么一本书。咱芝镇啊，地方不大，却常常出一些有趣的人、奇人。"

好久不来的弗尼思在我耳边嘟囔："那本书的字里行间有酒香。不信你闻闻。"

壬寅年秋，学者许志杰先生赐我一本影印本。小酌后，迫不及待地去翻书，翻到一半，忽然醉意上涌，竟迷迷糊糊睡着了。弗尼思所言不虚，书能醉人啊。

王辫和牛兰芝两人有说不完的话，她们共同的话题太多了，全是芝镇的。有一天，王辫神秘地跟牛兰芝招手，牛兰芝过去，王辫手藏在背后，等牛兰芝走到近前，王辫的手一下子伸到牛兰芝鼻子前，手里攥着一个小酒葫芦。王辫的丈夫、报社发行科科长赵志坚到老家购买油墨时，顺便买了两葫芦芝酒。王辫打开酒葫芦："闻一闻，是不是那个味儿？"

果然是家乡的味道。王辫喝了一口，她让牛兰芝喝，牛兰芝说不会。王辫说："芝镇人哪有不会的，喝一口！"牛兰芝被灌了一口，灌出了一脸的泪。她想起了她爹牛二秀才和干爷公冶祥仁，还有芝里老人、汪林肯、李子鱼一起在她家喝酒的姿势。

牛兰芝对我说："王辫啊，闲不住，睡觉少，睁开眼就忙活，写东西也快。我记得跟王辫合作过一篇稿子叫《送军鞋》，是一个特写。你可以回报社查一查。"

我从北京回到报社，在资料室里查到了这篇稿子——

送军鞋

蒙县烟庄村坐落在山凹里。村里的公冶大嫂与四岁的儿子叫铜锤的相依为命。初冬时节,她跟着村里的妇女一块儿做军鞋,做军鞋可不简单,搓麻线、打布壳、纳鞋底、纳鞋帮……一只军鞋光纳鞋底就得120针。村妇救会分给她的布料不够了。她把破褂子的大襟撕下一块儿做了鞋面。

收鞋子的时间到了。小孩儿赤着脚抱着四双军鞋,穿着盖不过肚脐的小褂,依偎在他母亲——公冶大嫂身旁,小孩儿紧紧抱着那四双鞋,许久舍不得把鞋子放下。

村里人都知道,这孩子长这么大,还没穿过一双鞋呢。

……

看到这篇小文章,我心头一热。我在想那个小孩子,他如果健在,也该八十多了吧。

那天临别,牛兰芝老人送了我一幅她画的傲雪梅花,还有她的著作《征程》《牛兰芝画集》等。画集中收了她一九六二年在南京画的一幅,画上有两个玉米棒子、三个西红柿、一棵白菜。题诗是:"棒面窝窝扑鼻香,腾腾热气白菜汤。房东大娘牛舔犊,热炕头上问短长。明公底事费沉吟,一别乡林四十春。却写新图忆征战,如诗旧梦尚可寻。"

我让牛兰芝和我姑父牛兰竹分别写句话作为纪念。

牛兰芝写的是:"做一个有'记性'的人。记住那许许多多的牺牲者、不幸者、被湮没者,记住光明是从哪里开始的,人们凭借什么样的力量去接近它,记住那些温暖的眼神。"

我姑父牛兰竹写的是:"说真话,说人话,说冒热气的话。"

弗尼思对我说:"德鸿,别忘了曹永涛。一九七九年六月八日,党组织为他平反昭雪,并追认他为革命烈士。"

我数十次到沂蒙山采访,多次去烈士陵园,没有见到曹永涛的墓碑,在无名烈士墓前,我鞠躬时,脑海里总浮现这样的画面:一个小伙子,兔唇,在暗夜里举着火把,奔跑……

(2022年10月12日于济南耐烦庐)

鸣　谢

　　本书是以山东省安丘市景芝镇刘大同、王林肯、牛景文、逢阁臣、牛玉华、牛方稷、曹涌涛等前辈的传奇经历创作的，是向先辈致敬的一本小说。刘大同先生曾孙刘自力先生一直与我保持微信联系，并提供了《刘大同诗集》。我同学冯金玉先生提供牛玉华诗文选集《征程》和《景芝酒志》《高密党史资料》等书，又引荐我与牛玉华哲嗣刘力群先生相识。刘力群先生提供了《韩秀贞》《真情集》《牛玉华画集》《残墨吟》《烽火青春》《追思玉华》等书，还提供了牛玉华创作的书信体小说《思忆茫茫》电子版和牛方稷女儿牛灵江写的《我父我母》。这些珍贵的资料，为我的创作提供了极大支撑。牛玉华前辈的部分诗文还直接引用到小说中。在本书即将付梓之际，特向刘自力先生、刘力群先生、牛灵江老师和冯金玉同学，表示衷心感谢。另外，王教法先生提供了王林肯、曹涌涛的部分资料，李建荣先生提供了李子余的部分资料，阚世钧先生寄来了他本人校注的《长白山江冈志略》等书，朱瑞祥先生提供了《安丘植物图鉴》《民间技艺》和《安丘方言语音》（朱瑞祥、张维荣主编）等书，也一并感谢。由于我的笔力有限，没有完整地、形象地写出先辈们的精神和风骨，我感到忐忑不安。我会继续写下去，目的只有一个，让后人记住先辈温暖的背影。

　　同时感谢连载小说的《农村大众报》，感谢山东城市出版传媒集团·济南出版社。感谢所有关心我创作的朋友。

逢春阶

2023年7月